高职高专经济管理类专业规划教材

现代物流管理

主　编　潘尤兴

副主编　肖书和　颜　颖

参　编　康　瑶　李作聚　郭　娜　程松海

机械工业出版社

本书共分十章，在创作思想、体例设计、结构及内容等方面都体现了高等职业教育以能力为本位、以够用为度、以实用为目的的教材体系，以满足教学及实务操作的实际需要出发，内容囊括物流概述、物流系统及其构成，仓储管理，现代运输，配送与配送中心，包装、装卸搬运与流通加工，供应链管理与企业物流，国际物流，电子商务与第三方物流，物流信息系统与物流标准化。本书在编写过程中充分考虑了与后续专业课程的衔接和学生考取物流从业资格证的需要，为方便教学操作的可行性，增强教材的趣味性，部分章节还编写了导入案例、实训案例。最新物流前沿科学的重要内容融入本书编写之中，保证了内容的前瞻性，这些都体现了本书学以致用、学练结合、方便自学、利于考证的高职教育双证书的特点。本书适合高职及偏实操型本科物流类专业及经济管理类相关专业作为教材使用。

图书在版编目（CIP）数据

现代物流管理/潘尤兴主编. —北京：机械工业出版社，2011.4
高职高专经济管理类专业规划教材

ISBN 978-7-111-33842-0

Ⅰ．①现… Ⅱ．①潘… Ⅲ．①物流—物资管理—高等职业教育—教材
Ⅳ．①F252

中国版本图书馆 CIP 数据核字（2011）第 048691 号

机械工业出版社（北京市百万庄大街 22 号 邮政编码 100037）
策划编辑：孔文梅 责任编辑：孔文梅 宋 燕
责任印制：乔 宇
北京瑞德印刷有限公司印刷（三河市胜利装订厂装订）
2011 年 5 月第 1 版第 1 次印刷
184mm×260mm·14 印张·334 千字
0001—3000 册
标准书号：ISBN 978-7-111-33842-0
定价：26.00 元

凡购本书，如有缺页、倒页、脱页，由本社发行部调换
电话服务　　　　　　　　　　　网络服务
社 服 务 中 心：（010）88361066　门户网：http://www.cmpbook.com
销 售 一 部：（010）68326294
销 售 二 部：（010）88379649　教材网：http://www.cmpedu.com
读者购书热线：（010）88379203　**封面无防伪标均为盗版**

前　言

在现代社会经济活动中,现代物流是人类进入信息经济时代适应全球经济一体化的产物,它把采购、运输、包装、仓储、装卸搬运、流通加工、销售配送与流通信息等环节有机地结合起来,为用户提供个性化、一体化的服务。随着以计算机网络通信为代表的现代高新信息技术的发展和普及,传统物流业逐步向现代物流业转变。

现代物流管理是物流管理、连锁经营、电子商务、国际贸易、商务管理等各专业学生必修的一门专业基础课程,学好现代物流管理对于从事物流及商务流通行业的相关工作相当重要。为了适应物流产业和相关商务行业的快速发展和对物流人才大量培养、培训的需要,我们把现代物流管理必需的基础知识和新发展、新进步、新要求的知识技能进行整合,编写成这本高职高专物流类专业及经济管理类相关专业使用的《现代物流管理》教材。

本书在编写中以够用、常用和实用为原则,以能力为本位,从满足教学及实务操作的实际需要出发,每章都列出能力目标、知识目标、相关知识、本章小结、复习思考题、案例分析、实训案例,部分章节还有导入案例。教师可从实训项目引导学生学习入手,根据本校实际条件,做和学一体。书中不仅有典型的物流案例分析,还有实训条件要求不高的实训案例,内容丰富、突出应用,使学生有兴趣动手去做实训案例,在做中学,在学中做。本书中内容多的实训案例和教师手册、学生手册、实习报告等,教师经上网注册后可下载相关文档。

本书由潘尤兴主编并总纂和修改补充。各章编写的具体分工是:潘尤兴编写第一、九章;康瑶编写第二、十章;郭娜编写第三、四章;颜颖编写第五、六章;肖书和编写第七章;李作聚编写第八章;程松海、张锐参与收集资料。

为方便教学,本书配备电子课件等教学资源。凡选用本书作为教材的教师均可索取,请发送邮件至 cmpgaozhi@sina.com,咨询电话:010-88379375。

在本书的编写过程中,我们收集并参考了国内外许多物流及物流管理方面的专家、教授、学者的理论观点、著作和研究成果,借鉴了众多物流及物流管理实际工作者的实践经验体会,在此深表谢意。现代物流管理的理论与方法,当前还在发展与不断探索中,限于编者水平有限,难免出现疏漏和差错,恳请读者批评指正。

编　者

目　　录

前言

第一章　物流概述 ·· 1
　　第一节　物流的产生与发展 ··· 1
　　第二节　物流的价值与功能要素 ·· 5
　　第三节　现代物流及其分类 ··· 7
　　第四节　现代物流管理概述 ·· 10
　　第五节　物流服务与质量管理 ·· 14
　　本章小结 ·· 20
　　复习思考题 ··· 20
　　案例分析 ·· 21

第二章　物流系统及其构成 ·· 25
　　第一节　物流系统概述 ·· 26
　　第二节　物流系统的构成 ··· 32
　　第三节　物流系统的分析、规划与评价 ·· 36
　　本章小结 ·· 41
　　复习思考题 ··· 42
　　案例分析 ·· 43

第三章　仓储管理 ·· 47
　　第一节　现代仓储概述 ·· 49
　　第二节　现代仓储管理 ·· 53
　　第三节　仓储合理化 ··· 58
　　本章小结 ·· 64
　　复习思考题 ··· 65
　　案例分析 ·· 66

第四章　现代运输 ·· 71
　　第一节　运输概述 ·· 72
　　第二节　多种运输方式及其特点 ·· 75
　　第三节　运输管理与运输合理化 ·· 77
　　本章小结 ·· 85
　　复习思考题 ··· 85
　　案例分析 ·· 86

第五章 配送与配送中心 ··· 88

第一节 配送概述 ··· 90
第二节 配送服务 ··· 93
第三节 配送合理化 ··· 95
第四节 配送中心概述 ··· 97
第五节 配送中心的运作与管理 ··· 101
本章小结 ··· 107
复习思考题 ··· 107
案例分析 ··· 109

第六章 包装、装卸搬运与流通加工 ································· 110

第一节 包装 ··· 110
第二节 装卸搬运 ··· 116
第三节 流通加工 ··· 126
本章小结 ··· 132
复习思考题 ··· 133
案例分析 ··· 134

第七章 供应链管理与企业物流 ································· 136

第一节 供应链管理 ··· 138
第二节 供应物流 ··· 144
第三节 生产物流 ··· 146
第四节 销售物流 ··· 151
第五节 回收与废弃物物流 ··· 155
本章小结 ··· 161
复习思考题 ··· 161
案例分析 ··· 161

第八章 国际物流 ··· 165

第一节 国际物流概述 ··· 166
第二节 国际物流服务业务 ··· 170
本章小结 ··· 180
复习思考题 ··· 180
案例分析 ··· 181

第九章 电子商务与第三方物流 ································· 186

第一节 电子商务的概念及其分类 ································· 187
第二节 第三方物流概述 ··· 190
第三节 第三方物流的组织与管理 ··· 194

本章小结···197

复习思考题··197

案例分析··198

第十章　物流信息系统与物流标准化·····························201

第一节　物流信息系统···202

第二节　常用物流信息技术···204

第三节　物流标准化···209

本章小结···211

复习思考题··212

案例分析··213

参考文献···216

第一章

物流概述

能力目标
- 能组织企业物流调研，写出调研报告；
- 能画出所调研企业组织结构图，物流业务流程图；
- 能应用物流服务、成本和质量的理念分析案例。

知识目标
- 理解物流的概念，理解流通、商流、物流三者之间的关系；
- 了解现代物流的价值及其功能要素；
- 理解现代物流的含义及其分类形式，理解物流管理的内涵，掌握现代物流管理的主要内容，了解几种现代物流的理念；
- 理解现代物流的服务理念，掌握物流质量的概念。

第一节　物流的产生与发展

生产、消费和流通是人类社会最基本的三大经济活动，而流通是连接生产和消费的纽带。物流是流通的重要组成部分，可以说物流活动自从有了人类经济活动就已经存在，但是作为一个物流概念的提出却是近代的事。

一、物流概念的产生

1. 流通、商流与物流

商品流通是指以货币为媒介的商品交换过程，它是人类社会出现商品生产和商品交换的产物，是连接生产和消费的纽带。现代商品的生产和消费在空间、时间及人这三个要素上都表现为分离的形式。在空间上的分离表现为商品的生产和消费不在同一地点，存在一定的地区距离。要想消费进口商品，就必须将生产与消费在空间上联结起来，进行物资不同区域之间输送。在时间上的分离表现为商品的生产和消费的时间不同时，要想一年四季吃到夏收、秋收的稻谷就需要将稻谷进行储存。现代的商品生产者和消费者或消费单位也是分离的。部分人生产的产品供给成千上万的人消费，而这些人消耗的产品又是由其他许多生产者生产的。这就需要进行买卖与交换，通过买卖与交换，商品从一方所有转变为另一方所有。

商品流通中的买卖、输送、储存这几方面的功能综合在一起，大体可分为两个方面：①以商品的所有权转移，通过买卖活动从生产者所有转变为购买者所有，称做商业流通，简称商流；

②商品的运输、储存以及与此相联系的包装、装卸等实物流动，即物流。可见商流和物流是构成流通的两大组成部分。

商流是为达成商品所有权转移为目的的活动，一般称为贸易或交易，包括市场需求调查预测，计划分析与供应、组织货源、订货、采购调拨、销售等。

物流是指与物资（包括产品）位移有关的装卸、包装、运输、保管、中转等活动的总称，它与人类的生产、生活有直接关系，因此物流活动是人类最基本的经济活动之一。物流和人类的生产、生活息息相关。例如，你每天购买的生活必需品大多数是别人生产并送到你家附近某个商业网点的；你每天制造的垃圾被保洁员收集并运到垃圾场集中处理；快递员送来了朋友邮寄给你的生日礼物，等等，这些都是物流活动。

2．物流和商流的关系

商流和物流是构成流通的两大组成部分，两者之间既有区别又有联系。

（1）物流和商流之间的联系。

1）两者都发生于流通领域，是商品流通的两种不同形式，在功能上相互补充。通常是先发生商流后发生物流，在商流完成以后再进行物流。

2）两者都是从供应者到需求者的流动，具有相同的出发点和归宿点。

（2）物流和商流之间的区别。

1）流动的实体不同，物流是商品的物质实体的流动，商流是商品的所有权属的流转。

2）两者功能不同，物流创造商品的空间效用、时间效用、形质效用，而商流创造商品的所有权效用。

3）物流和商流又是相互独立的，发生的先后和路径都可能互不相同。在特殊情况下，没有物流的商流和没有商流的物流都是可能存在的。

3．商流、物流分离

商流、物流分离是指商品流通过程中两个组成部分——商流和物流，各自按照自己的规律和渠道独立运动，分别对应于"实际流通"和"所有权转让"两种形式。

在现实经济生活中，进行商品交易活动的地点，往往不是商品实物流通的最佳路线必经之处。如果商品的交易过程和实物的运动过程路线完全一致，往往会发生实物流通路线的迂回、倒流、重复等不合理现象，造成资源和运力的浪费。商流一般要经过一定的经营环节来进行业务活动；而物流则不受经营环节的限制，它可以根据商品的种类、数量、交货要求、运输条件等，使商品尽可能由产地通过最少环节，以最短的物流路线，按时、保质地送到用户手中，以达到降低物流费用，提高经济效益的目的。如图 1-1所示，某分销公司商流、物流分离前，物流完全依附于商流运作，路线一致。

商流、物流分离后（如图 1-2 所示），分公司将不再有实际的存货，不再有真实的仓库，存货所有权完全在总部，存货由

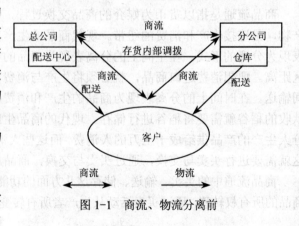

图 1-1　商流、物流分离前

总部保管，销售实现时直接交付给客户。分公司将不再有物流过程，只有商流和信息流。

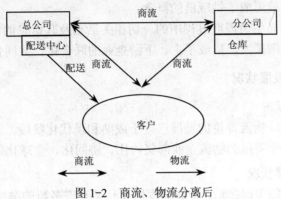

图 1-2 商流、物流分离后

在经济全球化的趋势下，国际分工越来越深入，商业交易可以在全球范围内寻优，甚至可以采取电子商务的形式进行虚拟的运作。由于物流服务商（第三方）的出现，商品的交易双方只进行商流的运作，而物流则可以由第三方来承担。商流、物流分离实际是流通总体中的专业分工、职能分工。商流、物流分离使得现代社会物流能够单独发展成为一门独立的科学。

二、物流概念的发展

（一）物流活动的发展阶段

物流的概念最早起源于 20 世纪初的美国。物流的发展过程，大体上经历了三个不同的阶段，即以"P.D"命名物流科学的时代、以"Logistics"命名物流科学的时代和供应链管理时代。

1. 以"P.D"命名物流科学的萌芽时代

以"Physical Distribution"（简称 P.D）命名物流科学的时代是指 20 世纪 50 年代前后的一段时间。当时，社会的专业化分工发展程度不高，生产与流通被界定为两个不太相关的领域，生产企业的精力主要集中在产品的开发与生产上，管理的重点是如何开发新的产品，如何保证产品质量等，对物流在产品成本方面的作用缺乏充分认识，重生产轻流通。

2. 以"Logistics"命名物流科学的时代

以"Logistics"命名物流科学的时代是指 20 世纪 60 年代至 80 年代初的这段时间。随着生产社会化的迅速发展，企业单纯依靠技术革新、扩大生产规模、提高生产率来获得利润的难度越来越大，这就促使企业开始寻求新的途径，如通过改进和加强流通管理，以降低成本。因此，加强物流管理就成为现代企业获得利润的新的重要源泉之一。

这时"物流"概念逐渐有了较全面、深刻的认识，物流不仅包括分销物流，还包括采购物流、生产（制造）物流、回收物流、废弃物物流、再生物流等，应该是一个闭环的统筹安排和全面管理过程。人们逐渐认识到应当用"Logistics"作为物流的概念更合适一些，20 世纪 80 年代末人们逐渐正式把"Logistics"作为物流的概念。此后，Logistics 逐渐取代 P.D，成为物流的概念和英文名词，这是物流科学走向成熟的标志。

3. 供应链管理时代

到了 20 世纪 80 年代和 90 年代，由于一系列外部因素的变化，企业特别是许多大型跨国公司开始把着眼点放在商品生命周期的全过程，包括原材料的供应和制成品的分销的整个流通过程和生产过程，这就形成了供应链的概念。

供应链管理是指商品生命周期过程中的一切相关活动及其信息的综合管理。供应链管理进一步促使物流管理范围扩大，形成了上、下游企业的联合化、共同化、集约化和协调化。

（二）各国物流的发展状况

1．美国物流发展状况

美国物流发展较早，物流理论的发展已处于成熟和现代化阶段，随着物流理论、实践进入纵深化发展阶段，现今美国的物流企业向集约化、协同化、全球化的方向发展。

2．日本物流的发展状况

日本的物流发展紧随美国之后，进展速度快而且又有许多新的举措，如宅急便、JIT（Just In Time）等。物流与信息流结合以后进入了物流一体化阶段，即物流、商流与信息流的结合。许多日本物流企业买断产品，把产品销售和物流结合起来，既担负起商流的职责，又充分发挥物流的作用，从而大幅度降低成本、提高服务水平。

3．我国物流的发展

我国物流起步较晚，这些年已得到较快发展，但是代表我国物流发展标志性的物流大企业还没有真正出现，因此我国的物流有很大的发展空间。

随着我国经济持续、稳定的发展，国家对物流基础设施的大投入，各级政府对物流事业的大力支持，加上我国工业企业和商业企业对物流作用认识的逐渐深入以及物流理论界、实业界的推动，目前，我国物流正迎来一个大发展的时机。

三、物流的定义

1．美国的定义

物流是对货物、服务及相关信息从供应地到消费地的有效率、有效益的流动和储存，并进行计划、执行和控制，以满足客户要求的过程。

2．欧洲物流协会定义

物流是在一个系统内对人员、商品的运输、安排及与此相关的支持活动的计划、执行与控制，以达到特定目的的过程。

3．日本的定义

物流是指将实物从供给者物流性地移动到用户这一过程的活动，一般包括输送、保管、装卸、包装以及与其有关的情报等各种活动。

4．我国国家标准的定义

物流是物品从供应地到接受地的实体流动过程，根据客户需要，将运输、储存、装卸、搬运、包装、流通加工、配送、信息处理等功能有机结合起来实现用户要求的过程。

从本质上来讲，物流处理的是使顾客满意的问题。我国将物流活动仅界定于物资的流动；欧美国家将物流活动界定在物资的流动及相应的组织活动；而日本则将物流定义拓延到社会活动领域。

第二节　物流的价值与功能要素

物流不论对社会经济的全体还是社会经济的单元——企业，都起着非常重要的作用，在流通过程中创造了价值。同时我们来看看物流经过哪几个环节创造价值的。

一、物流的价值

物流的价值具体体现在以下几个方面。

1. 物流是国民经济的支柱之一

物流通过不断输送各种物质产品，使生产者不断获得原材料以保证生产过程的正常进行，又不断将产品运送给不同需求者，以使这些需求者的生产、生活得以正常进行，物流在生产者与需求者之间起到桥梁的作用，国民经济因此才得以成为一个有内在联系的整体。

物流还以本身的宏观效益支持国民经济的运行，改善国民经济的运行方式和结构，促使其优化。

2. 物流是企业生产的前提保证

从企业这一微观角度来看，物流对企业的作用有以下几点。

（1）物流为企业创造经营的外部环境。物流一方面要保证按企业生产计划和生产节奏提供、运达原材料、零部件，另一方面，要将产品不断运离企业。

（2）物流是企业生产运行的保证。企业生产过程的连续性和衔接性，靠生产过程中不断的物流活动，有时候生产过程本身便和物流活动结合在一起，物流的支持保证作用是不可缺少的。

（3）物流是企业核心竞争力的重要力量。物流可以提高企业服务质量，降低企业经营成本，间接增加企业利润，它是企业第三利润源，这些都会有效地提高企业的核心竞争力。

3. 物流是增值性经济活动

（1）物流创造时间价值。它是指物流改变物品从供给到需求之间的时间差所创造的价值。例如，粮食生产，夏收、秋收的粮食当时吃不完，通过集中储存起来，留到冬春时节消费，物流改变了生产与消费之间的时间差，均衡人们的需求，以实现其"时间价值"。

（2）物流创造空间价值。它是指由物流改变物品的生产与需求的不同场所所创造的价值。例如，现代工厂大规模生产的计算机被运到广大市场销售，农村生产的粮食、蔬菜被运到城市销售，南方生产的荔枝、北方生产的高粱均被异地消费于全国各地，等等。现在，人们每日消费的物品几乎都是来自于相距一定距离甚至是十分遥远的地方。

在经济全球化的浪潮中，国际分工和全球供应链的构筑，一个基本的选择是在成本最低的地区进行生产，通过有效的物流系统和全球供应链，在价值最好的地区销售，信息技术和现代物流技术为此创造了条件，使物流得以创造最佳的空间价值。

（3）物流创造流通加工价值。在流通过程中，可以通过流通加工的特殊生产形式，使处于流通过程中的物品通过特定的加工而增加其附加价值，这就是物流创造的流通加工价值。例如，销往建筑企业的钢筋按照企业的要求进行简单成型加工。

（4）优化物流可以减轻环境负担，创造环保价值。物流是增值性经济活动，同时物流又是增加成本、增加环境负担的经济活动。现代物流管理的任务是在尽量降低物流成本占用，减轻物流造成的环境负担基础上，使物流活动能够增值。物流活动对环境的影响随着物流量的增加而增大，并随着物流合理化而降低。现代物流管理的责任之一，就是在保证物流满足国民经济和企业经济发展的前提下，尽量减轻对环境的负面影响。

二、物流的功能要素

物流的基本功能要素包括运输、储存、包装、装卸、流通加工、配送以及物流信息管理等，分别对应物流活动的实际工作环节中的七项具体工作。

1．主要功能要素

物流的主要功能要素包括运输、储存和配送。

（1）运输。运输主要是指货主企业或运输企业进行的运输组织和运输管理工作。例如，生产过程中的原材料运输，半成品、成品的运输，包装物的运输；流通过程中的物资运输，商品运输，粮食运输及其他货物运输；回收物流过程中，各种回收物品的分类、捆装和运输；废弃物物流过程中，各种废弃物包括垃圾的分类和运输，等等。

运输是物流的中心业务活动，无论哪一种运输，都追求一个目标，即最大限度地实现运输成本合理化。

（2）储存。这里所说的储存，主要是指生产储存和流通储存。例如，工厂为了维持连续生产而进行的原材料储存、零部件储存；商贸企业为了保证供应，避免脱销，所进行的商品储存和物资储存；回收物流过程中，为了分类、加工和运送而进行的储存；废弃物物流过程中，进行分类和待处理的临时储存等。

这些储存业务活动，除了保证生产和供应外，也要实现储存合理化。要做到储存合理化，需要采取一些措施。例如，有的工厂实行"零库存"，即按计划供应，随用随送，准时配送既不误生产，又避免积压原材料和资金。

（3）配送。配送是现代社会中物流业一种新的服务形式，它的业务活动面很广。例如，物资供应部门给工厂配送物资；商业部门给消费者配送商品；连锁企业给门店配送货物；工矿企业内部的供应部门，给各个车间配送原材料、零部件等。

配送业务强调及时性和服务性。

2．辅助功能要素

在物流体系框架中，还存在着诸多辅助性功能。物流的辅助功能要素包括包装、装卸搬运、流通加工和物流信息管理。

（1）包装。包装是物流的重要职能之一，商品不仅是为了销售需要包装，而且在物流的各个环节——运输、储存、装卸、搬运当中，都需要包装。特别在运输和装卸作业时，必须强调包装加固，以避免商品破损。

（2）装卸搬运。装卸搬运是物流业务中经常性的活动。无论是生产物流、销售物流及其他物流，也无论是运输、储存或其他物流作业活动中，都离不开物品的装卸搬运。所以说，装卸搬运在整个物流业务中，也是一项很重要的活动。

（3）流通加工。流通加工是指产品已经离开生产领域，进入流通领域，但还未进入消费的过程中，为了销售和方便顾客而进行的加工。

它是生产过程在流通领域内的继续，也是物流职能的一个重要发展。无论生产资料还是生活资料，都有一些物资和商品，常常在商业或物资部门进行加工，以便于销售和运输，如钢材的剪裁、木材的切割、粮食的包装等。

（4）物流信息管理。在物流工作中伴有大量的物流信息发生，如订货、发货、配送、结算等，都需要及时进行处理，才能更好地完成物流任务。信息的积压或处理失当，都会给物流业务活动带来不利影响。因此，如何收集、整理并及时、高效处理物流信息，也是物流的重要职能之一。

第三节　现代物流及其分类

一、现代物流的定义

假如一件价格为两千多元的品牌服装，在工厂的制作成本只有几十元，消费者知道后，会怎么想。也许有人愿意支付这么多钱，是看上了这种品牌，认为是品牌值这么多钱，事实上，服装流通成本在商品的价格体现中占有相当的一块。现代物流的任务之一就是最大限度地降低流通中的物流成本，整体流通成本的降低，往往消费者也能从中获益。

现代物流是应用高科技的计算机技术、信息技术整合运输、包装、装卸搬运、仓储、流通加工、配送及物流信息处理等各种功能而形成的综合性物流活动模式。传统物流一般指产品出厂后的包装、运输、装卸、仓储，而现代物流提出了物流系统化或叫总体物流、综合物流管理的概念，并付诸实施。具体地说，就是使物流向两头延伸并加入新的内涵，使社会物流与企业物流有机结合在一起，从采购物流开始，经过生产物流，再进入销售物流，与此同时，要经过包装、运输、仓储、装卸、加工配送到达用户（消费者）手中，最后还有回收物流。可以这样讲，现代物流包含了产品从"生"到"死"的整个物理性的流通全过程。

二、现代物流的分类

现代物流按照物流在企业经营中的作用、物流活动的空间范围和物流系统性质三方面进行分类，具体分类如图1-3所示。

1．按物流在企业经营中的作用分类

（1）供应物流。生产领域中，生产活动所需要的原材料、备品备件等物资的采购、供应活动所产生的物流；流通领域中，采购商品交易行为中所发生的物流；这些都可称做供应物流。企业的流动资金大部分是被购入的物资材料及半成品等所占用，供应物流的严格管理及合理化对于企业的成本有重要影响。

（2）销售物流。生产企业、流通企业出售商品时，商品在供方与需方之间的实体流动称为销售物流。销售物流对于生产领域是指售出产品，而对于流通领域是指交易活动中，从卖方角度出发的交易行为中的物流。

销售物流的成本在产品及商品的最终价格中占有一定的比例。因此销售物流的合理化对于降低成本可以收到立竿见影的效果。

（3）生产物流。生产过程中，原材料、在制品、半成品、产成品等，在企业内部的实体

流动，称为生产物流。原材料、半成品等按照工艺流程在各个工位之间不停顿的移动、储存、流转形成了生产物流。

生产物流合理化对工厂的生产秩序、生产成本有很大影响。生产物流均衡稳定，可以保证在制品的顺畅流转，缩短生产周期。

（4）回收物流。不合格物品的返修、退货以及周转使用的包装容器从需方返回到供方所形成的物品实体流动，称为回收物流。在生产及流通活动中有一些资料是要回收并加以利用的，如作为包装容器的纸箱、塑料筐、酒瓶等，建筑行业的脚手架也属于这一类物资。

（5）废弃物物流。失去原有使用价值的物品，根据实际需要进行收集、分类、加工、包装、搬运、储存，并分送到专门处理场所时形成的物品实体流动称为废弃物物流。生产和流通系统中所产生的无用的废弃物，如开采矿山时产生的废石，炼钢生产中的钢渣，工业废水以及其他一些无机垃圾等，如果不妥善处理，就会造成环境污染，就地堆放还会占用用地以致妨碍生产。为了更好地保障生活和生产的正常秩序，必须重视对废弃物资的综合利用。

图 1-3　现代物流的分类

2．按物流活动的空间范围分类

（1）地区物流。地区物流，有不同的划分原则，可按行政区域划分，如西南地区、河北地区等；可按经济圈划分，如苏（州）（无）锡常（州）经济区，黑龙江边境贸易区；可按地理位置划分的地区，如长江三角洲地区、河套地区等。地区物流系统对于提高该地区企业物流活动的效率以及保障当地居民的生活福利环境，具有不可缺少的作用。

（2）国内物流。国内物流是指一个国家范围内的物流活动。物流作为一国国民经济的重要支撑系统，为该国国内经济利益服务，其基础设施投资建设规划应纳入国家经济建设的总体规划。国内物流具体内容包括：本国领域、领空、领土内的物流基础设施的合理布局建设；恰当制定各种物流政策法规；颁布与国际接轨的物流技术，如设施、设备的标准化等。

（3）国际物流。它是指国家与国家之间物流，它是国际贸易的支持基础。企业的生产和销售走向国际化，出现了许多跨国公司，一个企业的经济活动范畴可以遍布几大洲。国家之间、洲际之间的原材料与产品的流通越来越发达，因此，国际物流的作用日益重要。

3．按物流系统性质分类

（1）社会物流。社会物流一般是指以全社会为范畴、面向所有用户的物流，所以有人称之为大物流或宏观物流。社会物流的一个标志是：伴随商业活动的发生，物流过程通过商品的转移，实现商品的所有权转移。社会物资流通网络是国民经济的命脉。

（2）行业物流。同一行业中不同企业的物流活动。同行企业是市场上的竞争对手，但在物流领域也常常互相协作共同促进物流系统的合理化。例如，同一行业的物流活动中，共建运输系统和零部件仓库以实行统一的共同配送；有共同的新旧设备及零部件的流通中心；建立流通技术中心，共同培训操作人员和维修人员；统一建设机械的规格等。又如，在大量消费品方面采用统一商品规格，统一法规政策，统一模数化等。行业物流系统化的结果使参与的各个企业都得到相应的利益。

（3）企业物流。在企业经营范围内由生产或服务活动所形成的物流称为企业物流。企业是为社会提供产品或某些服务的一个经济实体。一个工厂要购进原材料，经过若干工序的加工，形成产品销售出去。运输公司要按客户要求将货物输送到指定地点。企业物流包括供应物流、生产物流、销售物流和回收物流、废弃物物流。

三、现代物流的特征

现代物流的特征表现在以下几个方面。

（1）信息化。物流信息化表现为物流信息的商品化、物流信息收集的数据库化和代码化，物流信息处理的电子化、物流信息传递的标准化和实时化、物流信息存储的数字化等。因此，条码技术、数据库技术、电子订货系统、电子数据交换、快速反应系统及有效的客户反应系统、企业资源计划等技术与观念在我国的物流中将会得到普遍的应用。没有物流的信息化，许多先进的技术设备都不可能应用于物流领域，信息技术及计算机技术在物流中的应用将会彻底改变传统物流的运作模式。

（2）自动化。物流自动化的基础是信息化，自动化的核心是机电一体化，自动化可以扩大物流作业能力、提高劳动生产力、减少物流作业的差错等。物流自动化的设施非常多，如条码/语音/射频自动识别系统，自动分拣系统、自动存取系统、自动导向车、货物自动跟踪系统等。这些设施在发达国家已普遍用于物流作业流程中，而我国由于物流业起步晚、发展水平低，自动化技术的应用与发达国家相比还有一定的差距。

（3）网络化。物流网络化的基础也是信息化。这里指的网络化有两层含义：①物流配送系统的计算机通信网络。物流配送中心与供应商或制造商的联系、与下游顾客之间的联系都要通过计算机网络通信。②组织的网络化。按照客户订单组织生产，生产采取外包形式，即将全世界的资源都利用起来，采取外包的形式进行生产和供销的重新组合，实现网络化经营。

（4）智能化。物流智能化是物流自动化、信息化的一种高层次应用。物流作业过程中大量的运筹和决策，如库存水平的确定、运输路线的选择、物流经营管理的决策支持等问题都需要借助于大量的知识才能解决。各种专家系统、机器人等相关技术在国际上已经有比较成熟的研究成果。为了提高物流现代化的水平，物流的智能化已成为电子商务下物流发展的一个新趋势。

（5）社会化。物流社会化程度的高低是区别现代物流配送和传统物流配送的一个重要区别。传统的物流配送中心往往是某一企业为给本企业或本系统提供物流配送服务而建立起来的。有些配送中心虽然也为社会服务，但同电子商务下的新型物流配送所具备的真正社会性相比有很大的局限性。

（6）系统化。物流不是运输、保管等活动的简单叠加，而是通过彼此的内在联系，在共同目的下形成的一个系统，构成系统的功能要素之间存在着相互作用的关系。在考虑物流最优化的时候，必须从系统的角度出发，通过物流功能的最佳组合实现物流整体的最优化目标。局部的最优化并不代表物流系统整体的最优化，树立系统化观念是搞好物流管理、开展现代物流活动的重要基础。

（7）柔性化。随着消费者需求的多样化、个性化，物流需求呈现出小批量、多品种、高频次的特点。订货周期变短、时间性增强，物流需求的不确定性提高。物流柔性化就是要以顾客的物流需求为中心，对顾客的需求作出快速反应，及时调整物流作业，同时可以有效地控制物流成本。

第四节　现代物流管理概述

现代物流的发展，首先是物流设备的研究与发展。例如，在物料运输、装卸、搬运、储存过程中，大量使用机械化的设备，并采用各种电子仪器进行物料的检测等，这些设备的创新与应用促进了物流技术的发展。然而，先进的技术和设备并不等于高效率和高效益，特别是对庞大的复杂的系统更是如此。有人曾经说，三分技术，七分管理，说明科学、先进的管理可实现更大的效益。管理科学中的原理、方法在物流科学中有广泛的应用。

一、物流管理的概念

管理是指人们在生产活动中为达到预定的目标，对所拥有的资源（包括人力、物力、资金等）进行计划、组织、协调和控制。

物流管理是指为了以合适的物流成本达到用户满意的服务水平，对原材料、半成品和成品等物料在企业内外流动的全过程所进行的计划、组织、协调与控制等活动。

二、物流管理的主要内容

1. 对物流活动诸要素的管理

（1）运输管理。它包括选择运输方式及服务方式、确定车队规模、设定行车路线、车辆调度与组织等。

（2）仓储管理。它包括原材料、半成品的储存方式，储存统计，库存控制，养护等。

（3）配送管理。它包括配送中心的选址及优化布局；配送机械的合理配置与调度；配送作业的制定与优化。

（4）包装管理。它包括包装容器和包装材料的选择与设计；包装技术和方法的改进；包装系列化、标准化、现代化等。

（5）装卸搬运管理。装卸搬运管理主要是指设备规划与配置，装卸搬运作业。它包括装卸搬运系统的设计与组织等。

（6）流通加工管理。它包括加工场所的选定；加工机械的配置研究和改进；加工作业流程的制定与优化。

（7）物流信息管理。它是指对反映物流活动、物流要求、物流作用和物流特点的信息进行搜集、加工、处理、存储和传输等。

（8）顾客服务管理。它是指对与物流活动相关服务的组织和监督。例如，调查分析顾客对物流活动的反映，决定顾客所需要的服务水平和服务项目等。

2．对物流系统中资源要素的管理

（1）对人的管理。人是物流系统和物流活动中最活跃的因素。它包括对物流从业人员的选拔和录用；物流专业人才的培训与提高；物流教育和物流人才培养规划与措施的制定等。

（2）对财的管理。财是指物流企业的资金。它主要包括物流成本的核算与控制；物流经济指标体系的建立；所需资金的筹措、使用；提高经济效益的方法等。

（3）对物的管理。物是物流活动的客体，即物质资料实体。对物的管理贯穿于物流活动的始终。它涉及物流活动各环节，即物品的包装、装卸搬运、储存、运输、流通加工、配送等。

（4）对设备的管理。它包括对各种物流设备的选型与优化配置；对各种设备的合理使用和更新改造；对各种设备的研制、开发与引进等。

3．对物流层次的管理

（1）物流战略管理。企业物流战略管理就是站在企业长远发展的立场上，针对企业物流的发展目标、物流在企业经营中的战略定位、物流服务水平及物流服务内容等问题作出整体规划。

（2）物流系统的设计与运营管理。企业物流战略确定以后，为了实施战略必须要有一个得力的实施手段，即物流运作系统。作为物流战略制定后的下一个实施阶段，物流管理的任务是设计物流系统和物流网络，规划物流设施，确定物流运作方式和程序等，形成一定的物流能力，并对系统运营进行监控，及时根据需要调整系统。

（3）物流作业管理。在物流系统框架内，根据业务需求，制订物流作业计划，按照计划要求对物流作业活动进行现场监督和指导，对物流作业的质量进行监控。

除此之外，还有对物流活动中具体职能的管理，包括对物流计划、质量、技术、成本等职能的管理。

三、物流管理的职能

和管理有五种职能一样，一般认为物流管理的职能也有相应的五种职能。

1．计划职能

物流管理的计划职能是指为适应物流市场需要，通过对企业的外部环境和内部条件的调研、预测，对物流企业经营目标、经营方针作出决策，制订长期规划和短期规划及确定措施和方法，并将计划指标层层分解落实到物流企业各部门、各环节的职能。

2．组织职能

物流管理的组织职能是指为实现物流企业经营目标而把企业物流活动的各个要素和各个环节，从劳动分工与合作上、纵横交错的相互关系上、时间与空间的相互衔接上，合理地组织起来，以形成一个有机整体，从而有效地进行物流活动的职能。

3. 指挥职能

物流管理的指挥职能是指对企业各层次、各类物流人员的领导、沟通或指挥，保证企业物流活动正常进行和实现既定目标的职能。

4. 协调职能

物流管理的协调职能是指协调企业内部各层次、各环节的工作，协调各项物流活动，使它们能建立良好的协作关系，消除和减少工作中的脱节现象和存在的矛盾，以有效地实现物流企业经营目标的职能。

5. 控制职能

物流管理的控制职能（监督职能）是指按预定计划或目标、标准，对企业物流活动各环节的实际完成情况进行检查，考察实际完成情况同原定计划和标准的差异，并分析原因，采取对策，及时纠正偏差，保证物流计划目标实现的职能。

以上物流企业管理的各项职能，构成了一个有机整体。通过计划职能，明确企业物流的目标与方向；通过组织职能，建立实现物流目标的手段；通过指挥职能，建立正常物流活动秩序；通过协调职能，及时解决内外矛盾，和谐一致地进行物流活动；通过控制职能，检查物流计划的实施情况，保证计划的实现。上述五种职能相互联系，互相渗透，相互制约，缺一不可。

四、物流管理总体目标及任务

物流管理的总体目标可以概括为 5Right：以最少的成本，在正确的时间（Right Time）、正确的地点（Right Location）、正确的条件（Right Condition）下，将正确的商品（Right Goods）送到正确的顾客（Right Customer）手中，即在平衡服务要求和成本要求的基础上实现既定的服务水平。物流管理的核心在于创造价值，良好的物流管理要求工作中的每一项活动均能实现增值，在为顾客创造价值的同时，也为企业自身及其伙伴创造价值。物流管理所创造的价值体现在商品的时间和地点效用上以及保证顾客在需要的时候能方便地获取商品。

物流活动的各环节的管理都分别有各自的要求，而这些环节又分别属于不同的管理领域，往往互不协调，影响经济效果。比如，从包装的角度，经济效果较好的是单薄包装，但由于在装卸搬运和运输过程中大量损坏，却降低了装卸、运输环节的经济效果。因此就要考虑选择对包装、装卸搬运和运输都比较合理的包装方案。

现代物流管理的基本任务，就是对以上几项本来是独立的、分属不同部门管理的活动，根据它们之间客观存在的有机联系，进行综合、系统的管理，以取得全面的经济效益。

五、关于现代物流的几种观点

1. "黑大陆"学说

著名管理学权威德鲁克曾经将流通称为"流通领域里的黑暗大陆"。但是，由于流通领域中物流活动的模糊性尤其突出，是流通领域中人们更认识不清的领域，所以，"黑大陆"学说现在转向主要针对物流而言。

"黑大陆"学说主要是指人们对于物流领域尚未认识、尚未了解。在"黑大陆"中，如果理论研究和时间探索照亮了这块"黑大陆"，那么摆在人们面前的可能是一片不毛之地，也可能是一片宝藏之地。

"黑大陆"学说是对物流本身的正确评价：在这个领域未知的东西还很多，理论和实践都还不成熟。

2．"物流冰山"学说

"物流冰山"学说是日本早稻田大学西泽修教授提出来的，他在专门研究物流成本时发现，现行的财务会计制度和会计核算方法都不可能掌握物流费用的实际情况，因而人们对物流费用的了解是一片空白，甚至有很大的虚假性，他把这种情况比作"物流冰山"。

西泽修先生用物流成本的具体分析论证了德鲁克的"黑大陆"学说，事实证明，物流领域的方方面面对我们而言还不是很清楚，在黑大陆和冰山的水下部分正是物流尚待开发的领域，正是物流的潜力所在。

3．"第三利润源"学说

"第三利润源"学说也出自日本。

从历史发展来看，人类历史上曾经有过两个大量提供利润的领域，第一个是资源领域，第二个是人力领域。资源领域起初是廉价原材料、燃料的掠夺或获得，其后则是依靠科技进步、节约消耗、节约代用、综合利用、回收利用乃至大量人工合成资源而获取高额利润，习惯称之为"第一利润源"。人力资源领域最初是廉价劳动，而后则是依靠科技进步提高劳动生产率，降低人力消耗或采用机械化、自动化来降低劳动耗用从而降低成本，增加利润，这个领域被称做"第二利润源"。

物流可以创造微观经济效益被看做是"第三利润源"。

"第三利润源"的理论，反映了日本人对物流理论和实践活动的认识，反映了他们与欧洲人、美国人对物流认识的差异。一般而言，美国人对物流的主体认识可以概括为"服务中心"型，而欧洲人的认识可以概括为"成本中心"型。这两种认识都是主张总体效益或间接效益，而"第三利润源"主张的是物流是"利润中心"，是直接效益。

4．"效益背反"现象和物流的整体观念

"效益背反"现象指的是物流的若干功能要素之间存在着损益的矛盾，即某一个功能要素的优化和利益发生的同时，必然导致另一个或另几个功能要素的利益损失，反之也如此。

"效益背反"学说在物流领域中指的是物流的各个环节中，单纯的某一个环节的优化必然会对其他环节产生一定的利益损失，这在供应链理论中也得到充分的体现。

因而，将物流细分成若干功能要素来认识它，将包装、运输、保管等功能要素的有机联系起来，成为一个整体来认识物流，有效解决"效益背反"现象，追求总体效果。

这种思想在不同国家、不同学者中的表述方法是不同的。例如，美国学者用"物流森林"的概念来表述物流的整体观念，对物流的认识不能只见功能而不见结构，"物流是一片森林而不是一棵棵树木"。

对这种总体观念的描述还有许多提法，如物流系统观念，多维结构观念，物流一体化观念，综合物流观念等。物流成本与服务水平之间也存在效益背反，在下一节中有详细的说明。

第五节　物流服务与质量管理

一、物流服务与物流顾客

物流活动提供了顾客所需的产品包装、储存、运输等需求服务，所以，从本质上说物流产出的是区别于实物产品的服务。物流服务水平是衡量物流系统为某种商品或服务创造时间和空间效用的好坏尺度，这包括从接受客户订单开始到商品送到客户手中为止而发生的所有服务活动。物流服务的具体表现形式有以下几种。

（1）一项管理活动或职能，如订货处理，客户投诉处理等。因此，物流服务表现为企业的一项活动。

（2）特定的实际业务绩效，如在 24 小时内实现 98%的订单送货率。因此，物流服务表现为企业某一项活动的绩效水平。

（3）企业整体经营理念或经营哲学的一部分，而非简单的活动或绩效评价尺度。因此，物流服务表现为企业的一种管理理念。

然而，关键的问题是服务的对象——顾客。对物流活动来说，顾客就是其物流服务的对象，而物流服务对象的范围通常包括大众顾客、零售业主和批发业主、制造厂商以及接收货物入库的码头和站点等；在某些情况下，顾客还可以是指正在接收产品物权或服务的组织和个人，或者是在供应链中位于其他地点的业务伙伴等。但是，无论产品递送出于何种动机或目的，接收服务的顾客始终是形成物流需求的核心和动力。显然，制定物流战略进行物流服务时，必须先了解谁是顾客，并把握顾客的特点，充分了解顾客服务需求的特点十分重要。

二、物流客户服务的需求内容

（一）基本服务需求

物流服务就是要了解和尽量满足客户需求，可以从可得性、作业完成绩效和可靠性等方面来衡量这种服务能力。

1. 可得性

可得性是指当客户需要产品或服务时，企业所拥有的库存能力。可得性可以通过各种方式实现，最普通的做法就是按预期的客户订货进行存货储备。

维持高水平的稳定存货可得性取决于企业对销售的预测，仓库的数目、地点和储存政策的制定。对特定产品的储备战略还要结合其是否畅销，该产品对整个产品线的重要性，收益率以及商品本身的价值等因素考虑。

衡量可得性可以用下述三个绩效指标：缺货频率、供应比率和订货完成率。

（1）缺货频率。缺货频率（Stockout Frequency）是指缺货发生的频率，也就是一种产品能否按需要装运交付给客户。缺货频率反映了企业满足客户基本需求（在需要的时候可以获得）所达到的水平。缺货频率就是一定时期内衡量某种特定产品需求超过其可得性的次数。企业应尽力维持低的缺货频率，一旦发生缺货，要为客户提供合适的替代产品，或从其他地方调运，或向客户承诺一旦有货立即安排运送，尽可能保持客户的忠诚度，留住客户。

（2）供应比率。供应比率（Fill Rate）用来衡量一定时期缺货的程度或影响大小。其计算公式为

$$供应比率=\frac{某产品可得数量}{客户订单数}\times100\%$$

通过供应比率，可以了解客户多大程度上的需求被满足。产品缺货并不必然意味着其客户的需求将得不到满足。例如，客户需要1000个某种商品，而企业只能供给900个，这时供应比率就是90%。

（3）订单完成率。订单完成率（Orders Shipped Complete）是指在一定时间内订单完成的比率。订单完成率把存货的充分供应看做是一种可接受的完美标准，是一种最严格的考核可得性的尺度。如果与作业绩效相结合，则订单完成率就为客户享受完美订单服务提供了潜在的指标。

2．作业完成绩效

作业完成绩效反映了物流服务满足客户所期望的完成时间和可接受作业变化的能力。作业完成衡量可以通过速度、一致性、灵活性、故障与恢复等方面来具体说明所期望完成的周期。

（1）速度。完成周期的速度是指从订货至货物实际抵达时的这段时间快慢。

根据运输线路设计的不同，完成周期所需的时间会有很大的不同，即使在今天高水平的通信技术和运输技术条件下，订货周期可以是几个小时，也可以长达几个星期。确定完成周期往往与存货需求有着直接关系，一般来说，客户的存货水平越低就要求计划的完成速度越快，较快完成的物流服务会增加企业的物流作业成本或提高物流服务的价格。

（2）一致性。一致性是指企业在众多的完成周期中按原定时间递送的能力。可得性与一旦需要就可以进行产品装运的存货有关；完成周期的速度则与持续地按时递送特定订货所必需的作业能力有关。所以一致性就是指必须随时按照递送的时间承诺加以履行的作业能力，是服务可靠性的反映。

（3）灵活性。作业的灵活性是指异常的客户服务需求的应对处理能力。物流服务灵活性能力包括在始料不及的突发事件条件下，如何妥善应对处理问题。需要灵活作业的典型事件有很多，如修改基本服务计划安排；支持独特的营销方案，新产品引入；产品逐步淘汰，产品回收；特殊的市场定制或特殊的客户服务需求；在物流系统中履行产品的包装定制、运输组合等。

优良的物流服务在于灵活的应变能力，企业整体物流服务能力取决于在适当满足关键客户的需求时所拥有的"随机应变"的能力。

（4）故障与恢复。不管物流作业多么完善，故障常常会发生，企业要有能力预测服务过程中可能发生的故障或服务中断，并有适当的应急计划来完成恢复任务。当实际的服务故障发生时，如运输途中发生车祸，根据客户服务方案中的应急条款及时启用备用运输方案，以满足客户期望的合理的服务水平。

3．可靠性

物流服务的可靠性对物流服务质量而言十分重要。物流活动中最基本的问题就是如何实现已计划的存货可得性及作业完成能力。物流服务质量除了可靠的物流服务标准外还涉及能

否提供有关物流作业和客户订货状况的精确信息。企业能否提供精确信息能力是衡量其客户服务能力最重要的一个方面。除了服务可靠性，服务质量的一个重要组成部分是持续改善。物流经理关心如何尽可能少地发生故障的完成作业目标，而完成作业目标的一个重要方法就是从故障中吸取教训，改善作业系统，以防再发生故障。

（二）完美订单服务

完美订单服务又称为零缺陷服务，这是一种物流服务质量的最高标准，从订单处理开始就正确地做每一件事，没有一点缺陷。从收到订单到交付货物的各个方面，连同无差错开票等，都应该表现完美。这意味着存货可得性和作业绩效得到了完美的履行。

当今企业竞争进入白热化，越来越多的企业把物流作为企业竞争的核心战略以获得竞争优势。企业对物流服务的期望值全面提升，趋近与完美订单服务，如要求及时、无差错地提供近100%的存货可得性服务。

一旦企业展开完美订货的战略，那么，它就必须充分了解潜在的风险和成本上升的可能性。零缺陷的服务承诺要求没有错误的余地，客户则期望企业作出的约定每一次都能如实兑现。

（三）物流的增值服务

物流企业除了提供基本的物流服务外，为了增加企业竞争力，还向客户提供创新的独特服务，即物流增值服务，包括除基本物流服务的各种延伸服务。

1. 增加便利性的服务

一切能够简化手续、简化操作的服务都是增值性服务。在提供物流服务时考虑客户的便利性，实行一条龙、门到门的"一站式"的服务，提供完备的操作或作业提示，提供免培训、免维护、省力化设计和安装、代办业务，自动订货、24小时信息查询等。

2. 加快反应速度的服务

快速反应（Quick Response，QR）已成为推动物流发展的动力之一。传统的观点认为加快反应速度就是要加快运输速度，而现代物流观点则认为不仅要加快运输速度，更应通过优化物流网络，重新设计流通渠道，以此来减少物流环节，简化物流过程，提高物流系统的快速反应能力。

3. 以客户为中心的服务

以客户为中心的理念，必须从对客户有利的角度考虑成本、服务需求，制定特定的物流服务。比如，利用第三方专业物流服务提供商降低物流成本；同类产品企业间联合、共同化配送；采取适用的物流技术和设备措施，或推行物流管理技术，如单品管理技术、条码技术和信息技术等，提高物流的效率和效益，降低物流成本，定制适合特定需求的物流服务。

4. 延伸服务

延伸服务向供应链上游可以延伸到市场调查和预测、采购及订单处理，向下游可以延伸到配送、物流咨询、物流方案的选择与规划、库存控制决策建议、货款回收和结算、教育和培训、物流系统设计与规划方案的制作等。这些延伸服务最具有增值性，但同时对物流服务提供商的要求也是最高的。因此，能否提供此类物流延伸服务已经成为衡量一个物流企业是否真正具有竞争力的标准。

5．物流服务与物流成本之间"效益背反"的关系

一般而言，提高物流服务，物流成本就会上升，成本与服务之间受"收益递减法则"的支配，如图 1-4 所示。当物流服务处于较低水平时，增加成本（X），物流服务就会有明显的改善（Y），但是当物流服务处于较高水平时，增加成本（X'），物流服务改善不明显（Y'），即 $Y>Y'$。

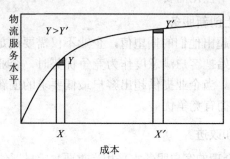

图 1-4 物流服务水平与成本的关系

由图 1-4 可知，处于高水平的物流服务时，成本增加而物流服务水平不能按比例地相应提高。与处于竞争状态的其他企业相比，在处于相当高的服务水平的情况下，想要超过竞争对手提出并维持更高水平的服务标准就需要有更多的投入，所以企业在作出决定服务水平时一定要慎重。

在以前，人们认为物流只是一种降低成本的手段，可是现在人们已经发现物流还可以作为一种战略工具，为企业带来竞争优势，所以不能简单地减少物流费用，要考虑到物流与服务之间的关系，在有些情况下，为了更好地占领市场，还要加大物流投入。

三、确立客户服务水平的步骤

客户服务战略的选择一般有以下四个步骤：掌握客户需求、评估企业的客户服务能力、确定客户服务水平、评估与跟踪执行和改进。

（一）掌握客户需求

竞争的加剧导致客户对产品的需求在不断地变化，企业必须对此种变化作出迅速的反应，这就要求企业不断改进其服务的目标，物流客户服务也必须适应这种改变以保证客户满意，并为客户创造更多的附加价值。

（二）评估企业的客户服务能力

企业内部服务能力评估的主要目的是检查企业服务现状与客户服务要求之间的差距。客户实际接受到的企业客户服务水平也有必要进行测定，因为客户的评价有时会偏离企业的实际运作状况。如果企业确实已经做得很出色，则应当注意通过引导和促销来改变客户的看法，而不是进一步调整企业的服务水平。

（三）确定客户服务水平

1．确定基本的客户服务水平

客户在产品的服务要求上，存在着较大的相似性，因此需要企业为客户提供基本的客户

服务。

2．满足客户特定需要的针对性服务

客户可以按照不同的领域进行细分（如不同的客户类型、不同的地理区域、不同的分销渠道及产品），企业在满足客户基本的服务要求的基础上，制定详细的、更有针对性的客户服务水平，以满足不同客户的个性化需要。

3．在客户的要求基础上创新服务

为了满足客户需求，并超出他们的期望值，企业不仅需要满足客户的需要，还要提供增值的创新服务。当竞争者开始把客户满意度作为竞争优势时，企业应该致力于满足客户最低的要求作为客户满意的开端。当企业提供超出客户最低要求的创新服务时才会使客户满意，达到增值的目的，促使企业拥有竞争优势。

（四）评估与跟踪执行和改进

评估满意过程对于确定合理的客户服务水平相当重要。定量评估在改进工作中占重要地位，但是，客户的反馈是真正满意的唯一正确指标。客户满意指数是定量评估整个满意水平的一种方式，客户满意指数用以评估企业在客户眼中的地位，它运用相关的从1～10的标准变动范围。

当企业使用客户满意指数时，必须全面理解客户的要求和希望。继而这些要求和期望会扩展成为一个标准。然后通过达到或者超过达到这个标准来满足客户的需求或超出客户的期望。例如，邮购支持系统在很多商业中都是普遍的增值服务。提供邮购支持的标准因产业类型而异，但可以包括反应的时间期限、服务便利承诺、解决问题期限和员工的文明礼貌。客户满意指数应该在监控之下用以评估企业在有关满意标准方面的表现，也可评估一段时间内的执行和改进情况。

四、物流质量

物流质量是物流活动或物流企业本身所固有的满足物流客户服务要求和提供服务价值的能力总和。

物流质量的内容一般包括以下方面。

1．物流商品质量保证

物流商品的质量包括其外观质量和内在质量，如规格、尺寸、性质、外观等，这些质量是在生产过程中形成的。物流活动就是转移和保护这些质量，最后实现对客户的质量保证和承诺。

2．物流服务质量

物流服务是物流业最重要、最根本的职能。物流服务质量是指提供物流服务满足用户要求的程度。它具有可靠性、响应性、保证性、有形性的特点，即具有连续地、准确地履行服务承诺的能力，并无差错准时完成，实现迅速帮助顾客并提供服务的愿望；员工所具有的素质及表达出自信与可行的能力，并实际的反映出来，如商品质量的保证程度，配送和运输方式及交货期的满足与保证程度，成本控制及相关服务的满足程度等。

3．物流工作质量

物流工作质量是指物流的各环节、各部门、各工种、各岗位具体工作的好坏程度。由于

物流系统庞杂，顾客要求多样，工作质量内容也十分复杂，不仅涉及工作协调管理，还涉及商品运输、加工、包装、储藏等各个方面，而且各部门内部也有详细的具体工作。

4. 物流工程质量

物流作为一项系统工程，受制于各种因素，诸如：人的因素、设备、工艺方法和手段、计量与测试、体制和环境因素等，所有这些因素构成了物流系统化的物流工程，它的优劣直接影响着物流的质量。

物流质量管理的方法多种多样，这里主要介绍物流管理中常用的 PDCA 循环质量管理法。PDCA 循环质量管理法由美国著名的质量管理专家爱德华兹·戴明博士提出。戴明作为一位纽约大学的教授，第二次世界大战后应日本政府的邀请到日本帮助工业界改善质量，并作出杰出的贡献。

戴明的 PDCA 循环质量管理方法就是："计划（Plan）—执行（Do）—检查（Check）—处理（Action）"的管理循环，简称 PDCA 循环或戴明循环，如图 1-5 所示。PDCA 循环分为四个阶段、八个步骤。

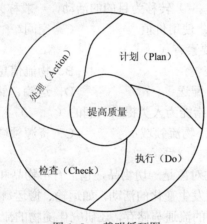

图 1-5　戴明循环图

（1）策划阶段（P）。策划阶段为四个步骤。

第一步，分析现状，找出存在的问题。

第二步，分析问题存在的原因或影响因素。

第三步，找出主要原因或影响质量的关键因素。

第四步，制定措施计划。

（2）实施阶段（D）。实施阶段为第五步，按照计划，贯彻实施。

（3）检查阶段（C）。检查阶段为第六步，对照计划，检查实施效果。

（4）处置阶段（A）。处置阶段为第七步，总结经验教训，采取纠正措施进行改进。巩固成果，将工作结果纳入规程，使之标准化。

第八步，找出遗留问题，转入下次循环解决。

PDCA 管理循环是一种大环套小环、环环相扣的循环改进模式，它强调自主管理、主动管理，要求企业总部、车间、班组、员工都可进行 PDCA 循环，找出问题不断改进，阶梯式上升。每一循环结束后，则进入下一个更高级的循环，使之循环往复、永不停止，使企业物流工程质量不断得到超越和发展。

本 章 小 结

本章主要介绍了物流的概念，现代物流的定义及其分类，物流管理的概念、内容和总体目标，现代物流的服务、质量等相关理论，通过实训环节，帮助学生深入理解理论知识，培养理论与实践相结合的能力。

复习思考题

一、单项选择题

1. 物流的概念最早起源于 20 世纪初的（　　　）。

    A. 日本　　　　　　B. 英国　　　　　　　C. 德国　　　　　　D. 美国

2. 商流是为达成商品（　　）转移为目的的活动，一般称为贸易或交易。

    A. 所有权　　　　B. 使用价值　　　　　C. 空间　　　　　　D. 场地

3. 现代物流的主要功能要素有（　　　）。

    A. 运输、储存、包装　　　　　　　　　B. 物流信息管理

    C. 装卸、流通加工、配送　　　　　　　D. 运输、储存和配送

4. "第三利润源"学说是指能为人类提供利润的（　　　）。

    A. 商业领域　　　　B. 物流领域　　　　　C. 资源领域　　　D. 人力领域

5. 下列说法正确的是（　　　）。

    A. 物流所要"流"的对象是一切物品，包括有形物品和无形物品

    B. 只有物品物理位置发生变化的活动，如运输、搬运、装卸等活动才属于物流活动

    C. 物流不仅仅研究物的流通与储存，还研究伴随物的流通与储存而产生的信息处理

    D. 物流是从某个企业原材料的供应、储存、搬运、加工、生产直至产成品的销售整个过程

二、多项选择题

1. 按照企业经营中的作用分类，现代物流可以分为（　　　）。

    A. 供应物流　　　B. 生产物流　　　　　C. 回收物流　　　D. 废弃物物流

    E. 销售物流

2. 按照物流系统性质分类，现代物流可以分为（　　　）。

    A. 社会物流　　　B. 生产物流　　　　　C. 行业物流　　　D. 企业物流

3. 物流的辅助功能要素有（　　　）。

    A. 包装　　　　　B. 装卸搬运　　　　　C. 流通加工　　　D. 物流信息处理

    E. 分拣配送

4. 物流增值服务是指独特的或特别的物流活动，一般包括（　　　）。

    A. 增加便利性的服务　　　　　　　　　B. 加速反应速度的服务

    C. 降低成本的服务　　　　　　　　　　D. 延伸服务

E．完美订单服务

5．物流质量的内容一般包括以下方面（　　　　）。

A．物流商品质量保证　　　　　　B．物流服务质量

C．物流的工作质量　　　　　　　D．物流工程质量

E．物流成本质量

三、判断题

1．流通实际上就是物流。（　　）

2．商物和物流的关系非常密切，两者都是具有相同的活动内容和规律。（　　）

3．商流是产生物流的物质基础。（　　）

4．物流活动克服了供给方和需求方在空间和时间方面的距离。（　　）

5．商流主要进行运输和储存，实现物资实体空间和时间位置转移，而物流过程主要为商品交换，实现物资所有权的转移。（　　）

6．流通活动中资金流是所有权更迭的交易过程中发生的，可以认为从属于商流。

（　　）

7．根据物流活动发生的先后次序，企业物流可划分为供应物流、生产物流、销售物流、回收废弃物物流四部分。（　　）

8．物流科学是以物的动态流转过程为主要研究对象，提示了物流活动之间存在相互关联、相互制约的内在联系。（　　）

9．流通包含商流、物流、资金流和信息流，其中信息流从属于物流。（　　）

四、简答题

1．简述流通、物流和商流的概念及关系。

2．现代物流管理的含义及内容是什么？

3．物流管理总体目标及任务是什么？

4．物流客户服务的具体需求内容有哪些，如何处理服务与成本的关系？

5．如何确定客户服务水平？

案 例 分 析

中外运空运公司为摩托罗拉公司提供的物流服务

中外运空运公司是中国外运集团所属的全资子公司，下面是中外运空运公司为摩托罗拉公司提供"第三方物流服务"的情况介绍。

一、摩托罗拉公司对物流服务的要求和考核标准

1．摩托罗拉公司对物流服务的要求

（1）提供24小时的全天候准时服务。这主要包括：保证摩托罗拉公司中外业务人员、天津机场、北京机场两个办事处及双方有关负责人的通信联系24小时畅通；保证运输车辆24小时运转；保证天津与北京机场办事处24小时提货、交货。

（2）服务速度快。摩托罗拉公司对提货、操作、航班和派送都有明确的规定，时间以小时计算。

（3）服务的安全系数高。摩托罗拉公司要求服务商对运输的全过程负全责，要保证航空公司及派送代理处理货物的各个环节都不出问题，一旦某个环节出了问题，将由服务商承担责任，赔偿损失，而且当过失达到一定程度时，将被取消做业务的资格。

（4）信息反馈快。摩托罗拉公司要求服务商公司的电脑与摩托罗拉公司联网，做到对货物的随时跟踪、查询、掌握货物运输的全过程。

（5）服务项目多。根据摩托罗拉公司的货物流转需要，通过发挥中外运空运公司系统的网络综合服务优势，提供包括出口运输、进口运输、国内空运、国内陆运、国际快递、国际海运和国内提货的派送等全方位的物流服务。

2. 摩托罗拉公司选择中国运输代理企业的基本做法

首先，通过多种方式对备选的运输代理企业的资信、网络、业务能力等进行周密的调查，并给初选的企业少量业务试运行，以实际考察这些企业服务的能力与质量，对于不合格者，取消代理资格。

摩托罗拉公司对获得运输代理资格的企业进行严格的月度作业考评。主要考核内容包括运输周期、信息反馈、单证资料、财务结算、货物安全和客户投诉。

二、中外运空运公司的主要做法

1. 制定科学规范的操作流程

摩托罗拉公司的货物具有科技含量高、货值高、产品更新换代快、运输风险大、货物周转以及仓储要求零库存的特点。为满足摩托罗拉公司的服务要求，中外运空运公司从1996年开始设计并不断完善业务操作规范，并纳入了公司的程序化管理。对所有业务操作都按照服务标准设定工作和管理程序进行，先后制定了出口、进口、国内空运、陆运、仓储、运输、信息查询、反馈等工作程序，每位员工、每个工作环节都严格按照设定的工作程序进行，使整个操作过程井然有序，提高了服务质量，减少了差错。

2. 提供24小时的全天服务

针对客户24小时服务的需求，中外运空运公司实行全年365天的全天候工作制度，周六、周日（包括节假日）均视为正常工作日，厂家随时出货，中外运空运公司随时有专人、专车提货和操作。在通信方面，相关人员从总经理到业务员实行24小时的通信畅通，保证了对各种突发性情况的迅速处理。

3. 提供门到门的延伸服务

普通货物运输的标准一般是从机场到机场，由货主自己提货，而快件服务的标准是从门到门、库到库，而且货物运输的全程都在代理的监控之中，因此收费也较高。中外运空运公司对摩托罗拉公司的普通货物虽然是按普货标准收费的，但提供的却是门到门、库到库的快件服务，这样既使得摩托罗拉公司的货物运输及时，又保证了货物的安全。

4. 提供创新服务

从货主的角度出发，推出新的更周到的服务项目，最大限度地减少货损，维护货主的信誉。为保证摩托罗拉公司的货物在运输中减少被盗，中外运空运公司在运输中增加了打包、加固的环节；为防止货物被雨淋，又增加了一项塑料袋包装；为保证急货按时送到货主手中，中外运空运公司还增加了手提货的运输方式，解决了客户的急、难的问题，让客户感到在最需要的时候，中外运空运公司都能及时快速地帮助解决。

5. 充分发挥中外运空运公司的网络优势

经过 50 年的建设，中外运空运公司在全国拥有了比较齐全的海、陆、空运输与仓储、码头设施，形成了遍布国内外的货运营销网络，这是中外发展物流服务的最大优势。通过中外运空运公司网络，在国内为摩托罗拉公司提供服务的网点已达 98 个城市，实现了提货、发运、对方派送全过程的定点定人，信息跟踪反馈，满足了客户的要求。

6. 对客户实行全程负责制

作为摩托罗拉公司的主要货运代理之一，中外运空运公司对运输的每一个环节负全责，包括从货物由工厂提货到海、陆、空运输以及国内外的异地配送等各个环节。对于出现的问题，积极、主动地协助客户解决，并承担责任和赔偿损失，确保了货主的利益。中外运空运公司为摩托罗拉公司提供的服务，从开始的几票货发展到面向全国，双方在共同的合作与发展中，建立了相互信任和紧密的业务联系。随着中美达成关于中国加入 WTO 的双边协定，又为中美贸易与合作开辟了更加广阔的前景。在新的形势下，中外运空运公司和摩托罗拉公司正在探讨更加广泛和紧密的物流合作。

资料来源：中国物流与采购网 http://www.chinawuliu.com.cn/oth/content/200501/200515821.html

问题与思考

1. 运用所学的物流理论，简单归纳摩托罗拉公司对物流服务的要求和标准。
2. 中外运空运公司针对上述要求和标准采取了哪些措施？

➡ 实训

物流认知实训

一、实训教学目标

组织学生到现场参观、调研，可以使学生对物流企业、生产商贸企业物流部门有一个概括性的了解，增进对物流技术装备、基础设施等的感性认识，加深对物流作业各种组织管理方式的理解。同时，还可以使学生开阔视野，了解社会，锻炼独立工作能力，增强团体意识，增强公关社交能力，为学生今后的专业学习打下良好的基础。

二、实训具体工作任务及要求（每组可做其中一项）

（1）参观本校附近的物流企业（学生分成几组，尽量覆盖各类物流服务企业），了解该企业的概况，发展历史，服务范围，经营状况，主要物流设备和仓库情况，企业进行物流服务的特点和企业的物流运作特点，服务的对象及客户满意度，如何提供物流服务的，有哪些作业流程和仓储服务系统。

（2）参观本校附近的制造企业，了解制造业基本工作流程和机构设置，了解该企业的概况，了解企业原材料→加工→半成品→组装→装饰→包装→销售的过程。明白实现以上流程应怎样设置机构。基本理出企业产、供、销、管理的存在意义。该企业对供应物流、生产物流、销售物流及回收废弃物物流是如何管理的。是自己做还是外包或是混合两种方式，产、供、销各环节中物流管理水平如何。

（3）参观本校附近的商贸企业，了解企业的基本概况，企业的管理体制、管理方式、管理制度，企业的组织机构及其职责，流通企业的进、销、存管理流程，管理水平以及对第三方物流的需求。

三、实训工作任务内容设计

（1）学生专业认识实习采取自主实习的形式或学校组织联系，进行实地调研，自由组合成为一组，设组长，负责与指导教师或学院联络；每实习小组配备指导教师，指导教师负责学生实习指导，审阅个人实习报告及组织交流小组报告。

（2）学生实地现场调研实习。（一天，可安排在周末课外时间）

（3）实训总结，学生提交个人实习报告及小组报告。

实习报告要求表达准确，文笔流畅，不能抄袭。实习报告主要内容包括以下几个方面。

1）实习目的、要求。

2）实习时间、地点、内容。

3）收获和体会，发现的问题、意见、看法和建议（要求有总结、有分析、有独立观点或提出问题）。

4）组织小组交流实训经验及体会。（两到四课时）

第二章

物流系统及其构成

✍ 能力目标
- 能用系统的观点分析物流案例;
- 熟悉物流系统的分析、规划、评估方法及原则。

📖 知识目标
- 熟练掌握物流系统的基本概念;
- 理解系统的概念,掌握物流系统的构成及特点;
- 了解物流系统分析的目的、内容及方法,了解物流系统规划以及评价的概念。

导入案例

神龙汽车有限公司物流系统

神龙公司是东风汽车公司和法国雪铁龙汽车公司合资兴建的大型轿车生产企业。1992 年 5 月 18 日,神龙公司在武汉市成立。神龙公司下设生产装备部、产品工程部、制造工程部、质量管理部、采购部、市场营销部、财务部、组织系统部、人事部、公共关系部等十个职能部门和武汉、襄阳两个工厂,1998 年时有职工近 5 000 人。截至 1999 年底,完成投资 100.58 亿元,四大生产工艺、八个生产分厂全部建成投产,已经形成了年产 15 万辆整车和 20 万台发动机的生产能力。

神龙富康轿车的总装配线在武汉。但是,装配所需要的部件和零件则来自襄阳、武汉以及全国各地供应商,包括来自法国的进口件。例如,装配所需要的车桥、发动机、变速箱等是从襄阳运过来的,再加上在武汉生产的车身、车厢以及从全国各地,包括从法国购进来的一些进口零部件分别上线进行装配,最后装成一台完整的汽车。

生产出来的神龙轿车又要分销到全国各个城市、各个地方。神龙公司在全国设立了 20 个商务代表处,构成了全国的分销网络。神龙公司制定了售后服务的 12 条承诺。像神龙公司这样,一车涉及全国,甚至整个世界,是一种典型的物流系统,而且是一种典型的大物流系统。

首先,从职能上看,它是由大范围的购进物流系统、企业内部的生产物流系统以及末端产品(汽车)在全国范围内的分销物流系统构成的,每个系统可以成为神龙公司大物流系统的子系统。每个子系统往下又可以分成更小的子系统。例如,购进子系统按空间又可以分成襄阳购进子系统、武汉购进子系统、国内其他地区购进子系统以及法国购进子系统等，每个子系统再往下又可以按功能分成更小的子系统，如包装、装卸、运输、储存、加工即信息处理子系统等。这些功能子系统还可以按时间、按作业班组等往下再分⋯⋯最后一直可以分到最基本单元（作业班组、人、车、机械、工序）为止。这样构成一个既相互区别又相互联系、共同协调合作的一个等级层次结构，成为一个能圆满地完成整个物流任务的有机结合体，这个有机结合体就是一个物流系统。如同人的整个身体是一个有机的系统，头痛脚痛的原因可能来自于身体其他子系统，因此系统论是人类认识自然和社会不可缺少的方法论。科学家作研究、分析的过程甚至是结果陈述的过程都必须是系统的，系统理论已经发展成为一种方法论和科学，即所谓的系统科学，并逐渐形成一门新的理论——系统论。系统论已渗入现代人生活的方方面面，指导着现代人的思维。它更是我们认识物流系统这种复杂系统不可缺少的方法。

思考：

神龙公司各物流分系统的目标是什么？和企业经营目标，物流系统总目标是什么关系？

物流管理涉及运输、配送、仓储、装卸搬运、包装、流通加工、信息处理等多项环节，各环节之间密切相连，不能仅仅考虑单一环节，只有对各环节进行合理组织与安排，协调各环节的作业，才能实现顺畅进行和总体目标，因此需要运用系统化的思想统筹分析。只有将物流系统内部各要素综合考虑，紧密配合，服从物流系统整体的功能和目的，才能使整体的物流系统达到最优化。

第一节　物流系统概述

一、系统的概念及要素

1. 系统的定义

系统是指由两个或两个以上相互区别并相互联系的要素，为了达到一定目的，以一定方式结合起来而形成的整体。系统用数学函数式表示为

$$S = f(A_1, A_2, A_3, \cdots, A_n, \cdots)$$

式中　S——某个系统；

　　　A_n——系统中各个单元要素（$n \geqslant 2$）。

系统中每个单元要素可以称为一个子系统，一个系统是由若干个子系统组成，而每个子系统可以再细分成更小的系统。比如，企业的组织系统，一个企业可以分成若干个事业部门，每个事业部门下属若干个项目组，每个项目组还会细分成各个任务组等。因此我们说一个工厂、一个部门、一项工程、一次赛事活动、一台机械设备都可以看成是一个系统，该系统可以是上一层更大系统的子系统，也可是下一层子系统的母系统。

系统具有如下特性。

（1）组成性。系统是由两个或两个以上元素（部分）组成的。例如，运算器、控制器、

存储器、输入/输出设备组成了计算机的硬件系统，而硬件系统又是计算机系统的一个子系统。

（2）层次性。系统是由各子系统组成，其具备一定的层次性，如物流系统包括仓储系统、运输系统等，所以物流系统的层次高于仓储系统和运输系统等。

（3）边界性。系统和要素都有明确的边界，要素包含于系统之中，所以要素的边界小于系统的边界。同时，系统内不同的要素可能会产生边界交叉，但不能完全重合。

（4）关联性。系统有一定的结构。一个系统是其构成要素的集合，这些要素相互联系、相互制约。系统内部各要素之间相对稳定的联系方式、组织秩序及实控关系的内在表现形式，就是系统的结构。例如，钟表是由齿轮、发条、指针等零部件按一定的方式装配而成的，但一堆齿轮、发条、指针随意放在一起却不能构成钟表；人体由各个器官组成，单个各器官简单拼凑在一起不能称其为一个有行为能力的人。

（5）功能性。系统有一定的功能，或者说系统要有一定的目的性。系统的功能是指系统与外部环境相互联系和相互作用中表现出来的性质、能力和功能。例如，信息系统的功能是进行信息的收集、传递、储存、加工、维护和使用，辅助决策者进行决策，帮助企业实现目标。

（6）整体性。系统中的各要素需要互相配合和协调，才能发挥整体功效。此外，有时系统各要素之和的贡献大于各要素贡献的和，即常说的1+1>2，这也是系统整体性的体现。

整体性是系统最基本、最核心的特性，是系统性最集中的体现。

具有相对独立功能的系统要素以及要素间的相互关联，是根据系统功能依存性和逻辑统一性的要求，协调存在于系统整体之中。系统的构成要素和要素的机能、要素的相互联系和作用要服从系统整体的目的和功能，在整体功能的基础上展开各要素及相互之间的活动，这种活动的总和形成了系统整体的有机行为。在一个系统整体中，即使每个要素并不都很完善，但它们也可以协调、综合成为具有良好功能的系统；反之，即使每个要素都是良好的，但作为整体却不具备某种良好的功能，也就不能称之为完善的系统。任何一个要素不能离开整体去研究，要素间的联系和作用也不能脱离整体的协调去考虑。

此外，大多数系统还要具有一定的柔性，即系统的状态可以转换和控制，具有环境适应性。

2．系统的三大功能要素

系统是由"输入、处理、输出"三大功能要素组成，如图2-1所示。通过输入、输出系统与外部环境交换，外部环境向系统提供人力、财力、物力、能量、信息等各种资源，这些称为"输入"。系统又以自身所具有的特定功能，对输入进行转化处理，使之成为一定的产成品或某些特定的服务供给外部环境使用，这称为"输出"。例如，一个制造企业将原材料进行一系列的加工处理，得到的产成品作为输出，这就是一个生产系统。又如运输部门接到若干运输单，经过调度处理，将货品运送到指定地点，这就是一个运输调度系统。

此外，系统在进行转化处理过程中，受到外界环境的限制干扰，这些干扰可能是人为因素造成的，也可能是不可抗因素造成的，从而导致输出成果不理想或偏离预期目标，因此需要将输出结果的信息返回给输入，以便调整修整系统的活动，这称为"系统反馈"。例如，生产加工过程中人为错误操作或加工文件数据错误可能会造成生产的产品质量出现问题，这就需要再加工修整或重新制定生产计划进行生产。

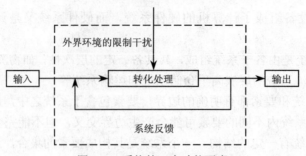

图 2-1　系统的三大功能要素

二、物流系统

现代物流活动具有许多系统性特征，首先，物流过程是一个由人、财、物、信息等基本要素构成的整体系统；其次，物流是一个投入-产出系统，因为物流的基本含义就是把生产要素转换为物流服务这个产品，从而产生效益的过程；最后，物流是一个开放系统，物流管理水平与所处的环境条件息息相关，物流活动要能主动适应外部环境的变化，特别应注意在国际化进程中培育自己的核心竞争能力。比如，在当今，企业物流管理必须适应电子商务环境下的需要。这就要求对企业物流活动进行闭环管理和有效控制，注重信息反馈，以保持企业物流外部环境、内部条件和经营目标三者之间的动态平衡。

物流系统是指在一定的时间和空间里，由所需位移的物资、包装设备、装卸搬运机械、运输工具、仓储设施、人员和通信联系等若干相互制约的要素所构成的具有特定功能的有机整体。物流活动中的各种物流功能（包括仓储、运输、配送、包装、装卸搬运、流通加工及信息处理等功能），伴随着采购、生产、销售活动而相互结合起来，达到提高物流效率的目的。

注意，物流的各功能要素必须要相互组合进行转化处理才能产生物流系统的输出，即向客户或需求方提供的物流服务。单一的运输或单一的装卸搬运是不能完成整个物流系统工作的。

物流系统整体优化的目的是以最低的物流成本、消耗最少的资源达到最佳的物流服务效果。

1. 物流系统的模式及内涵

与一般的系统模式相同，物流系统也具有输入、处理（转化）、输出、限制（制约）和反馈等功能，其具体内容因物流系统的性质不同而有所区别，如图 2-2 所示。

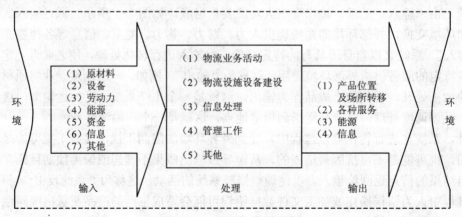

图 2-2　物流系统模式简图

（1）输入。外部环境对物流系统的输入，包括给物流系统提供资源、原材料、专用设备、劳动者、能源等。通过提供资源、能源、设备、劳动者、资金、信息等手段对某一物流系统发生作用。

（2）处理。处理（转化）是指物流本身的加工转化过程。从输入到输出之间所进行的生产、供应、销售、服务等活动中的物流业务活动称为物流系统的处理或转化。处理的具体内容有：物流设施设备的规划建设；各种物流业务活动，如运输、储存、包装、装卸、搬运等；物流信息收集处理及物流人、财、物各项管理工作。

（3）输出。物流系统的输出则指物流系统与其本身所具有的各种手段和功能，对环境的输入进行各种处理后对外界所提供的物流服务。输出内容有：各种物流服务如产品位置与场所的转移；如合同的履行及其他服务等；还有能源消耗与信息报表传递等。

（4）限制或制约。外部环境对物流系统施加一定的约束称之为外部环境对物流系统的限制和干扰。干扰是一种偶然的约束，如突然发生的意外限制，运输中道路因天灾发生拥堵。限制具体有：资金与生产能力的限制，自有资源条件限制，能源限制；价格影响，需求波动；仓库容量限制；装卸与运输的能力；政策性影响等。

（5）反馈。物流系统在把输入转化为输出的过程中，由于受系统各种因素的限制，不能按原计划实现，把输出结果返回给输入，对工作作出评价，有利于系统进行调整，达到预期目的，这称为信息反馈。信息反馈的活动包括：各种物流活动输出报告分析；各种统计报告数据；工作、项目总结，典型调查；国内、国际市场行情信息与有关行业政策动态等。

2．物流系统的特点

物流系统是一个大系统，或者可以称为一个巨系统，所以具有一般系统所共有的特点，同时还具有规模庞大、结构复杂、目标众多等大系统所具有的特征。具体分析起来，物流系统的特点可以归结为以下七个方面。

（1）物流系统是一个"人机系统"。物流系统中的人和形成劳动手段的设备、工具是物流系统的组成要素。物流从业人员运用运输设备、搬运装卸机械、货物、仓库、港口、车站等设施，进行物资的一系列物流生产活动。在这一系列的物流活动中，人是系统中的主体。因此在研究物流系统的各方面问题时，应把人和物有机地结合起来，作为不可分割的整体去加以考察和分析，而且始终要把如何发挥人的主观能动作用放在首位。

（2）物流系统是一个大跨度系统。这主要是指时空的跨度大，现代物流跨越不同的地域，国际物流遍布全球。物流系统中的仓储功能解决生产同需求之间的时间矛盾，其时间跨度往往也很大，物流信息在大跨度系统中的重要程度越来越高。

（3）物流系统是一个可分系统。这是系统层次性的延伸，物流系统本身是流通系统的一个子系统，受到流通系统、社会经济系统的制约，同时无论规模多大的物流系统都可以分解成若干个子系统。系统与子系统、子系统与子系统之间，存在着目标、费用、总效果以及时间和空间、资源利用方面的相关联系。子系统层次划分及数量多少，是随着人们对物流系统的认识和研究的深入而不断深入、扩充的。

（4）物流系统是一个动态系统。物流系统受到社会生产和社会需求的广泛制约，随着关联的需求、供应、渠道、价格的变化，影响物流系统内部的要素及运行，所以物流系统稳定性差，必须是具有适应环境能力的动态系统。系统必须灵活、可变以适应不断变化的需求环境，有时需求变化巨大，物流系统甚至需要重新设计。

（5）物流系统是一个复杂系统。物流系统的作用对象——"物"，可以是全部的社会物资资源，品种繁多、特性各异，物资的多样化带来了物流系统的复杂化。物流系统占用大量的流动资金，物流从业人员队伍庞大，物流网点遍布各地。这些要素的复杂性带来了物流系统的复杂性。合理利用人、财、物以及收集、处理物流信息都是一项复杂的工作。

（6）物流系统是一个多目标系统。物流系统的总目标是实现其时空转移和经济效益。但围绕这个总目标也常常会出现一些矛盾，物流系统存在强烈的"背反"现象，同时实现时间、服务质量、物流成本这几个目标是无法办到的。要使物流系统在诸方面满足人们的要求，显然要建立物流多目标函数，并在多目标中求得物流的最佳效果。例如，在运输中，选择最快的运输方式航空运输，但运输成本高，时间效益虽好，但经济效益欠佳。如选择水路运输，虽有运输成本低的优点，但运输时间长。这些相互矛盾的问题在物流系统中广泛存在，而物流系统又恰恰要在这些矛盾中运行，并尽可能满足人们的要求。

（7）物流系统的效益背反现象。物流系统有个突出的特点，就是当将物流系统作为一个有机整体时，各要素之间存在着"效益背反"现象，即在运输、仓储、包装、搬运、配送等各要素之间存在着一种想要较多地达到其中一个方面的目的，必然使另一方面的目的受到部分的损失。例如，如果减少库存据点并尽量减少库存，则势必增加库存补充频率，也就必然增加运输配送次数；如果简化包装，则包装强度减低，仓库中的货物不能堆放过高，降低仓库空间利用率，而且在装卸搬运过程中容易造成破损，从而减低搬运作业效率；将铁路运输改为航空运输，虽然运费增加了，但运输效率大幅提高了，同时减少了各地物流据点的库存，减低仓储费用等。因此设计、评价物流系统效率时一定要对物流各要素进行最佳组合，正确把握各部分之间的关系，力求做到总体经济利益最大化。

三、物流系统化

物流系统是贯穿生产供应到最终消费资料废弃回收的一个范围很大的系统，因此需要把物流的各个环节（子系统）联系起来看成一个物流大系统进行整体设计及优化管理，依靠优化的物流线路、现代化的物流手段和合理化的物流作业，充分发挥系统功能和效用。

1. 物流系统化的 6S 目标

（1）服务目标（Service）。物流是服务性行业，同时物流系统是流通系统的一部分，起到"桥梁、纽带"作用，它连接着生产与再生产、生产与消费，因此要求有很强的服务性。物流系统最终结果要让客户满意，并随着顾客需求的不断升级创新服务方式方法，近年来出现的"准时供货方式"、"柔性供货方式"等，即是其物流服务性的表现。

（2）及时、快捷目标（Speed）。及时、快捷不但是服务性的延伸，也是商品流通对物流提出的要求。及时、快速既是一个传统目标，更是一个现代目标。现代企业各环节效率的提升，其中必然包括物流环节效率的提升，同时行业效率提高了，整个社会再生产循环的效率也就提高了。在物流领域采取的诸如直达物流、联合一贯运输、高速公路、时间表系统等管理和技术，就是要实现这一目标。

（3）有效地利用面积及空间（Space saving）。节约是经济领域的重要规律，在物流领域中除流通时间的节约外，由于流通过程产生大量成本，主要是运输与仓储成本，基本上不增加或提高商品使用价值，所以必须通过节约来降低投入，物流活动中通常采取省力、降耗、有效利用面积和空间的手段来提高相对产出。

（4）规模适当化（Scale optimization）。同生产领域一样，流通领域也存在一定的规模效应，以此来追求"规模效益"。由于物流系统比生产系统的稳定性差，因而难于形成标准模式的规模化。在设计物流系统时要考虑规模与市场需求相一致，在物流运作中采用如共同配送、整车运输、协同作业等方法扩大规模，在物流系统实施时要考虑到物流设施设备的集中与分散程度、机械化和自动化程度、信息系统的集中化所要求的电子计算机等设备的利用程度等。

（5）库存控制（Stock control）。必要的库存是为了保障供给、减少缺货风险，但库存过多则会增加保管场所，占用更多的企业资金，造成库存成本的增加。因此，在物流组织过程中，需要合理确定库存的方式、数量、结构及其分布。

（6）安全目标（Safety）。安全目标强调的是尽量保证货物在运输途中的安全；在装卸、搬运过程中的安全和仓储阶段的安全；尽可能地减少客户的订货断档情况发生。

2．物流系统的三大要素系统

与一般的管理系统一样，物流系统是由人、财、物、设备、信息和任务目标等要素组成的有机整体。根据物流系统的特点，物流系统的要素可具体分为功能要素、支撑要素、物资基础要素等。

（1）物流系统的功能要素系统。物流系统的功能要素指的是物流系统所具有的基本能力，这些基本能力有效地组合在一起，构成了物流的总功能，便能合理、有效地实现物流系统的总目标。物流系统的功能要素一般包括运输、储存保管、包装、装卸搬运、流通加工、配送、物流信息等。

（2）物流系统的支撑要素系统。物流系统的建立需要有许多支撑要素，尤其是处于复杂的社会经济系统中，要确定物流系统的地位，要协调与其他系统关系，这些要素必不可少。物流系统的支撑要素主要包括体制、制度、法律、规章，行政、命令和标准化系统。

（3）物流系统的物资基础要素系统。物流系统的建立和运行，需要有大量技术装备要素，这些要素的有机联系对物流系统的运行有决定意义，对实现物流和某一方面的功能也是必不可少的。物流系统的物资基础要素主要包括物流设施、物流装备、物流工具、信息技术及网络、组织及管理等。

3．物流系统设计的六个基本设计要素

物流系统管理把研究的对象看做一个系统整体，又把研究对象的过程看做一个整体。这就是说，一方面对于任何一个研究对象，即使它是由各个不相同的结构和功能部分所组成的，都要把它看成是一个为完成特定目标而由若干个要素有机结合的整体来处理，并且还应把这个整体看做是它所从属的更大系统的组成部分来考察和研究；另一方面，对于研究对象的研究过程也作为一个整体来对待，即以系统的规划、研究、设计、制造、试验和使用作为整个过程，分析这些工作环节的组成和联系，从整体出发来掌握各个工作环节之间的信息以及信息传递路线，分析它们的控制、反馈关系，从而建立系统研究全过程的模型，全面地看待和改善整个工作过程，以实现整体最优化。在进行物流系统设计中需要以下几方面的基本数据。

（1）产品（Products）。所研究商品的种类、品目等。

（2）数量（Quantity）。商品的数量多少，目标年度的规模、价格。

（3）路线（Route）。商品的流向，物流系统的线路要素及节点要素，如物流中心、配送中心、车站、码头、消费者等地之间的运输路线、配送路线如何设计。

（4）服务（Service）。物流服务的水平、速达性、商品质量的保持等。

（5）时间（Time）。物流中涉及的时间包括不同的季度、月、周、日、时业务量的波动及特点等。

（6）物流成本（Cost）物流活动中耗费的活劳动和物化劳动的货币表现。

以上 P，Q，R，S，T，C 称为物流系统设计有关基本数据的六个设计元素，这些数据是物流系统设计中必须要考虑的要素。

第二节　物流系统的构成

一、物流系统的构成

物流系统由物流作业系统、物流信息系统和物流保障系统等三大部分构成。

1．物流作业系统

物流作业系统是指在运输、储存、保管、搬运、装卸、包装、流通加工等作业过程中，引入各种技术手段，以求便捷和效率，同时，使各功能之间能恰当地连接起来的系统。物流作业系统由于是更大母系统的子系统，它以母系统的目标为指针，开展物流服务，以满足顾客的要求为第一目标，考虑系统的整体利益，实现整体利益的最优化。一些先进的科学技术成果已被运用于物流作业系统，如磁悬浮列车、自动立体化仓库、机器人、机械手等，它们的应用大大提高了物流作业系统的运作效率。另外，仓库和码头的选址与规划、运输主干线路网络的规划都是物流作业系统最优化所研究的内容。

2．物流信息系统

物流信息系统包括对物流作业系统中的各种活动下达命令、实时控制和反馈协调等信息活动。物流信息系统在企业活动中通常和其他的功能——采购、生产、销售等系统有机地联系起来，可使从订货到发货的信息活动更为完善，从而提高物流作业系统的效率。这一系统中，先进的信息技术的应用有计算机网络技术、计算机通信技术、GPS（全球卫星定位系统）、GIS（地理信息系统）、RFID（无线射频识别技术）、条码技术等。由于物流作业系统中各活动是相互牵制、相互制约的关系，任何一个环节处理不好，都将影响整个物流作业的效益。只有通过物流信息系统，从整体上对各活动作统筹安排，实时控制，并根据反馈信息作出迅速调整，才能保障物流作业系统的高效、畅通和快捷。

3．物流保障系统

物流保障系统包括宏观和微观两个方面。宏观方面，物流保障系统包括政府有关的法律、法规，物流及相关行业的规范和标准；微观方面，物流保障系统包括物流企业的管理基础工作、市场经营战略、经营决策和计划管理、企业作业计划及管理、质量管理、物资管理、设备设施管理、资金保障和风险管理、合同管理、人力资源开发及企业形象设计等方面的管理活动。作为整个物流系统的基础支持部分，物流保障系统起着非常重要的社会物流控制和调节作用。

物流作业系统和物流信息系统之间存在一定的层次关系。这种层次关系表现为物流信息系统对物流作业系统下达命令，物流作业系统反馈信息给物流信息系统，物流信息系统处在物流作业系统的上层，起着调控管理的作用。物流保障系统是通过物流企业的管理活动对物流作业系统提供正常运行的保障，对物流信息系统提供系统畅通无阻的保障。通过分析，我们可以把对于物流系统的了解提高到"大系统"的基准来认识。

二、物流系统的功能要素

1．运输功能

运输功能要素被认为是物流的主要功能要素，是物流系统的主要业务子系统。运输功能要素的业务活动具体包括供应及销售物流中的公路、铁路、船舶、飞机等方式的运输，生产物流中的管道、传送带等方式的运输，以实现物资的空间位移。对运输活动的管理要求选择经济、技术效果最好的运输方式及联运方式，合理确定运输路线，以实现安全、迅速、准时、价廉的要求。

2．仓储功能

仓储是在物流系统中具有同运输同等重要地位的主要功能要素。仓储功能具体包括对物资进行堆存、管理、保管、保养、维护等一系列活动。仓储的作用主要是完好地保证物资的使用价值和价值。现代仓储分为储存保管及库存控制两类具体功能，储存保管是对在库存或者在途商品的数量和品质以及运作进行的管理，以防商品数量短少，质量发生变化。库存控制是对库存的数量、时间、地区分布和结构进行规划和管理的物流作业活动。对保管活动的管理，要求正确确定库存数量，明确仓库以流通为主还是以储备为主，合理确定保管制度和流程，对库存物品采取有区别的管理方式，力求提高保管效率，降低损耗，加速物资和资金的周转。

3．包装功能

包装功能要素一般处于生产的末端、物流系统的起始端，包装包括产品的出厂包装、物流过程中换装、分装、再包装等活动。包装分工业包装和商业包装两种。商业包装的目的是便于商品的销售，工业包装的作用是便于运输，提高装运率，保护在途货物。包装功能还要根据整个物流过程的经济效果，具体决定包装材料、强度、尺寸及包装方式。

4．装卸搬运功能

装卸功能要素包括对输送、保管、包装、流通加工等物流活动进行衔接活动，如货物的装上卸下、移送、拣选、分类等以及在保管等活动中为进行检验、维护、保养所进行的装卸活动。在物流活动中，装卸活动是频繁发生的，因而是产品损坏的重要原因。对装卸活动的管理，主要是确定最恰当的装卸方式，力求减少装卸次数，合理配置及使用装卸机具，以做到节能、省力、减少损失、加快速度，获得较好的经济效果。常用的装卸搬运机械设备有吊车、叉车、传送带、各种台车和集装箱托盘等。

5．流通加工功能

流通加工功能又称流通过程的辅助加工。这种加工活动实际上是生产过程在流通过程的延续，对进入流通领域中的商品进行简单辅助加工。企业、物资部门、商业部门为了弥补生产过程中加工程度的不足，更有效地满足用户或本企业的需求，更好地衔接生产与需求关系，往往需要进行这种加工活动。例如，根据需要装袋、定量化小包装、拴牌子、贴标签、配货、挑选、混装、刷标记等。流通加工主要作用表现在：进行初级加工，方便用户；提高原材料利用率；提高加工效率及设备利用率；充分发挥各种运输手段的最高效率；改变品质，提高收益。

6．配送功能

配送功能要素是物流进入与最终用户交接阶段，以配货、送货形式最终完成物流并最终实现物流价值的活动。配送和运输的区别在于，运输一般是指距离远，批量大，品类比较复杂的货物输送。配送中的送货在运输中属于二次运输，终端运输，一般是短距离、小批量运送。配送作为一种现代流通方式，集经营、服务、社会集中库存、分拣、装卸搬运于一身，已不仅是一种送货运输所能包含的，配送是现代物流的一个最重要的特征，所以可看做独立功能要素。

7．物流信息服务功能

伴随着物流过程的进行，产生大量的、反映物流过程的各种状态信息，如输入、输出、物流的结构、流量与流向、库存动态、物流费用、市场情报等信息，对这些物流信息进行加工处理有利于及时了解和掌握物流动态，及时辅助决策，协调各物流环节，有效地组织好物流活动。现代物流更需要依靠信息技术来保证物流体系正常运作。

三、物流要素的集成

集成（Integration）是指一些孤立的事物或元素通过某种方式集中在一起，产生联系，从而构成一个有机整体的过程。集成既是构成系统的一种方法，又是解决系统问题的一种思想方法、一种管理技术。

物流要素的集成就是要将孤立的、分散的、各自为政的要素集中起来，相互协调，形成一个新的整体，以发挥各个要素不可能发挥的功能。集成化和系统化一样，是现代物流发展的一种趋势。

物流集成不是由同一个资本拥有物流系统的所有要素，而是由一个起领导作用的资本或要素将物流系统需要的其他资本或要素联合起来，形成一个要素紧密联系的物流系统，这些要素之间就像是在一个完整的系统内部一样互相协调和配合。在这种集成的过程中被集成进来的这些要素应该是专业化的要素，如果不是这样，起主导作用的物流要素就会放弃与其他要素集成，而去寻找专业化的资源进行集成。所以，物流集成是在专业化分工基础上进行的，一个集成的物流系统都是由专业化的物流要素组成，这个物流系统就是一个专业的物流系统。

1．物流要素集成的原理

物流要素集成化是指通过一定的制度安排，对物流系统功能、资源、信息、网络要素及流动要素等进行统一规划、管理和评价，通过要素之间的协调和配合使所有要素能够像一个整体一样运作，从而实现物流系统要素之间的联系，达到物流系统整体优化的目的。

物流要素集成的原理可以从下面几方面进行分析。

（1）从集成的目的看，物流要素集成的最终目的是为了实现物流系统的整体最优。集成前的物流系统各要素，均是以要素为单位孤立地进行最优化，这种最优化只考虑了某个物流要素的特性参数，而将该要素与物流系统内部其他要素之间的联系作为外部环境来对待，使本来应该作为内部因素的关系被外部化处理了。由于外部化后并不能实现与其他要素间应有的协同和合作，就会导致更大的交易成本。因此，为使总的交易成本最小化，就应该对这些要素进行集成，以保持各要素之间的密切联系。

（2）从集成的范围看，所有物流要素都应该被集成起来。物流系统的组成要素很多，为了实现物流系统整体最优，必须对所有的物流要素进行集成，而不是只对其中某些要素进行集成。在物流的各个要素之间，首先最应该集成的是功能要素，其他要素的集成是功能要素集成的条件，流动要素的集成是最后的结果。一个物流系统要素如果不能去主动集成别的要素，它就肯定会被别的要素集成进去。

（3）从集成的过程看，物流要素集成就是对要素进行统一的规划、管理和评价，使各要素之间实现协调和配合。不管要素的产权状况、隶属关系、运作安排如何，集成后的完整物流系统必须能够超越产权界限、隶属关系及运作安排，按照物流系统的规划和管理，统一运作、协调发展，并且按照物流系统的标准对物流系统要素集成进行评价，而不是按照要素自身的标准进行评价。

（4）从支撑条件看，物流要素的集成要靠一定的制度安排作保证。物流系统要素集成可以采用许多种方式，这些方式就构成了物流系统要素集成的制度安排。例如，物流系统的多种治理结构，包括多边治理、三边治理、双边治理和单边治理。单边治理只是其中一种形式，这种形式对于大多数物流系统的集成来讲是不可行的，物流要素集成主要应该通过多边治理或者三边治理，有些采用双边治理，很少一部分采用单边治理。

（5）从集成的原则看，物流要素集成必须是有条件、分层次地进行。不是谁都可以集成，也不是任何物流系统都可以集成，不是任何层次的物流系统都可以进行最高层次的集成。影响物流系统集成的因素包括物流发展的环境、物流竞争状况、集成者的领导能力等。

2．物流要素集成的过程

（1）从物流要素集成商的角度分析，物流要素集成的主要过程有以下几个方面。

1）物流要素集成商调查和发掘物流服务需求者的物流服务需求。

2）根据需求，设计和规划物流集成方案。

3）寻求可以用来满足物流服务需求的物流要素资源。

4）确定物流要素的提供者，或者是确定被集成者，确定它们在要素集成中所完成的任务。

5）让被集成者按照分工要求完成具体的集成任务。

6）监督协调和控制物流要素集成过程的具体实施。

（2）从物流要素被集成商的角度分析，物流要素集成的主要过程有以下几个方面。

1）确定自己的主要要素资源。

2）确定这些要素的使用条件（出租条件）。

3）按照客户（可能是要素集成者）的要求进行签约的集成要素的运作、管理和具体实施。物流要素集成是在物流集成商和物流运营商的共同合作下得以完成的，企业在集成中的角色定位由它们的竞争实力和其要素占有类型及占有量等许多因素通过物流市场竞争决定。

3．物流要素集成的类型

物流要素集成的结果归纳为以下几种形式。

（1）要素一体化，即纵向一体化。要素一体化是指将物流系统需要的要素纳入一个资本所有和控制之下，由该资本对物流系统进行规划、设计，并且由该资本对这些要素进行经营和管理。这在需要大量的关系性资产和专用性资产的物流系统中是必要的，但应该实现专业化经营，这就是"大而全、小而全"，它是要素集成的最高形式，它有时是通过并购的形式，有时是通过内含式自我扩张形式实现一体化的。

（2）建立战略联盟，即建立供应链的方式。物流系统中有许多专用性资产。例如，专门处理某一类商品的车辆、配送中心、仓库、分拣机、信息系统等，这些要素分属于许多不同的所有者，它们可以通过互相投资、参股、签订长期的战略联盟协议等方式建立供应链从而实现集成。

（3）资源共享。这有两种形式：第一种，就是通常所说的在不同企业之间进行的横向一体化，即在不改变要素产权关系的情况下，将企业各自拥有的物流资源向物流要素集成者开放并与其他要素的所有者开展物流业务合作，共同利用这些资源，如共用车辆和仓库等，在实现物流资源要素并享的同时也实现了资源与其他物流要素的集成；第二种，即在企业内部不同部门之间进行的横向一体化，企业不同部门之间都有物流资源，如生产企业的各个事业部都有仓库，这些内部部门之间在物流资源上的共同利用也是很有潜力的。

（4）市场化，即采用第三方物流的方式。大量的物流要素集成可以通过物流市场途径完成，但条件是物流市场必须起作用，即在物流市场上价格机制和竞争机制能够调节物流要素的供给与需求，同时，必须有完善的法律保证对于市场投机或者违法行为进行制裁。

第三节　物流系统的分析、规划与评价

一、物流系统分析的概念

系统分析是系统综合优化、决策以及系统设计的基础。系统分析指从系统的观点出发，对事物进行分析研究，寻找可能采取的方案，并通过分析对比，为达到预期目标而选出最优方案所进行的一个有目的、有步骤的探索和分析的过程。系统分析不同于其他分析技术，它必须从系统总体最优出发，采用各种分析工具和方法。它不仅分析技术经济方面的有关问题，而且还分析包括政策、法令、社会风俗、资源等环境因素，分析组织体制、信息等各方面的问题。

物流系统分析是指在一定时间、空间里，对所从事的物流活动和过程作为一个整体来处理，用系统的观点、系统工程的理论和方法进行分析研究，以实现其空间和时间的经济效应。

物流系统是多种不同功能要素的集合，各功能要素相互联系作用形成更多的功能模块和子系统，使整个系统呈现多层次，体现特有的系统特征。因此更需要对物流系统进行分析，对物流网络的一个或多个部分进行有次序、有计划的观察了解，了解物流系统各部分的内在联系，把握物流系统行为的内在规律性，确定各个部分及整个系统如何良好的运作。分析对象可能是一项简单的作业活动，如对装卸搬运工人进行动作研究、时间研究等，也可以是全国范围内，甚至全球范围内对一个企业的整个物流系统所进行彻底的整合，包括该企业与许多供货商和用户的长期伙伴关系。

观察了解，是统计分析的基础，为统计分析提供数据。经过分析，建立物流网络规划模型，模型通常模拟某一现实环境条件下，显示或预期未来可能状况发生时，系统作出的反应。在分析的基础上，对整个物流系统进行重新设计，最终达到优化的目的。

二、物流系统分析的步骤

物流系统分析的一般步骤可分为以下七步，具体分析过程如图 2-3 所示。

（1）提出问题。

（2）分析系统环境。

（3）分析系统结构。

（4）确定系统目标。

以上四个步骤构成了初步的系统分析，目的是明确问题的总体框架。

（5）建立模型。

模型是研究与解决问题的基本框架，可以起到帮助认识系统、模拟系统和优化与改造系统的作用，是对实际系统问题的描述、模仿或抽象。在系统分析中常常通过建立相应的结构模型、数学模型或仿真模型等来规范分析各种备选方案。

（6）系统优化。

（7）综合评价。

若决策者对上述方案不满意，则按前面的步骤，对因素进行调整，重新分析。若决策者对方案满意，则实施之。同时要考虑环境对系统的影响，环境分析几乎贯穿于系统分析的全过程，具有重要的作用。

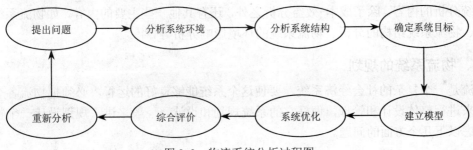

图 2-3 物流系统分析过程图

三、物流系统分析的内容

在对现有物流系统进行重组或设计新的物流系统时，需要进行物流系统的分析；当经济环境、政策发生变化时，也需要对现有的物流系统进行分析；当今的市场处在不断的变化之中，供应链中的合作伙伴关系也会经常发生变化，因而经常需要对物流系统进行分析。

物流系统的分析，指的是在物流网络或者供应链中有序地、有计划地对一个或多个部门进行观察以决定每个部门和整体系统如何有效地运转。物流系统分析可以是一种简单的运作，如在码头进货处对单独的搬运系统或运输系统进行分析研究；也可能是一个复杂的观察分析过程，如在全国或全球范围内，从完全重组一个企业物流系统的角度出发进行分析，分析与长期供应商、与顾客之间的关系，通过观察获取有关的统计数据，并运用于物流网络的模型中进行计算和仿真分析，其最终目的是为了重组全部的物流系统，实现以最低成本获得最优价值的目的。

物流系统分析采用的方法很多，涉及的问题也很多。不管何种分析法，都要涉及一些基本的问题。如某个物流系统：

- 为什么要履行每一项任务？
- 可以产生哪些增值？
- 为何要按照一定的程序进行工作？
- 有些什么途径可以增加效率？
- 是否存在更好的系统运作方法？

如果是在供应链框架内去分析物流系统，上面的这些问题就会变得很具体，如下面的提问：

- 供应商：在哪里获得原料和配件？
- 制造商：在哪里生产和装配这些商品？要生产多少？
- 仓库：在哪里储存某种特定的物品？如何从仓库中尽快拣取到这些货物？
- 运输：船舶吨位是多少？车辆运行路线是什么？海运航线什么？
- 顾客：服务于什么市场？服务水平如何？成本是多少？

以上分析说明，物流系统分析的适用范围很广，从单个的物流作业子系统到一个企业总的物流系统或一个区域、整个国家、甚至全球的物流系统。虽然不同层次的物流系统分析采用的具体方法以及分析的内容各种各样，但从本质上讲，系统分析的目的都是为了使物流系统的整体效应达到最佳。

总成本法、避免次优化法、得失比较分析法，这三种方法是进行的物流系统成本-效益分析的方法。

系统分析的内容，除了成本-效益分析之外，还有其他一些主要的内容，如物流系统目的的分析、物流系统结构的分析、物流系统的环境影响分析等。

四、物流系统的规划

物流是一个复杂的社会经济系统，要使这个系统能够良好的运行，必须把物流各个环节联系起来进行整体设计和管理，做好它的系统规划和设计。一般来讲，规划设计一个物流系统要考虑以下几个方面的问题。

1. 物流系统的输入条件

物流系统的输入条件是指物流系统的范围以及外部环境。物流是一个完整的系统，它受外界环境的制约，在规划设计物流系统时，必须先根据所要解决的问题确定所设计的物流系统的范围和它的外部环境以及两者的接口。由于物流系统的效益背反特性，孤立地改善某一个环节或子系统不一定能提高整个系统的效率，而是要使各环节匹配协调、同等可靠。物流系统规划设计能够起到改善其外部环境的作用。例如，规划一个仓库必须考虑入库的货源，集中入库还是分散入库；整托盘出库还是零星出库；是准备送到附近的装配车间，还是供应远方客户等。如果是规划设计的是自动化仓库，还需要对出入库的设备（如输送机和自动导向车等）提出精度要求。工厂的均衡生产要求配套件能及时供应，配套件供应对厂内物流有很大影响。如果配套件按每月或每季供应一次，那么厂内就要设置仓库，储存一月或一季的生产需要量，这样，既存在仓库建设的投资，又将占用流动资金，增加了生产成本。准时供应制（JIT）正是根据内部物流系统的要求而提出的。

2. 物流系统的输出结果

物流系统的输出结果也就是物流系统的目标任务。对于任何工程问题，都可以有多种解决途径，但是它的前提条件（输入）和所需要达到的目的（输出）必须是明确的。通常物流系统的目标任务包括以下几点。

（1）提高物流系统的吞吐能力以适应产量增长的要求。

（2）建设一个柔性的物流系统，以适应产品经常变化的情况。

（3）对生产过程中可能出现的各种意外情况或随机变化作出及时响应，保持均衡生产。

（4）改善劳动条件，减轻工人的劳动强度。

（5）对物流系统中的货物进行实时跟踪。

（6）对物流系统的货物进行分类或选配，为随后的处理（加工或包装）提供方便条件。

对于物流系统中各种具体的目标和任务，还要根据物流系统在生产系统中的地位和作用来确定。

3．物流系统优劣的评价标准

对物流系统优劣的评价是物流系统决策不可缺少的一步。为对各种可行的方案作出客观公正的评价，应该在提出任何方案之前就制定出评价的标准。一般的物流系统评价标准应包括经济性、技术可靠性、灵活性、安全性、可扩展性、劳动强度、易操作性、服务水平、环境保护、社会效益等方面的内容。

4．物流系统规划用到的数据

原始数据的收集是规划设计物流系统的依据。收集数据有多种方法，可以参考和分析历史数据资料，也可作现场调查以收集数据资料。

一般来讲，需要收集的数据主要包括以下几类。

（1）物料特性包括物料的尺寸、形状、重量，是否耐压和耐冲击，对环境温度和湿度的要求，储存期长短对其质量的影响，物料本身对环境的影响，是否需要在搬运过程中予以密封，不同种的物料之间会有什么影响，能否放在一起等。

（2）物料流量，首先从整体角度掌握进入和流出物流系统的总物料量，包括最大值、最小值、平均值及其概率分布；其次调查流程中各环节的输入输出量及其频率，包括分流和合流的数据；此外还要了解今后的发展规则，估计可能达到的最大物流量。物流量受很多随机因素影响，需要较大量的数据进行统计分析，才能得到可信的结果。

（3）环境条件主要指物流系统输入、输出的接口条件，包括接口的设备、场地以及与生产加工设备的衔接条件。例如，物流系统输入端和输出端的运输工具是汽车、火车、轮船还是其他运输设备，周围有没有储存场地等。

（4）经济数据，如劳务费用、维护费用、设备费用、建筑费用、土地费用、贷款利率、投资限额、最小收益等。

（5）物料搬运设备的数据，包括现有的可供选择的各种物料搬运设备的能力、技术性能、使用寿命和售价等数据。

收集到物流系统的原始数据后，再对这些数据进行整理、分析，并以此为基础进行系统分析，提出初步方案。

物流系统的方案中有些因素必须严格满足一定条件，规划设计人员不能更改，另一些因素则可以由规划设计人员在一定的范围内进行选择，这些就是物流系统中的可控变量。例如，仓库收发货站台的位置和数量、搬运设备的载重量和作用速度、物品进出库策略等，都是必须满足一定要求的可控变量。又如，在规划设计一个仓库时，为使设备的利用率达到最高，可以对堆垛机的数量和运行速度、货架的尺寸等进行一定的变动。物流系统的规划设计就是通过调整可控变量观察系统性能的变化趋势，从而选择可控变量的最佳匹配，达到系统的最佳效果。

此外，物流系统规划中还有很多因素是随机的、不确定的，这是规划设计人员无法控制的因素。例如，商业物流系统中，订单到达的时间间隔和订单量的多少、港口物流系统中船舶到港的日期和数量等，就是不可控因素，而且具有随机性。规划时，必须以大量资料的统计分析和主观经验为基础进行。只有明确了物流系统中的因素哪些是可控的、哪些是不可控的，才能对不同变量进行正确的处理，建立合适、可行的规划模型。

五、物流系统的评价

物流系统的评价是系统分析中复杂而又重要的一个环节，它是利用模型和各种数据，从系统的整体观点出发，对系统现状进行评价。对物流系统评价需要有一定的量化指标，这样才能衡量物流系统实际的运行状况。一般把衡量系统状态的技术经济指标称为特征值，它是系统规划与控制的信息基础。对物流系统的特征值进行研究，建立一套完整的特征值体系，有助于对物流系统进行合理的规划和有效的控制，有助于准确反映物流系统的合理化状况和评价改善的潜力与效果。

1. 物流系统主要的特征值

物流系统的特征值主要有以下两点。

（1）物流生产率。物流生产率是指以一定的劳动消耗和劳动占用（投入）完成某种预测的服务（产出）的过程。物流系统的投入包括人力资源、物质资源、能源和技术，各项投入在价值形态上统一表现为物流成本。物流系统的产出，就是为生产系统和销售系统提供的服务。衡量物流系统投入、产出转换效率的指标称做物流生产率，它是物流系统特征值体系的重要组成部分。物流生产率通常包括实际生产率、利用率、行为水平、成本和库存五个方面的指标。

（2）物流质量。物流质量是对物流系统产出质量的衡量，是物流系统特征值的重要组成部分。根据物流系统的产出，可将物流质量划分为物料流转质量和物流业务质量两方面。

2. 物流系统评价的原则

物流系统评价的原则主要有以下五点。

（1）客观性原则。评价的目的是为了决策，因此评价的质量影响着决策的正确性，即必须保证评价的客观性，必须弄清评价资料是否全面、可靠、正确，防止评价人员的倾向性，并注意人员的组成应具有代表性。

（2）可比性原则。替代方案在保证实现物流系统的基本功能上要有可比性和一致性。个别方案功能突出、内容有新意，也只能说明其相关方面，不能代替其他方面。

（3）系统性原则。指标体系应能全面地反映被评价对象的各个方面情况，还要善于从中抓住主要因素，使评价指标既能反映系统的直接效果，又能反映系统的间接效果，以保证综合评价的全面性和可信度。

（4）定性与定量相结合原则。物流系统的综合评价，既包括技术经济方面的指标，又包括服务水平、社会环境等方面的指标，前者易于定量化测度，但后者却很难用定量化的指标衡量，如安全性、快速反应、顾客满意度等。要使得评价更具有客观性，就必须坚持定量指标与定性指标相结合的原则。

（5）绝对指标与相对指标相结合原则。绝对指标反映系统的规模和总量；相对指标反映系统在某些方面的强度或性能。衡量物流系统"优劣"的很多标准是会随着时间而发展变化的，因此，必须将绝对指标与相对指标结合起来使用，才能够全面地描述物流系统的特性。

3．物流系统评价的步骤

物流系统评价是根据明确的目标来测定对象系统的属性，并将这种属性变为客观定量的计算值，或者主观效用的行为过程。这一过程包括以下三个关键步骤：

（1）确定评价目的。

对物流系统进行综合评价，是为了从总体上把握物流系统现状，寻找物流系统的薄弱环节，明确物流系统的改善方向。为此，应将物流系统各项评价指标的实际值与设定的基准值相比较，以显现现实系统与基准系统的差别，基准值的设定通常有下列三种方式。

1）以物流系统运行的目标值为基准值，评价物流系统对预期目标的实现程度，寻找实际与目标的差距所在。

2）以物流系统运行的历史值为基准值，评价物流系统的发展趋势，从中发现薄弱环节。

3）以同行业的标准值、平均水平值或先进水平值为基准值，评价物流系统在同类系统中的地位，从而寻找出改善物流系统的潜力。

（2）建立评价指标体系。

从系统的观点来看，系统的评价指标体系是由若干个单项评价指标组成的有机整体。它应反映出评价目的的要求，并尽量做到全面、合理、科学、实用。为此，在建立物流系统综合评价的指标体系时，应选择有代表性的物流系统特征值指标，以便从总体上反映物流系统的现状，发现存在的主要问题，明确改善方向。

（3）选择评价方法和模型。

1）评价指标多且划分为不同层次，可通过逐级综合得出对各部分的评价及对系统的总体评价结果。

2）由于管理基础工作等方面的原因，有些指标无法精确量化；同时由于物流系统是多属性的物流系统，评价结果用一个数值来表示不够全面和精确，对物流系统的评价一般采用综合评价方法。因而对各指标进行登记评价具有一定的模糊性，通常采用模糊集理论对物流系统进行评价。

本 章 小 结

本章通过系统的概念引出物流系统的概念，并进一步阐述物流系统的模式及内涵、物流系统的功能要素、物流系统的构成、物流系统化的目标以及要设计一个物流系统需要具备的六个基本元素等内容。针对物流系统中非常普遍的"效益背反"现象，提出在实际的物流系统规划设计及运作过程要重视这一现象产生的后果，做好平衡，确保全局利益最大化。最后本章介绍了物流系统的分析、规划及评价的相关理论。

复习思考题

一、单项选择题

1. 物流系统产生的产品位置与场所的转移，提供的各种物流服务、履行合同等，称为物流系统的（　　）。

    A. 输入　　　　　　B. 转化处理　　　　C. 输出　　　　D. 反馈

2. 如果简化包装，则包装强度减低，仓库中的货物不能堆放过高，降低仓库空间利用率，而且在装卸搬运过程中容易造成破损，从而减低搬运作业效率，这一现象体现了物流系统中的（　　）现象。

    A. 共生共存　　　B. 效益背反　　　　C. 利益共享　　　D. 互利互惠

3. 物流目标系统化本身的目标是（　　）。

    A. 提供客户需要的服务　　　　　　　　B. 减少成本

    C. 实现物流系统整体目标最优　　　　　D. 最大限度地利用可用资源

4. 下列不属于物流系统特征的是（　　）。

    A. 物流系统是一个"物-机系统"

    B. 物流系统是一个具有层次结构的可分的系统

    C. 物流系统是跨地域、跨时域的大系统

    D. 物流系统的效益背反性

5. 物流系统的支撑要素不包括（　　）。

    A. 体制和制度　　B. 法律和规章　　　C. 行政和命令　　D. 非标准化系统

二、多项选择题

1. 物流系统的物资基础要素包括（　　）。

    A. 物流装备　　　　　　　　　　　　　B. 物流工具

    C. 信息技术及网络　　　　　　　　　　D. 物流设施

2. 下述属于物流生产率指标的是（　　）。

    A. 生产率　　　　B. 利用率　　　　　C. 成本和库存　　D. 服务质量指标

3. 系统具有如（　　）等特性。

    A. 整体性　　　　B. 目的性　　　　　C. 关联性　　　　D. 边界性

    E. 层次性

4. 物流要素集成的结果归纳为以下（　　）形式。

    A. 纵向一体化　　B. 建立战略联盟　　C. 资源共享　　　D. 第三方物流

    E. 自营

三、简答题

1. 在生产企业中，很多企业研发部门的工作之一就是努力降低组成产品的部件的数量。例如，一个角架原来由三个零件组成，研发部门则会通过重新设计将这个角架变成不可拆分的整体。利用系统的整体性原理对这一现象进行分析。

2. 简述物流系统的各功能要素及其特点。

案 例 分 析

伊藤洋华堂公司的新加工食品物流系统

伊藤洋华堂集团创立于 1920 年，经过 80 多年的发展，现拥有 60 多家公司，业务涉及零售、餐饮、金融、加工制造、出版等。零售业是伊藤洋华堂集团涉足的主要领域，业态包括便利店、大型综合超市、超级市场、百货店、专业店和折扣店。伊藤洋华堂是伊藤洋华堂集团旗下著名的品牌店，以大型综合超市为主，在日本有 180 多家店铺。2002 年销售额 268 亿美元，位列《财富》世界 500 强企业第 161 位，2003 年再次以 272 亿美元的销售额名列第 148 位。伊藤公司的百货板块主要包括 Ito-Yokado 超级百货和 York Mart 连锁超市以及国内成都伊藤洋华堂和北京的八家华堂商场。2004 年百货板块营业收入增长 1.5%，达 1.5 万亿日元，占据其总营业收入的 45.3%。其北京华堂商场 2004 年营业收入增长约 70%，仅此三家伊藤洋华堂的总营业收入就达 17 亿元人民币，处于国内零售百强的前 50 名以内。

伊藤洋华堂公司在东京圈内的新食品物流系统早已经完成，其特征是深入地研究店内物流以减轻店铺的作业负担。到货的精度达到了五万分之一，在世界上还很少见到运用这样高度现代物流系统的案例。

伊藤洋华堂的成功离不开坚强有力的物流系统后盾。本文就伊藤洋华堂公司的新加工食品物流系统进行介绍，从而了解物流系统的构成及其运营作业。

一、供应链的大幅度改革

伊藤洋华堂公司早在很久以前就引入了"窗口批发商制度"，致力于物流的效率化。这一制度是将若干个批发商的业务集中于作为窗口的批发商，以简化向店铺配货体制。但是，得到广泛应用的这一制度也存在着改善的必要。

为了改善上述状况，1999 年 10 月新的加工食品物流中心投入运营。具体做法是，废弃 3 处本土的集散型物流中心，将 6 所在库型物流中心集中于 4 所，全部为在库型的一流物流中心，除了加工食品之外还有点心和酒类，中心的运营委托给食品批发商的各个公司。这样一来，不仅做到了从窗口批发商到店铺的物流效率化，向物流中心送货的厂家由原来的 18 处减少到 4 处，也大大减少了作业量。这次的新物流系统不仅对店铺的销售物流而且对厂家物流也进行了合理化调整，并注重加强供应链管理的意识。

二、由信息技术支撑的不同货架到货方式

在连锁店，从商品接收到货开始，再到将商品展示到卖场的过程往往负担较重，伊藤洋华堂也不例外。主要是由于需要区分一般商品和特卖商品，还要进行验货、向卖场不同货架的码放等细致的作业，从入货口开始就要做一次分拣、二次分拣、验货、上货等工作。新的物流系统将这些中间作业全部省略并进行了改善，实现了商品卸货后可以向卖场直接上货，能够达到这样的效果完全靠的是信息系统。由于日本受土地法和大店法的限制，各个连锁店铺的面积大小不等，各个店铺的货架数也不相同，加工食品的货架数可以有 10 个或 20 个。

伊藤洋华堂采用的"不同货架到货方式"是按货架为单位进行到货的方法，这样就可能

在货架上顺序进行补充商品，做到最大效率化。首先，需要对各个店铺的货架与商品的关系进行调查，将商品与其货架的货位输入到物流中心的计算机系统中，在计算机系统上建立起商品与店铺以及货位的关联，通过计算机系统自动地识别什么商品有多少，应该补充到哪一家店铺的哪一个货位上。完成这样复杂的区分作业系统的到货精度能够达到五万分之一，应用如此高精度的物流系统，当然就不需要再进行验货作业了。

新物流系统还引入了鲜度维持管理系统，商品的主文件中设定了商品有效期和准许销售期限，在商品入库时输入制造年月，计算机系统就可以自动进行判断是否可以入库。在库商品严格按照先进先出进行作业，每日由作业人员检验商品日期，为保证不出现超过准许销售期限的商品，对将近准许销售期限的商品提供警告功能，采用双重保险方式。

三、川口加工食品共同配送中心

该共同配送中心的物流、信息系统是由运营的食品批发商和伊藤洋华堂公司共同开发的，基本的物流操作在其他所有的物流中心是一样的。这里只举出川口加工食品共同配送中心的作业实例。该中心坐落在与东京相邻的琦玉县川口市，供给伊藤洋华堂公司在东京都、琦玉县、坜木县、茨城县的 51 家店铺的商品，全年 365 天运转，一年基本的业务处理量金额约为 250 亿日元，中心的运营是由食品批发业的大公司菱食公司承担。中心占地面积 2618 坪(一坪=3.30378 平方米)、建筑面积 4786 坪，保管商品数约 4500 种，其中加工食品 2400 种、点心 1500 种、酒类 600 种。在库有与伊藤洋华堂公司交易的 16 家批发商的商品，采用共同保管方式。

该中心在上午进行入库作业，为了提高作业效率，采用指定时间到货方式，送货迟到的允许范围约 15 分钟。作业人员使用下载了订货数据的手持式电脑终端，入库商品与下载的数据核对后进行确认。然后将商品分别按 A、B、C、特卖的分类进入保管货区或自动仓库。店铺接收订货截至中午 12 点，配货作业从 14 点半开始，根据每日的订货量不同一般需要进行到 20 点左右。较近的店铺在傍晚时分出库、在 20 点左右送达，较远的店铺是在第二天开店前的 7 点至 8 点到货。考虑到噪声等问题，在避免深夜到货的同时在开店前结束到货。

四、维持五万分之一精度的作业系统

作业系统的配货采用三种方式。

A 类商品和特卖商品采用清单配货方式，用叉车将商品搬送到出库区域，所有商品使用扫描器进行出库数据和实物的核对，保证数据完全一致。

B、C 类商品采用打印出与出库箱数相同的发货标签，播种方式是配货后将标签标贴到包装箱上，然后由自动传送装置搬送商品，自动分拣机读出标签的信息后按照不同店铺和不同通道进行分拣。

B、C 类商品的零散出库采用手推式配货台车的方式。出库信息按不同店铺和不同通道无线下载到台车上，从货架上取出商品后扫描通用商品条码，按每一个商品品种放入可折叠的货箱中，台车是伊藤洋华堂公司自己设计的式样，台车能够识别货架的位置，可以自动用最短的步行距离表示配货的数据。配货完成之后再进行数据上传，打印出的标签标贴到货箱上，之后由自动分拣机进行分拣。自动分拣机的出货口排列着轮式托盘，包装箱和货箱上标贴有通道编码的标签，作业人员在判别的同时放入按通道准备出的轮式托盘上，轮式托盘带有分隔板，可以在一台轮式托盘上分开放置多个通道的商品。

五、5 亿日元以上的成本降低效果

在伊藤洋华堂的店铺，原来员工 8 点上班到 11 点补货还未完成的情况屡见不鲜，新的物流系统运营后，10 点过后再没有陈列商品的现象发生，不同通道到货方式的实施，大大提高了店铺的补货效率。

到货商品所花费的时间从 80 分钟大幅度缩短到 20 分钟，也实现了店铺的无验货作业。缩短的时间用来进行订货和接待顾客，使店铺的顾客服务水平也得到提高。

不仅仅是节省了时间，1 个店铺一年的人员费用能够节省 200 万～300 万日元，现在东京圈从物流中心的配货店铺数合计为 177 个店铺(伊藤洋华堂公司 117 个店铺、其他 60 个店铺)，用每一个店铺节省的 300 万日元相乘，计算结果表明可以减少 5 亿日元的经费。

伊藤洋华堂公司正在研讨在其他地区也采用新加工食品物流系统，有北海道、静冈县、中京地区的 3 个地区作为候补，已经决定了委托方进入了实质性阶段。

伊藤洋华堂公司与日本的外资零售业不同，没有多余的店铺库存，也没有无效的物流作业。在欧美还见不到这样的现代物流系统，伊藤洋华堂公司的物流系统也可以被认为是企业物流革新的典范。

资料来源：无忧考网，http://www.51test.net/show/530263.html

问题与思考

1. 根据案例拟建伊藤洋华堂公司东京新加工食品物流系统的架构。
2. 连锁门店采用什么特色的作业方式？这种方式依靠怎样的技术得以实现？
3. 试说明川口加工食品物流系统的评价指标体系。

➥ 实训

选择评价物流服务系统

一、实训教学目标

能对物流服务系统建立评价体系，掌握简单的评估方法如综合评分法。

二、实训具体工作任务及要求

某家物流公司拟迅速进入一大型城市的快递市场，又不想自己组建快递网络，而是通过考察该市较有影响的快递公司，选择其中一家做为合作伙伴。

三、实训工作任务内容设计

（1）请调查你所在地区的快递公司，至少找出两家公司影响较大的公司深入调研，总结出该公司业务能力、组织经营管理水平、人员结构等。

（2）要求从两家公司中选择一家作为合作伙伴，首先建立评价体系，服务质量评价指标可以是货物准时到达率、运输货损货差率、投诉有效处理率、信息查询传送正确率。公司内部指标可以有成本效益指标、管理水平、人员结构指标等。

（3）组成评委小组，利用综合评分法给两家或多家候选伙伴打分，得出最终结果，可参考单个服务商评分表如表 2-1 所示。

表 2-1   单个服务商评分表

		优（9～10分）	良（7～8分）	中（4～6分）	差（1～3分）
服务质量指标	服务价格				
	准时到达				
	取货及时				
	货损货差				
	投诉有效处理				
	信息查询				
内部经营管理指标	成本效益				
	管理水平				
	人员结构				

第三章

仓储管理

能力目标

● 能规划仓库储位及进行货位编码；

● 能画出仓储作业流程图；

● 会应用仓储合理化的几种方法：ABC 分类法、库存控制法等。

知识目标

● 重点掌握仓储和仓储管理的概念；

● 掌握仓储活动的作用、分类、任务；

● 了解仓库储位规划的概念及原则，掌握仓储作业管理的内容；

● 掌握仓储管理的原则以及实现仓储合理化的方法。

导入案例

从英迈公司仓储管理得到的启示

2000 年一年英迈公司全部库房只丢了一根电缆。半年一次的盘库，由公证公司作第三方机构检验，前后统计结果只差几分线，库存商品损坏率为 0.03%，运作成本不到营业总额的1%……这些都发生在全国拥有 15 个仓储中心，每天库存货品上千种，价值可达 5 亿元人民币的英迈公司身上。他们是如何做到的呢？通过参观英迈在中国上海的储运中心，可以发现英迈中国运作部具有强烈的成本概念和服务意识。

一、几个数字

0.123 元：英迈库存中所有的货品在摆放时，货品标签一律向外，而且没有一个倒置，这是在进货时就按操作规范统一摆放的，目的是为了出货和清点库存时查询方便。运作部曾经计算过，如果货品标签向内，以一个熟练的库房管理人员操作，将其恢复至标签向外，需要 8min，这 8min 的人工成本就是 0.123 元。

3kg：英迈的每一个仓库中都有一本重达 3kg 的行为规范指导，细到怎样检查销售单、怎样装货、怎样包装、怎样存档、每一步骤在系统上的页面是怎样的，等等，在这本指导上都有流程图并配有文字说明，任何受过基础教育的员工都可以从规范指导中查询和了解到每一个物流环节的操作规范，并遵照执行。在英迈的仓库中，只要有动作就有规范，操作流程清晰的观念为每一个员工所熟知。

　　5min：统计和打印出英迈上海仓库或全国各个仓库的劳动力生产指标，包括人均收货多少钱，人均收货多少行（即多少单，其中人均每小时收到或发出多少行订单是仓储系统评估的一个重要指标），只需要 5min。在 Impulse 系统中，劳动力生产指标统计适时在线，随时可调出。而如果没有系统支持，这样的一个指标统计至少需要一个月的时间。

　　10cm：仓库空间是经过精确设计和科学规划的，甚至货架之间的过道也是经过精确计算的，为了尽量增大库存实用面积，只给运货叉车留出了 10cm 的空间，叉车司机的驾驶必须稳而又稳，尤其是在转弯时，因此英迈的叉车司机都要经过此方面的专业培训。

　　20min：在日常操作中，仓库员工从接到订单到完成取货，规定时间为 20min。因为仓库对每一个货位都标注了货号标志，并输入 Impulse 系统中，Impulse 系统会将发货产品自动生成产品货号，货号与仓库中的货位一一对应，所以仓库员工在发货时就像邮递员寻找邮递对象的门牌号码一样方便、快捷。

　　4h：有一次，由于库房经理的网卡出现故障，无法使用 Impulse 系统，结果他在库房中寻找了 4 个小时，也没有找到他想找的网络工作站。依赖 IT 系统对库房进行高效管理，已经成为库房员工根深蒂固的观念。

　　1个月：英迈的库房是根据中国市场的现状和生意的需求而建设的，投入要求恰如其分、目标清楚，能支持现有的经销模式并做好随时扩张的准备。每个地区的仓库经理都要求能够在 1 个月之内完成一个新增仓库的考察、配置与实施，这都是为了飞快地启动物流支持系统。在英迈的观念中，如果人没有准备，有钱也没用。

　　二、几件小事

　　（1）英迈库房中的很多记事本都是收集已打印一次的报废纸张装订而成，即使是各层经理也不例外。

　　（2）所有进出库房都必须严格按照流程进行，每一个环节的责任人都必须明确，违反操作流程，即使有总经理的签字也不可以。

　　（3）货架上的货品号码标志用的都是磁条，采用的原因同样是因为节约成本，以往采用的是打印标志纸条，但因为进仓货品经常变化，占据货位的情况也不断改变，用纸条标志就出现了灵活性差、打印成本也很高的问题，采用磁条后问题得到了根本性解决。

　　（4）英迈要求与其合作的所有货运公司在运输车辆的箱壁上必须安装薄木板，以避免因为板壁不平而使运输货品的包装出现损伤。

　　（5）在英迈的物流运作中，厂商的包装和特制胶带都不可再次使用，否则，视为侵害客户权益。因为包装和胶带代表着公司自身知识产权，这是法律问题。如有装卸损坏，必须运回原厂出钱请厂商再次包装。而如果是由英迈自己包装的散件产品，全都统一采用印有其指定国内代理商怡通公司标志的胶带进行包装，以分清责任。

　　三、仅仅及格

　　提起英迈，在分销渠道中都知道其最大优势是运作成本低，而这一优势又往往被归因于其采用了先进的 Impulse 系统。但从以上描述中可以看出，英迈运作优势的获得并非看似那样的简单，而是对每一个操作细节不断改进，日积月累而成的。从所有的操作流程看，成本概念和以客户需求为中心的服务观念贯穿始终，这才是英迈竞争的核心所在。英迈中国的系统能力和后勤服务能力在英迈国际的评估体系中仅被打了 62 分，刚刚及格。据介绍，在美国专业物流市场中，英迈国际能拿到70~80分。

作为对市场销售的后勤支持部门，英迈运作部认为，真正的物流应该是一个集中运作体系，一个公司能不能围绕新的业务，通过一个订单把后勤部门全部调动起来是一个核心问题。产品的覆盖面不见得是公司物流能力的覆盖面，物流能力覆盖面的衡量标准是应该经得起公司业务模式的转换，换了一种产品仍然能覆盖到原有的区域，解决这个问题的关键是建立一整套物流运作流程和规范体系，这也正是大多数国内IT企业所欠缺的物流服务观念。

思考：

1. 英迈公司从哪些方面体现了现代化管理和低成本运作意识？

2. 从英迈公司中国物流的运作来看，基本体现了仓储管理现代化的哪些方面？

3. 你认为英迈运作优势来源于什么？

第一节　现代仓储概述

一、仓储的概念

"仓"也称为仓库（Warehouse），是存放、保管、储存物品的建筑物和场地的总称，可以为房屋建筑、大型容器或特定的场地等，具有存放和保护物品的功能；"储"也称为储存（Storing），表示将储存对象收存以备使用，具有收存、保护、管理、贮藏物品、交付使用的意思。"仓储"则为利用仓库存放、储存暂时不用的物品的行为。简言之，仓储就是在特定的场所储存物品的行为，同期对存放物品进行保管、控制的过程。

当社会产品出现剩余，当产品不能被即时消耗掉，或者生产、流通过程中需要暂时专门的场所存放或储备时，就产生了仓储活动。可以说，仓储是对有形物品提供存放场所、物品存取过程和对存放物品的保管及控制的过程，是人们的一种有意识的行为。仓储的性质可以归结为：仓储是物质产品的生产过程的持续，物质的仓储也创造着产品的价值；仓储既有静态的物品贮存，又包含动态的物品存取、保管、控制的过程；仓储活动发生在仓库等特定的场所；仓储的对象既可以是生产资料，又可以是生活资料，但必须是实物动产。

储存物品的量即库存，库存控制是现代仓储管理的关键问题。保管是保护储存物品的价值和使用价值的过程，主要目标在于防止外部环境对储存物品的侵害，保持物品的性能完整无损。

二、仓储的作用

随着社会生产水平的提高，社会化的大生产需要有保证生产需要的原材料和零部件的仓储服务。仓储成为生产和消费领域中物资集散的中心环节，其功能已不单纯是保管、储存。从现代物流系统观点来看，仓储是物流系统的调运中心，可以在这里对物流进行有效、科学的管理与控制，使物流系统更顺畅、更合理地运行。仓储活动的作用主要表现在以下几个方面。

1. 社会生产顺利进行的必要环节和支撑条件

现代社会生产的一个重要的特征就是专业化生产和规模化生产，劳动生产率极高，产量巨大。绝大多数产品都不能被即时消费，需要经过仓储的手段进行储存。这样，一方面，调节生产与消费在时间、空间上的差异性，避免生产过程被堵塞，保证生产过程能够连续进行；另一方面，生产所使用的原料、材料等需要有合理的储备，才能保证及时供应，满足生产的需要。一些企业产品的需求极具季节性，但其生产必须是稳定的，因为这样可以使生产成本最小，同时储备足够的产品来应对相对较短的热销季节，如空调和月饼等。

2. 调节生产和消费的时间差别，维持市场稳定

仓储是物流系统的一个重要子系统，在物流系统中起着缓冲、调节和平衡的作用。仓储的目的是克服产品生产与消费在时间上的差异，使产品产生时间效益，实现其使用价值。人们的需求所具有的持续性与产品季节性、批量性生产的集中供给之间存在着供需时差的矛盾。通过仓储将集中生产的产品进行储存，持续地向消费者提供，才能不断保证满足消费需求。例如，大米一年收获 1~2 次，必须用仓库储存，以保证平时的均衡需求。又如，水果或者鱼虾等水产品在收获季节时需要在冷藏库进行保管，以保证市场的正常需要并防止价格大幅度涨落。另外，集中生产的产品如果即时推向市场销售，必然造成市场短时期内产品供给远远大于需求，造成产品价格大幅下降，甚至无法消费而被废弃；相反，在非供应季节，市场供应量少而价格高，通过将产品仓储，均衡地向市场供给，才能稳定市场，有利于生产的持续进行。

所以通过仓储，可使商品在最有效的时间发挥作用，创造商品的时间价值和使用价值。利用仓储这种"蓄水池"和"调节阀"的作用，还能调节生产和消费的失衡，消除过剩生产和消费不足的矛盾。

3. 具有保持劳动产品价值的作用，有时还有增值作用

生产出的产品在消费之前必须保持其使用价值，否则将会被废弃。这项任务就需要由仓储来承担。储存和保管的功能是仓储最基本的功能，因此，仓库应具有必要的空间用于容纳产品。保管过程中应保证产品不丢失、不损坏、不变质。要利用完善的保管制度，合理搬运设备，正确的操作方法，在仓储过程中对产品进行保护、养护、管理，甚至于处理、加工，防止其损坏而丧失使用价值。

根据所储存产品的特性，仓库里应配有相应的设备，以保持储存产品的完好性。例如，对水果、鱼肉类产品仓库要控制其温度，使之成为冷藏仓库及冷冻仓库；储存精密仪器的仓库应防潮防尘，为保持温度恒定，需要空气调节及恒温设备；一些储存挥发性溶剂的仓库必须有通风设备，以防止因空气中挥发性物质含量过高而引起爆炸。

同时，仓储是产品到消费阶段的最后一道作业环节，可以根据市场对产品消费的偏好，对产品进行最后加工改造和进行流通加工，提高产品的附加值，以促进产品的销售，甚至增加收益。

4. 促进流通过程的衔接，是流通的支撑条件

产品从生产到消费，不断经过分散、集中、再分散的过程，还可能需要经过不同运输工具的转换运输，为了有效地利用各种运输工具，降低运输过程中的作业难度，实现经济运输，产品需要通过仓储进行候装、配载、包装、成组、分拆和疏散等。为了满足销售的需要，产品在仓储中要进行整合、分类、拆除包装、配送等处理和存放。因此，仓储承担起了流通过程的衔接功能。

5. 现货交易的场所

存货人要转让已在仓库存放的商品时，购买人可以到仓库查验商品，取样化验。双方可以在仓库进行转让交割。国内众多的批发交易市场，既有商品存储功能的交易场所，又有商品交易功能的仓储场所。众多具有便利交易条件的仓储都提供交易活动服务，甚至部分形成有影响的交易市场。近年来，我国大量发展的仓储式超市，就是仓储交易功能高度发展、仓储与商业密切结合的结果。

当然，仓储活动需要投入大量物力、人力。例如，仓储设施设备、仓储人员工资福利、仓储管理费用等；储存物资占用资金及利息；存货发生变质或丢失会产生存货损失；存货仓储费用及保险费用支出。

三、仓储的种类

仓储的本质是对物品的储藏和保管，但由于经营主体、仓储对象、经营方式、仓储功能的不同，使得不同的仓储活动具有不同的特性。

1．按仓储经营主体划分

按仓储经营主体划分，仓储分为企业自营仓储、营业仓储、公共仓储和战略储备仓储。

（1）企业自营仓储。企业自营仓储包括生产企业和流通企业的自营仓储。生产企业自营仓储是指生产企业使用自有的仓库设施对生产使用的原材料、生产的中间产品、最终产品实施储存保管的行为，其储存的对象较为单一，以满足生产为原则。流通企业自营仓储则为流通企业以其拥有的仓储设施对其经营的商品进行仓储保管的行为，仓储对象种类较多，其目的为支持销售。

企业自营的仓储行为不具有独立性，仅仅是为企业的产品生产或商品经营活动服务，相对来说规模小、数量众多、专用性强，而仓储专业化程度低、设施简单。企业自营仓储为自用仓储，一般不开展商业性仓储经营。

（2）营业仓储。营业仓储是仓储经营人以其拥有的仓储设施，向社会提供商业性仓储服务的仓储行为。仓储经营人与存货人通过订立仓储合同的方式建立仓储关系，并且依据合同约定提供服务和收取仓储费。商业营业仓储的目的是为了在仓储活动中获得经济回报，实现经营利润最大化，其服务包括采取提供货物仓储服务和提供仓储场地服务。

（3）公共仓储。公共仓储是公用事业的配套服务设施，为车站、码头提供仓储配套服务。其运作的主要目的是为了保证车站、码头的货物作业和运输，具有内部服务的性质，处于从属地位。

但对于存货人而言，公共仓储也适用营业仓储的关系，只是不独立订立仓储合同，而是将仓储关系列在作业合同、运输合同之中。

（4）战略储备仓储。战略储备仓储是国家根据国防安全、社会稳定的需要，对战略物资实行储备而产生的仓储。战略储备由政府进行控制，通过立法、行政命令的方式进行，由执行物资储备的政府部门或机构进行运作。战略储备特别重视储备品的安全性，且储备时间较长。战略储备物质主要有粮食、油料、能源、有色金属和淡水等。

2．按仓储对象划分

按仓储对象划分，仓储分为普通物品仓储和特殊物品仓储。

（1）普通物品仓储。普通物品仓储是指不需要特殊保管条件的物品仓储。一般的生产物资、普通生活用品、普通工具等杂货类物品，不需要针对物品设置特殊的保管条件，采取无特殊装备的通用仓库或货场存放物品。

（2）特殊物品仓储。特殊物品仓储是指在保管中有特殊要求和需要满足特殊条件的物品仓储，如危险物品仓储、冷库仓储、粮食仓储等。特殊物品仓储一般采取专用仓库，按照物品的物理、化学、生物特性以及法规规定进行专门的仓库建设和实施管理。

3．按仓储功能划分

按仓储功能划分，仓储分为储存仓储、物流中心仓储、配送仓储、运输中转仓储和保税仓储。

（1）储存仓储。储存仓储是指物品较长时期存放的仓储。由于物资存放时间长，存储费用低廉就显得尤为重要，储存仓储一般在较为偏远的地区进行。储存仓储的物品较为单一，品种少，但存量较大。由于物资存期长，储存仓储特别注重对物资的质量保管和维护。

（2）物流中心仓储。物流中心仓储是以物流管理为目的的仓储活动，是为了实现有效的物流管理，对物流的过程、数量、方向进行控制的环节，以实现物流的时间价值。物流中心仓储一般在地区的经济中心、交通较为便利、储存成本较低处进行。物流中心仓储品种较少、进库批量较大、分批出库，整体上吞吐能力强。

（3）配送仓储。配送仓储又称配送中心仓储，是商品在配送交付消费者之前所进行的短期仓储，是商品在销售或者供生产使用前的最后储存，并在该环节进行销售或使用的前期处理。配送仓储一般在商品的消费经济区间内进行，能迅速地送达消费和销售。配送仓储物品品种繁多、批量少，需要定量进货、分批少量出库操作，还需要进行拆包、分拣、组配等作业，其主要目的是为了支持销售，注重对物品存量的控制。

（4）运输中转仓储。运输中转仓储是衔接不同运输方式的仓储。在不同运输方式的衔接处进行，如在港口、车站、库场所进行的仓储，是为了保证不同运输方式的高效衔接，减少运输工具的装卸和停留时间。运输中转仓储具有大进大出的特性，货物存期短，注重货物的周转作业效率和周转率。

（5）保税仓储。保税仓储是指使用海关核准的保税仓库存放保税货物的仓储行为。保税仓储所储存的对象是暂时进境并还需要复运出境的货物，或者是海关批准暂缓纳税的进口货物。保税仓储受到海关的直接监控，虽然所储存的货物由存货人委托保管，但保管人要对海关负责，入库或出库单据均需要由海关签署。

4．按仓储物的处理方式划分

按仓储物的处理方式划分，仓储分为保管式仓储、加工式仓储和消费式仓储。

（1）保管式仓储。保管式仓储是以保持保管物原样不变的方式进行的仓储。保管式仓储又称纯仓储，存货人将特定的物品交由保管人保管，到期保管人将原物交还存货人。保管物除了自身所发生的自然损耗和自然减量外，数量、质量、件数不发生变化。保管式仓储又分为仓储物独立保管仓储和将同类仓储物混合在一起的混藏式仓储。

（2）加工式仓储。加工式仓储是保管人在仓储期间根据存货人的要求对保管物进行一定的加工的仓储方式。保管物在保管期间，保管人根据委托人的要求对保管物进行外观、形状、成分构成、尺度等方面的加工，使保管物发生委托人所希望的变化。

（3）消费式仓储。保管人在接受保管物时，同时接受保管物的所有权，保管人在仓储期间有权对保管物行使所有权；在仓储期满，保管人将相同种类、品种和数量的替代物交还给委托人所进行的仓储，称为消费式仓储。消费式仓储特别适合于保管期较短（如农产品）、市场供应（价格）变化较大的商品的长期存放，具有一定的商品保值和增值功能，是仓储经营人利用保管物开展经营的增值活动，消费式仓储将成为仓储经营的重要发展方向。

第二节　现代仓储管理

一、仓储管理的概念和原则

仓储管理就是对仓库及仓库内的物资所进行的管理，是仓储机构为了充分利用所具有的仓储资源，提供高效的仓储服务所进行的计划、组织、控制和协调过程。具体来说，仓储管理包括仓储资源规划、库存管理、作业管理、安全管理、劳动人事管理和财务管理等一系列管理工作。仓储管理有如下几方面基本原则。

1．效率原则

效率是指在一定劳动要素投入量与产品产出量的比率。只有较小的劳动要素投入，产出较高的产品产出量才能实现高效率。高效率意味着劳动产出大、劳动要素利用率高，高效率是现代生产的基本要求。仓储的效率反映在仓容利用率、货物周转率、进出库时间和装卸车时间等指标上，表现为"快进、快出、多存储、保管好"等方面。

仓储管理的核心就是效率管理，实现最少的劳动量的投入，获得最大的产品产出。劳动量的投入包括生产工具、劳动力的数量及其作业时间和使用时间。高效率的实现是管理科学与艺术的体现，通过准确地核算，科学地组织，妥善地安排场所和空间，机械设备与人员、部门与部门、人员与人员、设备与设备、人员与设备之间默契地配合，才能使仓储作业过程有条不紊地进行。

高效率还需要有效管理过程的保证，包括现场的组织、督促，标准化、制度化的操作管理，严格的质量责任制的约束；反之，现场作业混乱、操作随意、作业质量差，甚至出现作业事故显然不可能有效率。

2．经济效益的原则

企业生产经营的目的是为了追求利润最大化，这是经济学的基本假设条件，也是社会现实的反映。利润是经济效益的表现，其表示公式为

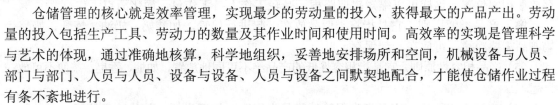

$$利润 = 经营收入 - 经营成本 - 税金$$

实现利润最大化则需要做到经营收入最大化和经营成本最小化。作为参与市场经济活动主体的仓储业，应围绕着获得最大经济效益的目的进行组织和经营，但也需要承担部分的社会责任，履行环境保护、维护社会安定、满足社会不断增长的需要等社会义务，实现生产经营的社会效益。

3．服务的原则

仓储活动本身就是向社会提供服务产品。服务是贯穿在仓储中的一条主线，仓储的定位、仓储的具体操作、对储存货物的控制都围绕着服务进行。应着重在便利服务、改善服务、提高服务质量上下工夫。

仓储的服务水平与仓储经营成本有着密切的相关性，两者成正比例关系，服务好，成本高，收费就高。仓储服务管理就要在降低成本和提高（保持）服务水平之间保持平衡。仓储企业进行服务定位的策略有以下几种：

（1）进入或者引起竞争时期：高服务、低价格且不惜增加仓储成本。

（2）积极竞争时期：用一定的成本实现较高的仓储服务水平。

（3）稳定竞争时期：提高服务水平，争取成本不断降低。

（4）已占有足够的市场份额处于垄断竞争（寡头）：服务水平不变，尽力降低成本。

（5）退出阶段或完全垄断：大幅降低成本，但也降低服务水平。

二、仓库储位规划

仓库储位规划即仓储空间的布置，它是有效进行仓储管理的基础。这是因为，必须事先规划留有大小不同的位置，以对应不同尺寸、不同数量和不同特征的物品的存放。所以，储位规划的重点在于实现两个基本目标：①如何增加储位空间的有效利用；②如何促进物品出入流动的效率。

1．储位规划原则

（1）靠近出口原则。它是指将刚到达的商品指派到离出入口最近的空储位上。

（2）以周转率为基础原则。它是指按照商品在仓库的周转率（销售量除以存货量）来排定储位。周转率愈高，则应离出入口愈近。

（3）产品相关性原则。它是指相关性大的产品在订购时经常被同时订购，所以应尽可能存放在相邻位置。这样可以缩短提取路程，减轻工作人员工作量，简化清点工作。

（4）产品类似原则。它是指将类似品放在一起进行保管，如酸奶、奶油、炼乳、奶酪等奶制品需要冷藏，可放在一起保存。

（5）产品相容性原则。它是指相容性低的产品绝不可同地放置，如烟、香皂、茶便不可放在一起。

（6）先进先出原则。它是指先保管的物品先出库，如感光纸、胶片、食品等。

（7）叠高原则。即像堆积木一般将物品叠高。从仓储效率来看，利用栈板等工具来将物品堆高，其容积效率要比平置方式来得高。

（8）面对通道的原则。它是指物品面对通道来保管，可使作业人员更容易识别物品的标号和名称。

（9）物品尺寸原则。它是指同时考虑物品单位大小及由于相同的一群物品所造成的整批形状，以便能供应适当的空间满足某一特定需要。

（10）重量特性原则。它是指按照物品重量的不同来决定储放物品在保管场所的高低位置。一般而言，重物应保管于地面上或料架的下层位置，而重量轻的物品则保管于料架的上层位置。

2．商品分类分区、存放与货位编号

仓库对储存商品进行科学管理的一种重要方法是实行分区、分类和定位保管。分区就是按照库房、货场条件将仓库分为若干货区；分类就是按照商品的不同属性将储存商品分划为若干大类；定位就是在分区、分类的基础上固定每种商品在仓库中具体存放的位置。商业仓库经常要储存成千上万种商品，实行分区、分类和定位保管，使每种商品都有固定的货区、库房或货场、货位存放，不但有利于加强对商品的科学保管和养护，而且有利于加快商品出入库作业的速度和减少差错。

（1）商品分类和仓库分区的方法。在进行商品分类时，仓库一般按商品自然属性划分。根据不同商品对温度、湿度、气味、光照、虫蚀等的适应程度，将商品划分为几大类。分类的目的主要是为了将不同性能的商品分别储存在不同保管条件的库房或货场，以便在储存过程中有针对性地进行保管与养护。

在某些以运输业务为主的仓库中，主要是按商品流向分类。按照运输方式，首先将商品按公路、水路、航班或铁路线划分。在发运量较大的仓库中，可以进一步按收货地点或到站分类。按照运输要求分类的目的主要是为了在组织商品发运过程中，使商品直接在各个货位备货，以减少在仓库中经过的中间环节。

仓库分区是根据仓库建筑形式、面积大小、库房、货场和库内道路的分布情况，并结合考虑商品分类情况和各类商品的储存量，将仓库划分为若干区，确定每类商品储存的区域。货区的划分一般在库房、货场的基础上进行。多层库房分区时也可按照楼层划分货区。

进行商品分类和仓库分区时应注意划分适当。划分过粗不利于管理，划分过细不利于仓容利用，应根据仓库的具体管理需要合理地划分。

（2）货位编号。货位编号就是将商品存放场所按照位置的排列，采用统一标记编上顺序号码，并作出明显标志。货位编号在保管工作中有重要的作用。在商品收发作业过程中，按照货位编号可以迅速、方便地进行查找，不但提高了作业效率，而且有利于减少差错。

仓库货位的多少主要取决于管理的需要。一般来讲，仓库规模越小，储存的商品品种、规模越复杂，相应的货位划分就越需要细致。反之，仓库规模较大，每一库房、货场储存的品种、规格较为单一，货位的划分就相对比较简单。根据仓库货位的多少，进行货位编号所采用的方法可以有所不同。

货位编号应按照统一的规则和方法进行。首先，要确定编号先后顺序的准则，规定沿着什么方向，用怎样的顺序进行编号。编排货位的顺序号码应按照便于掌握的原则加以选择。在同一仓库内，编号规则必须相同，以便于查找和防止错乱。其次，应采用统一的方法进行编号。每一货位的号码必须使用统一的形式、统一的层次和统一的含义进行编排。统一的形式是指所用的代号和连接符号必须一致；统一的层次是指货位编号中每种代号的先后顺序必须固定；统一的含义是指货位编号中的每个代号必须代表特定的位置。

在商业仓库中，一种既简单又实用的货位编号方法是采取四组数字来表示商品存放的位置。通常，在采用货架存放商品的仓库里，四组数字依次代表库房的编号、货架的编号、货架层数的编号和每一层中各格的编号。例如，四组数字 3－10－4－5，它们顺序表示第 3 号库房，第 10 个货架，第 4 层中的第 5 个货格。这种方法常称做"四号定位法"，根据货位编号可以迅速地确定某种商品具体存放的位置。

货位编号的方法很多，应根据具体情况和使用上的习惯加以选择。货位编号确定之后，应作出醒目的标记，物资入库时编写物资货位表，如表 3-1 所示。

另外，为了方便管理，货位编号和货位规划可以绘制成平面布置图。通过图板管理不但可以全面反映库房和货场的商品储存分布情况，而且可以及时掌握商品储存动态，便于仓库调整安排。

表 3-1 物资货位表

品　名	物资编号	库区号	货架号	货架层、列号
儿童玩具	0022	A	3	3-1
文具	0023	A	5	3-3
…	…	…	…	…

三、仓储作业管理的内容

仓储作业管理包括货物从入库到出库之间的装卸、搬运、堆码、库位管理、储存保养等一切与货物实务操作、设备运用和人力资源相关的作业。其中，入库作业必须考虑入库货物的数据输入、入库检验；搬移上架中搬运工具及人力的规划、储位指示与管理等。货物在储存状态中，其作业内容则包含储位的调整、搬运及库存数量的清点、库存跟踪、保养等。出库包括核对出库凭证、备料、复核和交接货物，并按照客户要求加以分类、包装和进行流通加工。仓储作业的具体流程，如图 3-1 所示。

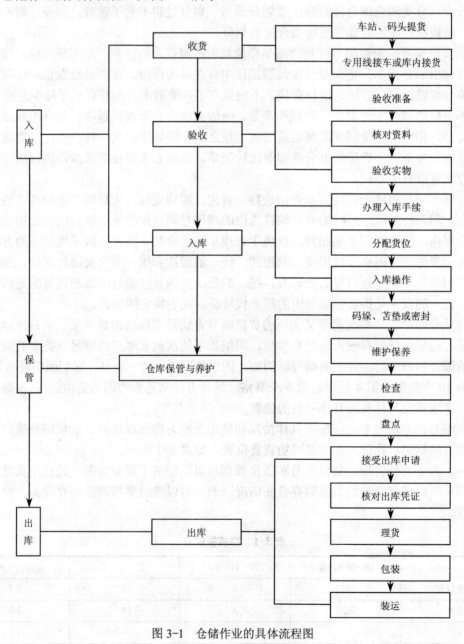

图 3-1　仓储作业的具体流程图

1．货物入库管理

货物入库的整个过程包括接货、验收和办理入库手续。

货物接收的主要任务是：及时准确地从运输部门提取入库货物。为了给仓库验收工作创造有利条件，接收货物应做到手续清晰、责任分明，避免把一些在运输过程中或运输前就已经发生损坏、差错的货物带入仓库。在收货过程中，货物从运输工具上移至收货装卸平台，一到装卸平台就应该进行产品损坏检查，任何损坏、缺失都要记录在承运人发货的收据上，然后签收收据。

货物验收的主要工作包括验收准备、核对单证、实物检验和处理验收发现的问题。

货物入库验收必须凭进货单或入库通知单等凭证，对货物的数量、品种和规格进行验收，一般采取与货物单位一致的计量方法验收，在通常情况下进行全部检验（特殊情况下可以抽检），根据货物的不同情况采取过磅、测量、检尺、换算等方法，严格查明运到的货物在数量、品种、规格上是否与计划、运单、发票及合同的规定等相符。另外，还要对货物质量进行验收，核实运到的货物在质量方面是否符合规定的要求，凡是仓库能检验的（外包装、合格证等），由仓库保管员负责检验；凡是需要由质检部门或专业部门检验的由各职能部门负责检验，保管员依据各相关部门的检验记录进行入库。

入库是将货物从收货装卸平台搬运到指定的存储区。这个过程包括确认货物（通过扫描货物的条码）、给货物分配合适的货位，将货物搬运到指定货位，最后更新仓库的储存记录，使之反映货物的接收及其在仓库中的位置。

2．货物储存和保管

影响货物储存和保管的因素很多，主要有货物自身的理化性质、储存的自然环境和储存期长短。货物自身具有的理化性质是货物发生质变和数量损耗的根本原因，它在很大程度上决定了货物的保管条件和方法。同时，货物的理化性质还是决定仓库平面布局、库内布置、保管环境和码垛方式的重要因素。

储存货物时，可根据货物受环境影响程度和保管条件的不同进行分区分类存放。选择储存位置要遵循储位规划的原则。为了提高仓库空间利用率，能用货物托盘堆高的货物，应尽量用托盘堆高后存储。

在储存过程中，货物不断地入库、出库。有些货物因长期存放而品质下降或成为废品，不能满足用户要求，造成账面库存与实际库存可能不相符。为了有效地掌握货物的数量和质量，必须定期或不定期地进行盘点。对已经超过保质期的货物进行处理，对即将到期的货物进行分类标志或处理。

3．货物出库管理

仓库接到出库单时，首先要认真地进行审核，然后及时按货单理货、备货。备货时要做到单、货相符，避免出错。在部分货物出库时，应按照"先进先出，易坏先出，不利于保管先出"的原则，安排出货。

为使货物在运输途中不容易碰撞、散失和损坏，方便运输，要将货物进行必要的包装。货物的包装应便于各种装卸搬运机械的使用，提高装卸、搬运效率。

最后，经装车及审核，签发出门证，交提货发运人员作为出门放行的依据。

第三节　仓储合理化

一、仓储合理化及其标志

在物流系统中普遍存在"效益背反"规律。仓储作为物流系统的一项重要活动，由于其自身特点，经常有冲减物流系统效益、恶化物流系统运行的趋势，所以对社会经济活动有逆作用。而这种逆作用主要是由于不合理储存造成的。储存不合理主要是由于储存技术、储存管理以及组织方法的不当，造成商品储存时间过长、储存数量过大、储存结构失衡，甚至储存商品的质量损失。因此，仓储管理的目标就是实现储存合理化。储存合理化，即用最经济的办法实现储存的功能。储存的功能是对需要的满足，实现被储物的时间价值。这就必须有一定储量，这是合理化的前提或本质，如果不能保证储存功能的实现，其他问题便无从谈起。但是，仓储的不合理又往往表现在对储存功能实现的过分强调，是过分投入储存力量和其他储存劳动所造成的。所以，合理仓储的实质是在保证储存功能实现的前提下的尽可能少的投入，是一个投入产出的关系问题。仓储合理化主要通过下列标志加以体现：

1．质量标志

保证被储存物的质量，是完成储存功能的根本要求，只有这样，物品的使用价值才能通过物流之后得以最终实现。在储存中增加了多少时间价值或是得到了多少利润，都是以保证质量为前提的。所以，仓储合理化的主要标志中，为首的应当是反映使用价值的质量。

2．数量标志

数量标志是指在保证功能实现的前提下，仓储合理化应有一个合理的数量范围。目前，管理科学的方法已能在各种约束条件下，对合理数量范围作出决策，但是较为实用的还是在消耗稳定、资源及运输可控的约束条件下所形成的储存数量控制方法。

3．时间标志

在保证功能实现的前提下，寻求一个合理的储存时间，这是和数量有关的问题。储存量越大，消耗速率越慢，则储存的时间必然长；反之，亦然。在具体衡量时，往往用周转速度指标来反映时间标志，如周转天数、周转次数等。

现代物流管理概论在总时间一定的前提下，个别被储物的储存时间也能反映合理程度。如果少量被储物长期储存，成了呆滞物，虽反映不到宏观周转指标中去，但也标志着存在储存不合理的问题。

4．结构标志

结构标志是从被储物不同花色品种、不同储存数量的比例关系上对储存合理性的判断。尤其是相关性很强的各种物资之间的比例关系更能反映储存合理与否。由于这些物资之间的相关性很强，只要有一种物资耗尽，即使其他物资仍有一定数量，也无法投入使用。所以，不合理的结构的影响面并不仅局限在某一种物资上，而是有关联性的。

5．分布标志

分布标志是指不同地区储存的数量比例关系，既可以由此判断当地需求比和对需求的保障程度，也可以由此判断其对整个物流的影响。

6. 费用标志

仓租费、维护费、保管费、损失费以及资金占用利息支出等，都能从实际费用上判断出储存的合理与否。

二、实现仓储合理化的方法

1. 实行 ABC 管理

由于在仓库中一般储存的物资品种非常繁多，在管理过程中必须根据具体情况实行重点管理，才能取得确实效果，一般采用 ABC 管理可以达到预期要求。

ABC 分析法又称物资的重点管理法，其基本原理是运用数理统计的方法对品种繁多的物资，按其重要程度、消耗数量、价值大小和资金占用等情况，进行分类排队，分清重点和一般，然后分别采用不同的管理方法，做到抓住重点、照顾一般。重点管理法的实际应用说明，虽然企业使用的物资品种很多，但是往往可以按其所占资金的大小分类排队，划分为 A、B、C 三大类，如图 3-2 所示。

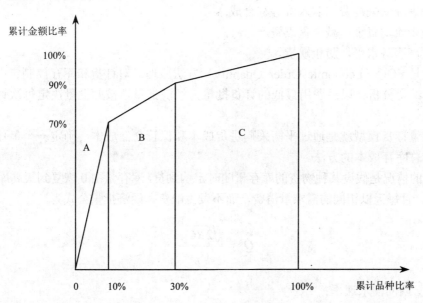

图 3-2　ABC 分类法金额与品种比率

从图 3-2 中，可以看出：将累计品种百分数为 10%，而平均资金占用额累计百分数为 70% 左右的前几个物品，确定为 A 类；将累计品种百分数为 20% 而平均资金占用额累计百分数也为 20% 的物品，确定为 B 类；其余为 C 类，C 类情况正好和 A 类相反，其累计品种百分数为 70%，而平均资金占用额百分数仅为 10%。

分出三种类型的物资后，就需要采用相应的管理方法。

一般来讲，A 类物资属于品种不多，而占用资金多，应定为物资管理的重点对象，采用最经济、最合理的批量和时间进行采购和订货，既要减少库存量，又要保证生产，需要严格控制和管理。

C 类物资属于消耗量不大、单价较低、面积占用较小的物资或不经常领用的零星器材、维修备件等。这类物资品种繁多，但资金占用很少，应视为物资管理的一般对象，采用比较粗放的管理方法，即定量订购的控制方式，并可适当加大保险储备量，以防止缺货现象的发生。

B 类物资的特点和重点程度介于上述两类物资之间，企业要根据物资管理的能力和水平，选用定期订购方式或定量订购方式。

除按价值分类外，还可以根据销售难易程度、缺货产生的后果（重要性）等因素进行 ABC 分类，或者综合几种因素进行分类。总之，要符合仓库管理的目标和仓库本身的具体情况。

2．科学的库存管理控制

库存控制主要是对库存量进行控制。

众所周知，库存量过多将会招致许多问题，如占压过多的流动资金，并为此付出相应的利息；存货过多，则仓库的各种费用，如仓储费、保险金、劳务费也随之增加；此外，还会导致物资变质、过时、失效等损失。但是，为了避免以上问题，降低库存又会导致缺货率上升的风险。因此，库存控制应综合考虑各种因素，满足以下三方面要求：

（1）考虑降低采购费和购入价等综合成本。

（2）减少流动资金，减少盘点资产。

（3）提高服务水平，防止缺货。

经济批量 EOQ（Economic Order Quantity）方法原理：对订货和库存控制集中可能发生的费用进行综合分析，以总费用最低的订货批量为经济批量，按此批量决定每次订货的数量和订货间隔。

经济批量订货模型就是通过平衡采购进货成本和保管仓储成本，确定一个最佳订货数量来实现最低总库存成本的方法。

最简单的情况是假设某种物资的库存量随时定购到货，库存量由 0 恢复到最高库存量 Q 所需时间为 0，且每天以相同的需求量消费，而不发生缺货。经济批量公式为

$$Q* = \frac{\sqrt{2RC_O}}{C_H}$$

式中　R——期间需求速率；

　　　$Q*$——经济订货批量；

　　　C_O——一次订货费用；

　　　C_H——单位物资单位时间保管费用。

如果 C_H 采用保管费率的计算方法则上式又可写成：

$$Q* = \frac{\sqrt{2RC_O}}{Pi}$$

式中　P——库存品单价；

　　　i——保管费率。

【例】某仓库需供应一种物资，年需求量 10 000 件，每件价格 1 元，每次采购费用 25 元，年保管费率为 12.5%，要求确定经济采购量。

$$Q^* = \sqrt{\frac{2RC_O}{Pi}} = \sqrt{\frac{2 \times 10\,000 \times 25}{1 \times 12.5\%}} = 2\,000 \text{ 件}$$

3．应用预测技术

销售额的估计和出库量的估计等需要正确的预测，这是库存管理的关键。一般利用建立数学模型和历史数据来预测未来销售量，由于库存量和缺货率是相互制约的因素，所以要在预测的基础上，制定正确的库存方针，使库存量和缺货率协调，取得最好的效果。

但是，对于预测的数据也不可过分依赖，因为预测总是以过去的数据为基础的，预测计算和实际情况有一定出入。为此，在预测时，应尽可能依据最新的数据和信息。另外，订货周期和供货延迟期要尽量缩短，这样可以提高预测的可靠性。

4．仓储成本控制

货物的仓储成本主要是指货物保管的各种支出，其中一部分为仓储设施和设备的投资，另一部分则为仓储保管作业中的活劳动或者物化劳动的消耗，主要包括工资和能源消耗等。根据货物在保管过程中的支出，可以将仓储成本分成以下几类。

（1）保管费。保管费是指为存储货物所开支的货物养护、保管等费用，它包括用于货物保管的货架、货柜的费用开支，仓库场地的房地产税等。

（2）仓库管理人员的工资和福利费。仓库管理人员的工资一般包括固定工资、奖金和各种生活补贴。福利费可按标准提取，一般包括住房基金、医疗以及退休养老支出等。

（3）折旧费或租赁费。仓储企业有的是以自己拥有所有权的仓库以及设备对外承接仓储业务，有的是以向社会承包租赁的仓库及设备对外承接业务。自营仓库的固定资产每年需要提取折旧费，对外承包租赁的固定资产每年需要支付租赁费。仓储费或租赁费是仓储企业的一项重要的固定成本，构成仓储企业的成本之一。对仓库固定资产按折旧期分年提取，主要包括库房、堆场等基础设施的折旧和机械设备的折旧等。

（4）修理费。修理费主要用于设备、设施和运输工具的定期大修理，每年可以按设备、设施和运输工具投资额的一定比率提取。

（5）装卸搬运费。装卸搬运费是指货物入库、堆码和出库等环节发生的装卸搬运费用，包括搬运设备的运行费用和搬运工人的成本。

（6）管理费用。管理费用是指仓储企业或部门为管理仓储活动或开展仓储业务而发生的各种间接费用，主要包括仓库设备的保险费、办公费、人员培训费、差旅费、招待费、营销费、水电费等。

（7）仓储损失。仓储损失是指保管过程中货物损坏而需要仓储企业赔付的费用。造成货物损失的原因一般包括仓库本身的保管条件，管理人员的人为因素，货物本身的物理、化学性能，搬运过程中的机械损坏等，实际中，应根据具体情况，按照企业的制度标准，分清责任，合理计入成本。

仓储成本管理是仓储企业管理的基础，对提高整体管理水平，提高经济效益有重大影响，但是由于仓储成本与物流成本的其他构成要素，如运输成本、配送成本以及服务质量和水平之间存在效益背反的现象，因此，降低仓储成本要在保证物流总成本最低和不降低企业的总体服务质量和目标水平的前提下进行，常见的措施有以下几种：

（1）采用"先进先出"方式，减少仓储物的保管风险。"先进先出"是储存管理的准则之一，它能保证每个被储物的储存期不至过长，减少仓储物的保管风险。

（2）提高储存密度，提高仓容利用率。这样做的主要目的是减少储存设施的投资，提高单位存储面积的利用率，以降低成本、减少土地占用。

（3）采用有效的储存定位系统，提高仓储作业效率。储存定位的含义是被储存物位置的确定。如果定位系统有效，能大大节约寻找、存放、取出的时间，节约不少物化劳动及活劳动，而且能防止差错，便于清点及实行订货点等的管理方式。储存定位系统可采取先进的计算机管理，也可采取一般人工管理。

（4）采用有效的监测清点方式，提高仓储作业的准确程度。对储存物资数量和质量的监测有利于掌握仓储的基本情况，也有利于科学地控制库存。在实际工作中稍有差错，就会使账、物不符，所以，必须及时且准确地掌握实际储存情况，经常与账卡核对，确保仓储物资的完好无损，这是人工管理或计算机管理必不可少的。此外，经常的监测也是掌握被存物资数量状况的重要工作。

（5）加速周转，提高单位仓容产出。储存现代化的重要课题是将静态储存变为动态储存，周转速度一旦加快，会带来一系列的好处：资金周转快，资本效益高，货损货差小、仓库吞吐能力增加、成本下降，等等。

（6）采取多种经营，盘活资产。仓储设施和设备的巨大投入，只有在充分利用的情况下才能获得收益，如果不能投入使用或者只是低效率使用，只会造成成本的增加。仓储企业应及时决策，采取出租、借用、出售等多种经营方式盘活这些资产，提高资产设备的利用率。

（7）加强劳动管理。工资是仓储成本的重要组成部分，劳动力的合理使用，是控制人员工资的基本原则。我国是具有劳动力优势的国家，工资较为低廉，较多使用劳动力是合理的选择。但是对劳动力进行有效管理，避免人浮于事，出工不出力或者效率低下也是成本管理的重要方面。

（8）降低经营管理成本。经营管理成本是企业经营活动和管理活动的费用和成本支出，它包括管理费、业务费、交易成本等。加强该类成本管理，减少不必要支出，也能实现成本降低。虽然，经营管理成本费用的支出有时不能产生直接的收益和回报，但也是必要开支，需要加强管理。

5．追求经济规模，适度集中库存

适度集中储存是合理化的重要内容。所谓适度集中库存，是利用储存规模优势，以适度集中储存代替分散的小规模储存来实现合理化。集中储存是面对两个制约因素，在一定范围内取得优势的办法。这两个制约因素，一是储存费，二是运输费。储存若过分分散，则每一处的储存保证的对象有限，互相难以调剂，因此，需分别按其保证对象要求确定库存量；而集中储存易于调剂，其储存总量可大大低于分散储存的总量，但过分集中储存，因储存点与客户之间距离拉长，储存总量虽然降低，但运费支出加大，在途时间长，又迫使周转储备增加。所以，适度集中的含义是指在这两方面取得最优集中的程度。

适度集中库存，除在总储存费及运输费之间取得最优外，还有一系列其他好处：①单个客户的保证能力提高；②有利于采用机械化、自动化方式；③有利于形成一定批量的干线运输；④有利于成为支线运输的始发站。适度集中库存也是"零库存"这种合理化形式的前提条件之一。

6．加速总的周转，提高单位产出

仓储现代化的重要课题是将静态储存变为动态储存，周转速度一快，会带来一系列好处，如资金周转快、资本效益高、货损小、仓库吞吐能力增加、成本下降等。例如，采用单元集装储存、建立快速分拣系统等，这些都有利于实现快进快出、大进大出。

7．采用有效的先进先出方式

保证每个被储物的储存期不致过长，先进先出是一种有效的方式，也是仓储管理的准则之一。有效的先进先出方式主要有：

（1）贯通式货架系统。即利用货架的每层，形成贯通的通道，从一端存入物品，从另一端取出物品，物品在通道中自行按先后顺序排队，不会出现越位等现象。贯通式货架系统能非常有效地保证先进先出。

（2）双仓法储存。即给每种被储物准备两个舱位或货位，轮换进行存取，再配以必须在一个货位中取完后才可补充的规定，这可以保证实现先进先出。

（3）计算机存取系统。采用计算机管理，在存入时向计算机输入时间记录，编入一个按时间顺序输出的程序，取货时计算机就能按时间给予指示，以保证先进先出。这种计算机存取系统还能保证不会有超长时间的储存并与快进快出方式结合起来，即在先进先出的前提下，将周转快的物资随机存放在便于储存之处，以加快周转，减少劳动消耗。

8．提高储存密度，提高仓容利用率

这种方式的主要目的是减少仓库设施的投资，提高单位仓库面积的利用率，以降低成本、减少土地占用。这包括三类方法：

（1）采取高垛的方法，增加储存的高度，如采用高层货架仓库和集装箱等，都可比一般堆存方法增加存储高度。

（2）缩小库内通道宽度以增加储存有效面积，如采用窄巷道式通道，配以轨道式装卸车辆，以减少车辆运行宽度要求；采用侧叉车、推拉式叉车，以减少叉车转弯所需的宽度。

（3）减少库内通道数量以增加储存有效面积，如采用密集型货架，采用可进车的可卸式货架，采用各种贯通式货架，采用不依靠通道的桥式吊车装卸技术等。

9．采用有效的储存定位系统

储存定位是指被储存物位置的确定。如果定位系统有效，可以大大节约寻找、存放、取出的时间，减少物化劳动及活劳动，而且能防止差错，便于清点以及实行订货点等的管理方式。储存定位系统可采取先进的计算机管理方式，也可采取一般人工管理方式，行之有效的方式主要有两种：

（1）"四号定位"方式。用一组4位数字来确定存取位置，如货位方法，它是国内手工管

理中采用的科学方法。这 4 个号码是：序号、架号、层号和位号。这就使每一个货位都有一个组号，在物资入库时，按规划要求，对物资编号，记录在账卡上，提货时按 4 位数字的指示，很容易就能将货物拣选出来。这种定位方式可对仓库存货区事先作出规划，并能很快地存取货物，有利于提高速度，减少差错。

（2）计算机定位系统。这种方式是利用电子计算机储存容量大、检索迅速的优势，在入库时，将存放货位输入计算机，出库时向计算机发出指令，并按计算机的指示人工或自动寻址，找到存放货的一种拣选取货的方式。它一般采取自由货位方式，即计算机指示入库货物存放在就近易于存取处，或根据入库货物的存放时间和特点，指示合适的货位，取货时也可就近就便。这种方式可以充分利用每一个货位，而不需专位待货，有利于提高仓库的储存能力，当吞吐量相同时，可比一般仓库减少建筑面积。

10. 采用有效的检测清点方式

对储存物资数量和质量的监测不但是掌握基本情况之必须，也是科学库存控制之必须。在实际工作中稍有差错，就会使账、物不符，所以，必须及时且准确地掌握实际储存情况，经常与账卡核对，这无论是人工管理还是计算机管理都是必不可少的。此外，经常的检测也是掌握被存物质量状况的重要工作。检测清点的有效方式主要包括：①"五五堆码"。当存储物堆垛时，以"五"为基本计数单位，堆成总量为"五"的倍数的垛形，如梅花五、重叠五等。堆码后，有经验者可过目成数，大大加快了人工点数的速度，且差错少。②光电识别系统。该方式是在货位上设置光电识别装置，该装置对被存物扫描，并将准确数目自动显示出来。这种方式不需人工清点就能准确掌握库存的实有数量。③计算机监控系统。该方式是用电子计算机指示存取，它可以防止人工存取易于出现的差错。如果在被存物上再采用条码技术，使识别计数和计算机连接，每存、取一件物品时，识别装置自动将条码识别并将其输入计算机，再由计算机自动作出存取记录。这样，只需向计算机查询，就可了解所存物品的准确情况，不用再建立一套监测系统。

11. 采用集装箱、集装袋、托盘等储运一体化方式

采用集装箱后，其集装箱本身便是一栋仓库，不需要再有传统意义的库房，在物流过程中，也就省去了入库、验收、清点、堆垛、保管和出库等一系列存储作业，因而对改变传统存储作业有很重要的意义，是仓储合理化的一种有效方式。

总之，仓储合理化就是采用科学的管理方法、先进的技术手段使储存物资在质量、数量、结构等方面有所保证的同时，使企业获取最大的经济利益。

本 章 小 结

本章主要介绍了仓储的概念、作用和种类，讲解了仓储管理的概念和原则、仓库储位规划原则等相关理论，介绍了仓储作业管理的内容，对实现仓储合理化的方法和实现措施作了论述通过实训环节，培养学生深入理解理论知识，并与实践相结合的能力。

复习思考题

一、单项选择题

1．商品入库业务流程的第一道作业环节是（　　）。

　　A．接运　　　　　　B．内部交接　　　　C．验收　　　　D．保管保养

2．以下不属于出库程序的是（　　）。

　　A．包装　　　　　　B．加工　　　　　　C．核单　　　　D．清理

3．按仓储物的处理方式划分，可将仓储分为保管式仓储、加工式仓储和（　　）。

　　A．营业仓储　　B．消费式仓储　　C．公共仓储　　D．中转仓储

4．下列不能作为仓储物的是（　　）。

　　A 桌子　　　　　　B 电视机　　　　　C 课本　　　　D 知识产权

5．仓储管理的基本原则不包括（　　）。

　　A．成本优先原则

　　B．效率原则

　　C．经济效益、社会效益与生态效益相统一的原则

　　D．服务原则

6．仓储作业过程主要由入库、（　　）和出库三个阶段组成。

　　A．保管　　　　　　B．运输　　　　　　C．生产加工　　D．销售

7．（　　）是一种将库存按年度货币占用量分为三类，通过分析，找出主次，分类排队，并根据其不同情况分别加以管理的方法。

　　A．CVA 库存管理法　　　　　　　　B．关键因素分析法

　　C．ABC 库存管理法　　　　　　　　D．帕累托库存管理法

8．仓储的（　　）使得仓储在物流中起着"蓄水池"的作用。

　　A．调节功能　　　　　　　　　　　B．集散功能

　　C．检验功能　　　　　　　　　　　D．配送功能

9．对库存物资实行 ABC 分类管理方法，下列（　　）物资属于 A 类物资。

　　A．品种数约占库存物资品种总数 50%～70%，占库存物资总金额的 5%～15%

　　B．品种数约占库存物资品种总数 20%～30%，占库存物资总金额的 15%～35%

　　C．品种数约占库存物资品种总数 5%～15%，占库存物资总金额的 60%～80%

二、多项选择题

1．仓储管理的基本原则（　　）。

　　A．效率的原则　　B．经济效益原则　　C．保值原则　　D．服务原则

2．仓储在物流系统中的作用包括（　　）。

　　A．降低生产成本　　B．降低运输成本　　C．调节供需　　D．管理商品信息

　　E．满足生产和销售的需要

3．以下各项中，属于现代仓库管理所涉及的内容有（　　）。

　　A．现代库存控制问题　　　　　　　B．仓库的业务管理问题

　　C. 仓库安全与消防问题　　　　　　　D. 现代仓库的选址与建筑问题

　　E. 现代仓库机械作业的选择与配置问题

4. 仓储的作用包括（　　　　）。

　　A. 是物流的主要功能要素之一　　　　B. 是社会物质生产的必要条件之一

　　C. 可以创造"时间效用"　　　　　　　D. 是"第三利润源"的重要源泉

三、简答题

1. 什么是仓储？仓储活动在物流系统中具有哪些作用？

2. 仓储活动的主要任务有哪些？

3. 什么是仓储管理？仓储管理的原则是什么？

4. 如何理解储存合理化？怎样实现储存合理化？

5. 某企业年需求 A 产品 5 400 件，产品单价 12.5 元/件，存货成本 1.25 元/（件·年），订货成本 6 元/次，订货提前期 5 天，根据资料计算：订货点？经济批量？总成本？（一年以 360 天计）

案 例 分 析

安利（中国）公司——储运中心是成本中心

　　安利（中国）公司 [以下简称安利（中国）] 成立于 1992 年，投资近 1 亿美元，目前公司员工逾 2 000 人。安利产品的销售方式主要是"自设店铺+雇佣推销人员"。2001 年度，安利（中国）在中国内地的销售额达 40 亿元人民币。安利（中国）能够取得这么骄人的业绩，其中良好的后勤物流运作起着举足轻重的作用。

一、高效率、低成本的仓储作业

　　安利（中国）在全国拥有近 3 万 m² 的仓库面积，其中广州本仓的面积达 1 万 m²，另外，北方区、华东区都有几千平方米的区域物流中心。作为负责全国产品调配计划的广州本仓储运中心发挥着非常巨大的作用。安利（中国）的物流部门主要的功能是建设补货、配送渠道，确保库存、运输、包装、安全等方面的管理。安利（中国）储运中心有员工 60 多人。安利（中国）相当重视对物流设备、设施的投资，主要的储运设施、设备多从国外进口，如各式电瓶叉车、高层货架、打包机、可升降收/出货平台及运输车辆等。由于考虑到仓库面积有限，但又必须满足频繁进出货的需要，仓库容量必须往纵向发展。安利（中国）采用进口的多层立体货架来提高仓库的利用率，同时配合木质托盘进行叉车等机械作业。储运中心必须能容纳近 8 000 个托盘，面对平均每月 7 000 多次托盘及货品的进出，还必须按照货物"先进先出"的原则，要求必须随时清楚地了解每一个托盘的具体情况，如托盘的具体位置、装什么产品、何时进仓库等。储运中心为解决以上种种问题，经过一番研究，对所有的货架、货位进行定位，确定一个相应坐标，这样把所有的坐标都输入计算机存档，装卸人员只要在现场把每次存放的托盘坐标号转递给计算机录入员即可，管理人员通过计算机就可以浏览仓库内所有货物的情况，达到用机械盘点的效果，极大地提高了商品盘点的效率与准确性。立体货架采用叉车作业，最大限度地利用了仓储空间；同时，安利（中国）储运中心也保留了部分手工作业，处理仓内一部分收货、移货、打包、出货任务，在保证仓库运作效率、保障客户需求的同时，也节约了运作成本。

二、贯彻四个"Right"满足顾客要求

安利（中国）的物流目标是配合公司的市场营销战略。对于一个公司来说，最重要的是市场与销售，针对公司产品在市场上销售的快慢，调节产品流通速度，并不断提升物流运行效率，确保准确、及时地为全国所有的店铺提供货品。同时，在满足客户及消费者需求的情况下，控制合理的物流成本。为了最好地服务顾客，安利（中国）物流部门贯彻四个"Right"（即以正确的成本费用，把正确的产品在正确的时间，送到正确的地点）。

高效率、快速反应的物流运作除了讲究物流管理软件系统化之外，还要讲究技术设备硬件方面的投入，但最主要的还是人，只有这三方面结合在一起才能提高运作效率。安利（中国）坚持首先满足客户的需求，再降低物流运作成本的原则。

目前，安利（中国）采用店铺加推销人员的经营模式，在全国26个省、市、自治区共开设58家店铺，分别在北京、上海、广州设有办事处。按照这种销售网络体系，安利（中国）把全国的物流配送渠道划分为三个区域，即华南区域包括广州、成都、重庆、武汉、江西、湖南、贵阳、云南、广东、广西、海南等26家店铺；华东区包括山东、河南、浙江、安徽、福建、上海等18家店铺；北方区包括东北和华北共14家店铺。并在北京和沈阳设有外仓，产品从广州本仓发送到北京、沈阳外仓之后，再辐射到北方区各个城市。产品运输的形式主要有海运、陆运及海陆联运、空运快递等形式，当某个店铺需要进货或补货时，安利（中国）储运中心首先会充分考核当地区域库存空间有多大、区域销售业绩如何、运输时间长短等因素，从而选择最合理的运输方式，只要能够及时满足各地店铺需要，尽量选用成本最低的运输方式。对安利（中国）来说，流通的库存是不会增加成本的，这部分费用由第三方物流公司承担。安利（中国）的目标是做到用最少的物流费用，达到最好的物流效率。

三、电子商务完善物流配送系统

安利（中国）为了进一步完善库存管理、提高物流运作效率，投资9 000多万元人民币，建设公司内部和外部信息网络，实现了公司办公自动化，使生产销售、库存、文件处理、通信联络、信息反馈有机衔接。目前，安利（中国）的产品销售渠道主要是通过店铺的形式，还开展家居送货业务，即客户在安利（中国）店铺订货，并申请由安利（中国）送货上门。

这种情况一般在同一城市内可实现，若客户在异地订货，就要通过零担方式送货上门。安利（中国）所有的产品配送除在广州、深圳、珠海、惠州、东莞等珠江三角洲范围内由安利（中国）的车队运输之外，其他地方的配送都是由第三方物流公司来承担的，而核心业务，如库存计划、调配指令等，则主要由安利（中国）来统筹管理。目前已有多家大型第三方物流公司承担安利（中国）全国大部分的配送业务。同时，安利（中国）还开展电子商务配送服务业务，客户可通过语音电话、网上、电传等方式订货，该项业务已在北京、上海、广州三地区开通，通过这种方式，订单形成后24小时内可将货物送到客户手中。

四、严把运输管理关

运输费用在整个物流费用中占有非常大的比例，同时又具有不可控制性及风险性大的特点。安利（中国）对第三方物流公司有严格的考核标准。第一，考察第三方企业的运输资格，必须是二证一照齐全，即《运输许可证》、《税务登记证》和《营业执照》，这些证照的取得，要经过国家行政机关的严格考核。第二，核查营运人的运作实力，包括公司的资产、投入资本、办公场所、停车场所、营运车辆、运载能力、营运管理能力和交货处理能力、灵活应变能力等等。只有具备一定的实力，才能具有竞争优势。安利（中国）在第三方物流商方面的选择标准趋向行内最大的或比较大的物流企业。第三，核查承运人的竞争能力及业内信誉，主要体现在费率、到货准时率、交货及货损率、相互沟通和诚信等客户服务情况方面。

资料来源：葛承群．物流运作典型案例诊断[M]．北京：中国物资出版社，2006.

问题与思考

1. 结合案例分析仓储成本的构成有哪些？
2. 安利（中国）公司是如何控制储运成本的？

 实训

商品入库流程管理

一、实训教学目标

能对一般物品的入库流程进行管理，熟练分配各岗位工作任务。

二、实训具体工作任务及要求

每小组为一个仓储企业，首先为企业设计库区存储方案。该仓储企业 2010 年 4 月 10 日收到美乐高有限公司的入库通知单，其中包括 800 台 34in（1in=0.0254m）长虹彩色电视机、300 台 242L 海尔电冰箱、500 箱饼干、1 000 箱速食面、600 箱可口可乐饮料、400 箱矿泉水、500 袋洗衣粉等商品，需入库存放。

三、实训工作任务内容设计

角色安排：供货商、承运单位人员、记账员、保管员、司磅员、验收人员。单据可参照下表。

（1）物资验收，填写验收单，如表 3-2 所示。

（2）填写入库通知单，如表 3-3 所示。

（3）登账，建立实物明细账或库存明细账，如表 3-4 所示，并掌握好记账的规则。

（4）立卡，正确填制货物状态卡和物资存卡，如表 3-5 所示。

（5）建立验收档案。

（6）签单业务训练，要求按仓库物资检验记录的要求签单。签单必须准确无误。

表 3-2　验收单

验收单

进料时间	年　月　日		厂商名称		订购数	
料号					交货数	
定单名称			品名规格		点收数	
发表号码					实收数	
检验项目	检验规范		检验状况		数量	判定
检验数量						
处理情况	允许		拒收		特采	全检
备注		仓库主管		入库员	质管主管　检验员	点检员

表 3-3　入库通知单

入库通知单

采购订单号：＿＿＿＿＿＿　　入库日期：＿＿＿＿＿＿　　仓库：＿＿＿＿＿＿

供货单位：＿＿＿＿＿＿　　运单号：＿＿＿＿＿＿　　业务员：＿＿＿＿＿＿

序号	存货编号	存货名称	规格型号	计量单位	应收数量	实收数量	单　价	金额

表 3-4 库存明细表

库存明细表

存货: _____ 规格型号: _____ 计量单位: _____

最高库存量: _____ 最低库存量: _____ 安全库存量: _____

记账日期	凭证号	商品代号	品名	收发类型	期初存货			本月进出货			结存		
					数量	单价	金额	数量	单价	金额	数量	单价	金额

表 3-5 货物状态卡

货物状态卡

待 检	合 格	隔 离
供应商名称: _____ 名称: _____ 进货日期/批号/生产日期: ____ 标记日期: _____ 标记人: _____	供应商名称: _____ 名称: _____ 进货日期/批号/生产日期: ____ 标记日期: _____ 标记人: _____	供应商名称: _____ 名称: _____ 进货日期/批号/生产日期: ____ 标记日期: _____ 标记人: _____

第四章

现代运输

能力目标
- 会应用运输合理化方法解决实际问题;
- 能对身边的运输企业进行调研,发现问题并提出改进意见。

知识目标
- 熟练掌握运输的概念,理解运输的功能与原理;
- 掌握现代运输的多种运输方式及其各自特点;
- 了解几种不合理运输的形式;理解运输合理化内涵;掌握运输合理化措施。

导入案例

韩国三星公司的合理化运输

韩国三星公司从 1989～1993 年实施了物流运输工作合理化革新的第一个五年计划。这期间,为了减少成本和提高配送效率进行了 "节约成本 200 亿"、"全面提高物流劳动生产率" 等活动,最终降低了成本,缩短了前置时间,减少了 40%的存货量,并使三星公司获得首届韩国物流大奖。

三星公司从1994～1998 年实施物流运输工作合理化革新的第二个五年计划重点是将销售、配送、生产和采购有机结合起来,实现公司的目标,即将客户的满意程序提高到 100%,同时将库存量再减少 50%。为了这一目标,三星公司将进一步扩展和强化物流网络,同时建立了一个全球性的物流链,使产品的供应路线最优化,并设立全球物流网络上的集成订货-交货系统,从原材料采购到交货给最终客户的整个路径上实现物流和信息流一体化,这样客户就能以最低的价格得到高质量的服务,从而对企业更加满意。基于这种思想,三星公司物流工作合理化革新小组从配送选址、实物运输、现场作业和信息系统四个方面去进行物流革新。

一、配送选址新措施

为了提高配送中心的效率和质量,三星公司将其划分为产地配送中心和销地配送中心。前者用于原材料的补充,后者用于存货的调整。对每个职能部门都确定了最优工序,配送中心的数量被减少、规模得以最优化,便于向客户提供最佳的服务。

二、实物运输革新措施

为了及时地交货给零售商,配送中心在考虑货物数量和运输所需时间的基础上确定出合理的运输路线。同时，一个高效的调拨系统也被开发出来，这方面的革新加强了支持销售的能力。

三、现场作业革新措施

为使进出工厂的货物更方便、快捷地流动，公司建立了一个交货点查询管理系统，可以查询货物的进出库频率，高效地配置资源。

四、信息系统新措施

三星公司在局域网环境下建立了一个通信网络，并开发了一个客户服务器系统，公司集成系统（SAPR）的 1/3 将投入物流中使用。由于将生产配送和销售一体化，整个系统中不同的职能部门将能达到信息共享。客户如有涉及物流的问题，都可以通过实时订单跟踪系统得到回答。

另外，随着客户环保意识的增强，物流工作对环境保护负有更多的责任，三星公司不仅对客户许下了保护环境的承诺，还建立了一个全天开放的由回收车组成的回收系统，并由回收中心来重新利用那些废品，以此来提升自己企业在客户心目中的形象，从而更加有利于企业的经营。

资料来源：李联卫. 物流案例与实训[M]. 北京：化学工业出版社，2009.

思考：

三星公司物流工作合理化革新小组为什么选择在配送地址、实物运输、现场作业和信息系统四个方面去进行物流革新？

从物流系统的功能看，运输实现物品空间位置的转移，并创造物流的空间效用。物流活动的其他各环节都是围绕着运输和仓储而进行的。从经济体系的角度看，运输是连接生产和消费、城市和乡村的枢纽，是商品流通过程中的一个重要环节。运输不能直接创造物质产品，但它却能创造产品的空间效用。生产领域生产出来的产品，只有通过运输才能进入流通领域，也只有再经过运输才能进入消费。因此，可以说，运输对于促进经济发展、加速商品流转、活跃城乡市场物质交流，都有重要作用。

第一节　运　输　概　述

一、运输的概念及重要性

运输是指借助于运输工具将人或货物在空间上进行位置移动，以期实现物流的空间效用。运输作为物流系统的主要功能，它包括生产领域的运输、流通领域的运输和居民生活相关运输。

生产领域的运输活动，作为生产过程中的一个组成部分，是直接为产品的生产服务的，其内容包括原材料、在制品、半成品和成品的运输。这种物流服务的对象的生产特性决定了运输的运作组织方式，如运输的批量、运输的空间、运输的时间要求、送达的地点及路线等均不同于流通领域、城市配送、快递等物流服务。

流通领域的运输活动，则是作为流通领域里的一个环节，它是生产过程在流通领域的继续。其主要内容是对物质产品的运输，是以社会服务为目的，完成物品从生产领域向消费领域在空间位置上的物理性的转移过程。它既包括物品从生产所在地向消费所在地的移动，又包括物品从生产地向消费者所在地的移动。

居民生活相关运输是指国民在日常生活中所产生的运输需求，如零担运输、包裹快递、邮件等。过去，我国对这种运输的开发不够，随着国民的生活水平的提高和文化习惯的改变，这种需求将越来越大。在经济发达国家，为此服务的物流市场均具较大规模，存在着许多知名企业。

二、运输的功能与原理

运输是物流的关键环节之一。我们经常可以看到正在运送商品停放在配送中心的运输工具，这为我们了解运输提供了一定的条件，但我们仍然需要必要的运输知识来深刻理解运输在物流中的重要作用。

（一）运输的功能

1．运送功能

运输在物流活动中提供两大功能：商品转移和商品储存。商品在价值链中不断从一级转移到下一级，这一切都离不开运输。运输的主要功能就是将商品在价值链中不断移动。由于运输要利用包括时间、资金、环境在内的各种资源，所以，只有当运输确实能提高商品价值时，这样的移动才是有价值的。

运输之所以涉及利用时间资源，是因为商品在运输过程中是难以存取的。这里的商品通常是指转移中的存货，是各种供应链战略，如准时化和快速响应等战略所要考虑的一个因素，以减少配送中心的存货。

运输过程中，不论连锁企业使用的是自己的车队还是使用商业运输公司或公共运输承运人，都必须支出费用。这些费用包括驾驶员的工资津贴、运输工具的运行费用以及一般杂费和行政管理费用。此外，还要考虑到商品灭失损坏的风险以及因此而必须补偿的费用。

运输还使用环境资源。运输业是能源（即燃料和石油）消费大户。目前，政府正在积极推广燃效更高的运输工具及新型节能燃料，这样的实践虽然能够降低运输中能源消耗水平，但由于全球化经营的快速增长，运距不断延长，所以在未来运输业中能源的消耗量仍可能稳定在一定水平上。同时，运输还会造成道路拥挤、交通效率下降、空气污染和噪声污染等问题，从而产生环境保护费用。

从以上分析就可以看出，在连锁企业中运输的主要目的就是要以最低的时间、财务和环境资源成本，将商品从供应地点转移到需要地点。此外，还要保证商品完好率尽可能高。同时，在进行运输决策时，必须满足门店和客户的有关交付履行和装运信息的可得性等多方面的要求，从而保证物流服务质量。

2．临时储存功能

可以把运输工具作为对商品临时储存的场所。但要注意这是成本相当高的储存设施。然而，在有些特殊情况下，这种决策还是有实际意义的。例如，送往上海的商品，在短时间后又要送往另一个地点，我们就可以将商品在仓库卸下来和再装上去的成本与储存在运输工具上的成本进行比较，也许储存在运输工具上的成本会更低。

在仓库空间有限的情况下，利用运输车辆储存也许不失为一种可行的选择。可以采取的一种方法是，将商品装到运输车辆上去，然后采用迂回线路或间接线路运往目的地。因为迂回线路运输时间将大于直接的线路。当起始地或目的地仓库的储存能力有限时，这样做法是合情合理的。这种情况下，运输车辆被用做临时储存设施，但它不是静止的而是移动的。

有时我们还可以采用改道的方法，解决商品临时储存的问题。这是当交付的货物处在转移之中，而原始的装运目的地被改变时才会发生。例如，假定某车商品最初计划从上海装运到北京，但是，在运输过程中，在信息系统中了解到天津对该商品的需求量更大，于是就有可能要求运输工具改道将天津作为目的地。可以通过利用连接企业总部与运输工具之间的卫星通信来有效处理这类任务。

总之，虽然利用运输工具作为临时储存设施是高成本的，但如果考虑到装卸成本、固定设施有限的储存能力、营销机会、交付时间的约束等条件，从总成本的角度来看这样的做法有可能是正确的。

（二）运输的原理

指导运输管理和营运的两条基本原理分别是规模经济和距离经济。规模经济的特点是随装运规模的增长，使每单位重量的运输成本下降。例如，整车装运的每吨成本低于零担装运（LTL，即利用部分车辆能力进行装运）。也可以这么说，铁路或水路之类运输能力较大的运输工具，其每单位重量的费用要低于诸如汽车或飞机之类运输能力较小的运输工具。运输规模经济之所以存在，是因为与转移一票货物有关的固定费用可以按整票货物的重量分摊。因而，一票货物越重，就越能摊薄成本，由此使每单位重量的成本更低。与货物转移有关部门的固定费用中包括运输订单的行政管理费用、定位运输工具的费用、开票以及设备费用等。这些费用之所以是固定的，是因为它们不随装运的数量而变化。换句话说，管理 1kg 货物装运的费用与管理 1 000kg 货物装运的费用一样多。例如，假定管理一票货物装运的费用为 10 元，那么，装运 1kg 货物的每单位重量的成本为 10 元，而装运 1 000kg 货物的每单位重量的成本则为 0.01 元。于是，可以这么说，1 000kg 的装运中存在着规模经济。

距离经济的原理是指每单位距离的运输成本随距离的增加而减少。例如，800km 的一次装运成本低于 400km 的两次装运（具有相同的重量）。运输的距离经济亦指递减原理，距离越长，运费率越低。距离经济的合理性类似于规模经济。尤其是，运输工具装卸所发生的相对固定的费用必须分摊每单位距离的变动费用。距离越长，可以使固定费用分摊给更多的里程数，导致单位距离支付的总费用降低。

在评估各种运输战略方案或营运业务时，这些原理就是重点考虑因素。其目的是在满足顾客的服务期望前提下，要使装运的规模尽量大和距离尽量远。

三、运输在物流系统中的作用

运输在物流系统中的作用主要有：①运输是物流网络上物品动态流动的实现载体，是物流系统的动脉；②运输创造了物流的空间效用；③通过运输提高物流速度，可以发挥物流系统整体功能；④运输可以加快资金周转速度，降低资金占用时间，它是提高物流经济效益和社会效益的重点所在。

在物流过程中，直接耗费活劳动和物化劳动，它所支付的直接费用主要有运输费、保管费、包装费、装卸搬运费等。其中，运输费用所占的比重最大，它是影响物流费用的一项重要因素。因此，在物流各环节中，如何搞好运输工作，开展合理运输，不仅关系到时间，而且还会影响到物流费用的高低。不断降低物流运输费用，对于提高物流经济效益和社会效益，都起着重要的作用。

第二节 多种运输方式及其特点

按照运输工具不同，可将物流运输方式划分为铁路运输、公路运输、水路运输、航空运输和管道运输五种基本方式，如图 4-1 所示。由于这五种运输方式在运载工具、线路设施、营运方式及技术经济特征等方面各不相同，各有不同的适用范围。

图4-1 五种运输方式

一、铁路运输

铁路运输是使用铁路列车运送货物的一种运输方式。它主要承担长距离、大批量的货物运输，是我国现代最重要的货物运输方式之一。

铁路运输的优点是运输能力大、速度快、运距长、连续性强、受自然条件影响较小。其缺点是：由于铁路运输受线路、货站限制，机动性差；又由于铁路运输受运行时刻、配车、编列或中途编组等因素的影响，不能适应用户的紧急需要，难以做到"门到门"服务；近距离运输时，其运费较高。

铁路货物运输适合于大宗低值货物的中、长距离运输，如散装货物（如煤炭、金属、矿石、谷物等）、罐装货物（如化工产品、石油产品等）的运输，也适合于大批量、时间性强、可靠性要求高的一般货物和特种货物的运输。

铁路货物的运输，按照货物的数量、性质、形状、运输条件等可区分为整车运输、集装箱运输、混装运输（零担货物运输）和行李货物运输等。另外还有营业性线路运输和专用线路运输等。

铁路运输一直是我国运输事业的骨干运输方式。我国铁路承担了全国货运量的大部分，铁路运货量中，煤、冶炼及矿建物资等占总货运量的70%以上。我国铁路货运量的地理分布集中在东北、华北及华东地区。

二、公路运输

公路运输的工具主要为汽车，它主要承担短途运输和无其他陆路运输形式的运输任务。汽车运输是一种适应性强、机动灵活、送达速度快、投资少、可以广泛参与联合运输的运输方式。它可以将两种或两种以上运输方式串联起来，实现多种运输方式的联合运输，做到货物的"门到门"服务；可以承担空运班机、船舶、铁路的衔接运输，同时它也是一个独立的运输体系，可以独立完成货物运输的全过程，在运输过程中，换装环节少，适宜于近距离、中小量货物运输，运输费用相对较低。

汽车运输的不足主要表现在运量较小、效率低、能耗大、环境污染较大等方面。

按运输形式不同，公路运输可分为以下几种：

（1）整车货物运输。凡托运人一次托运的货物重量在3t以上或虽不足3t，但其性质、体积、形状需要一辆汽车运输的，为整车货物运输。

（2）零担货物运输。凡托运人一次托运货物计费重量3t以下的为零担货物。

（3）特种货物运输。由于货物性质、体积、重量的特殊要求，需要以大型汽车或挂车以及罐车、冷藏车、保温车等车辆运输的，称为特种货物运输。

（4）大型货物运输。大型货物运输是指在我国境内道路上运载大型物件的运输。它是特种货物运输的一种典型运输形式。

（5）集装箱运输。集装箱运输是指采用汽车承运装货集装箱或空箱的过程。其主要运输形式有：港口码头、铁路车站集装箱的集疏运输、门到门运输和公路直达的集装箱运输。

（6）包车运输。包车运输是指把车辆包给托运人安排使用，并按时间或车辆行驶里程计费的运输。包车运输通常有两种形式：按货物运输里程计算运费的计程包车运输以及按包车时间计算运费的计时包车运输。

公路运输服务于地方与城乡的商品交流，并为干线交通集散货物，公路运输还可深入目前尚无铁路的小城镇和工矿企业、农村及边远地区，这是其他运输方式所不能代替的。

三、水路运输

水路运输是使用船舶及其他水上工具通过河道、海上航道运送货物的一种运输方式。水路运输又可分海运和内河运输，海运又有沿海和远洋运输两种。

水路运输由港口、航道、船舶和修船厂四个环节构成。

水路运输的特点是一次载重量大、能耗小，能够以较低的单位运输成本提供较大的货运量，尤其在运输大宗货物或散装货物时，采用专用的船舶运输，可以取得更好的技术经济效果。水路运输的缺点是运输速度较慢，连续性差、装卸搬运费用较高，航运和装卸作业受天气的制约较大，也增加了货损、货差等。水路运输适用于承担运量大、运距长的大宗货物。

我国水运的自然条件十分优越，东部有广阔的海洋，大陆海岸线长达 1.8 万 km，沿海岛屿众多，有许多终年不冻的优良港湾；河流、湖泊众多，天然河道总长度达 43 万 km，湖泊与江河息息相通，东西横贯的巨川大河把我国内地与海洋直接联通起来，形成了良好的江海联合运输。

四、航空运输

航空运输的运行速度最快，航线最直，但运费高、运量小、耗能大。我国目前的航空运输线只能负担各大城市和国际交流，旅客运输、报刊邮件和急迫、鲜活贵重物资的运输。

五、管道运输

管道运输是一种新型运输方式，具有大量不间断运送、安全可靠、运输能力大、维护比较容易、自动化水平高、投资省、占地少、经济合理、一般受自然条件影响小等技术经济特点，在液体、气体运输中占有很大的优势。目前，我国的管道运输主要用于输送石油、天然气、煤气等。

六、综合运输

综合运输是指将两种或两种以上的运输方式或运输工具有机结合起来，实行多环节、多区段相互衔接的接力式运输。综合运输也称为"多式联运"。 多式联运从货物的托运至交付，不论使用几种运输方式，也不论具有几个中转环节，均可一票贯穿全程以及运后服务、财务结算等环节。多式联运实行"一次托运、一次结算、一票到底、全程负责"的运输代理，与单一运输相比，手续简便。综合运输的优点有：缩短了货物运输的在途时间，提高了运输工具的利用率，简化了运输手续，有利于开展集装箱单元化运输。

第三节 运输管理与运输合理化

一、运输管理

1. 运输管理的内容

运输管理，就是按照运输的规律和规则，对整个运输过程所涉及的运输市场、物品发送、物品接运甚至物品中转，对人力、运力、财力和运输设备，进行合理组织和平衡调整，监督实施，以达到提高效率、降低成本的目的。运输管理主要包括运输规划和管理决策、运输业务管理、运输成本管理等。

2．运输业务流程管理

由于运输环境的复杂性，要求企业内部必须有一个专业的管理部门来管理运输服务，也就是运输管理部门。运输业务管理就是对企业提供的运输服务进行计划、安排、监督以及货单审查、运价和服务谈判、货损索赔的预防和处理等活动，运输管理部门就是执行这些职能的部门机构。在日常工作中，各个运输管理部门的管理业务有所不同，但一般包括以下业务程序：

（1）制订货运计划。制订货运计划的任务就是要与采购和分销或生产部门互相协调，不断监控运入和运出货物的日程，保证生产的连续进行，不能因运输而受到阻碍。另外，物资的装卸应根据有效地利用码头、站台和劳动力的原则按计划进行。运输管理应保证在时间安排上，不过早或超过实际需要，否则将会因货位、车道拥挤、设备滞留和拖延而支付额外费用或罚款。

（2）选择运输公司与运输方式。运输管理工作涉及对货物运输公司及运输方式的选择问题。无论是企业自有运输资源或是购买外部运输服务，运输经理在选择运输服务时，首先要考虑的是成本效益问题。也就是说，如果使用自有运输资源的成本低于购买外部运输服务的成本，企业可以选择使用自有运输资源，否则应该购买外部运输服务。但无论是使用哪种运输服务方式，都要考虑许多因素。最经常考虑的因素有以下几个方面：

1）运输时间。运输时间的长短往往是主要的选择条件。一般都愿意选一家公司直运，而不愿由几家公司联运，并力求避开拥挤的场站。但在某些情况下，当托运人和收货人都不想增加货物库存时，他们也会寻求速度慢的运输。此时，运输车辆被当做活动仓库，而运输中的货物是不用花费库存费用的。

2）运输时间和计划安排的一致性。有些运输任务要求符合发货计划，使托收双方都能预计到货时间。这对严格按进度进行装配的行业，或在收货人希望能满足生产实际需要而只保有小量库存的情况下，都是决定性的因素。为按时到货，一些运输经理宁愿选择速度较慢或花钱较多但十分可靠的运输公司，而不选择速度较快但只有少部分货物能按时到达的运输公司。研究表明，成本和运输时间的准确性已成为选择运输公司和运输方式时所要考虑的主要因素。

3）运价。这是一个重要的选择因素。在同等服务水平情况下，人们愿意选择运价低的公司。当然除了运价低，还应该使包括运费在内的总费用最低。

4）设备可利用性。当获取运输服务或运输工具比较困难时，货主们往往根据其提供货运工具的能力来选择运输公司。例如，由于铁路车辆的专用化，货主往往根据铁路公司所能提供的专用车辆数量选择运输公司或分配运输量。

5）货差与货损。发生货差、货损的相对次数以及处理索赔的快慢和赔偿金的比例，也在运输公司的选择中起着一定的作用。货主多数愿意选择历来货差、货损少的运输公司，而在这方面声誉不佳的运输公司往往遭到货主的拒绝。

6）互惠合作。货主经常使用购买他们货物的运输公司，这通常是指采购运输设备和其他生产资料，这有利于双方互惠互利，有利于取得有关运输公司的服务和设备信息，运输公司也乐意协商运价和改进服务。

（3）安排运输服务工作。在安排运输服务工作时，要与相关车辆调配人员取得联系，由他们安排空车或电话通知汽车货运公司当地的调度人员。在这两种情况下，都应向运输公司人员通报货主的姓名和接货地点、货物重量，有时还需知道货物体积、类别和到站情况，以便车辆一送到就可开始各项装货作业。这些工作步骤通常根据预先制定的货运计划进行，它包括指定人员、安排装货、货物固定、货物衬垫、办理有关文件手续和其他工作。

（4）发运、货运跟踪。发运、货运跟踪包括连续跟踪货运过程和在必要时提醒运输公司中途改变运输路线。有些货主通过计算机网络直接与运输公司的货运系统联网。这样，每天都可得到货主的所有车辆和货物位置的报告。发运、货运跟踪对托运人和收货人都具有重要意义，据此他们能根据货运进程或出现的问题来计划他们的生产和接运。

（5）验货，确定运费。验货是为一次货运确定适当运费的过程。托运人在运输公司填写货单前会同承运人验货，这样可以避免或减少超收或少收运费情况的发生。

（6）审验、付费。审验是指检查货单的计费是否准确。这项工作在运输公司提出货单或付费后进行。一些企业由本单位审核，有的则在付费后再请外部顾问完成这项工作。货单一般要经运输部门核实再交给负责支付的部门。

（7）延期、滞留。延期费是由于装卸超过规定的时间而使运输工具耽搁，由运输公司向托运人或收货人收取的费用。滞留为铁路运输企业的用语，概念相同。运输经理一般要对延期和滞留负责监控、管理和付费。运输经理必须在装卸和人力成本与设备延期费用之间权衡比较，作出决策。

（8）索赔。运输公司在货运过程中，可能发生货差和货损。运输经理要负责办理索赔，以补偿部分或全部损失。此外，还要处理货单多收运费等事宜。

（9）自用货车和汽车车队的管理。在一些企业中，运输经理还要负责对自用货车和汽车车队的管理。为此，需要做好协调和管理工作，以降低车队成本和提供优质服务。

（10）运输预算管理。运输预算管理是防止财政超支的一项重要工作。运输经理应随时掌握现在和未来的各项活动及其开支，并与原定计划相对照。例如，能源费用的上涨使大多数试图在计划预算内运营的运输经理都遇到了难题。今后，费用的上涨还会使成本和预算问题越来越复杂化。

总之，为了完成运输管理任务，运输经理必须熟悉上述业务程序，在选择运输服务时，运用总成本分析方法进行全面的权衡比较，把存货量、顾客服务、生产和其他费用考虑在内，作出总成本最低的选择。

3．运输的成本管理

承运人和托运人十分关心的一个问题是运输的成本。运价最低不一定是最佳的选择，最佳选择的根本依据应该是运输过程的总成本最小。综合考虑运输过程中的各种因素，目的就是为了选择总运输成本最低的运输服务，因此，成本管理是运输管理中的关键工作。以下是运输成本的构成。

（1）变动成本。变动成本是指在一段时间内，由于运输工具投入使用所发生的费用。开动运输工具要花费劳动力、燃料、维修保管费等，运输数量越多，运输路程越长，费用就越高。这些随运输数量、里程而变动的费用，就是变动成本。因此，变动成本只有在运输工具未投入营运时才不发生。变动成本包含承运人运输每一票货物有关的直接费用，如劳动成本、燃料费用和维修保养费用等。一般说来，期望承运人能维持营运而又要求他按低于其变动成本来收取运费，那是不可能的，运输费率至少必须弥补变动成本，通常按照每千米或每单位重量多少成本来计算。

（2）固定成本。固定成本是指在短期内不随运输水平的变化而变化的成本。它主要包括运输基础设施。例如，铁路、站台、通道、机器设备等的建造设立的成本以及管理系统费用诸如端点站或管理部门之类的费用。这些成本的大小不受营运量大小有无的直接影响，因此叫做固定费用。这些成本费用也必须通过营运而得到补偿。

（3）联合成本。联合成本是指决定提供某种特定的运输服务而产生的不可避免的费用，如运输返回的空车费用等。承运人将货物从 A 地运往 B 地，则从 B 地至 A 地空车返回发生的费用就是从 A 地至 B 地运输的联合成本。这种联合成本要么必须由最初从 A 地至 B 地的运输费弥补，要么必须找一位有回程货的托运人以得到弥补。联合成本对于运输收费有很大的影响，因为承运人索要的运价中必须包括隐含的联合成本。

上述成本结构是承运人在向托运人索要运费时必须考虑的主要成本。必须定期地对其进行评估，以确保运输费率的精确性和盈利性。

二、不合理运输的表现形式

商品不合理运输，是指不考虑经济效果，违反商品合理流向和各种运力的合理分工，不充分利用运输工具的装载能力，环节过多。导致浪费国家运力，增加商品流转费用，降低商品流转速度，增加商品损坏等不良的后果。不合理的运输形式，一般有以下几方面。

1. 对流运输

对流运输是指同一种商品或可代用的商品，在同一运输线或平行线作相对方向的运输与对方的全部或一部分商品发生重叠的现象。但为了改善人民生活，繁荣市场，在地区间对同类商品花色品种进行调剂，则是必要的，不能视作不合理运输。

2. 迂回运输

迂回运输是指原本可以选取短距离运输，却选择路程较长路线进行运输的一种不合理形式。造成迂回运输的原因比较复杂，不能简单处之。只有当计划不周、地理不熟、组织不当而发生的迂回，才属于不合理运输；如果最短距离有交通阻塞、道路情况不好或有对噪声、排气等特殊限制而发生的迂回，不能称之为不合理运输。

3. 重复运输

重复运输有两种形式：①本来可以直接将货物运到目的地，但是在未到达目的地之前或目的地之外的其他场所先将货物卸下，之后再重复装运送达目的地；②同品种货物在同一地点一边运进，一边又向外运出。重复运输的最大缺陷是增加了非必要的中间环节，它是物资流通过程中多余的中转、倒装，虚耗装卸费用，造成车船非生产性停留，增加了车船、货物作业量，延缓了流通速度，增大了货损，也增加了费用。

4. 倒流运输

倒流运输是指商品从消费地向生产地回流的一种不合理运输现象。倒流运输有两种形式：

①同一商品由销地运回产地或转运地；②同类的商品由别的产地、供应地或销地，运回另一产地或转运地。

5．过远运输

过远运输是指舍近求远的运输现象，即不从最近的供应地采购商品，而超过商品合理流向的范围，从远地运来；或者产品不是就近供应消费地，却调给较远的其他消费地，违反了近产近销的原则。

6．运力选择不当

未选择各种运输工具优势，而不正确地利用运输工具造成的不合理现象，常见有这样几种方式：

（1）弃水走陆。在同时可以利用水运及陆运时，不利用成本较低的水运或水陆联运，而选择成本较高的铁路运输或汽车运输，使水运的优势不能发挥。

（2）铁路、大型船舶的过近运输。不是铁路及大型船舶的经济运行里程，却利用这些运力进行运输的不合理做法。主要不合理之处在于火车及大型船舶起运及到达目的地的准备、装卸时间长，且机动灵活性不足，过近运输发挥不了运速快的优势，相反由于装卸时间长，反而会延长运输的时间，另外，和小型运输设备比较，火车及大型船舶装卸难度大、费用也较高。

（3）运输工具承载能力选择不当。不根据承运货物数量及重量选择，而盲目决定运输工具，造成过分超载、损坏车辆或货物不满而浪费运力的现象。

7．托运方式选择不当

对于货主而言，可以选择更好托运方式而未选择，造成运力浪费及费用支出加大的一种不合理运输。

应当选择整车而选择零担拖运，应当直达而选择了中转，应当中转而选择直达等都属于这一类型的不合理运输。

三、运输合理化内涵

物流过程的合理运输，是指从物流系统的总体目标出发，选择合理的运输方式和运输路线，即运用系统理论和系统工程原理和方法，选择合理的运输路线和运输工具，以最短的路径、最少的环节、最快的速度和最少的劳动消耗，组织好运输活动。

1．运输方式的合理选择

各种运输方式及其所使用的运输工具各具特点，各类物品对运输的要求不尽相同，因此，合理选择运输方式就是合理利用各种运输方式，以确保运输的高效、准时、经济、安全。

运输方式的选择，一般要考虑的基本因素有：①运输方式的速度问题；②运输费用问题；③各种可选运输方式的合理组合。

从物流过程中的运输功能来看，快捷的运输是物流服务的基本要求，但是，速度快往往意味着运输费用高。同时，在考虑运输经济性问题时，仅从运输费用本身来判断是片面的，快捷的运输可以缩短物品的在途时间，使库存减少，从而减少物品的保管费等。

所以，运输方式或运输工具的选择，应该是综合考虑上述各种因素后，寻求运输费用与保管费用最低的运输方式或运输工具。在许多情况下，由于运输空间上所存在的对运输方式的限制，并不能选择最理想的运输方式组合。有时还需要从物流运输的功能来研究，采用综合评价的方法来选择运输方式或运输工具。

2．运输路径的合理化

组织合理的运输路径就是通过合理的安排和筹划，使得每次运输或每批次的运输在运送路径、流程等方面达到最佳或接近最佳，以使货物运输达到准时、经济、安全。

运送路径最佳化的表述指标一般是运送距离最短，或运送时间最短，或运送成本最低。例如，城市配送业务一般强调的是最短运输路径设计；国际运输则强调运送时间最短和准确；在城市货物配送、集货过程中，往往根据货物送达地点的布局，合理设计车辆的运行路径，减少车辆绕行；而对于船舶运输而言，则是合理设计船舶的挂港顺序和挂靠地点、合理设计货物的换装或中转地点，以使货物在途时间最短，装卸次数最少；在地区间的零担运输中，则是通过整合零散单位货物为批次货物，利用整车运输来达到规模经济效果。

运输线路的合理化一般可基于一些理论方法，通过整体规划、优化设计、恰当管理来实现。为了确保上述指标的实现，运输流程的设计和控制显得十分重要。而实际上，运输线路的合理化与运输方式的合理化是紧密相关，相辅相成的。

四、运输合理化措施

运费成本在物流成本中所占的比重最大。据日本通产省对六大类货物物流成本的调查结果表明，其中运输成本占 40%左右，如果将产品出厂包装费计入制造成本，则运输成本是物流成本的 50%以上，因此，运输合理化有重要意义。合理化的途径有以下几方面。

1．运输网络的合理配置

应该区别储存型仓库和流通型仓库，合理配置物流基地或物流中心，基地的设置应有利于货物直送比率的提高。

企业在规划运输网络时，要根据经营战略、销售政策等因素决定。为了确保销售和市场占有率，需要利用多少个仓库、配送中心；是全部外包，还是自己承担一部分；配送中心、仓库如何布局，密度多大，相距多远等应该整体规划，统一考虑。这样才可能既满足销售的需要，又能减少交叉运输、迂回运输、空载运输，降低运输成本，提高运输效益。

2．选择最佳的运输方式

铁路、公路、水运、航空、管道等五种运输方式，各有特点，其适用的范围有所差别。

（1）铁路和水运：运量大、运费低，适于长距离、大批量的干线运输，运输的货物适于"重、厚、长、大"，经济运输里程为 200～300km 以上；其不足之处是灵活性差，两头需要配套衔接，装卸搬运次数多。

（2）公路运输：适合近距离、小批量、多品种、多批次的运输，在运输"轻、薄、短、小"货物方面胜于铁路和水运，同时，又能开展"门到门"的送货服务，中途搬倒、装卸次数少。其不足之处是长途运输和大批量的干线运输缺乏优势，汽车废气造成公害，不利环保。

（3）航空运输：速度快是最大的优势，保鲜物品、高价值商品，紧急救险、救灾物资等适合航空运输方式；其不足之处是运费高，运量小。

（4）管道运输：由于采用密闭装备，运输途中能避免散失、遗漏，而且运输量大，有连续性，占地小、不必包装。但是运输物的种类限于气体、液体和粉状物。

在确定运输方式之后，也要考虑运输工具的问题，如用公路运输还要选择汽车车型（大型、轻小型、专用），用自有车还是委托运输公司等。

3. 提高运行效率

努力提高车辆的运行率、装载率，减少车辆空载、迂回运输、对流运输、重复运输、倒流运输，缩短等待时间或装载时间，提高有效工作时间，降低燃料消耗。

防止车辆空载的办法有：充分利用专业运输队伍；周密制定运输计划；有效运用相关信息，如货源信息、道路交通信息，天气预报、同行业运输信息等。

4. 推进共同运输

提倡部门之间、集团之间、行业之间和企业之间进行合作，协调运输计划、共同利用运力；批发业、零售业和物流中心之间在组织运输方面加强配合，提高运输工作效率，降低运输成本。

5. 采用各种现代运输方法

为了提高运输系统效率，一些新的运输模式应该加以推广，如多式联合运输、一贯托盘化运输、集装箱运输、散装化运输、智能化运输、门到门运输等。

当然，运输的合理化必须考虑包装、装卸等有关环节的配合及其制约因素，还必须依赖于现代化信息系统，才能实现其改善的目标。

6. 减少动力投入，增加运输能力

运输的投入主要是能耗和基础设施的建设，在设施建设已定型和完成的情况下，尽量减少能源投入，这样可以节约运费，降低单位货物的运输成本，达到运输合理化的目的。例如，在铁路运输中，在机车能力允许的情况下，多加挂车皮；在水路运输中，利用竹、木本身的浮力，实行拖引和拖带法；在内河运输中，将驳船编成队行，由机动船顶推前进；在公路运输，实行汽车挂车运输，以增加运输能力等。

7. 通过流通加工，使运输合理化

有不少产品，由于产品本身形态及特性问题，很难实现运输的合理化，如进行适当加工，就能够有效解决合理运输问题。例如，将造纸材料在产地预先加工成干纸浆，然后压缩体积运输；轻泡货预先捆紧包装成规定尺寸，提高装载量；水产品预先冷冻，提高装载率并降低损耗。

运输合理化的目标要考虑运输系统的基本特性。对城市之间、地区之间的长距离运输（干线输送），由于货物的批量大，对时间要求不是很苛刻，因此，合理化的着眼点要考虑降低运输成本。对于地区内或城市内的短距离运输（末端输送），以向顾客配送为主要内容，批量小，应及时、正确地将货物运到，这种情况下的合理化目标应以提高物流服务质量为主。

五、运输性能评价

货物运输性能主要通过经济效益、生产效率、服务质量和及时运输这四个指标进行衡量评价。

1. 经济效益指标

（1）单位运输费用指标。该指标可用来评价运输作业效益高低以及综合管理水平，一般

用运输费用总额与同期货物总周转量的比值来表示。运输费用主要包括燃料、各种配件、养路、工资、修理、折旧及其他费用支出。货物周转量是运输作业的工作量，它是车辆完成的各种货物的货运量与其相应运输距离乘积之和。

（2）燃料消耗指标。评价燃料消耗的指标主要有单位实际消耗、燃料消耗定额比，它反映了运输活动中燃料消耗的情况，可以促进企业加强对燃料消耗的管理。其计算公式为

$$平均每百公里油耗＝（同期油耗量/计算期行驶里程）\times100（L/百公里）$$

（3）运输费用效益指标。该指标表示单位运输费用支出额所带来的盈利额，其计算公式为

$$运输费用效益＝报告期经营盈利额/报告期运输费用支出额$$

（4）单车（船）经济收益指标。该指标表示单车（船）运营收入中扣除成本后的净收益。

$$单车（船）运营收入经济收益＝（运营收入－总成本）/车（船）数量$$

该公式计算结果为正值，说明车辆运营盈利；公式计算结果为负值，说明车辆运营亏损。

2．生产效率指标

生产效率指标包括运输设备生产力和操作人员生产力指标。运输设备又分货物装载容器和运输工具。

货物装载容器又分汽运货物容器、水运货物容器、空运货物容器等。由于货物容器的载重、容积等有限，因此在容器利用时应注意和装载货物的重量和体积匹配。

容器利用情况可用容器率指标衡量：

$$容积利用率＝货物体积/容器容积$$

$$载重利用率＝货物重量/容器最大承重量$$

运输工具（卡车、飞机、火车和船只）的消耗为实际运行小时数、最大可运行小时数或运输工具投入成本。运输工具的产出包括货运件数、货运吨数、货运立方数、货运价值（元）、货运里程数（km）及货运吨千米数等。因此可有以下运输工具的生产效益指标：

（1）运输工具使用率＝实际运行小时数/最大可运行小时数

（2）运输工具收益率＝货运收益/运输工具投入成本

（3）单位运行时间的货运件数。

（4）单位运输工具吨千米数。

（5）单位运行时间吨千米数。

（6）单位运输时间货运吨千米数。

由于运输工具是由操作人员所使用，所以，运输操作人员生产效率指标与运输工具生产效率指标类似。常见的衡量运输操作人员生产效率的指标包括单位·人小时的货运站点数、货运里程数、货运容器数、货运吨数及货运托盘数等。

3．服务质量指标

服务质量指标包括未被索赔货运百分比、完好货运百分比、事故点间距、准时送达百分比、准时发运百分比、完美货运百分比（即在单据、到达时间、达到地点、事故、货损等各方面都达到要求，并未受到用户索赔的货运数占总货运数的百分比）、完美路线百分比（全部

为完美货运的货运路线所占总货运路线的百分比）等。

运输过程中的货物损失率有两种表示方式：①以货物损失总价值与所运输货物的总价值进行比较，这种方式主要适用于货主企业的运输损失绩效考核；②用运输损失赔偿金额与运输业务收入金额的比率来反映，此方式更适用于运输企业或物流企业为货主企业提供运输服务时的货物安全性绩效考核。其计算公式为

运输损失率=报告期运输损失之和/报告期运输业务收入之和

4. 及时运输指标

铁路运输为旅客列车出发正点率、运行正点率，货物列车出发正点率、运行正点率，每万元货运收入货损赔款率；水路运输为货损率、货差率，每万元货运收入赔偿金额；公路运输为发车正点率，事故损失赔偿率；航空运输为航班正常率。

通过四个货运指标及其分指标，可以建立货物运输性能的评价体系，并利用层次分析法、综合评价法等系统工程方法形成对货物运输性能的整体评价，为运输管理工作的改进和进一步提高提出方向。

本 章 小 结

本章主要介绍了运输的概念、功能和原理等相关理论知识，对多种运输方式及其特点作了阐述，着重分析了运输合理化的内涵、企业达成运输合理化措施，并讲解了运输性能评价指标。

复习思考题

一、单项选择题

1. 运输规模经济的特点是随装运规模的增长，单位载重量的货物（　　）。
   A. 运输成本不变　B. 运输成本降低　　C. 运输成本增长　D. 运输成本不确定
2. 运输距离经济是指每单位距离的运输成本随着运输距离的增加而（　　）。
   A. 不变　　　　　B. 减少　　　　　C. 增加　　　　　D. 不确定
3. 下列哪一项是公路运输的优点（　　）。
   A. 载重量大　　　　　　　　　　B. 长途运输
   C. 实现"门到门"运输　　　　　　D. 车辆运行中震动较大

二、多项选择题

1. 运输合理化措施有（　　）。
   A. 选择最佳的运输方式　　　　　B. 合理配置运输网络
   C. 推进共同运输　　　　　　　　D. 采用各种现代运输方法
2. 运输性能评价指标有（　　）。
   A. 经济效益指标　B. 生产效率指标　　C. 服务质量指标　D. 及时运输指标

3．水路货物运输按其航行区域，大体可划分为（　　　　）形式。

　　A．远洋运输　　　　B．沿海运输　　　　　C．内河运输　　　　D．船舶运输

三、简答题

1．简述公路运输的主要特点及功能。

2．选择运输方式时应该考虑哪些因素？

3．通过对下列问题的讨论，考察对运输基本知识的掌握：

（1）什么是运输？运输的功能是什么？

（2）浙江杭州某丝绸厂向法国里昂市出口一批丝绸衣物，用哪些运输方式可以将货物运送到目的地？

（3）山西的煤炭是我国的重要能源物资，而北京、广东、浙江等地是煤炭的消耗地。向北京、广东、浙江等地运输的煤炭应该分别采用哪些运输方式？为什么？

（4）克拉玛依位于准噶尔盆地的西北缘，是中华人民共和国成立后的第一个大油田，被誉为准噶尔盆地的明珠，它是一个常被风沙包裹的经济结构单一的工业化城市，周边自然条件恶劣。原油运输的方式是什么？

案 例 分 析

　　德国大力倡导、扶持发展的集约化运输组织形式的货运中心。德国货运中心的特点是依托一定的经济区域，以可供选择的多种运输方式、快捷的运输网络、周到的运输服务，把传统分散经营的众多运输企业及运输服务企业吸引到一起，把生产、运输与消费市场紧密衔接，使一个区域向不同方向流动的货物和其他不同方向流动到本区域的货物，经过货运中心进行分拨、配载，选择适宜的运输工具迅速地被输送到目的地。

一、货运中心的选点

　　货运中心选点建设一般考虑三个方面的因素：①至少有两种以上的运输方式链接，特别是公路和铁路；②选择交通枢纽中心地带，使货运中心网络与运输枢纽网络相适应；③经济合理性，包括运输方式的选择与利用、环境保护与生态平衡以及在货运中心经营的成员的现实利益等。

二、货运中心的运作

　　货运中心的运作模式是：政府在规划建设货运中心的基础上，将货运中心的场地向运输企业或与运输企业有关的企业出租，承租企业则依据自身的经营需要建设相应的库房、堆场、车间，配备相关的机械设备和辅助设施，以中心为基地，把服务触角伸向广阔的市场。在货运中心，有运输、装卸、仓储、包装等众多的成员，成员各有其联系的客户和货源渠道，彼此间的联系是自愿而松散的，各自独立经营。

三、货运中心的经营管理方式

　　在管理方式上，德国货运中心由政府兴办却实行民间经营的管理方式。不来梅市货运中心自身的经营管理机构采取股份制形式，市政府出资25%，货运中心50家经营企业出资75%，由政府的企业选举产生咨询管理委员会，推举经理负责货运中心的管理活动，实际上采取了

一种由企业"自治"的方式。货运中心的职能主要是为成员企业提供信息、咨询、维修等服务，代表 50 家企业和政府打交道，与其他货运中心加紧联系，但不具有行政职能。

提供良好的公共设施和优良的服务是货运中心全部活动的宗旨。因此，货运中心一般都兴建有综合服务中心、维修保养站、加油站、清洗站、餐厅等，有的还开办驾驶员培训中心等实体，提供尽可能全面的服务。这些实体都作为独立的企业实行经营服务。

资料来源：铁道运输与经济，2003（3）.

问题与思考

1．从德国货运中心的发展情况，你如何看待现代物流的发展趋势？
2．德国货运中心有什么特点？
3．德国货运中心的成功对我国物流运输企业有什么启示？

实训

运输企业调研

一、实训教学目标

通过调研附近运输企业，了解专业运输公司制度文化建设的基本框架，认识专业运输公司在人员、设备、服务以及营销方面的特点，比较各种形式的运输企业优势和劣势，注意了解运输合理化手段在实际企业中的应用。

二、实训具体工作任务及要求

（1）多种途径收集本地区交通运输基础设施及运输企业。

（2）参观本校附近的运输企业，了解运输基本工作流程和机构设置，了解该企业的概况，了解企业提供运输服务的过程。对照整理好的材料认真做好记录。

（3）分成若干小组，实地了解运输企业的管理体制、管理方式、管理制度、了解企业的组织机构、岗位及其职责。分别扮演客户和运输服务提供商进行模拟谈判的训练并草拟运输合同。

三、实训工作任务内容设计

（1）学生专业认识实习采取自主实习的形式或学校组织联系，进行实地调研，自由组合成为一组，设组长，负责与指导教师或学院联络；每实习小组配备指导教师，指导教师负责学生实习指导，审阅个人实习报告及组织交流小组报告。

（2）学生实地现场调研实习。（一天，可安排在周末课外时间）

（3）实训总结，学生提交个人实习报告及小组报告。

实习报告要求表达准确，文笔流畅，不能抄袭。其主要内容包括：

1）实习目的、要求。

2）实习时间、地点、内容。

3）收获和体会，发现的问题，提出自己的意见、看法和建议（要求有总结、有分析、有独立观点或提出问题）。

（4）组织小组交流实训经验及体会。（两到四课时）

第五章

配送与配送中心

📋 **能力目标**

- 能运用配送合理化方法分析配送案例;
- 能准确描述具体案例中配送需求并提出初步方案。

📖 **知识目标**

- 掌握配送的概念及种类,熟悉常见的多种配送服务;
- 了解配送合理化的判断标志及主要途径;
- 掌握配送中心的概念和种类,熟悉配送中心的作业流程。

导入案例

7—11便利店的物流配送系统

7—11是全球最大的便利连锁店品牌,在全球20多个国家拥有2.1万家左右的连锁店。其中,日本是最多的,有8 478家。7—11有一个高效的物流配送系统。

7—11的物流管理模式先后经历了三个阶段、三种方式的变革。起初,7—11并没有自己的配送中心,它的货物配送是依靠批发商来完成的。以日本的7—11为例,早期日本7—11的供应商都有自己特定的批发商,而且每个批发商一般都只代理一家生产商,这个批发商就是联系7—11和其供应商间的纽带,也是7—11和供应商间传递货物、信息和资金的通道。供应商把自己的产品交给批发商以后,对产品的销售就不再过问,所有的配送和销售都会由批发商来完成。对于7—11而言,批发商就相当于自己的配送中心,它所要做的就是把供应商生产的产品迅速有效地运送到7—11手中。为了自身的发展,批发商需要最大限度地扩大自己的经营,尽力向更多的便利店送货,并且要对整个配送和订货系统作出规划,以满足7—11的需要。

渐渐地,这种分散化的由各个批发商分别送货的方式无法再满足规模日渐扩大的7—11便利店的需要,7—11开始和批发商及合作生产商构建统一的集约化的配送和进货系统。在这种系统之下,7—11改变了以往由多家批发商分别向各个便利点送货的方式,改由一家在一定区域内的特定批发商统一管理该区域内的同类供应商,然后向7—11统一配货,这种方式称为集约化配送。集约化配送有效地降低了批发商的数量,减少了配送环节,为7—11节省了物流费用。

一、配送中心的好处

特定批发商又称为窗口批发商，它提醒了 7—11，何不自己建一个配送中心？与其让别人掌控自己的经脉，不如自己把自己的脉。7—11 的物流共同配送系统就这样应运而生，共同配送中心代替了特定批发商，分别在不同的区域统一集货、统一配送。配送中心有一个计算机网络配送系统，分别与供应商及 7—11 店铺相连。为了保证不断货，配送中心一般会根据以往的经验保留 4 天左右的库存，同时，中心的计算机系统每天都会定期收到各个店铺发来的库存报告和要货报告，配送中心把这些报告集中分析，最后形成一张张向不同供应商发出的订单，由计算机网络传给供应商，而供应商则会在预定时间之内向中心派送货物。7—11 配送中心在收到所有货物后，对各个店铺所需要的货物分别打包，等待发送。第二天一早，派送车就会从配送中心鱼贯而出，择路向自己区域内的店铺送货。整个配送过程就这样每天循环往复，为 7—11 连锁店的顺利运行提供保障。

配送中心的优点还在于 7—11 从批发商手上夺回了配送的主动权，7—11 能随时掌握在途商品、库存货物等数据，对财务信息和供应商的其他信息也能握于股掌之中，对于一个零售企业来说，这些数据都是至关重要的。

有了自己的配送中心，7—11 就能和供应商谈价格了。7—11 和供应商之间定期会有一次定价谈判，以确定未来一定时间内大部分商品的价格，其中包括供应商的运费和其他费用。一旦确定价格，7—11 就省下了每次和供应商讨价还价这一环节，少了口舌之争，多了平稳运行，7—11 为自己节省了时间也节省了费用。

二、配送的细化

随着店铺的扩大和商品的增多，7—11 的物流配送越来越复杂，配送时间和配送种类的细分势在必行。以中国台湾地区的 7—11 为例，全省的物流配送就细分为出版物、常温食品、低温食品和鲜食食品四个类别的配送，各区域的配送中心需要根据不同商品的特征和需求量每天作出不同频率的配送，以确保食品的新鲜度，以此来吸引更多的顾客。新鲜、即时、便利和不缺货是 7—11 的配送管理的最大特点，也是各家 7—11 店铺的最大卖点。

和中国台湾地区的配送方式一样，日本的 7—11 也是根据食品的保存温度来建立配送体系的。日本的 7—11 对食品的分类是：冷冻型（零下 20℃），如冰淇淋等；微冷型（5℃），如牛奶、生菜等；恒温型，如罐头、饮料等；暖温型（20℃），如面包、饭食等。不同类型的食品会用不同的方法和设备配送，如各种保温车和冷藏车。由于冷藏车在上下货时经常开关门，容易引起车厢温度的变化和冷藏食品的变质，7—11 还专门用一种两仓式货运车来解决这个问题，一个仓中温度的变化不会影响到另一个仓，需冷藏的食品就始终能在需要的低温下配送了。

除了配送设备，不同食品对配送时间和频率也会有不同要求。对于有特殊要求的食品如冰淇淋，7—11 会绕过配送中心，由配送车早、中、晚三次直接从生产商门口拉到各个店铺。对于一般的商品，7—11 实行的是一日三次的配送制度，3～7 点配送前一天晚上生产的一般食品；8～11 点配送前一天晚上生产的特殊食品；下午 15～18 点配送当天上午生产的食品。这样一日三次的配送频率在保证了商店不缺货的同时，也保证了食品的新鲜度。为了确保各店铺供货的万无一失，配送中心还有一个特别配送制度来和一日三次的配送相搭配。每个店铺都会随时碰到一些特殊情况造成缺货，这时只能向配送中心打电话告急，配送中心则会用安全库存对店铺紧急配送，如果安全库存也已告罄，中心就转而向供应商紧急要货，并且在第一时间送到缺货的店铺中。

资料来源：财富天下网，http://www.3158.cn/news/20101012/14/2655328191_1.shtml

思考：

1. 结合案例，简述配送的基本作业流程。
2. 7—11 为什么要建立自己的配送中心？
3. 7—11 为什么要进行配送的细化？
4. 在食品的配送管理上，7—11 采取了哪些做法？

第一节　配 送 概 述

一、配送的概念

根据中华人民共和国国家标准《物流术语》（GB/T 18354—2006），配送被定义为："在经济合理区域范围内，根据用户的要求，对物品进行拣选、加工、包装、分割、组配等作业，并按时送达指定地点的物流活动。"

"配送"这一概念具有以下几点含义：

（1）配送是一种资源配置的有效方式。该配置方式是最接近顾客的资源配置，几乎贯穿了用户资源配置的全过程。

（2）配送的实质是一种以现代送货为主的经济活动。配送是"配"和"送"的有机结合，是备货、储存、分拣、配组、配载、包装和装卸等物流作业活动在小范围内的整合。配送的重点在于"配"，"配"的功能在配送活动中的作用越来越重要，它可以通过有效的分拣、备货等理货作业，达到规模效应从而赢得竞争优势。

（3）配送以用户要求为出发点，体现共同受益的原则。配送企业或组织者应以用户利益作为配送服务的出发点，在满足用户利益的基础上取得本企业利益；而不能以此作为部门分割、行业垄断、市场份额竞争的手段，利用配送损伤或控制用户。在配送的过程中，配送企业不仅要按照用户要求的品种、数量、时间等进行配送，而且要以最合理的方式满足用户要求，从而在经济利益上实现共同受益。

（4）配送采用现代化的技术和装备，提供专业化的增值服务。现代配送过程中，采用了诸如电子标签拣货系统，自动分拣系统，自动化立体仓库，GIS、GPS 等大量信息技术和传输设备，使得配送效率大大提高。同时，配送企业依靠其确定的经营组织、稳定的商品供应渠道、专业化的管理水平和技术力量，为顾客提供一种专业化、定制化的商品供应服务。

二、配送的功能与作用

配送是物流的重要组成部分，在现代物流中发挥着越来越重要的作用，其主要功能如下。

1. 配送使得物流系统更加完善

配送是一种短距离、小批量的末端运输，具有良好的灵活性、适应性和服务性。配送的存在，将大批量、长距离的干线运输和支线运输有效结合起来，改善了支线运输和小搬运这一物流薄弱环节，弥补了单一干线运输的不足，使得商品的运输过程更加优化和完善。

2．配送提高了末端物流的经济效益

配送过程中，一方面，可以通过批量订购的方式，增加订货数量达到经济批量，实现经济订货的目的；另一方面，也可以通过集中发货的方式，代替对不同用户的小批量分散发货，从而解决末端物流运力安排不合理、成本过高等问题，提高末端物流的经济效益。

3．高水平的配送可以有效降低库存

现代化的配送方式，使得企业只需保持少量保险储备而不必留有经常储备，甚至完全依靠配送中心的准时配送而不需要保持自己的库存，从而使企业从库存的包袱中解脱出来，盘活大量储备资金，增强了物流系统的调节能力。同时，配送所采用的集中库存方式，利用规模经济的优势，也降低了单位存货成本。

4．配送降低了用户物流风险，简化了物流环节

企业采用配送方式，将商品的采购、运输过程交由专门的物流组织运作，用户只需向一处订购或向一个进货单位联系就可以订购到以往需从许多地方才能订齐的货物，只需组织对一个配送单位的接货便可代替原有的高频率接货。因此配送大大减轻了用户工作量和负担，节省了事务开支。同时，这种交由第三方运作的方式，也将企业物流的风险部分转移出去，降低了货断、货损的发生率。

三、配送的类型

1．按配送主体不同分类

按配送主体不同，配送可分为配送中心配送、仓库配送、商店配送、生产企业配送。

（1）配送中心配送。此类配送的组织者是专职的配送中心，通常具有较大规模的储存、分拣及配送系统和措施。配送中心大多和客户有固定的配送关系，一般按用户需要储存各种商品，实行计划配送。图 5-1 为某配送中心剖视图，此类配送中心的设施及工艺流程根据配送活动的特点和要求进行专门的设计和建设，专业化、现代化程度较高，配送品种多，数量大，配送能力强。但这些设施前期投入较高，一旦建成很难改变，灵活机动性较差，存在一定的局限性。

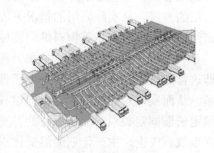

图 5-1 某配送中心剖视图

（2）仓库配送。仓库配送是以仓库为据点的配送形式。仓库配送可以充分利用原仓库的储存设施及能力、收发场地、交通路线等，投资少，上马快；但由于它是在保持仓库原功能的前提下增加一部分配送职能，并非按配送中心要求设计和建立，所以仓库配送的规模相对较小，配送的专业化程度较低。例如，我国天津物资储运公司唐家港仓库就是采用的以仓库为据点的配送形式。

（3）商店配送。商店配送的组织者是某一商业部门的门市网点。这些网点主要承担商品的零售，规模一般不大，但经营品种较齐全。除日常零售业务外，还可根据客户的要求将商品经营品种配齐或代客户订购一部分本商店不经营的商品，同商店经营的品种一起配齐送给客户。这种配送方式是配送中心配送的辅助补充，一般有兼营配送和专营配送两种形式。例

　　如，在国内，麦当劳、肯德基等连锁型零售企业和物美、超市发等大型超市都会采用商店配送的形式，完成对其商品的配送。

　　（4）生产企业配送。生产企业配送（自营配送）是指企业物流配送的各个环节由企业自身筹建并组织管理，实现企业内部及外部配送的模式。这种形式有利于企业供应、生产和销售的一体化作业，系统化程度相对较高。不足之处表现在，企业为建立配送体系其投资规模将会大大增加，在企业规模较小时，配送的成本和费用也相对较高。因此，一般采取自营配送的企业都是规模较大的集团公司，例如，我国一些知名的肉类食品加工企业，其产品配送的冷链物流就属于生产企业的自营配送。生产企业的配送不是配送的主要形式。

2．按配送时间及数量不同分类

　　按配送时间及数量不同，配送可分为定时配送、定量配送、定时定量配送、即时配送。

　　（1）定时配送。定时配送是指按规定的时间间隔进行配送。每次配送的品种及数量可按计划执行，也可临时根据客户的需要以之前商定的联络方法（如：计算机网络系统等）进行调整。这种配送方式时间固定，有利于双方安排工作计划；但如果配送品种和数量临时调整过多，会造成运力安排困难，增加管理和作业的难度。定时配送包括日配送、隔日配送、周配送、旬配送、月配送、准时配送等。例如，在日常生活中，水果、蔬菜等新鲜食品往往采用定时配送的方式。

　　（2）定量配送。定量配送是指按规定的批量在一个指定的时间范围内进行配送。这种配送方式数量固定，且时间没有严格限制，可按托盘、集装箱、车辆的装载能力确定配送的批量，或将不同客户的商品采用拼凑整车的方式配送，有效利用运力，提高配送效率。

　　（3）定时定量配送。定时定量配送是指按规定的配送时间和配送数量进行配送。这种方式兼有定时和定量两种方式的优点，是一种精益的物流配送服务方式。定时定量配送方式，计划难度大，管理要求严格，服务成本较高，一般在用户有特殊要求时使用，不是一种普遍适用的方式。从实际应用的情况来看，该方式主要在规模较大且生产相对稳定的汽车制造、家用电器、机电产品等物料供应领域效果较好。

　　（4）即时配送。即时（应急）配送是指完全按照用户突然提出配送要求的时间和数量随即进行配送的方式。这是一种灵活性很高的应急方式，采用该方式企业可以完全取消保险储备，从而实现企业的零库存。但这种配送服务成本很高，难以作为经常性的服务，只能是已确定长期固定关系的配送服务的补充和完善，其实质是配送企业配送应急能力的体现。一般在事故、灾害、生产计划突然变化或销售预测失误而导致销售即将断线的情况下采用。

3．按配送商品的种类和数量不同分类

　　按配送商品的种类和数量不同，配送可分为单（少）品种、大批量配送，多品种、少批量配送以及成套（配套）配送。

　　（1）单（少）品种、大批量配送。对于企业需求量较大、单独一个品种或几个品种就可以实行整车运输的商品往往不需要再与其他商品搭配，可直接由生产企业或专业性很强的配送中心实行配送。由于配送量大，可充分利用车辆，达到满载并使用大吨位车辆；同时，品种少也使得配送中心内部设置、组织、计划等工作较为简单。因此，该配送方式成本较低，对钢铁厂、棉纺厂等产品种类不多、生产批量较大的企业较为适用。

　　（2）多品种、少批量配送。多品种、少批量配送是按客户的要求，将所需要的各种货物（每种需求量不大）配备齐全，凑成整车后由配送中心送达客户。这种配送对作业水平要求较高，

配送中心设备复杂，配货、送货计划难度大，必须有高水平的组织工作来保证。在 B2C 电子商务模式下，多品种、少批量的配送方式已成为支持消费配送的有力物流平台。

（3）成套（配套）配送。成套（配套）配送方式是按企业生产需要，尤其是装配型企业生产需要，将生产每件产品所需全部零部件配齐，按生产进度及节奏定时送达生产企业，生产企业随即可将此成套零部件送入生产线装配产品。该配送方式主要用于生产制造领域，可以使生产企业更专注于生产，而由配送企业负责大部分供应工作。

4．按加工程度不同分类

按加工程度不同，配送可分为加工配送和集疏配送。

（1）加工配送。加工配送是配送和流通加工相结合的一种配送形式。通常是在配送中心设置流通加工环节，或是将流通加工与配送中心建在一起。流通加工与配送相结合，能够根据客户自身的需求，在有针对性的流通加工的基础上，进行货物的分拣、配送，不仅可以获得送货服务、销售经营的收入，还可以取得加工增值的收益。例如，配送中心对生鲜食品进行的冷冻、分选、分装加工，就属于加工配送。

（2）集疏配送。集疏配送是集货与配送相结合的一种配送形式。常见的方式有：大批量进货后小批量、多批次发货，零星集货后以一定批量送货等。这种配送形式，只改变货物的数量组成形态而不改变货物本身的物理、化学形态。集疏配送一般与采购、集货或干线运输相配合，适用于农产品等先集货后分配的产品以及商业领域、企业内部物资商品供应等。

5．按配送专业化程度不同分类

按配送专业化程度不同，配送可分为综合配送和专业配送。

（1）综合配送。综合配送是指在同一个配送网点中，对不同专业领域的多种商品进行配送。这类配送由于综合性较强，所以称之为综合配送。综合配送使得客户只需和少数供应商联系便可解决多种需求，减少客户物资进货的负担，是一种对客户服务意识较强的配送服务形式。受专业技术的限制，综合配送往往只是在性状相同或相近的不同类产品之间实施。

（2）专业配送。专业配送是按产品性状不同适当划分专业领域的配送方式。专业领域的划分并非越细越好，可按专业的共同要求优化配送设施，优选配送机械及配送车辆，制定使用性强的工艺流程，从而提高配送各环节的工作效率。

现已形成的专业配送形式，主要在以下几类商品配送领域：①中、小件杂货配送；②基础性工业生产资料、建筑材料的配送；③生鲜食品的配送；④家具及家庭用具的配送。

第二节　配送服务

一、配送服务的重要性

配送服务对企业的绩效有着重要影响，已经成为企业差别化战略的重要组成部分。配送服务不仅能够有效地降低货物的流动成本，而且能够以商品的实体流动为媒介，通过自身特有的系统设施不断将商品销售、库存等信息反馈给供应链中的所有企业，打破供应商、制造商、批发商、零售商之间的间隔，并通过知识、经验等积累，使整个过程不断协调，不断应对市场变化，创造超越企业的供应链价值。

二、配送服务的基本环节

配送服务主要是由备货、理货和送货三个基本环节组成。

备货是配送服务的基础环节，涉及准备和筹集货物等操作性活动。

理货是按照客户的需要，对货物进行分拣、配货、包装等一系列操作性活动。它是配送区别于一般送货的重要标志，是配送服务中操作性、技术性最强的环节。

送货是配送服务的核心，也是备货和理货环节的延伸。这里的送货更多地表现为末端运输和短距离运输，其运输频率较高、运量较小。

三、配送的增值服务

1．配送增值服务的含义

配送增值服务是根据客户的需要，为客户提供的超出配送基本功能、能够满足客户各种需求的各类服务的总称。创新、超常规、满足客户需求是增值性物流配送服务的本质特征。

2．配送增值服务的内容

配送增值服务的内容涉及范围较广，一般可以归纳为：以顾客为核心的增值服务；以促销为核心的增值服务；以制造为核心的增值服务；以时间为核心的增值服务。

（1）以顾客为核心的增值服务。以顾客为核心的增值服务，是指由第三方物流提供的、以满足买卖双方对于配送产品的要求为目的的各种可供选择的方式。例如，美国 UPS 为配送"Planters-Life Savers"快餐食品所开发的服务系统，日本大和公司为支持百货店进货和对家庭客户的配送而开创的宅急便服务，都属于这类增值服务。以顾客为核心的增值服务包括：处理客户向供应商的订货、直接送货到商店或客户家以及按照零售店所需的明细货品规格持续提供配送服务。

（2）以促销为核心的增值服务。以促销为核心的增值服务旨在为用户提供有利于其营销活动的服务。配送增值服务是在为生产企业或经销商提供配送服务的同时，增加有利于其促销的物流支持。例如，为配送商品贴标签，为储存产品提供特别的介绍，为促销活动中的礼品设置专门的处理和托运系统等。

（3）以制造为核心的增值服务。以制造为核心的增值服务旨在为用户提供有利于生产制造的特殊服务。在生产过程中，增值服务可以减少原材料、燃料、零配件等的准备活动和准备时间，从而提高生产效率。例如，各类的流通加工和准时配料服务。

（4）以时间为核心的增值服务。以时间为核心的增值服务是以顾客响应为基础，运用延迟技术，使配送作业在收到用户订单时才开始启动，并将物品直接配送到生产线上或零售店的货架上，尽可能地降低预估库存和生产现场的搬运、检验等作业，使生产效率达到最高程度。为准时制生产提供的零库存配送就是典型的以时间为核心的增值服务。

3．配送增值服务的功能

（1）增加便利性。配送增值服务能够大大简化操作手续。简化指的是消费者在获得某种服务时，以前需要自己做的一些事情，现在由物流提供商以各种方式代替完成，从而更加方便、简单，提高了商品或服务的价值。

（2）快速反应。现代配送在发展过程中通过优化配送系统结构和重组业务流程、重新设计适合客户的流通渠道等方式，力争减少物流环节，简化物流过程，提高物流系统的快速反应能力。

（3）降低物流成本。共同配送、准时配送、零部件与生产成品的双向配送等多种配送增值服务，可以有效地提高配送的规模效益，降低企业库存费用，实现物流成本的降低。

（4）业务延伸。业务延伸是指配送功能的延伸，这一延伸使得物流的业务范围更加广泛：向上可以延伸到市场调查与预测、采购及订单处理；向下可以延伸到物流咨询、物流系统设计、物流方案的规划与选择、库存控制决策建议、存货回收与结算、教育与培训等。

第三节　配送合理化

配送合理化，就是对配送设备配置和配送活动组织进行调整改进，实现配送系统整体优化的过程。配送合理化讲求成本与服务的兼顾，即以较低的成本获得较高的服务水平。

一、不合理配送的表现形式

配送不合理势必导致配送时间长、库存周转慢、费用高、社会运力浪费等，给企业的生产和运营带来一定的影响。常见的不合理配送主要有以下几种类型。

（1）资源筹措不合理。配送是通过筹措资源的规模效益来降低资源筹措的成本，从而取得优势。资源筹措不合理，不仅不能满足客户要求，还会增加费用。资源筹措不合理的具体表现形式有：配送量计划不准、资源筹措过多或过少、未考虑与资源供应者建立长期、稳定的供需关系等。

（2）库存决策不合理。配送企业应依靠科学管理来实现一个低总量的库存。库存决策不合理会增加客户实际平均分摊库存负担，也会使社会财富积压，造成浪费。库存决策不合理的具体表现形式有：储存量不足，不能保证随机需求而失去应有的市场；储存量过多，造成库存积压。

（3）价格不合理。配送的价格应低于客户自己进货、提货、运输、入库之成本总和，这样才能吸引客户。价格过高，损害客户利益；价格过低，使配送企业处于无利或亏损状态下运行，都是不合理的。

（4）配送与直达的决策不合理。采用配送方式供应物资，会增加其中间环节。这一环节的增加，对某些商品的供应来说会大大增加其成本，因此要考虑商品配送与商品直运策略的选择。例如，对于批量大的商品由供应商直接送货会更经济，而通过配送中转送货就属于不合理配送。

（5）送货运输不合理。采用集中配装，一辆车可以送几家客户，大大了节省运力和运费。如果车辆达不到满载满装，即时配送过多、过频，或是出现对流运输、迂回运输、重复运输等都是不合理的配送现象。

（6）经营观念不合理。经营观念不合理会损害配送企业的形象，配送优势也无从发挥。例如，库存过大时强迫客户接货来缓解自己库存压力、长期占用客户资金、将客户委托资源挪作他用而获利等，都属于经营观念不合理的配送现象。

二、配送合理化的判断标志

判断配送是否合理是配送决策系统的重要内容，通常可以采用一定的技术经济指标体系和方法作为判断依据。目前主要的判断标志体现在库存、资金、供应保证、社会运力等多个方面。

1. 库存

库存是判断配送合理与否的重要标志，具体指标有以下两个方面。

（1）库存总量。实施配送中心统一配送后，大量库存从分散的各个企业仓库转移到配送中心。因此，合理的配送系统是配送中心库存数量加上各企业在实行配送后的库存量之和应低于实行配送前各企业的库存量之和。此外，从单个企业的角度，比较其各自实行配送前后库存量的变化也是判断配送合理与否的标志。

（2）库存周转。合理的物流配送能够有效调节企业的库存，使之以低总量、快周转的方式保证企业的正常运营。因此，可以通过比较各企业实行配送前后的库存周转速度，来判断配送是否合理。

2. 资金

实行合理配送后，企业库存总量下降，周转速度加快，这不仅能释放因资源筹措而占用的大量流动资金，也会明显加快资金的周转速度，从而使资金投向更为集中。

3. 供应保证

提高而不降低对客户的供应保证能力是实施合理配送的前提。供应保证能力可用以下几个具体指标加以衡量。

（1）缺货次数。从保证客户生产、经营及企业运作的角度来看，实行配送后应到而未到货的次数必须下降，配送才是合理的。

（2）供货规模。实行配送后各客户企业的库存压力转移给配送中心，其供货规模也应随着配送中心储存规模的变大而增强。

（3）即时响应能力。合理的配送对配送系统的灵敏度提出了较高要求，其客户紧急送货的供应能力和速度都应有所提高。

4. 节约社会运力

末端运输多采用公路运输的方式，利用汽车完成运送，其灵活性较高，但同时也容易造成运能、运力的浪费。从运力角度判断配送是否合理主要从以下两个方面考量。

（1）满载满装情况。配送车辆能否在载重量、装载空间两个维度上达到最大化利用，是判断运力是否充分利用的一个直接标志。

（2）社会化配送。协同配送、共同配送等多种方式，减少了企业一家一户的自提自运，合理规划配送路线，充分利用社会车辆，是节约社会运力的重要标志。

三、实现配送合理化的途径

为了改善配送不合理的情况，在配送管理的过程中需要采取一系列措施加以调整。推行配送合理化可以从以下途径入手：

（1）推行一定综合程度的专业化配送。通过采用专业设备、设施及操作程序，可以提高配送效率，明显改善配送效果，降低配送综合化的复杂程度及难度，从而追求配送合理化。

（2）推行加工配送。把加工和配送结合起来，既可以充分利用加工环节完成配送的中转，又可以借助于配送密切联系客户，了解客户需求，从而使加工目的更明确，避免加工的盲目性。

（3）推行共同配送。通过共同配送，可以充分利用社会运力和企业员工劳动力，以最近的路程、最优的成本完成配送，从而追求合理化。

（4）实行送取结合。配送企业应与客户建立稳定、密切的协作关系，不仅是客户的供应代理人，而且是客户货物储存的承担者，甚至可以成为产品的代销人。在配送时，配送企业将客户所需的物资送到，再将该客户生产的产品用同一车运回，进行销售配送或者作为代存代储，免去生产企业的库存包袱，实现送取结合，配送合理化。

（5）推行准时配送系统。准时配送是配送合理化的主要内容，也是物资供应保障能力的重要影响因素。配送做到了准时，客户才可以放心地实施低库存或零库存，才可以有效地安排接货的人力、物力，以追求最高效率的工作。从国外的经验看，准时供应配送系统是许多企业追求配送合理化的重要途径。

（6）推行即时配送。即时配送是最终解决用户和企业担心断供之忧、大幅度提高供应保证能力的重要手段。即时配送是配送企业快速反应能力的具体化，是配送企业能力的重要体现。

第四节　配送中心概述

一、配送中心的概念

不同国家、不同学者、不同研究领域关于"配送中心"的定义各不相同。

日本《市场用语词典》对配送中心的解释是："一种物流节点，它不以储藏仓库的这种单一的形式出现，而是发挥配送职能的流通仓库，也称做基地、据点或流通中心。配送中心的目的是降低运输成本、减少销售机会的损失，为此建立设施、设备并开展经营、管理工作。"

日本1991年版《物流手册》对配送中心的定义是："从供应者手中接受大量的货物，进行倒装、分类、保管、流通加工和情报处理等作业，然后按照众多需要者的订货要求备齐货物，以令人满意的服务水平进行配送的设施。"

我国物流学者王之泰在《现代物流学》一书中将配送中心定义如下："配送中心是从事货物配备（集货、加工、分货、拣选、配货）和组织对用户的送货，以高水平实现销售或供应的现代流通设施。"该定义目前应用比较普遍，它有以下要点：①定义中强调了配送活动和销售或供应等经营活动的结合，是经营的一种手段，从而排除了这是单纯的物流活动的看法；②配送中心的"货物配备"工作是其主要的、独特的工作；③配送中心既可以自身承担送货，也可以利用社会运输企业完成送货，配送中心主要是送货的组织者而不是承担者；④定义中强调了配送中心的"现代流通设施"和其他（诸如商场、贸易中心、仓库等）流通设施的区别，即它是以现代装备和工艺为基础，既处理商流也处理物流的流通设施。

中华人民共和国国家标准《物流术语》（GB/T 18354—2006）中对配送中心所下的定义：配送中心是从事配送业务的物流场所或组织，应符合下列要求：①主要为特定的用户服务；

②配送功能健全；③具有完善的信息网络；④辐射范围小；⑤多品种、小批量；⑥以配送为主，储存为辅。

虽然对配送中心的定义各有不同，但对配送中心的功能和目的的认识是一致的，即配送中心是配送业务的集散地，主要为客户提供高水平的配送服务。

二、配送中心的特征及基本功能

1. 配送中心的特征

配送中心是以组织配送性销售或供应，进行实物配送为主要职能的流通型物流节点。在配送中心，不仅需要采用零星集货、批量进货等多种方式备货，对货物进行分拣、组配等作业；还往往需要比较强的流通加工能力。可以说，配送中心实际上是集货中心、分货中心、加工中心功能的综合体，是"配"和"送"的有机结合。

具体来讲，配送中心应具有以下几个特征：

（1）配送反应快速化。配送中心对上、下游物流配送需求的反应速度应该越来越快，前置时间和配送时间应该越来越短，商品周转次数也应该越来越多。

（2）配送功能集成化。配送中心着重于将物流与供应链的其他环节进行集成，它包括：物流渠道与商流渠道、物流渠道之间的集成、物流功能的集成、物流环节与制造环节的集成等。

（3）配送服务系列化。现代配送中心还应强调物流配送服务功能的恰当定位及其系列化，除了传统的储存、运输、包装、流通加工等服务外，还应在外延上扩展至市场调查与预测、采购及订单处理，向下延伸至配送咨询、配送方案的选择与规划、库存控制策略建议、货款回收与结算、教育培训等增值服务。

（4）配送作业规范化。配送中心强调功能、作业流程、实际运作的标准化和程序化，使复杂的作业变成简单且易于推广与考核的作业。

（5）配送目标系统化。配送中心从系统角度统筹规划一个公司整体的各种物流配送活动，处理好物流配送活动与商流活动及公司目标之间的关系，追求物流活动的整体最优化。

（6）配送手段现代化。配送中心使用先进的技术、设备与管理为销售提供服务，生产、流通和销售规模越大，范围越广，物流配送技术、设备及管理越现代化。

（7）配送组织网络化。现代配送中心应建立完善、健全的物流配送网络体系，网络节点间的物流配送活动要保持系统性和一致性，从而保证整个物流配送网络有最优的库存总量及库存分布，运输与配送快捷、机动。

（8）配送经营市场化。配送中心的具体经营采用市场机制，一切实际运作都以"服务-成本"的最佳比例为目标。

（9）配送流程自动化。配送流程自动化是指运送的商品规格标准，装卸、搬运等按照自动化标准作业，商品按照最佳配送路线配送等。

（10）配送管理法制化。宏观上，要有健全的法律法规；微观上，现代配送中心企业要依法办事，按章行事。

2. 配送中心的基本功能

配送中心是专门从事货物配送活动，汇集储存、集散、拣货、加工等功能的物流节点。

一般来说，配送中心的功能主要包括以下几个方面。

（1）集散功能。配送中心能够凭借其特殊的地位和其拥有的各种先进设备及完善的物流信息管理系统，将分散于各个生产企业的产品集中在一起，通过分拣、配货、配装等环节向多家客户进行发送。同时，配送中心也可以把多个客户所需要的多种货物有效地组合在一起运送，实现高效率、低成本的运输方式。

（2）储存功能。配送中心的主要职能就是按照客户的要求及时将各种配装好的货物交到客户手上，确保生产和消费的需要。为了完成该职能，配送中心一般都建有现代化的仓储设施，如仓库、堆场等，储存一定量的商品，保证配送中心有充足的资源，以免发生缺货而造成客户的损失或不满。

（3）包装功能。为了满足客户的不同要求，配送中心还需要进行包装作业，对商品进行组合、加工、加固、拼配、形成组合包装单元，方便物流配送。

（4）分拣功能。分拣是配送中心的重要功能。分拣是将货物按品种、出入库先后顺序进行分门别类堆放的作业。配送中心应该根据客户的不同需求，将客户所需要的货物从仓库中挑选出来，然后按照配送计划组织配货和分装。强大的分拣能力是配送中心实现按客户要求组织送货的基础。

（5）送货功能。配送中心的送货一般是在城市范围内的短距离的运送。进行商品配送时，要制定派车计划、选择路线、装车调度等，以便合理地完成配送任务。

（6）采购功能。现代配送中心应能在供应商管理、库存管理、配送和销售管理的基础上实现有效采购。

（7）流通加工功能。配送中心的流通加工作业包括对货物分类、过磅、包装和贴标签等。流通加工活动可以大大提高客户的满意程度，赢得客户的信赖，增加配送中心的利益。国内外有很多配送中心都开始重视提升自己的流通加工能力，从而获取稳定的客户。

（8）信息处理功能。配送中心是货物到达、分发、装卸、搬运、储存保管、销售、价格、运输以及客户资料等各种信息的交汇中心，配送中心可以通过处理这些信息来经营管理和服务客户。

（9）装卸搬运功能。配送中心进货、理货、装货、加工都需要辅之以装卸搬运。有效的装卸会大大提高配送中心的水平。所以装卸搬运是配送中心的基础工作，是一项基础功能。

三、配送中心的类型

从理论和功能作用上，配送中心可以有许多理想的分类，这里仅就已在实际运转中的配送中心类别概述如下。

1. 按配送对象不同分类

按配送对象不同分类，配送中心可分为专业配送中心和柔性配送中心。

（1）专业配送中心。专业配送中心大体上有两个含义：①配送对象、配送技术是属于某一专业范畴，配送中心综合这一专业领域的多种物资进行配送。例如，我国目前在石家庄、上海等地建设的制造业产品销售配送中心就属于这一形式。②以配送为专业化职能，基本不从事经营的服务型配送中心。

（2）柔性配送中心。这种配送中心不向固定化、专业化方向发展，而向能随时变化，对用户的要求有很强适应性，不固定供需关系，不断向发展配送用户和改变配送用户的方向发展。很多大型第三方物流企业的配送中心都属于这一类型。

2．按经济功能不同分类

按经济功能不同分类，配送中心可分为供应型配送中心、销售型配送中心、储存型配送中心、加工型配送中心和流通型配送中心。

（1）供应型配送中心。供应型配送中心是以专门为生产企业或大型商业组织（如超级市场、联营商店）供应商品，提供后勤保障为主要特点的配送中心。在实践中，许多配送中心与生产企业或大型商业企业建立起相对稳定的供需关系，专门为其供应原材料、零配件和其他商品。例如，为大型连锁超级市场组织供应的配送中心；服务于汽车制造业的英国斯文登HONDA 汽车配件中心；我国上海地区六家造船厂的钢板配送中心，都属于供应型配送中心。

（2）销售型配送中心。销售型配送中心是以销售经营为目的，以配送为手段的配送中心。这类配送中心是典型的配销经营模式，是商品生产者和经营者为促进商品销售，采用各种现代物流技术和物流设施，通过为客户代理货、加工和送货等手段来降低成本、提高服务质量，运用现代配送理念来组织物流活动而形成的配送中心。例如，国内某些家电连锁零售企业的货物配送中心就属于这一类型。

（3）储存型配送中心。储存型配送中心是有很强储存功能的配送中心。一般来讲，在买方市场下，企业成品销售需要有较大库存支持，其配送中心可能有较强储存功能；在卖方市场下，企业原材料、零部件供应需要有较大库存支持，这种供应配送中心也有较强的储存功能。此外，大范围配送的配送中心，需要有较大库存，也可能是储存型配送中心。例如，瑞士 GIBA-GEIGY 公司的配送中心拥有世界上规模居于前列的储存库，可储存 4 万个托盘；美国赫马克配送中心拥有一个有 163 000 个货位的储存区。

（4）加工型配送中心。加工型配送中心是以加工产品为主的配送中心。例如，我国很多城市已开展的配煤配送中心；上海六家船厂联建的船板处理配送中心；原物资部北京剪板厂都属于这一类型的配送中心。

（5）流通型配送中心。流通型配送中心是指基本上没有长期储存功能，仅以暂存或随进随出方式进行配货送货的配送中心。其典型方式是，大量货物整进并按一定批量零出，可采用大型分货机直接将货物分送到各用户货位或配送汽车上，货物在配送中心里仅做稍许停滞。例如，日本的阪神配送中心，其中心内就只有暂存，而大量储存则依靠一个大型补给仓库。

3．按辐射范围不同分类

按辐射范围不同分类，配送中心可分为城市配送中心和区域配送中心。

（1）城市配送中心。城市配送中心是指以城市为配送范围的配送中心。由于城市范围一般处于汽车运输的经济里程，这种配送中心可采用汽车将货物直接配送到最终用户，对于多品种、少批量、多用户的配送较有优势。我国已建立的"北京食品配送中心"就属于这种类型。

（2）区域配送中心。区域配送中心是指以较强的辐射能力和库存准备，向省（州）际、全国乃至国际范围的用户配送的配送中心。这种配送中心配送规模较大，往往是将货物大批量配送给下一级的城市配送中心。这种类型的配送中心在国外十分普遍，如美国马特公司的配送中心、蒙克斯帕配送中心、日本的阪神配送中心等就属于这种类型。

4. 按运营主体不同分类

按运营主体不同分类，配送中心可分为以仓储运输业为主体的配送中心、以制造商为主体的配送中心、以批发商为主体的配送中心、以零售商为主体的配送中心、第三方物流企业型配送中心和共同型配送中心。

（1）以仓储运输业为主体的配送中心。此类配送中心最强的是运输配送能力，地理位置优越，如港湾、铁路和公路枢纽，可迅速将到达的货物配送给用户。它提供仓库储位给制造商或供应商，而配送中心的货物仍归制造商或供应商所有，配送中心只是提供仓储管理和运输配送服务，其社会化程度往往较高。在我国，交通部门下属的一些配送中心就属于这一类型。

（2）以制造商为主体的配送中心。这种配送中心里的商品 100%由配送中心所属的集团生产制造。制造商为主体建立配送中心，可以降低其流通费用，提高售后服务质量，及时地将预先配齐的成组元器件运送到规定的加工和装配工位，有效控制产品的后期包装等。这类配送中心大多按照现代化、自动化的标准进行设计，但往往不具备社会化的要求。美国橡胶公司的配送中心、我国的海尔集团现代配送中心即属此类型。

（3）以批发商为主体的配送中心。这类配送中心一般是按部门或商品类别的不同，把每个制造商的商品集中起来，然后以单一品种或搭配向消费地的零售商进行配送。这种配送中心的商品来自各个制造商，其核心业务便是对商品进行汇总和再销售，而它的全部进货和出货都是社会配送的，社会化程度高。我国大中城市建立的家电区域配送中心就属于这一类型。

（4）以零售商为主体的配送中心。此类配送中心是目前国内外较为盛行的现代配送中心。零售商发展到一定规模后就可以考虑建立自己的配送中心，为专业商品零售店、超级市场、百货商店、建材商场、粮油食品商店、宾馆饭店等服务，其社会化程度介于以制造商为主体和以批发商为主体的配送中心之间。美国沃尔玛公司的大型现代配送中心以及我国上海华联超市有限公司的配送中心即属此类型。

（5）第三方物流企业型配送中心。此类配送中心是最具发展前景的现代配送中心。它隶属于直接从事物流服务的第三方物流企业，其运作过程贯穿于第三方物流企业的整个经营过程。美国 APL 公司的现代配送中心以及我国宝供物流公司的现代配送中心便属于此种类型。

（6）共同型配送中心。此类配送中心是用来开展共同配送的配送中心。共同配送是为了实现物流活动的效率化，由两个或两个以上的企业相互协作共同开展配送活动的一种形式。共同型配送中心一般是由规模比较小的批发业和专业物流企业共同设立的。通过共同开展配送活动，可以解决诸如车辆装载效率低、资金短缺无法建设配送中心以及配送中心设施利用率低等问题。为多个连锁店提供配送服务的配送中心也可以看做是共同型配送中心。共同型配送中心不仅负责共同配送，还包括共同理货、共同开展流通活动等活动。

第五节　配送中心的运作与管理

配送中心是为了提供完善的配送服务而设立的经营组织，其核心职能是通过集货、储存、加工、分拣、配送运输等环节完成配送功能。因此，配送中心的配送流程、配送环节的控制和完善、组织机构及相关人员的建设和管理是配送中心运营管理的主要内容。

一、配送中心的配送流程

配送中心的配送流程是以配送环节和基本工艺流程为基础的。不同功能的配送中心和不同商品的配送，其作业过程和作业环节会有所区别，但都是在基本流程的基础上对相应作业环节进行调整。

1. 基本作业流程

配送中心的基本配送流程是："进货—储存—分拣、配货—送货"（如图 5-2 所示）。

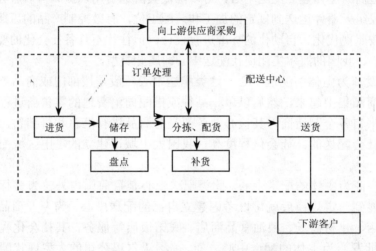

图 5-2　配送中心的基本配送流程图

配送中心的基本流程各环节组成简述如下。

（1）进货。进货即组织货源。其方式有订货（购货）和集货（接货）两种。前者的货物所有权（物权）属于配送主体，后者的货物所有权属于用户。

（2）储存。储存即按照用户提出的要求并依据配送计划将购到或收集到的各种货物进行检验，然后分门别类地储存在相应的设施或场所中，以备拣选和配货。储存环节的流程一般为："运输—卸货—验收—入库—保管—出库"。储存作业依产品性质、形状不同而形式各异。有的是利用仓库进行储存，有的是利用露天场地储存，特殊商品（如液体、气体）则需储存在特制的设备中。为了提高储存的作业效率及使储存环节合理化，储存作业普遍采用先进的储存技术和储存设备，采用"先进先出"的储存方式。

（3）分拣、配货。分拣和配货是同一个工艺流程中两项有着紧密关系的经济活动。有时，这两项活动是同时进行和同时完成的（如散装货物的分拣和配货）。在进行分拣、配货作业时，大多采用机械化或半机械化方式、自动化操作（如图 5-3 所示），较少采用手工方式进行。随着一些高新技术的开发和广泛应用，自动化的分拣、配货系统已在很多国家和地区的配送中心建立起来，并且发挥了重要作用。

图 5-3　自动分拣系统

（4）送货。在送货流程中，包括这样几项活动：搬运、配装、运输和交货。送货环节的流程一般为："配装—运输—交货"。在进行送货作业时，应选择直线运输、配载运输等合理的运输方式，使用先进的运输工具，从而提高送货质量。另外，送货是配送的最终环节，所以在送货流程中除了要圆满地完成货物的移交任务，还必须及时进行货款或费用结算。

2. 其他配送作业流程

不同类型、不同功能的配送中心，其配送工艺流程不完全一致，而且，不同商品由于其特性、用途及需求状况的不同，其配送工艺流程也会有所不同。例如，对于保质期较短和保鲜要求较高的食品，通常在备货之后即分拣出货，不经过储存这一环节；而对于保质期较长的食品，则可以在组织大量进货以后，先进行储存、保管，当接到客户订单以后再按单拣货配送；还有一部分食品，进货后先必须经过分装、拣选分级、去杂、配制半成品等初加工，然后再进行配送。

对于货种多的配送中心，为保证配送，需要一定的储存量，这种配送中心属于有储存功能的配送中心。其配送流程如图 5-4 所示。

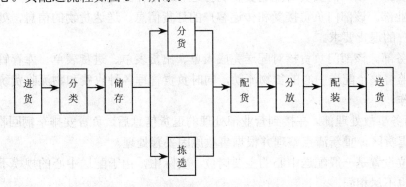

图 5-4　带储存库的配送中心配送流程图

而对即时配送，配送中心只需要有满足一时配送之需的备货暂存，故无大量储存。一般暂存地点设在配货场地中，在配送中心不单设储存区。采用这种流程的配送中心属专职配送，所以将大面积储存场所转移到配送中心以外。其配送流程如图 5-5 所示。

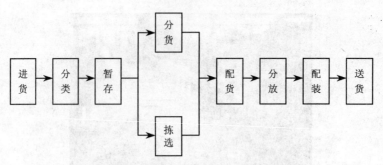

图 5-5　不带储存库的配送中心配送流程图

二、配送中心的组织管理

合理的组织机构是配送中心高效运转的重要保证。配送中心的组织结构一般可按三种方式来划分：①按职能部门划分即职能型组织结构；②按产品分工划分即产品型组织结构；③按经营区域划分即区域性组织结构。配送中心的岗位设置应由配送中心的组织结构模式和作业流程来决定。配送中心一般可以设置如下岗位。

（1）采购或进货部。该部门主要负责订货、采购、进货等作业环节的安排及相应的事务处理，同时负责对货物的验收工作。

（2）储存保管部。该部门主要负责货位安排、堆码指挥、货物保管、拣取、养护等作业环节运作与管理。

（3）装卸搬运部。该部门承担车辆装卸、货物搬运、堆码等作业。

（4）机械技术部。该部门工作主要分为装卸搬运机械设备操作和设备维修、养护两部分。

（5）流通加工部。该部门负责按照客户的要求对货物进行包装、加工。

（6）运输部。该部门负责按客户的要求制订合理的运输方案，将货物送交客户，同时对配送进行确认。

（7）配货部。该部门负责对配送货物的拣选和组配作业进行管理。

（8）营业部。该部门负责接受和传递客户的订货信息、送达货物的信息，处理客户的投诉，受理客户的退货要求。

（9）财务部。该部门负责核对配送完成表单、出货表单、进货表单、库存管理表单，协调、控制、监督整个配送中心的货物流动，同时负责管理各种收费和物流收费统计、配送费用结算等工作。

（10）商务事故处理部。在接到营业部处理的退货信息后，负责安排车辆回收退货，再集中到仓库的退货区，重新清点整理并根据事故原因妥善处理。

以上岗位设置是一般配送中心的主要岗位。实际中，由于配送中心的规模不同，其具体的岗位设置也不尽相同。

三、配送中心的运营管理

配送中心的运营管理包括配送服务管理、库存管理、仓库管理和人员的配备与设备的采用。

1．配送服务管理

配送服务管理应考虑以下内容。

（1）供货的品种。供货的品种可按商品本身的特性来划分，如商品的性质、规格、形状、大小、价值等，这些特性将会影响货物搬运、储存和运输时拣选的方式。

（2）仓库服务。配送经营的范围将影响库内作业的内容和方式，配送中心的商品一般具有多品种、少批量的特点，其供应商较多，所以应考虑用计算机进行控制与管理。

（3）订货方式。配送中心的客户订货方式有电话订货、传真（邮寄）订单或由业务人员直接从客户处取回订单等。订单的接收方式会影响到订单数据的处理与传递效率。

（4）订货批量的限制。订购批量的大小将会影响货物的包装形式、包装单位大小、包装容器的选择以及配送方式的选择。

（5）订单的处理次数。要制定每天订单的处理次数、出货配送次数，规划配货时段，因为这些将影响出货拣取作业的次数、频率及数据的处理量。应根据商品的不同特性对其进行分类，以免影响配送的次数及配送设备的使用。

（6）订单结账时限。货物采购一般采用月结或固定周期结账的方式。这种方式常造成订购高峰时段订单拥挤，以致无法及时处理。可推行循环式结账日并将客户分区分类，使不同的客户在不同日期或时段结账，这样可以分散订单高峰，使订单的处理量平均化。

（7）交货方式。配送交货方式有：①交货至店内摆放上架，并根据送货单由店内人员点数；②交货至店门，由店内人员自行摆放，店内交货点数；③交货至店内，由店内人员自行补货上架，店内交货点数。不同的交货方式应选用不同的包装容器、搬运工具。

（8）退货处理。退货是配送服务中一项不可避免的工作。常见的退货原因有：发货错误；运输途中产品损坏；客户订货有误等。退货处理将影响商品是否入库，入库后是否拆包检验，是否要修理、再加工等。

2．库存管理

配送中心库存管理包括以下内容。

（1）库存量、采购量的制定。采购量会影响库存总量，进而影响仓库所需的储存空间。可采用订货点技术法控制库存，通过选择合理的订货点来减少库存量，达到控制库存的目的。

（2）库存管理。库存管理可按库存商品的成本高低、附加值进行分类管理；也可按商品的获利能力、周转速度来决定库存比例。

（3）盘点。盘点的方式有定期盘点和循环盘点两种。定期盘点一般每半年或一年进行一次，也可按季度盘点，盘点时会停止出库作业；循环盘点一般不影响正常的经营活动，通常是对若干品种商品进行抽检，目的是控制库存商品数量，防止遗失和拣取数量的错误。

（4）仓库数、库存量的确定及商品品种的分布。为了适应区域性或地理区位，针对不同的商品特性采用不同的库存设施，一个配送中心可能有多个仓库。因此，要确定各仓库合理的库存商品品种及库存比例，以免影响仓库的分配、设备选用及人员的配备。

3．仓库管理

仓库管理包括以下内容。

（1）进出货方式及进出货管理方法。进出货的方式有三种：①商品入库后经检验后上架，然后拣取出货；②商品入库后经检验，不进入仓库直接出货（又称为越库配送）；③混合方式。进出货方式的选择会影响进出货作业的程序以及仓库的使用状况。出入库管理方法则会影响仓库货位的分配使用，具体方法包括先进先出、后进先出和随机出货等。一般采用先进先出的方式。

（2）库存容量单位的选用。库存容量单位与订购单位有密切关系，一般订购单位为最小的库存容量单位。但仓库库存还可分为大量库存区和零星拣取区，因此库存容量单位可决定使用何种包装容器，何种货架设备。

（3）包装方式及包装容器的选用。与库存单位对应的是商品的包装方式和包装容器的选用。除包装容器的选用外，诸如组合包装等都将影响库存的商品数量、拣取方式和拆包再包装的程序。

（4）货区的规划。仓库的分区设置有两种方式：①托盘出货区与零散出货区分开设置；②按商品特性、库存位置或商品周转率分区。

（5）货位的分配。货位的分配方式有三种，即随机指定货位、固定货位、分区随机货位。

（6）拣选单位。拣选单位的不同将影响货区的分布和加工程序以及拆箱、包装等作业。

（7）拣货方式。拣货方式分为两种："摘果式"分拣法和"播种式"分拣法。具体介绍如下。

1）"摘果式"分拣法也称订单拣取方式。它是根据每份客户订单的配货要求，由作业员或拣选机械巡回于货物保管场所，按照订单或配货单所列商品及数量，直接到各个商品的仓库储位将客户所购的商品逐个取出，码放在托盘上，一次配齐一个客户订单或配货单的商品，然后集中在一起置放于理货区指定的位置，由出货验收人员接手验收的配货方式。形象地说，好比农夫背个篓子在果园里摘水果，在一棵树上摘下熟了的果子后，再转到另一棵树前去摘，从果园的这一头一直走到另一头，沿途摘取所需的水果，因此又被称为"摘果式"或"摘取式"拣货方式。其作业原理如图5-6所示。

该方式的特点是在配送中心分别为每个用户拣选其所需货物，配送中心的每种货物的储位是固定的或不易移动的，而拣选人员或工具相对运动，是一种"人到货前"的拣货方式。这种方式适用于需要货物品种多而数量少的订单的拣选。

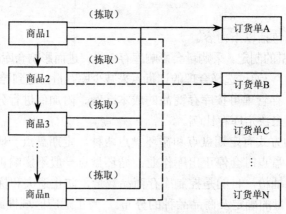

图5-6　摘果式分拣法作业原理图

2）"播种式"分拣法。该分拣方式，首先将各用户共同需要配货的同一种商品集中搬运到配货场，然后再根据每位用户对该种商品的需求量进行二次分配，分别放到每个用户配货单的货位处。一种商品配齐后，再按同样的方法配第二种商品，直至配货完成。形象地说，类似于一个播种者，一次取出几亩地所需的种子在地里边巡回边播撒，所以称之为"播种式"分拣法。由于分货（播种）方式一般是按照商品品种类别总量拣货，然后再依据不同客户或不同订单分类集中（分货），所以又称为批量拣取方式。分货（播种）分拣方式是商品配货的重要方式，其作业原理如图5-7所示。

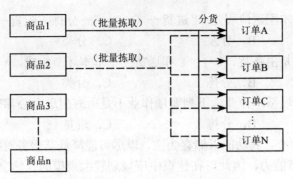

图 5-7 播种式分拣法作业原理图

这种配货方式的特点是：用户的分货位固定，而分货人员或工具携货物相对运动，所以是一种"货到人前"的拣货方式。这种配货方式计划性较强、作业管理水平要求较高。

（8）拣货区的补货。拣货区的补货方式有批次补货、定时补货和随机补货等方式。补货方式的不同将影响人员的调配和计算机的控制方式。

（9）包装容器和托盘的处理。包装容器和托盘的处理主要观察是否流通及流通方式。

（10）财务管理与成本分析。它是指计算与库存管理有关的费用及成本。

（11）配送线路的选择和车辆积载方法。配送路线及车辆积载方法的不同，将会影响出库数量、品种和频率。

4．人员的配备与设备的采用

虽然配送中心正在向自动化、现代化方向发展，但人工作业仍然不可缺少，如货物的拣取、配送等。人工作业可考虑采用外包方式，如自行完成则可根据作业量的大小实行单班制或多班制。

设备的选用可根据配送中心的规模、配送作业量和配送作业自动化程度来考虑。

本 章 小 结

本章主要介绍了配送及配送中心的概念；对现代配送的特点和作用，配送增值服务的内涵，配送中心的功能和分类进行了详细介绍。同时，分析了常见的不合理配送形式，提出了不合理配送的判断标志及改进措施。配送中心的作业流程、组织构建、运营管理也是本章内容的一个重点。

复习思考题

一、单项选择题

1．下列哪项不属于配送中心的主要功能（　　　）。

　　A．储存功能　　　　　　　　　　　B．分拣功能

　　C．配送功能　　　　　　　　　　　D．计划功能

2. 配送中心的基本配送流程是："进货—（　　　）—分拣、配货—送货"。

　　A. 集中货物　　　　B. 分发　　　　　　C. 分类　　　　　　D. 储存

3. 配送服务主要是由备货、（　　　）和送货三个基本环节组成。

　　A. 理货　　　　　　B. 分拣　　　　　　C. 分类　　　　　　D. 储存

4. 配送中心有多项基本作业，下列哪项作业不是所有配送中心都有的作业：（　　　）。

　　A. 储存　　　　　　B. 分拣　　　　　　C. 进货　　　　　　D. 送货

5. （　　　）配送中心，其功能以储存为主，以尽可能降低其服务对象的库存为主要目标，须具有较强的库存调节能力，因此，在建设中应规划较大规模的仓储空间和设施。

　　A. 储存型　　　　　B. 流通型　　　　　C. 加工型　　　　　D. 专业型

二、多项选择题

1. 按配送中心的经济功能分类，配送中心可以分为（　　　）。

　　A. 供应型配送中心

　　B. 销售型配送中心

　　C. 储存型配送中心

　　D. 加工型配送中心

　　E. 流通型配送中心

2. 拣选式配货工艺的适用范围是（　　　）。

　　A. 用户数量不多

　　B. 用户需要的种类颇多

　　C. 用户的临时紧急需求

　　D. 各用户需求的种类有较大的差别

3. 增值性物流服务的本质特征是（　　　）。

　　A. 订单资料查询　　　B. 创新　　　C. 超常规　　　D. 满足客户需要

4. 加工配送型配送中心的作业流程有（　　　）。

　　A. 存储→加工

　　B. 存储→加工→拣选

　　C. 进货→储存→包装/装货→发货

　　D. 进货→储存→加工→分放→配货→配装→送货

5. 柔性配送中心一般具有以下（　　　）特征。

　　A. 对用户需求具有很强的适应性　　　B. 不固定供需关系

　　C. 采用单一配送方法　　　　　　　　D. 不断发展配送用户

三、简答题

1. 简述配送和一般送货的区别。

2. 简述配送增值服务的功能。

3. 简述配送合理化的判断标志及实现配送合理化途径。

4. 简述配送中心的特征及主要功能。

5. 简述配送中心的一般工作流程。

案例分析

华联超市配送中心的建设

近年来，华联超市已从江、浙两省延伸发展到向全国辐射，因此华联超市将其配送中心的建设更是放在了首位。根据经营商品进销的不同情况和商品的 ABC 分析，华联超市按三种类型的物流来运作：①储存型物流。这类商品进销频繁，整批采购、保管，经过拣选、配货、分拣，配送到门店。②中转型物流（越库配送）。即通过计算机网络，汇总各门店的订货信息，然后整批采购，不经储存，直接在配送中心进行拣选、组配和分拣，再配送到门店。③直送型物流。它是指由供货商不经过配送中心，直接组织货源送往超市门店，而配货、配送信息由配送中心集中处理。华联超市新建的配送中心具有较高的技术含量，主要措施包括：①仓储立体化；②装卸搬运机械化；③拆零商品配货电子化；④物流功能条码化与配送过程无纸化；⑤组织好"越库中转型物流"、"直送型物流"和"配送中心内的储存型物流"，完善"虚拟配送中心"技术在连锁超市商品配送体系中的应用；⑥建立自动补货系统（ECR）。

资料来源：食品伙伴网，www.foodmate.net/lesson/190/case1_hualian.pdf

问题与思考

1. 华联超市的物流配送有哪些特点？

2. 一个配送中心同时使用三种方式配送，必然提高管理成本，你认为销售型配送中心应当如何处理管理成本与物流费用的问题？

3. 你认为连锁型企业物流配送中心建设应当注意哪些问题？

➤ 实训

鲜活农产品配送方案设计

一、实训教学目标

通过该实训环节，使学生更加了解配送的作用、类型和业务流程，能够针对周边熟悉的农产品进行调研、分析，设计相对合理的配送方案及管理策略。

二、实训具体工作任务及要求

针对学校附近农产品流通的现状进行调研，发现问题，提出解决方案。

三、实训工作任务内容设计

（1）利用书籍、网络等平台，独立查阅相关资料，了解国内、国外鲜活农产品物流配送情况。

（2）学生分组到附近的超市、农贸批发市场访谈。了解某一类型鲜活农产品的配送渠道、物流费用、配送效率、收益分配等。

（3）根据前期调研，结合所学知识，以小组为单位分析所调研农产品在配送过程中存在的问题，为其设计改进方案。

（4）组织学生课堂讨论，教师点评各组方案，并引导学生思考我国鲜活农产品配送与国外发达国家存在的差距及改进措施。

第六章

包装、装卸搬运与流通加工

⬛ 能力目标
- 能合理选择商品的包装以满足销售与物流的需求;
- 能分析装卸搬运系统中设备、工作流程的合理性。

⬛ 知识目标
- 熟悉包装的概念、功能及分类,掌握常见包装材料的特点及主要包装技术;
- 理解装卸搬运的概念、特点,掌握装卸搬运的类型,了解主要的装卸搬运设施设备,掌握装卸搬运作业合理化措施;
- 理解流通加工与生产加工的区别,掌握流通加工的特点及主要类型,熟悉常见产品的流通加工工艺。

阿迪达斯的流通加工

　　阿迪达斯公司在美国有一家超级市场,设立了组合式鞋店,摆放着不是做好了的鞋,而是做鞋用的半成品,款式花色多种多样,有 6 种鞋跟、8 种鞋底,均为塑料材质,鞋面的颜色以黑、白为主,搭带的颜色有 80 种,款式有百余种,顾客进来可任意挑选自己所喜欢的各个部位,交给职员当场进行组合。

　　只需10min,一双崭新的鞋便可完成。这家鞋店昼夜营业,职员技术熟练,鞋子的售价与成批制造的价格差不多,有的还稍便宜些。所以,顾客络绎不绝,鞋店的销售营业额比邻近的鞋店多 10 倍。

资料来源:物流成本管理实务[M].北京:中国劳动社会保障出版社,2006.

思考:
从此案例中,关于流通加工的作用,你得到什么启示?

第一节 包　装

　　包装是生产过程的最后一道工序,它既是生产的终点,又是物流的起点。因此,包装质量好坏不仅影响整个流通过程，而且还会影响到消费。若包装不当，将会给流通中的物资带来一些不应有的损失。例如，世界上食品类货物，由于包装不良，在流通中损失高达20%；货物运输中，因包装不善，破损高达70%；发展中国家，由于商品包装欠佳所造成的经济损失达总利润的30%；我国每年因包装和装卸运输不当，所造成的经济损失达140亿元。因此，研究包装，掌握包装材料的特性和基本包装技术，探寻包装合理化的途径，具有重要的意义。

一、包装的概念

我国《包装通用术语国家标准》（GB/T 4122.1—2008）对包装的定义为：包装（Packaging）是指为在流通过程中保护产品、方便储运、促进销售，按一定技术方法采用容器、材料及辅助物等的总体名称。包装也指为了达到上述目的而采用容器、材料和辅助物的过程中施加一定技术方法等的操作活动。简言之，包装是包装及包装操作的总称。

具体来讲，包装包含了以下两方面的含义。

（1）静态的含义。它是指能合理容纳商品，抵抗外力，保护宣传商品，促进商品销售的物体，如包装容器等。

（2）动态的含义。它是指包裹、捆扎商品的工艺操作过程。

二、包装的功能

包装的材料、技术、容器以及外形设计等都对物流的各个环节产生影响，包装是物流活动的基础，具有重要的功能和作用。包装的功能主要体现在以下五个方面。

1．保护功能

保护功能即保护物品不受损伤的功能，它体现了包装的主要目的，包括四个方面内容。

（1）防止物品破损变形。为了防止物品破损变形，物品包装必须承受在运输配送、储存保管、装卸搬运等过程中的各种冲击、振动、颠簸、压缩和摩擦等外力的作用，形成对外力的保护，而具有一定的强度。

（2）防止物品发生化学变化。为了防止物品发生发霉、变质和生锈等化学变化，物品包装必须能在一定程度上起到阻隔水分、潮气、光线以及空气中各种有害气体的作用，避免外界不良因素的影响。

（3）防止有害生物对物品的影响。鼠、虫及其他有害生物对物品有很大的破坏性。包装密封不严，会给细菌、虫类造成侵入之机，导致物品变质腐败，特别是对食品危害性更大。

（4）防止异物流入，污物污染，物品丢失、散失。包装对于液体和散装固体能够起到有效地防止外物混入、污染的作用。同时，对零散物品的单元化包装也有助于防止物品在运输过程中的丢失。

2．便利功能

便利功能即具有便利流通、方便消费的功能，主要体现在以下三个方面。

（1）便于配送运输。包装的规格、形状、重量与物品运输关系密切。包装尺寸与运输车辆、船舶、飞机等运输工具箱、仓容积的吻合性，方便了运输，提高了运输效率。

（2）便于装卸搬运。物品经过适当的包装便于各种装卸搬运机械的使用，有利于提高装卸搬运机械的生产效率。同时，包装规格尺寸标准化也为集合包装提供了条件，从而能极大地提高装载效率。

（3）便于储存保管。从装卸搬运角度上看，物品进、出库时，在包装规格尺寸、重量形态上适合仓库内的作业，为仓库作业提供了装卸搬运的方便。从储存保管角度上看，物品的包装为储存保管作业提供了方便条件，便于维护物品本身原有使用价值。包装物的各种标志使仓库的管理者易于识别、存取及盘点仓库物品，有特殊要求的物品易于引起注意。从物品验收角度上看，易于开包，便于重新打包，为验收提供了方便性。

3. 定量功能

定量功能即单位定量或单元化，形成基本单件或与目的相适应的单件。包装有将商品以某种单位集中的功能，以达到方便物流和方便商业交易等目的。从物流方面来考虑，包装单位的大小要和装卸、保管、运输条件的能力相适应；应当尽量做到便于集中输送以获得最佳的经济效益，同时又要求能分割及重新组合以适应多种装运条件及分货要求。从商业交易方面来考虑，商品包装单位的大小应适合于进行交易的批量，零售商品应适合于消费者的一次购买。

4. 商品功能

商品功能即创造商品形象。杜邦定律（美国杜邦化学公司提出）认为，63%的消费者是根据商品的包装进行购买的，而商品市场和消费者是通过商品来认识企业的。因此，商品的包装就是企业的面孔，好的商品包装能够在一定程度上提升企业的市场形象。

5. 促销功能

促销功能即具有广告效力，唤起消费者的购买欲望。合理的包装有利于促进商品的销售。在商品交易中促进商品销售的手段很多，其中包装的装潢设计占有重要地位，精美的包装能唤起消费者的购买欲望。包装的外部形态是商品很好的宣传，对客户的购买有刺激作用。

三、包装的分类

按照不同的分类标准，可将包装分为以下几类。

1. 按层次分类

按包装的层次分类，包装可以分为一类包装、二类包装和三类包装。这种分类方法在欧洲使用得较多。

（1）一类包装。一类包装是首要包装，也称为直接包装、内包装或销售包装，它是直接接触商品并随商品进入零售网点和与消费者或用户直接见面的包装。一类包装的主要功能首先是包容产品、保护产品和保存产品；其次，一类包装必须便于终端用户识别产品，给出相关的信息，同时包装必须是便宜的、使用有限的材料；再次，一类包装要适应商店的货架尺寸，有良好的堆码性能，同时，它也必须能吸引消费者的注意力；最后，一类包装要容易搬运、打开和在某些情况下容易关闭。

（2）二类包装。二类包装是次要包装，也称为间接包装，它被设计用来容纳许多一类包装，它能作为一个整体卖给终端用户或消费者，也能作为一个工具，把货物放在货架上。二类包装应该便于商店的产品搬运，它是一个能直接放在货架上的单元，而不是每一个单独的一类包装分别放在货架上。二类包装和三类包装经常可以通用。

（3）三类包装。三类包装也称为运输包装，是以满足运输储存要求为主要目的的包装。它具有保障产品的安全、方便储运装卸、加速交接、点验等作用，是便于运输和搬运多个一类或二类包装的包装。三类包装的类型选择主要受产品影响，既可以具有非常坚固的外壳，也可以简化为一层收缩薄膜。

2．按材料分类

按照包装所采用的材料不同，可将包装分为以下几类。

（1）纸包装，如纸袋、纸杯、纸盘、纸瓶、纸盒、纸箱等。

（2）塑料包装，如塑料袋、塑料瓶、塑料盒等。

（3）金属包装，如马口铁罐、铝罐等。

（4）玻璃、陶瓷包装，如玻璃瓶、瓷瓶、陶钵等。

（5）木包装，如木桶、木盒、木箱等。

（6）纤维制品包装，如麻袋、白布袋等。

（7）复合材料包装，如用纸、铝箔、塑料、金属等复合材料制成的袋、盒、箱等。

（8）天然材料包装，如草袋、竹筐、条篓等。

3．按包装容器的特性分类

按照包装容器的特性不同，包装可作如下分类。

（1）按形态分。包装容器按形态分有盒类包装、箱类包装、袋类包装、瓶类包装、罐类包装、坛类包装、管类包装、盘类包装、桶类包装、筐篓包装等。

（2）按刚性分。包装容器按刚性分有软包装、硬包装和半硬包装。

（3）按特征分。包装容器按特征分有固定包装、可拆卸包装、折叠式包装。

（4）按质量水平分。包装容器按质量水平分有高档包装、中档包装和普通包装。

（5）按密封性能分。包装容器按密封性能分有密封包装和非密封包装。

（6）按造型特点分。包装容器按造型特点分有便携式、易开启式、开窗式、悬挂式、堆叠式、喷雾式、组合式和礼品包装等。

4．按包装技术方法分类

按照包装的技术方法分类，可将包装分为防潮包装、防水包装、防霉包装、防虫包装、防震包装、防锈包装、防火包装、防爆包装、防盗包装、防伪包装、防燃包装、防腐蚀包装、防辐射包装、保鲜包装、速冻包装、儿童安全包装、透气包装、阻气包装、真空包装、充气包装、灭菌包装、冷冻包装、施药包装、压缩包装、危险品包装等。

5．按包装的使用范围分类

按包装在物流过程中的使用范围，包装分为运输包装、销售包装和（运销）两用包装；销售包装又可分为整合包装、个体包装和组合包装。

6．按包装的用户分类

按包装的用户不同，可将包装分为民用包装、军需包装、特需包装和公用包装。军用包装和特需包装要求比较严格。

7．按产品形态分类

按照产品的物理形态不同，可将包装分为固体（如粉末、颗粒、块状）包装、流体（如液体、半流体、黏稠体、气体等）包装和混合物体包装。

8．按产品内容分类

按照包装的产品不同，可将包装分为食品包装、药品包装、化妆品包装、纺织品包装、机械包装、文化用品包装等。

包装的科学分类，便于利用计算机进行现代化管理；有利于相关法规及包装标准的制定；有利于不同企业间、企业内部各环节之间进行有效的分工和协作；也便于包装研究、包装教育、学术交流等工作的顺利进行。

四、包装材料及选用

包装材料与包装功能存在着不可分割的关系。由于包装材料的物理性能和化学性能千差万别，所以包装材料的选用对保护物品有着非常重要的作用。常用的包装材料如下。

1．纸质包装材料

在包装材料中，纸的应用最为广泛，它的品种最多，耗量最大。由于纸具有价格低、质地细腻均匀、耐摩擦、耐冲击、容易黏合、不受温度影响、无毒、无味以及适于包装生产的机械化等优点，所以目前在世界范围内，纸质包装占包装材料的比重比任何其他包装材料都大。纸质包装容器有纸袋、纸箱和瓦楞纸箱等，其中瓦楞纸箱是颇受欢迎的纸质包装容器。瓦楞纸具有成本低、重量轻、容易进行机械加工和容易回收复用等优点。用瓦楞纸做的纸箱具有一定的刚性，因此有较强的抗压、抗冲击能力，这为产品安全、完好地从生产者送到消费者所经历的存储、运输、装卸等活动提供了方便和可靠。但是纸的防潮、防湿性能较低，这也是纸质包装材料的最大弱点。

2．木质包装材料

木材作为包装材料的历史十分悠久，几乎所有的木材都可以作为包装材料，特别是作为物品的外包装材料，更显示出其抗震、抗压等优点。木材至今在包装材料中仍占有十分重要的地位。但由于木材资源有限，且用途又比较广泛，作为包装材料前景不佳。同时，由于塑料、复合材料、胶合板等包装材料的发展，木材作为包装材料的比重在不断下降。木质的包装容器一般有木箱、木桶和木笼等。

3．草质包装材料

草质包装材料，其原料来源是各种天然生的草类植物，易于获得，成本较低，可编织成诸如草席、蒲包、草袋等包装物。但由于其防水、防潮能力较差、强度很低等原因，在物流中的作用逐渐下降，草质包装材料有被淘汰的趋势。

4．金属包装材料

金属包装材料是传统包装材料之一，把金属压制成薄片，可制成金属圆筒、白铁内罐、储气瓶和金属丝、网等包装容器。金属材料具有强度高，防潮、防光、不碎、不透气等特点，制成的包装容器便于储存、携带、运输和装卸；同时，金属具有良好的延展性，易于加工成型；金属表面具有特殊光泽，有助于增加包装的美观性；此外，金属易于再生利用。但金属材料成本较高，能量消耗较大，且化学性能不稳定，易锈蚀，所以其使用具有一定的局限性。

5．纤维包装材料

纤维包装材料主要指用各种纤维制作的袋装包装材料，天然的纤维包装材料有黄麻、红麻、大麻、青麻、罗布麻和棉花等；轻工业加工提供的纤维材料有合成树脂、玻璃纤维等。该类包装材料具有较好的易加工操作性，有些还具有较好的外观装饰性能；但由于该类材料大多强度较弱，在外力作用下易于破损，对被包装物的保护性能不稳定。

6．陶瓷与玻璃包装材料

玻璃具有耐风化、不变形、耐热、耐酸和耐磨等优点，尤其适合各种液体物品的包装。陶瓷、玻璃制造的包装容器，容易洗涤、消毒、灭菌，能保持良好的清洁状态。同时，它们可以回收复用，有利于包装成本的降低。然而，玻璃、陶瓷也有它们最大的弱点，即在超过一定的冲击力的作用下容易破碎。

此外还有合成树脂包装材料、复合包装材料等。

五、常见的几种包装技术

为了使包装功能得以充分发挥，除了选用合适的包装材料外，在进行包装时，还必须根据不同情况和要求采用相应的包装技术。常见的包装技术有以下几种。

1．防震包装技术

防震包装又称缓冲包装，在各种包装方法中占有重要的地位。产品从生产出来到开始使用要经过一系列的运输、保管、堆码和装卸过程，置于一定的环境之中，在任何环境中都会有外力作用在产品之上，并可能使产品发生机械性损坏。为了防止产品遭受损坏，就要设法减小外力的影响。所谓防震包装就是指为减缓内装物受到冲击和振动，保护其免受损坏所采取的一定防护措施的包装。

2．防破损包装技术

缓冲包装有较强的防破损能力，因而是防破损包装技术中有效的一类。此外捆扎及裹紧技术、集装技术和选择高强保护材料等均是常用的防破损包装技术。

3．防锈包装技术

常见的防锈包装技术有两种：①防锈油防锈蚀包装技术，这种技术是用一定厚度的防锈油涂覆封装金属制品，使金属表面与引起大气锈蚀的各种因素隔绝从而达到防止金属大气锈蚀的目的；②气相防锈包装技术，这是用气相缓蚀剂（挥发性缓蚀剂），在密封包装容器中对金属制品进行防锈处理的技术。

4．防霉腐包装技术

食品和其他有机碳水化合物在流通过程中如遇潮湿，货物表面可能生长霉菌，甚至伸延至货物内部，使其腐烂、发霉、变质，因此要采取特别防护措施，常用的有冷冻包装、真空包装、高温灭菌法等。冷冻包装的原理是短时间内降低货品温度，以减慢细菌活动和化学变化的过程，从而延长储存期，但不能完全消除食品的变质；高温杀菌法可消灭引起食品腐烂的微生物，起到防霉腐的作用。真空包装法也称减压包装法或排气包装法，这种包装可阻挡外界的水汽进入包装容器内，也可防止在密闭着的防潮包装内部存有潮湿空气，在气温下降时结露。采用真空包装法，要注意避免过高的真空度，以防损伤包装材料。

5．防虫包装技术

防虫包装技术，常用的是驱虫剂，即在包装中放入有一定毒性和臭味的药物，利用药物在包装中挥发气体杀灭和驱除各种害虫；也可采用真空包装、充气包装、脱氧包装等技术，使害虫无生存环境，从而防止虫害。

6．危险品包装技术

危险品有上千种，按其危险性质，交通运输及公安消防部门规定危险品分为十大类，即爆炸性物品、氧化剂、压缩气体和液化气体、自燃物品、遇水燃烧物品、易燃液体、易燃固体、毒害品、腐蚀性物品和放射性物品等，有些物品同时具有两种以上危险性能。对有毒商品的包装要明显地标明有毒的标志。防毒的主要措施是包装严密不漏、不透气。例如，对有机农药一类的商品，应装入沥青麻袋，封口严密不漏；用做杀鼠剂的磷化锌有剧毒，应用塑料袋严封后再装入木箱中，箱内用两层牛皮纸、防潮纸或塑料薄膜衬垫，使其与外界隔绝；对有腐蚀性的商品，要注意商品和包装容器的材质发生化学变化；金属类的包装容器，要在容器壁涂上涂料，防止腐蚀性商品对容器的腐蚀（如：氢氟酸是无机酸性腐蚀物品，有剧毒，能腐蚀玻璃，不能用玻璃瓶作包装容器，应装入金属桶或塑料桶，然后再装入木箱）。对于易燃、易爆商品，如有强烈氧化性的、遇有微量不纯物或受热即急剧分解引起爆炸的产品，防爆炸包装的有效方法是采用塑料桶包装，然后将塑料桶装入铁桶或木箱中，每件净重不超过50kg 并应有自动放气的安全阀，当桶内达到一定气体压力时，能自动放气。

7. 特种包装技术

（1）充气包装。充气包装是采用二氧化碳气体或氮气等不活泼气体置换包装容器中空气的一种包装技术方法，因此也称为气体置换包装。这种包装方法是根据好氧性微生物需氧代谢的特性，在密封的包装容器中改变气体的组成成分，降低氧气的浓度，抑制微生物的生理活动、酶的活性和鲜活商品的呼吸强度，达到防霉、防腐和保鲜的目的。

（2）真空包装。真空包装是将物品装入气密性容器后，在容器封口之前抽真空，使密封后的容器内基本没有空气的一种包装方法。一般的肉类商品、谷物加工商品以及某些容易氧化变质的商品都可以采用真空包装。真空包装不但可以避免或减少脂肪氧化，而且抑制了某些霉菌和细菌的生长。

（3）收缩包装。收缩包装就是用收缩薄膜裹包物品（内包装件），然后对薄膜进行适当加热处理，使薄膜收缩而紧贴于物品（内包装件）的包装技术方法。收缩薄膜是一种经过特殊拉伸和冷却处理的聚乙烯薄膜，由于薄膜在定向拉伸时产生残余收缩应力，这种应力受到一定热量后便会消除，从而使其横向和纵向均发生急剧收缩，同时使薄膜的厚度增加，收缩率通常为 30%～70%，收缩力在冷却阶段达到最大值，并能长期保持。

（4）拉伸包装。拉伸包装是 20 世纪 70 年代开始采用的一种新包装技术，它是由收缩包装发展而来的，拉伸包装是依靠机械装置在常温下将弹性薄膜围绕被包件件拉伸、紧裹并在其末端进行封合的一种包装方法。由于拉伸包装不需进行加热，所以，消耗的能源只有收缩包装的 1/20。拉伸包装可以捆包单件物品，也可用于托盘包装之类的集合包装。

（5）脱氧包装。脱氧包装是继真空包装和充气包装之后出现的一种新型除氧包装方法。脱氧包装是在密封的包装容器中，使用能与氧气起化学作用的脱氧剂与之反应，从而除去包装容器中的氧气，以达到保护内装物的目的。脱氧包装方法适用于某些对氧气特别敏感的物品，适用于那些即使有微量氧气也会促使品质变坏的食品包装。

第二节 装 卸 搬 运

在同一地域范围内（如车站范围、工厂范围、仓库内部等）改变物品的存放、支撑状态的活动称为装卸，改变物品的空间位置的活动称为搬运，两者全称装卸搬运。在实际操作中，装卸与搬运作业是密不可分的，两者是相伴发生的。搬运的"运"与运输的"运"区别之处在于，搬运是在同一地域的小范围内发生的，而运输则是在较大范围内发生的，两者是量变到质变的关系，中间并无一个绝对的界限。

一、装卸搬运的特点

1. 装卸搬运是附属性、伴随性的活动

装卸搬运是伴随着采购、生产、流通等物流的各个环节发生的，也是物流每一项活动开始及结束时必然发生的活动。例如，物流系统中的储存、配送甚至是流通加工也都包含了与其相伴随的装卸搬运部分。

2. 装卸搬运是支持性、保障性的活动

装卸搬运虽然是具有附属性、伴随性的活动，但不能因此而忽视它。事实上，装卸搬运也制约着其他环节上物流活动的质量、速度及成本。例如，运输时装车不当，会引起堆垛坍塌造成损失；卸放不当，会引起货物转换成下一步运动的困难。

3. 装卸搬运是衔接性的活动

装卸搬运往往成为整个物流效率和效益的"瓶颈"，是物流各功能、各环节之间能否形成无缝链接的关键。建立一个有效的物流系统，重点是看物流各环节、各功能之间的衔接是否有效。

4. 装卸搬运对象复杂，装卸方法多样

在物流过程中，因货物种类、大小、性质、形状和重量不同，装卸的方法也不同。例如，对于普通的小件杂货，可以单件装卸，也可以用托盘或集装箱集装化装卸；对于化肥、水泥、小麦等可以用散装装卸法，也可以用袋装装卸法。甚至不同的货物储存方法、运输方式，也会给装卸搬运设备选用、装卸搬运方式的选择，提出不同的要求。

二、装卸搬运的分类

装卸搬运可按以下六个方面进行分类。

1. 按作业场所分类

根据装卸搬运作业场所的不同，流通领域的装卸搬运作业基本分为车船装卸、港站装卸、场库装卸三大类。

车船装卸是指在载运工具之间的装卸、换装作业，包括汽车在铁路货场和站台旁的装卸作业，铁路车辆在货场及站台的装卸作业，装卸时进行的加固作业以及清扫车辆、揭盖篷布、移动车辆、检斤计量等辅助作业。

港站装卸是指在港口码头、车站、机场进行的各种装卸作业。它包括码头前沿与后方的搬运作业，港站堆场的堆码拆取作业，分拣、理货、配货、中转作业。

场库装卸通常指在货主的仓库或储运业的仓库、堆场、集散点、物流中心等处进行的装卸作业。场库装卸配合出库、入库维护保养等活动进行，并且以堆垛、上架、取货等操作为主。

在实际工作中，这三类工作是相互衔接、很难割裂的，如码头前沿的装卸船作业与场地（港站装卸）、船舶（车船装卸）都有联系，具体作业内容复杂，需要认真组织。

2. 按装卸搬运操作内容分类

根据装卸搬运作业操作内容不同，装卸搬运作业可以分为堆码拆取作业、分拣配货作业

和挪动移位作业（即狭义的装卸搬运作业）。

堆码拆取作业包括车厢内、船舱内、仓库内的堆码和拆垛作业，按规定位置、形状和其他要求放置或取出成件包装货物的作业，也包括按规定的位置、形状和其他要求堆存和取出散堆货物的作业。

分拣配货作业是指将货物按品类、到站、货主等不同特征进行分类的作业，按去向、品类构成等一定原则要求，将已分类的货物集合为车辆、集装箱、托盘等装货单元的作业。

挪动移位作业即狭义的装卸搬运作业，分别指单纯地改变货物的支撑状态（如从汽车车厢上将货物挪动到站台上）的作业以及显著（距离稍远）改变空间位置的作业。

3．按装卸搬运的机械及机械作业方式分类

根据装卸搬运的机械及机械作业方式不同，装卸搬运可以分成吊上吊下、叉上叉下、滚上滚下、移上移下及散装等方式。

吊上吊下方式是指利用各种起重机械从货物上部起吊，依靠起吊装置的垂直移动实现装卸，并在吊车运行的范围内或回转的范围内实现搬运。

叉上叉下方式是指利用叉车从货物底部托起货物，并依靠叉车的运动进行货物位移，位移完全靠叉车本身，货物可以不经中途落地，直接放置到目的地。

滚上滚下方式是指港口装卸的一种水平装卸方式。通常用于船上装卸货物，或拖车将半挂车、平车拖拉至船上后，拖车开下离船，而载货车辆（包括汽车）连同货物一起运到目的地，再原车开下或拖车上船拖半挂车、平车开下。

移上移下方式是指在两车之间（如火车及汽车）进行靠接。把货物水平、上下移动从一个车辆上推移到另一车辆上。

散装散卸方式是指对散装物进行装卸，一般从装点直到卸点，中间不再落地，采用的设备主要是管道系统。由于管道输送的长度可以改变，这种装卸方式的装、卸两个点无须靠近在一起，可以保持相当长的距离。所以这是集装卸、搬运于一体的装卸方式。

4．按被装卸货物的主要运动形式分类

按被装卸货物的主要运动形式分类，装卸搬运可以分为垂直装卸、水平装卸两种形式。

前边提到的移上移下、滚上滚下，货物只作水平运动，垂直方向运动较小，属于水平装卸，而吊上吊下则为垂直装卸。

5．按装卸搬运对象分类

按装卸搬运对象分类，装卸搬运可以分为散装货物装卸、件装货物装卸、集装货物装卸三类。

6．按装卸搬运的作业特点分类

按装卸搬运的作业特点分类，装卸搬运可以分为连续装卸与间歇装卸两类。

连续装卸主要是同种大批量散装货物、液体货物或小件杂货通过连续输送机械，连续不断地进行作业，中间无停顿，货间无间隔。在装卸量较大、装卸对象固定、货物对象不易形成大包装的情况下适用这一方式。

间歇装卸是一种用于货物批量变化大，品种、包装形态差别较大，不易于形成连续不断装卸搬运的作业。装卸搬运操作有较强的机动性，装卸地点可在较大范围内变动。这种方式主要适用于货流不固定的各种货物，尤其适用于包装货物、大件货物，散粒货物也可以采取此种方式。

三、装卸搬运设备

装卸搬运设备是装卸搬运作业现代化的重要标志之一。装卸搬运设备主要分为装卸搬运机械和容器。

（一）装卸搬运机械

按装卸搬运机械的主要用途，装卸搬运机械大致可分为起重机械、输送机械、升降机械、装卸搬运车辆类以及其他机械。

1. 起重机械

起重机械是通过改变物品的垂直位移来实现装卸，并可使物品在小范围内（其运行的范围内或回转的范围内）水平位移来实现搬运。起重机按其大小、构造或形状可分为轻小型起重机、桥式类起重机、门式起重机、臂架式起重机及堆垛起重机等。

（1）轻小型起重机。轻小型起重机是指仅有一个升降运动的起重机，如滑车、手动或电动葫芦等。其中，电动葫芦（如图 6-1 所示）是在直线轨道或环形轨道上任意走向。

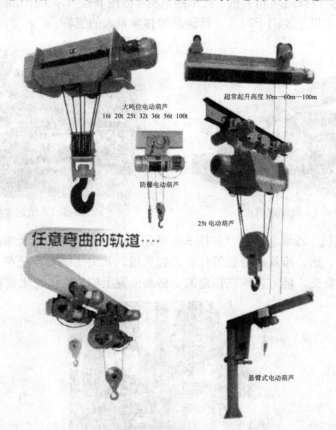

大吨位电动葫芦
16t 20t 25t 32t 36t 56t 100t

防爆电动葫芦

超常起升高度 30m—60m—100m

25t 电动葫芦

任意弯曲的轨道……

悬臂式电动葫芦

图 6-1　电动葫芦

（2）桥式类起重机。桥式类起重机的起重原理是用一个横跨空间的横梁或桥架，横架于车间、仓库及露天货场（即矩形场地及空间）上方支撑起重机构、运行机构，完成起重作业（如图 6-2 所示）。

（3）门式起重机。门式起重机的作业地点也可以在矩形场地及空间内，但与桥式类起重机不同的是门式起重机有两端的高支腿，在地面上的轨道行驶（如图 6-3 所示）。门式起重机起重量较大，可达 300t。

图 6-2　桥式类起重机　　　　　　　　　　图 6-3　门式起重机

（4）臂架类起重机。臂架类起重机因起重臂可以旋转且变幅，所以可以在环形场地及其空间作业。常用的类型有门座起重机、汽车起重机（如图 6-4 所示）和轮胎起重机（如图 6-5 所示）等。门座起重机主要用于码头、转运站等体量重大的货物。

图 6-4　汽车起重机　　　　　　　　　　　图 6-5　轮胎起重机

（5）堆垛起重机。堆垛起重机（如图 6-6 所示）是可以在自动化仓库高层货架之间或高层码垛货场完成取、送、堆垛和分拣等作业的起重机。其突出的特点是在可以升降的载货台上装有可以伸缩的货叉，能方便地在指定的货格或位置上放、取单元化货物。

图 6-6　堆垛起重机

2．输送机械

输送机是一种可以使物品在一定输送路线上，从装载起点到卸载终点以恒定的或变化的速度进行输送，形成连续或脉冲物流的机械。在物流中心的内部作业中，如果搬运的数量非常大且又是连续作业，输送机的采用就非常有效且适合。依照输送机类型的不同，输送机械可分为以下三种。

（1）皮带输送机。它的作用原理是由外力驱动辊柱转动，并带动张紧在辊柱上的输送带转动（如图 6-7 所示）。皮带输送机包括三种主要类型，固定式、移动式、往复式。皮带输送机可以运送散装或小包装的物资。

（2）滚轮式输送机。它的作用原理是在动力的驱动下，由许多定向排列的小轮子在原处不停转动，以带动上置物品移动（如图 6-8 所示）。滚轮式输送机也可以运送小包装的物资。

图 6-7　皮带输送机

图 6-8　滚轮式输送机

（3）悬挂式输送机。它的作用原理是将装载物资的吊具（作业台车、货盒、货盘等）通过滑架，悬挂在架空轨道上，滑架受牵引构件牵引，沿着架空轨道悬空输送（如图 6-9 所示）。它可以输送装入容器的成件物品，也用于企业成品和半成品的输送。

除此之外，还有垂直位移运送散装颗粒物料的斗式提升机（如图 6-10 所示）等。

图 6-9　悬挂式输送机

图 6-10　斗式提升机

3．升降机械

升降机和绞车是使物体作垂直方向移动的机械，升降机被广泛用于多层楼房仓库。绞车是使用缆绳和链条吊升重物的装置，有电动和手动两种。

4．装卸搬运车辆

装卸搬运车辆是依靠机械本身的运行和装卸构件的功能，实现物品的水平搬运和装卸、码垛（小部分车辆无装卸功能）的车辆，装卸搬运车辆主要包括叉车和搬运车。

（1）叉车。叉车是物流领域最常用的搬运装卸机具，具有很强的通用性，可实现装卸和搬运双重功能，机动性较强，应用方便。叉车种类繁多，按功能特性分，常见的有下列几种。

1）平衡重式叉车。平衡重式叉车的货叉位于叉车前部，依靠车体后部的车载平衡使叉车保持平稳（如图 6-11 所示）。平衡重式叉车负荷能力 0.5~30t，具有自重大、轮距大、转弯半径大、行走稳定等特点，主要应用于室外作业，如车站、货场等。

2）侧面叉车。侧面叉车的门架及货叉在车体的一侧，主要特点为在出入库作业时，车体进入通道后，货叉面向货架或货垛，不必转弯就可以进行装卸作业，这样可以在狭窄的通道中作业，节约通道的占地面积，提高仓容率（如图 6-12 所示）。它有利于装搬条形长物，长物与车体平行，不受通道宽度限制。

图 6-11　平衡重式叉车

图 6-12　侧面叉车

3）拣选叉车。拣选叉车的主要特点是操作者能随装卸装置一起在车上进行拣货作业，当叉车进行到某一货位前，货叉取出货盘，操作人员将所需数量拣出，再将货盘放回（如图 6-13 所示）。

4）多方向堆垛叉车。这种叉车的货叉能旋转 180°，向前、左、右三个方向做叉货作业，极大地方便托取和堆垛作业（如图 6-14 所示）。

此外，叉车还有许多附件，附件大都是用于非一般作业的附属装置。

图 6-13　拣选叉车

图 6-14　多方向堆垛叉车

（2）搬运车。搬运车是一种主要应用在物流据点内，用于载货进行水平搬运的车辆。

搬运车上的载荷平台有固定式和升降式。升降式搬运车的载荷平台较低，可以伸入货架或托盘底部，托起货架或托盘后进行搬运。搬运车的特点是搬运速度快、噪声低，甚至可以完全由计算机直接控制的搬运车系统。

5．其他机械

（1）托盘码垛机。它是指将物品装上托盘的机械。

（2）托盘卸垛机。它是指从托盘卸货的机械。

（3）跳板。它是指将货物列车或载重汽车的车厢与站台联结起来的方便货物装卸的板。

（4）跳板调平器。它是指将甲板加以固定，能够用油压或弹簧进行调节的装置。

（二）容器

在装卸搬运作业中，一般都会使用容器来提高装卸搬运效率、降低成本和保证质量。由于物品不同，所使用的搬运容器也不同，较常见的有托盘、包装纸箱和塑料箱等。本书仅重点介绍托盘。

1．托盘的种类

托盘是一种用于机械化装卸、搬运和堆存货物的集装工具，它是在物流领域中为适应装卸机械化而发展起来的。托盘的发展可以说是与叉车同步。叉车与托盘的共同使用，形成了有效的装卸系统，大大地促进了装卸活动的发展，装卸机械化水平大幅度提高，使长期以来在运输过程中的装卸瓶颈问题得以解决或改善。所以，托盘的出现也有效地促进了整个物流水平的提高。

（1）平托盘。平托盘是托盘中使用量最大的一种（如图 6-15 所示）。按制造材料可把平托盘分成木制平托盘、钢制平托盘、塑料平托盘和高密度合成板托盘；按台面可把平托盘分成单面形、单面使用形和双面使用型和翼型四种；按叉车叉入方式分类可把平托盘分成单向叉入型、双向叉入型和四向叉入型三种。

（2）柱式托盘。柱式托盘的基本结构是托盘的四个角有固定式或可卸式的柱子（如图 6-16 所示），柱子可成门框型。柱式托盘的主要作用：①防止托盘上的货物在运输、装卸、保管等过程中发生塌垛；②利用柱子支撑承重，可以将托盘货载堆高叠放而能够保持稳定性，同时不用担心压坏下部托盘。

（3）箱式托盘。箱式托盘的基本结构是沿托盘四个边安装有板、栅和网等，组成各种箱体（如图 6-17 所示），有些箱体有顶板，有些箱体没有顶板。箱式托盘的主要作用有两个：①可有效防止塌垛，防止货损；②可装运不规则形体的物品。

图 6-15　平托盘

图 6-16　柱式托盘

图 6-17　箱式托盘

2．托盘特点

（1）自重量小。用于装卸、运输时，托盘本身所消耗的劳动较少，装卸搬运效率较高，无效运输及装卸较集装箱少。

（2）返空容易。返空时占用运力很少。由于托盘造价不高，又很容易互相代用，互以对方托盘抵补，所以无需像集装箱那样必须有固定归属者。

（3）装盘容易。装卸作业不需像集装箱那样深入到箱体内部去进行，装卸操作十分方便，装盘后可采用捆扎、紧包等技术处理，使用简便。

（4）数量集中。装载量虽较集装箱小，但也能集中一定数量，比一般包装的组合量大得多。

（5）保护性差。托盘的保护性比集装箱差，露天存放困难，需要有仓库等配套设施。

除托盘以外，搬运容器还有包装纸箱、塑料箱、集装袋等。

四、装卸搬运的合理化

装卸搬运虽然不产生物品的价值和使用价值，但却必然要消耗活劳动和物化劳动。这种劳动消耗量要以价值形态追加到搬运装卸对象的价值中去，从而增加产品的物流成本。因此，如果要降低物流成本就要按照装卸搬运合理化的要求去做，尽量减少用于搬运装卸的劳动消耗。

（一）防止无效装卸

无效装卸是指用于货物必要装卸劳动之外的多余装卸劳动。

1．减少装卸搬运次数

在整个物流过程中，装卸搬运是反复进行的，其发生的频率超过物流活动中其他任何一个过程，并且每一次装卸搬运不仅增加费用而且会产生货物损耗。因此，过多的装卸次数必然导致损失的增加，也会大大阻碍整个物流速度。所以，要分析研究装卸搬运的每个环节的必要性，合并作业环节，减少作业次数。

2．消除过大、过重的包装

包装过大、过重，在装卸时就会反复在包装上消耗不必要的劳动，因此，要采用尽量合理的包装，以避免无效装卸。

3．去除无效物质

进入物流过程的货物，有时混杂着没有使用价值或对用户来说使用价值不对路的各种掺杂物，如煤炭中的矸石、矿石表面的水分、石灰中未烧熟的生石灰及过烧石灰等，在反复装卸时，对这些无效物质也在进行反复的无效劳动，因而形成无效装卸。因此，物流部门在进行装卸工作前，可通过流通加工，除去杂物，防止无效装卸。

（二）装卸搬运作业合理化措施

1．利用重力作用，减少装卸搬运时能量消耗

在装卸搬运时，应尽可能地利用货物本身的重量进行装卸，将重力转变为促使物料移动的动力，以减轻劳动力和其他能量的消耗。例如，从货车、铁路火车卸货时，利用货车与地面或小搬运车之间的高度差，使用溜槽之类的简单工具，使货物依靠其本身的重力，从高处滑到低处，完成货物装卸作业。

2．提高物品的装卸搬运活性

被装卸搬运物品的放置状态，关系着装卸搬运作业效率。为了便于装卸搬运，物品应处于最容易被移动的状态，装卸搬运活性就是从物的静止状态转变为装卸搬运运动状态的难易程度。如果物品的放置状态很容易转变为下一步的装卸搬运，而不需做过多装卸搬运前的准备工作，则活性就高；如果物品的放置状态难于转变为下一步的装卸搬运，则活性低。为了对活性有所规范和区别，并能有计划地提出活性要求，使每一步装卸搬运都能按一定活性要求进行操作，日本物流专家藤健民教授对于不同放置状态的物品做了不同的活性规定，如图6-18所示。活载程度分为0、1、2、3、4五个等级，该数值称为活性指数如表6-1所示。

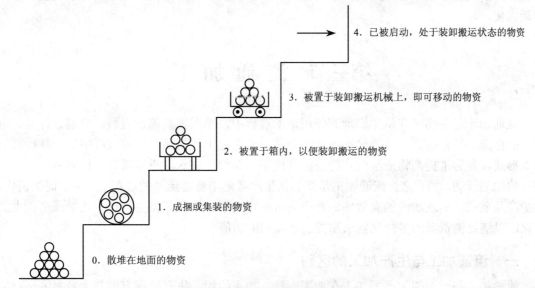

4．已被启动，处于装卸搬运状态的物资

3．被置于装卸搬运机械上，即可移动的物资

2．被置于箱内，以便装卸搬运的物资

1．成捆或集装的物资

0．散堆在地面的物资

图6-18　不同放置状态的物品活性

表6-1　装卸搬运活性指数

活 性 指 数	放 置 状 态	需要进行的作业	需要作业次数
0	散放地上	集中、搬起、升起、托运	4
1	成捆或置于容器中	搬起、升起、托运	3
2	集装化	升起、托运	2
3	置于搬运机械上	托运	1
4	搬运状态		0

从理论上讲，活性指数越高越好，但也必须考虑到实施地点的可能性。置于托盘上的货物其装卸搬运活性指数为2，该状态在大多数情况下具有较高的装卸搬运效率。

3．提高机械化水平

对于劳动强度大，工作条件差，搬运、装卸频繁，动作重复的环节，应尽可能采用有效的机械化作业方式。即使在人可以操作的场合，为了提高生产率、安全性、服务性和作业的适应性等，也应将人力操作转由机械来实现，而人可以在更高级的工作中发挥作用。

4．推广组合化装卸

在装卸作业过程中，根据物品的种类、性质、形状和重量的不同，处理物品装卸方法有三种形式：分块处理、散装处理、集装处理。分块处理，是指将普通包装的物品逐个进行装卸；散装处理，是将颗粒状物品不加小包装而原样装卸；集装处理，则是将物品以托盘、集装箱、集装袋为单位进行组合后进行装卸。对于包装的物品，应尽可能进行"集装处理"，实现单元组合化装卸，提高物资装卸搬运的灵活性，充分利用机械进行操作，提高作业效率，大量节约装卸作业时间。

5. 提高系统整体效率

在货物的流通过程中，应力求改善包装、装卸、运输和保管等各物流要素的效率。由于各物流要素间存在着效益背反的关系，因此，要从物流系统的角度，追求物流系统整体效率的最大化。

第三节　流 通 加 工

流通加工是指物品在从生产地到使用地的过程中，根据需要施加包装、分割、计量、分拣、刷标志、拴标签、组装等简单作业的总称。流通加工是商品在流通过程中的一种特殊的加工形式，是为了提高物流速度和物资的利用率，在物资进入流通领域后，按照客户的需求进行的加工活动。换言之，流通加工是产品从生产者向消费者流动的过程中，为了促进销售，维护产品质量，实现物流的高效率，对产品所进行的加工，使其发生物理和化学或形状上的变化，以满足消费者的多样化需求和提高产品的附加值。

一、流通加工与生产加工的区别

流通加工和一般的生产型加工在加工方法、加工组织、生产管理方面并无显著区别，但在加工对象、加工程度方面差别较大，其差别主要体现在以下几个方面。

1. 加工对象不同

流通加工的对象是进入流通过程的商品，具有商品的属性。而生产加工的对象不是最终产品，而是原材料、零配件、半成品。

2. 加工程度不同

流通加工程度大多是简单加工，而非复杂加工。一般来讲，如果必须进行复杂加工才能形成市场所需的商品，那么，这种复杂加工应专设生产加工过程，生产过程理应完成大部分加工活动。流通加工则是对生产加工的一种辅助及补充。特别需要指出的是，流通加工绝不是对生产加工的取消或代替，它只是根据客户需要，对生产加工的一种完善。

3. 价值不同

从价值观点看，生产加工的目的在于创造价值及使用价值，而流通加工的目的则在于完善其使用价值，并在不做太大改变的情况下提高其价值。

4. 加工者不同

流通加工的组织者是从事流通工作的人，能密切结合流通的需要进行流通加工；从加工单位来看，流通加工由商业或物资流通企业完成，而生产加工则由生产企业完成。

5. 加工目的不同

商品生产是以交换和消费为目的的，流通加工的一个重要目的，也是为了消费或再生产，这一点与商品生产有共同之处。但是流通加工有时候也是以自身流通为目的的，纯粹是为流通创造条件。这种为流通所进行的加工与为消费进行的加工从目的来讲是有区别的，这也是流通加工不同于一般生产加工的特殊之处。

二、流通加工的类型

流通加工根据其作用的不同，可分为增值性流通加工和增效性流通加工。

1. 增值性流通加工

（1）为弥补生产领域加工不足的深加工。由于存在许多限制因素，许多产品在生产领域的加工只能到一定程度，而不能完全实现终极的加工。例如，钢铁厂的大规模生产只能按标准规定的规格生产，以使产品有较强的通用性，使生产能有较高的效率和效益；木材如果在产地完成木制品的制造工序，就会造成运输的极大困难，所以原生产领域只能加工到原木、板方材这个程度，进一步的卜料、切裁、处理等加工则由流通加工完成。这种流通加工有很强的增值性，它赋予初级产品以用户需要的使用价值，对弥补生产领域的加工不足有重要意义。

（2）为满足需求多样化进行的服务性加工。从需求角度看，需求存在着多样化和多变化两个特点，为满足这种要求，经常是用户自己设置加工环节，而由物流企业提供服务性流通加工。例如，生产型用户应尽量减少生产流程，集中力量从事较复杂的、技术性较强的劳动，而将原材料处理等初级加工交由流通加工来完成。

（3）为提高原材料利用率的流通加工。流通加工利用其综合性强、用户多的特点，可以实行合理规划、合理套裁、集中下料的办法，这就能有效提高原材料利用率，减少损失浪费。

（4）为提高加工效率的流通加工。许多生产企业的初级加工由于数量有限，加工效率不高，也难以投入先进科学技术。流通加工以集中加工的形式，解决了单个企业加工效率不高的弊病，以一家流通加工企业代替了若干生产企业的初级加工工序，促使生产水平有了进一步发展。

（5）以提高经济效益、追求企业利润为目的的流通加工。流通加工的一系列优点，可以形成一种"利润中心"的经营形态，这种类型的流通加工是经营的一环，在满足生产和消费需求的基础上取得利润，同时在市场和利润的引导下使流通加工的作用在各个领域中能有效地发挥。

2. 增效性流通加工

（1）为保护产品所进行的流通加工。为保护产品所进行的加工并不改变进入流通领域的"物"的外形及性质，这种加工主要采取稳固、改装、冷冻、保鲜和涂油等方式。

（2）提高物流效率的流通加工。有一些产品本身的形态难以进行物流操作。例如，鲜鱼的装卸、储存操作困难；体积过大的设备搬运、装卸困难；气体运输、装卸困难等。对这类产品进行加工，可以使物流的各环节易于操作，如鲜鱼冷冻、过大设备解体、气体液化等。这种流通加工往往改变"物"的物理状态，但并不改变其化学特性，最终仍能恢复产品原来的物理状态。

（3）促进销售的流通加工。流通加工可以从若干方面起到促进销售的作用。例如，将过大包装或散装物（这是提高物流效率所要求的）分装成适合一次销售的小包装的分装加工；将原以保护产品为主的运输包装改换成以促进销售为主的装潢性包装，以起到吸引消费者、指导消费的作用；将零配件组装成用具、车辆以便于直接销售；将蔬菜、肉类洗净切块以满足消费者需求等。这种流通加工可能不改变"物"的本体，只进行简单改装的加工，也有许多是组装、分块等深加工。

（4）衔接不同运输方式，使物流合理化的流通加工。在干线运输及支线运输的节点，设置流通加工环节，可以有效解决大批量、低成本、长距离干线运输与多品种、少批量、多批次末端运输和集货运输之间的衔接问题。在流通加工点与大生产企业间形成大批量、定点运输的渠道，又以流通加工中心为核心，组织对多用户的配送，也可在流通加工点将运输包装转换为销售包装，从而有效衔接不同目的的运输方式。

（5）生产-流通一体化的流通加工。依靠生产企业与流通企业的联合，或者生产企业涉足流通，或者流通企业涉足生产，形成生产与流通加工的合理分工、合理规划、合理组织，统筹进行生产与流通加工的安排，这就是生产-流通一体化的流通加工形式。这种形式可以促成产品结构及产业结构的调整，充分发挥企业集团的经济技术优势，是目前流通加工领域的新形式。

三、流通加工方式

流通加工方式中，常见的有以下几种。

1．剪板加工

剪板加工是指在固定地点设置剪板机进行下料加工，或者设置种种切割设备将大规模钢板裁小或切裁成毛坯的流通加工。

2．集中开木下料

集中开木下料是指在流通加工点，将原木锯裁成各种锯材，同时将碎木、碎屑集中加工成各种规格的板材，甚至还可进行打眼、凿孔等初级加工。

3．配煤加工

配煤加工是指在使用地区设置加工点，将各种煤及一些其他发热物质，按不同配方进行掺配加工，生产出各种不同发热量的燃料。

4．冷冻加工

冷冻加工是指为解决鲜肉、鲜鱼或药品等在流通中保鲜及装卸搬运问题，采取低温冷冻方式的加工。

5．分选加工

分选加工是指针对农副产品规格、质量离散较大的情况，为获得一定规格的产品，采用人工或机械进行分选的加工。

6．精制加工

精制加工是指在农、牧、副、渔等产品的产地和销地设置加工点，去除无用部分，甚至可以进行切分、洗净、分装等加工。

7．分装加工

分装加工是指为了便于销售，在销售地区按所要求的零售起点进行新的包装、大包装改小、散装改小包装及运输包装改销售包装等。

8. 组装加工

组装加工是指采用半成品（高容量）包装出厂，在消费地由流通部门所设置的流通加工点进行拆箱组装，随即进行销售。

9. 加工定制

加工定制是指企业委托外厂进行加工和改制，是弥补企业加工能力不足或解决非标准设备需求的一项措施。加工定制可分为带料加工和不带料加工，前者由使用单位供料，加工厂负责加工；后者由加工厂包工包料。

四、常见产品的流通加工

（一）水泥的流通加工

在需要长途运入水泥的地区，以运进熟料的方式代替成品水泥运入，在该地区的流通加工点（磨细工厂）将水泥熟料磨细，并根据当地资源和需要的情况掺入混合材料及外加剂，制成不同品种及标号的水泥供应给当地用户，这是水泥流通加工的重要形式之一。这种以熟料形态代替传统粉状水泥长途运输的流通加工方式，具有有很多优点。

1. 可以大大降低运费，节省运力

运输普通水泥和矿渣水泥平均约有 30% 以上的运力消耗在矿渣及其他各种加入物上。在我国水泥需用量较大的地区，工业基础大都较好，当地又有大量工业废渣，如果在使用地区对熟料进行粉碎，可以根据当地的资源条件选择混合材料的种类，这样就节约了消耗在混合材料上的运力和运费。同时水泥输送的吨位也大大减少，有利于缓和铁路运输的紧张状态。

2. 可按照当地的实际需要大量掺加混合材料

生产廉价的低标号水泥，发展低标号水泥的品种，就能在现有生产能力的基础上更大限度地满足需要。我国大、中型水泥厂生产的水泥，平均标号逐年提高，但是目前我国使用水泥的部门大量需要较低标号的水泥，造成很大的浪费。如果以熟料为长距离输送的形态，在使用地区加工粉碎，就可以按实际需要生产各种标号的水泥，尤其可以大量生产低标号水泥，减少水泥长距离输送的数量。

3. 容易以较低的成本实现大批量、高效率的输送

在铁路输送中，如果采用输送熟料的流通加工形式，可以充分利用站、场、仓库现有的装卸设备，又可以利用普通车皮装运，比之散装水泥方式具有更好的技术经济效果，更适合于我国国情。

4. 可以大大降低水泥的输送损失

水泥的水硬性是在充分磨细之后才表现出来的，而未磨细的熟料抗潮湿的稳定性很强。所以，输送熟料也可以基本防止由于受潮而造成的损失。此外，颗粒状的熟料也不像粉状水泥那样易于散失。

5. 能更好地衔接产需，方便用户

从物资管理的角度看，如果长距离输送是定点直达的渠道，这对于加强计划性、简化手续、保证供应等方面都有利。

（二）木材的流通加工

1．磨制木屑、压缩输送

这是一种为了方便流通的加工。木材是一种比重轻的物资，在运输时占有相当大的容积，往往使车船满装但不能满载，同时，装车、捆扎也比较困难。从林区外送的原木中有相当一部分是造纸材，可以在林木生产地就地将原木磨成木屑，然后压缩使之成为比重较大、容易装运的形状，之后运至靠近消费地的造纸厂。采取这种办法能够比直接运送原木节约一半的运费。

2．集中开木下料

在流通加工点将原木锯截成各种规格锯材，同时将碎木、碎屑集中加工成各种规格板，甚至还可进行打眼、凿孔等初级加工。实行集中下料、按用户要求供应规格料，可以提高设备和资源的利用率，使原木利用率由原来的50%提高到95%，平均出材率由40%提高到72%左右，有相当好的经济效果。

（三）煤炭及其他燃料的流通加工

1．除矸石加工

除矸石加工是以提高煤炭纯度为目的的加工形式。一般煤炭中混入的矸石有一定发热量，混入一些矸石是允许的，也是较经济的。但是，有时则不允许煤炭中混入矸石，在运力十分紧张的地区要求充分利用动力，多运"纯物质"，少运矸石，在这种情况下，可以采用除矸石的流通加工排除矸石。

2．为管道输送煤浆进行的煤浆加工

传统的煤炭运输方式，运输中损失浪费较大，又容易发生火灾。采用管道运输，在流通的起始环节利用流通加工将煤炭磨成细粉，再用水调和成浆状。在其具备了流动性后，可以像其他液体一样进行管道输送。这种方式无需传统运力，输送连续、稳定而且快速，是一种经济的运输方法。

3．配煤加工

配煤加工可以按需要发热量生产和供应燃料，防止热能浪费、"大材小用"的情况；也防止发热量过小，不能满足使用要求的情况出现。工业用煤经过配煤加工还可以起到便于计量控制、稳定生产过程的作用，在经济及技术上都有价值。

4．天然气、石油气等气体的液化加工

由于气体输送、保存都比较困难，天然气及石油气往往只好就地使用，如果当地资源充足而使用不完，往往就地燃烧掉造成浪费和污染。两气的输送可以采用管道，但因投资大、输送距离有限，也受到制约。在产出地将天然气或石油气压缩到临界压力之上，使之由气体变成液体，就可以用容器装运，使用时机动性也较强，这是目前采用较多的方式。

（四）平板玻璃的流通加工

平板玻璃的"集中套裁，开片供应"是重要的流通加工方式，这种方式是在城镇中设立若干个玻璃套裁中心，负责按用户提供的图纸统一套裁开片，向用户供应成品，用户可以将其直接安装。在此基础上也可以逐渐形成从工厂到套裁中心的稳定的、高效率的、大规模的平板玻璃"干线输送"以及从套裁中心到用户的小批量、多户头的"二次输送"这样一种现

代物流通模式。这种方式有以下几个方面的好处。

（1）平板玻璃的利用率可由不实行套裁时的 62%～65% 提高到 90% 以上。

（2）可以促进平板玻璃包装方式的改革，从工厂向套裁中心运输平板玻璃，如果形成固定渠道便可以搞大规模集装。这样，不但节约了包装用木材，而且可防止流通中大量破损。

（3）套裁中心按用户需要裁制，不但能提高工厂生产率，而且可以简化工厂切裁、包装等工序，使工厂能集中力量解决生产问题。

（4）现场切裁玻璃劳动强度大，废料也难于处理，搞集中套裁可以广泛采用专用设备进行裁制，废玻璃相对数量少，并且易于集中回收处理。

（五）生鲜食品的流通加工

1．冷冻加工

为解决鲜肉、鲜鱼在流通中保鲜及装卸搬运的问题，生鲜食品可采取低温冻结方式加工。这种方式也适用于某些液体商品、药品等。

2．分选加工

农副产品规格、质量离散情况较大，为获得一定规格的产品，采取人工或机械分选的加工方式被称做分选加工。该类流通加工广泛适用于果类、瓜类、谷物和棉毛原料等。

3．精制加工

农、牧、副、渔等产品精制加工是在产地或销售地设置加工点，去除无用部分，甚至可以进行切分、洗净和分装等加工。这种加工不但大大方便了购买者，而且还可以对加工的淘汰物进行综合利用。比如，鱼类的精制加工所剔除的内脏可以制成某些药物或饲料，鱼鳞可以制成高级黏合剂，头尾可以制成鱼粉等；蔬菜的加工剩余物可以制成饲料、肥料等。

4．分装加工

许多生鲜食品零售起点较小，而为保证高效输送出厂，包装则较大，也有一些是采用集装运输方式运达销售地区。为了便于销售，在销售地区按所要求的零售起点进行新的包装，即大包装改小、散装改小包装、运输包装改销售包装，这种方式称为分装加工。

（六）机械产品及零配件的流通加工

1．组装加工

多年以来自行车及机电设备储运困难较大，主要原因是不易进行包装，如进行防护包装，包装成本过大，并且运输装载困难，装载效率低，流通损失严重。但是，这些货物有一个共同特点，即装配较简单，装配技术要求不高，主要功能已在生产中形成，装配后不需进行复杂检测及调试。所以，为解决储运问题，降低储运费用，采用半成品（部件）高容量包装出厂，在消费地拆箱组装的方式。组装一般由流通部门在所设置的流通加工点进行，组装之后随即进行销售。

2．石棉橡胶板的开张成型加工

石棉橡胶板是机械装备、热力装备、化工装备中经常使用的一种密封材料，单张厚度 3mm 左右，单张尺寸有的达 4m，不但难于运输而且在储运过程中极易发生折角等损失，尤其是用户单张购买时更容易发生这种损失。此外，许多用户所需的垫塞圈，规格比较单一，不可能安排不同尺寸垫圈的套裁，利用率也很低。石棉橡胶板开张成型加工是按用户所需垫塞物体尺寸裁制好进行供应，不但方便用户使用及储运，而且可以安排套裁，提高利用率，减少边角余料损失，降低成本。这种流通加工套裁的地点一般设在使用地区，由供应部门组织。

五、流通加工合理化

流通加工合理组织的含义是实现流通加工的最优配置，不仅要避免各种不合理现象，还要做到选择优化。因此，对是否设置流通加工环节，在什么地点设置，选择什么类型的加工，采用什么样的技术装备等，需要作出正确抉择。

实现流通加工合理化，主要应考虑以下几方面。

（1）加工和配送结合。加工和配送结合是将流通加工设置在配送点中，一方面按配送的需要进行加工；另一方面加工又是配送业务流程中分货、拣货、配货中的一环，加工后的产品直接投入配货作业，而无需单独在配送点之外设置一个加工的中间环节，将流通加工与中转流通巧妙结合在一起。同时，由于配送之前有加工，可使配送服务水平大大提高，这是当前对流通加工合理选择的重要形式，其在生活资料领域已经广泛地采用，在煤炭、水泥等产品的流通中也已显现出较大的优势。

（2）加工和配套结合。在对配套要求较高的流通中，配套的主体来自各个生产单位，但是，完全配套有时无法全部依靠现有的生产单位。进行适当的流通加工，可以有效促成更广泛领域内社会资源的配套，更有效地发挥流通的桥梁与纽带的作用。

（3）加工和合理运输结合。流通加工能有效衔接干线运输与支线运输，促进两种运输形式的合理化。支线运输转干线运输或干线运输转支线运输，是本来就必须停顿的环节，在停顿过程中，按下一步干线或支线运输的合理要求进行适当加工，可大大提高运输及转载水平。

（4）加工和合理商流相结合。通过加工有效促进销售，使商流合理化，也是流通加工合理化的努力方向之一。加工和配送的结合，通过加工，提高了配送水平，强化了销售，是加工与合理商流相结合的一个成功的例证。此外，通过简单地改变包装加工，可以方便用户购买；通过组装加工消除用户使用前进行组装、调试的难处，都可有效地促进商流。

（5）加工和节约相结合。节约能源、设备、人力、耗费是流通加工合理化的重要方面，也是目前我国设置流通加工的重要目标。对于流通加工合理化的最终判断，首先在于其是否能实现物流为用户服务的本质要求，同时还要看是否能实现社会的和企业本身的两个效益，而且是否取得了最优效益。

本 章 小 结

本章内容主要从包装、装卸搬运、流通加工三个方面展开，重点介绍了包装的概念，功能，常见的包装材料和包装技术；介绍了装卸搬运概念、类型、设施设备和合理化途径；介绍了流通加工的概念、类型并分析了常见产品的流通加工。

复习思考题

一、单项选择题

1. 在同一地域的小范围内，改变"物"的空间位置的活动称为（　　）。
   A. 装卸　　　　　B. 运输　　　　　C. 搬运　　　　　D. 配送

2. 将包装容器内部的空气抽出，再将惰性气体充入，从而防止湿气和氧气对包装内装物产生不良影响的包装技术称之为（　　）。
   A. 绝对密封包装　　　　　　　　　B. 真空包装
   C. 充气包装　　　　　　　　　　　D. 热收缩包装

3. 下列关于流通加工的理解，错误的是（　　）。
   A. 流通加工的对象是进入流通过程的商品
   B. 流通加工的目的在于创造价值及使用价值
   C. 流通加工大多是简单加工
   D. 流通加工的组织者是从事流通工作的人

4. 对环境最敏感的流通加工类型是（　　）。
   A. 食品的流通加工　　　　　　　　B. 消费资料的流通加工
   C. 生产资料的流通加工　　　　　　D. 图书的流通加工

5. 装卸规模大的作业场所是（　　）。
   A. 铁路装卸　　　　　　　　　　　B. 港口装卸
   C. 场库装卸　　　　　　　　　　　D. 厂内装卸

二、多项选择题

1. 物流中心包装作业的目的是（　　　　）。
   A. 适于物流和配送　　　　　　　　B. 改变商品的销售包装
   C. 宣传商品　　　　　　　　　　　D. 形成组合包装单元

2. 流通加工是（　　　　）。
   A. 生产加工的补充与完善　　　　　B. 残次品的返工
   C. 回收旧货的改造　　　　　　　　D. 满足客户个性化需求的商品再加工

3. 装卸搬运是一种（　　　　）的活动。
   A. 附属性　　　　　B. 保障性　　　　　C. 衔接性　　　　　D. 规模性

4. 以下属于不合理流通加工形式的有（　　　　）。
   A. 在水泥生产地进行熟料磨制　　　B. 平板玻璃的集中套裁，开片供应
   C. 在煤炭使用地进行除矸石加工　　D. 在煤炭使用地进行配煤加工

5. 按操作内容不同，装卸搬运可以分为（　　　　）。
   A. 堆码拆取作业　　　　　　　　　B. 分拣配货作业
   C. 散装散卸作业　　　　　　　　　D. 挪动移位作业

三、简答题

1. 比较纸制包装材料、木制包装材料、金属包装材料、玻璃包装材料的优缺点及使用

范围。

  2. 简述常见的包装技术。

  3. 简述装卸搬运的特点。

  4. 简述常见的装卸搬运设备。

  5. 简述装卸搬运合理化的主要途径。

  6. 辨析流通加工与生产加工的区别。

案 例 分 析

物流包装管理创新

  某食品企业是一家生产酱醋调味食品的民营企业，在 1998 年收购乡镇集体企业后，决策者对企业经营性亏损的原因进行了排查，发现包装管理列在市场营销管理之后，成为企业亏损的第二大原因。其表现为：①包装成本高；②包装价值低；③缺乏包装管理。

  决策者在深入分析后认为，包装管理成为制约企业发展的"瓶颈"。决策者下定决心狠抓企业包装管理，并采取了五个主要措施。

  （1）建立专门组织体系，统一企业包装管理。

  （2）制定明确规范的包装管理制度。

  （3）进行包装装潢的招标设计，提升产品包装价值。

  （4）采取包装采购联审方法，不断降低包装采购成本。

  （5）针对不同包装需要，进行包装分类管理。企业在强化包装管理的过程中，创造了包装的新价值，有力推动了企业的发展。该企业总结经验，不断完善企业包装管理，提高包装的技术含量；引进现代先进技术和设备，调整企业产品包装以玻璃瓶为唯一包装的结构，把玻璃瓶、塑料瓶、复合纸盒、陶瓷等材质用于产品包装；提出发展和应用绿色包装，设计新的运销模式，逐步减少和不用包装（包装集成化）进行销售；积极运用现代信息技术，完善企业包装管理运作体系，提高运作效率。

资料来源：中国包装印刷展览网，http://www.ppzhan.com/Tech_news/Detail/3335.html

问题与思考

  1. 你认为应如何通过包装实现企业产品的价值增值？保护性包装与促销包装在实现产品价值增值中的作用有何不同？

  2. 你认为企业包装管理中最核心的内容应该是什么？怎样做好包装管理的规划和组织？

 实训

一、实训教学目标

  通过该实训，使学生更加熟悉包装、装卸搬运、流通加工三个重要的物流环节，要求学生掌握包装、装卸搬运、流通加工的主要类型，认识各环节的专业设施设备，掌握各项作业的流程及关键技术。

二、实训具体工作任务及要求

1. 实训一：参观（调研）某流通加工中心，了解该中心主要产品的流通加工技术，分析其作业流程的合理性。

2. 实训二：选择现实生活中的某一产品，对其包装层次、类型、效果等进行分析，提出可借鉴的优势，或者分析其存在的问题，提出改进方案。

三、实训工作任务内容设计

1. 实训一：以学生自主选择为主，学校协调安排为辅的形式，进行分组实地调研。调研对象是某一流通加工中心或是具有流通加工功能的物流中心。具体要求如下。

（1）认真调研，细心观察流通加工的作业流程，通过访谈等形式了解该中心的基本概况。

（2）调研该中心主要进行流通加工的产品及相应的加工工艺。

（3）绘制主要产品的流通加工工艺流程图，撰写调研报告。

（4）以小组形式进行交流，总结调研。

本实训计划课时以4～6课时为宜，可酌情调整。

2. 实训二：学生课余时间自由选择现实生活中某一熟悉产品，对其不同层次的包装进行详细分析。具体要求如下。

（1）分析该产品的一类、二类及三类包装的材质、规格。

（2）分析该产品销售包装的特色（缺点）。

（3）提出该产品包装的改进方案或对同类产品可借鉴的优势，并提交详细的产品包装策划方案。

（4）班级讨论、交流。

第七章

供应链管理与企业物流

📋 **能力目标**
- 能从供应链的角度分析和优化企业物流；
- 能对企业物流的案例进行分析，并提出优化方案。

📖 **知识目标**
- 熟练掌握供应链的概念，理解供应链的结构模型及供应链管理的内容和目标。

导入案例

美的——供应链双向挤压

中国制造企业有90%的时间花费在物流上，物流仓储成本占据了总销售成本的30%～40%，供应链上物流的速度以及成本更是令中国企业苦恼的老大难问题。美的集团针对供应链的库存问题，利用信息化技术手段，一方面从原材料的库存管理做起，追求零库存标准；另一方面针对销售商，以建立合理库存为目标，从供应链的两端实施挤压，加速了资金、物资的周转，实现了供应链的整合成本优势。

美的集团虽多年名列空调产业的"三甲"之位，但是不无一朝城门失守之忧。自2000年来，在降低市场费用、裁员、压低采购价格等方面，美的频繁变招，其目的始终围绕着成本与效率。在广东地区美的集团已经悄悄为终端经销商安装进销存软件，即实现"供应商管理库存"（VMI）和"管理经销商库存"中的一个步骤。

对于美的集团来说，其较为稳定的供应商共有300多家，其零配件（出口、内销产品）加起来一共有3万多种。从2002年中期，利用信息系统，美的集团在全国范围内实现了产销信息的共享。有了信息平台做保障，美的集团原有的100多个仓库精简为8个区域仓，在8小时可以运到的地方，全靠配送。这样一来美的集团流通环节的成本降低了15%～20%。运输距离长（运货时间3～5天）的外地供应商，一般都会在美的集团的仓库里租赁一个片区（仓库所有权归美的集团），并把其零配件放到片区里面储备。

在美的集团需要用到这些零配件的时候，它就会通知供应商，然后再进行资金划拨、取货等工作。这时，零配件的产权，才由供应商转移到美的集团手上——而在此之前，所有的库存成本都由供应商承担。此外，美的集团在企业资源管理（ERP）基础上与供应商建立了直接的交货平台。供应商在自己的办公地点，通过互联网就可登录到美的公司的页面上，看到美的集团的订单内容：品种、型号、数量和交货时间，等等，然后由供应商确认信息，这样一张采购订单就已经合法化了。

实施供应商管理库存后，供应商不需要像以前一样疲于应付美的集团的订单，而只需做一些适当的库存即可。供应商则不用备很多货，一般有能满足 3 天的需求即可。美的零部件库存周转率，在 2002 年上升到 70～80 次/年。其零部件库存也由原来平均的 5～7 天存货水平，大幅降低为 3 天左右，而且这三天的库存也是由供应商管理并承担相应成本。

库存周转率提高后，一系列相关的财务"风向标"也随之"由阴转晴"，让美的集团的管理者"欣喜不已"：资金占用降低、资金利用率提高、资金风险下降、库存成本直线下降。

在业务链后端的供应体系进行优化的同时，美的集团也加紧对前端销售体系的管理进行渗透。在经销商管理环节上，美的集团利用销售管理系统可以统计到经销商的销售信息（分公司、代理商、型号、数量、日期等），而近年来则公开了与经销商的部分电子化往来，以前半年一次的手工性的繁杂对账，现在则进行业务往来的实时对账和审核。

在前端销售环节，美的集团作为经销商的供应商，为经销商管理库存。这样的结果是，经销商不用备货了，即使备也是五台、十台这种概念。经销商缺货，美的立刻就会自动送过去，而不需经销商提醒。经销商的库存实际是美的自己的库存。这种存货管理上的前移，美的可以有效地削减和精准的控制销售渠道上昂贵的存货，而不是任其堵塞在渠道中，让其占用经销商的大量资金。

2002 年，美的集团以空调为核心对整条供应链资源进行整合，更多的优秀供应商被纳入美的空调的供应体系，美的空调供应体系的整体素质有所提升。依照企业经营战略和重心的转变，为满足制造模式"柔性"和"速度"的要求，美的集团对供应资源布局进行了结构性调整，供应链布局得到优化。通过厂商的共同努力，整体供应链在成本、品质、响应期等方面的专业化能力得到了不同程度的发育，供应链能力得到提升。

目前，美的空调成品的年库存周转率大约是 10 次，而美的集团的短期目标是将成品空调的库存周转率提高 1.5～2 次。目前，美的空调成品的年库存周转率不仅远低于戴尔等计算机厂商，也低于年周转率大于 10 次的韩国厂商。库存周转率提高一次，可以直接为美的空调节省超过 2 000 万元人民币的费用。由于采取了一系列措施，美的集团已经在库存上尝到了甜头，2002 年度，美的产品的销售量同比 2001 年度增长 50%～60%，但成品库存却降低了 9 万台，因而保证了在激烈的市场竞争下维持相当的利润。

资料来源：市场周刊，2006（5）.

思考：
美的在自身供应链中如何获得较大的收益？

随着当今竞争的日益激烈，企业都盼望构建既能快速满足客户需求、又能有效控制物流和库存的供应链环境，从而适应微利时代。物流管理直接影响企业的生产、技术、仓储、质量、财务运作，同时又要协调外部客户、供应商、服务商等合作方，面临的压力越来越巨大。供应链管理是联系企业内部和企业之间主要功能和基本商业过程，将其转化成为有机的、高效的商业模式的管理集成。它包括了所有物流活动，也包括了生产运作、库存物料、采购管理，它驱动企业内部和企业之间的营销、销售、设计、财务和信息技术等过程的活动的协调一致。供应链管理的目的，旨在使生产系统能较好地管理由原料到产品、再到客户的生产过程，最终提高客户的满意程度，并降低总生产成本。

第一节　供应链管理

一、供应链的概念

2006 年，我国发布实施的国家标准《物流术语》（GB/T 18354—2006）对供应链的定义是："生产及流通过程中，为了将产品或服务交付给最终用户，由上游与下游企业共同建立的网链状组织。"

华中科技大学马士华教授编著的《供应链管理》一书中，对供应链的定义是："供应链是围绕核心企业，通过对信息流、物流、资金流的控制，从采购原材料开始，一直到制成最终产品，然后通过销售网络把产品送达到消费者手中的将供应商、制造商、分销商、零售商以及最终用户连成一个整体的功能网链结构模式。"

通过比较以上两种供应链的定义，可以看出，若把供应链比做一棵枝繁叶茂的大树，生产企业就是树根，独家代理商则是主干，分销商是树枝和树梢，满树的绿叶红花是最终用户。在根与干、干与枝的一个个节点上，都蕴藏着一次次的流通，遍体相通的脉络便是管理信息系统。我们也可以将供应链看做是一个链条，那么在这个链条的组成中，既要有各个节点（即我们所谓的链条中的"结"），也要有节点之间的衔接：各种流通（信息流、物流、资金流），即是我们所谓链条中的"链"。供应链是社会化大生产的产物，是重要的流通组织形式。它具有市场组织化程度高、规模化经营的优势，有机连接了生产和消费，对产品的生产和流通有着直接的导向作用。

二、供应链的结构模型及运作方式

1. 供应链的结构模型

一般说来，供应链由所加盟的节点企业组成，其中一般有一个节点企业（可以是产品制造企业、也可以是大型零售企业）作为核心企业来协调统领供应链的运作。例如，沃尔玛超市则是作为供应链的核心企业，统领着它的上游供应商，让供应商们在进行商品配送时听从它的安排。

整个供应链中，节点企业在需求信息的驱动下，通过供应链的职能分工与合作（生产、分销、零售等），以资金流、物流和信息流为媒介实现整个供应链的不断增值，所以供应链的网链结构模型如图 7-1 所示。

2. 供应链运作的推、拉方式和"牛鞭效应"

供应链有两种不同的运作方式，一种称为推动式，另一种称为牵引式，如图 7-2 所示。推动式的供应链运作方式一般以制造商为核心，产品生产出来后从分销商逐级推向下游客户。分销商和零售商处于被动接受的地位，各个企业之间的集成度较低，通常采取提高安全库存量的办法应付需求变动，因此整个供应链上的库存量较高，对需求变动的响应能力较差。牵引式供应链的驱动力产生于最终用户，整个供应链的集成度较高，信息交换迅速，可以根据用户的需求实现定制化服务。采取这种运作方式的供应链系统库存量较低。

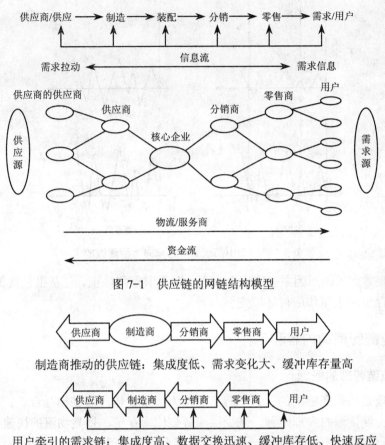

图 7-1　供应链的网链结构模型

制造商推动的供应链：集成度低、需求变化大、缓冲库存量高

用户牵引的需求链：集成度高、数据交换迅速、缓冲库存低、快速反应

图 7-2　推动式、牵引式供应链运作方式

在供应链中，每个企业都会向其上游订货，一般情况下，销售商并不会来一个订单就向上级供应商订货一次，而是在考虑库存和运输费用的基础上，在一个周期或者汇总到一定数量后再向供应商订货；为了减少订货频率，降低成本和规避断货风险，销售商往往会按照最佳经济规模加量订货。同时频繁的订货也会增加供应商的工作量和成本，供应商也往往要求销售商在一定数量或一定周期订货，此时销售商为了尽早得到货物或全额得到货物，或者为备不时之需，往往会人为地提高订货量，这样，由于订货策略导致了"牛鞭效应"。

"牛鞭效应"是供应链运作过程中普遍存在的，具体是指在此过程中需求不断变异放大的现象，因为当供应链上的各级供应商只根据来自其相邻的下级销售商的需求信息进行供应决策时，需求信息的不真实性会沿着供应链逆流而上，产生逐级放大的现象，到达最源头的供应商（如图 7-3 所示中该产品的制造商）时，其获得的需求信息和实际消费市场中的顾客需求信息发生了很大的偏差，需求变异系数比分销商和零售商的需求变异系数大得多。由于这种需求放大变异效应的影响，上游供应商往往维持比其下游需求更高的库存水平，以应付销售商订货的不确定性，从而人为地增大了供应链中的上游供应商的生产、供应、库存管理和市场营销风险，甚至导致生产、供应、营销的混乱。

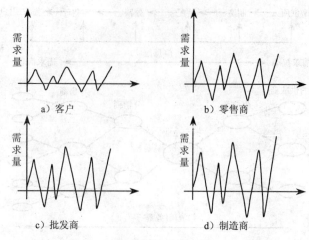

图 7-3　供应链中需求量从客户向上游逐级放大

产生"牛鞭效应"的原因主要有六个方面，即需求预测修正、订货批量决策、价格波动、短缺博弈、库存责任失衡和应付环境变异。

三、供应链管理的内容和目标

（一）供应链管理的概念

供应链管理是将供应链中的上、下游企业作为一个整体，通过相互合作、信息共享，在整个供应链中实现资源的合理配置，减少供应链整体库存量，提高物流的快速反应能力，降低物流的成本。供应链物流管理意味着物流管理整合的范围已由个别企业扩展到供应链的上、下游企业，物流合理化的范围也扩展到生产经营的全过程。它执行供应链从供应商到最终用户的物流的计划、组织、指挥和控制等职能。实质上供应链管理就是在满足服务水平的同时，将供应商、制造商、仓库和商店有效地结合在一起，使系统成本最低，并把正确数量的商品在正确的时间送到正确的地点的一套管理方法。

1. 供应链管理的含义

（1）供应链管理在管理范围方面对传统的企业管理进行了前后拓展，即供应链管理需要分析研究在产品满足顾客需求的过程中对成本有影响的所有组织，包括供应商、生产商、用户以及供应商的供应商和用户的用户，并实施协调管理。传统的企业管理只是对自己单个企业或企业自身的管理，而供应链管理则是对在整个供应链上所有企业的管理。

（2）供应链管理的目的是在于追求整个供应链系统的效率和经济性，使系统总成本达到最小。总成本包括运输和配送成本以及原材料、在制品和产成品的库存成本。因此，供应链管理的重点在于采用系统分析的方法来降低整个供应链的成本，实现最优资源配置，而并不是简单地使某个企业或物流功能的成本最小，这也就是供应链管理要强调的整体最优，供应链上企业的"双赢"思想。

（3）供应链管理包括公司战略层、战术层和作业层次上的活动，如供应链网络的设计、战略合作伙伴的选择、运输线路的确定、车辆的调度、采购的实施等都是供应链管理的范畴，也就是说供应链管理不仅有高层领导的参与，也有操作层面员工的参与。

2．与传统企业管理相比，供应链管理具有的特点

（1）以客户为中心。供应链管理追求的目标是满足顾客需要，检验供应链管理绩效的最终指标是顾客的满意度。供应链管理的本质是在满足顾客需要的前提下，努力降低供应链的成本。即追求整个供应链的低成本，而不是个别企业的低成本。

（2）强调企业之间的合作。供应链管理要求打破传统的经营意识，通过企业间建立合作伙伴关系，来提高整个供应链的经营效率，实现对客户需要的快速反应。供应链管理关注企业之间的合作机制的研究，通过利益共享、风险共担，以实现企业的效益目标。即强调共赢或多赢的理念。

（3）实质在于集成化管理。供应链管理要求企业充分利用网络技术和信息技术，对传统的业务流程进行重组，实现企业间的集成化管理。在现代供应链管理中，信息是一个核心要素，离开信息的支持，就无法有效实现供应链管理的目的。信息技术的应用可以简化作业环节，提高工作效率和准确性。

3．供应链管理的内容

供应链管理的内容主要涉及四个领域：供应（Supply）、生产（Production）、物流（Logistics）、需求（Demand）。如图 7-4 所示，供应链管理是以同步化、集成化生产计划为指导，以各种技术为支持，尤其以互联网（或内部网）为依托，围绕供应、生产作业、物流、满足需求来实施。供应链管理的目标是实现整个供应链资源的优化和物流的平衡。

在以上四个领域的基础上，可以将供应链管理细分为职能领域和辅助领域。职能领域主要包括产品工程、产品技术保证、生产控制、库存控制、仓储管理和分销管理等。而辅助领域主要包括客户服务、制造、设计工程、会计核算、人力资源和市场营销等。

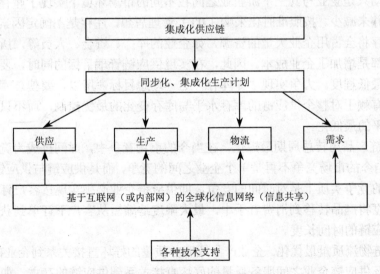

图 7-4　供应链管理涉及的领域

由此可见，供应链管理内容涉及的不仅是物料实体在供应链中的流动，除了企业内部与企业之间的运输问题和实物分销以外，供应链管理还包括以下主要内容：

（1）战略合作伙伴关系管理。

（2）供应链产品需求预测和计划。

（3）供应链的设计（全球节点企业、资源、设备等的评价、选择和定位）。

（4）供应链中企业之间及企业内部的物料供应与需求管理。

（5）产品设计与制造管理、生产集成化计划、跟踪和控制等。

（6）用户服务和物流（运输、库存、包装等）管理。

（7）资金流管理（汇率、成本等问题）。

（8）基于互联网/内部网的供应链交互信息管理等。

供应链管理注重总的物流成本（从原材料到最终产品的费用）与用户服务水平之间的关系，为此要把供应链各个职能部门有机地结合在一起，从而最大限度地发挥出供应链整体的力量，达到供应链企业群体获益最大化的目的。

（二）供应链管理的目标

供应链管理的目标就是通过调节总成本最低化、总库存最小化、总周期最短化以及物流质量最优化等目标之间的冲突，实现整个供应链绩效最大化。具体内容如下。

（1）供应链总成本最低化。众所周知，采购成本、运输成本、库存成本、制造成本以及供应链物流的其他成本都是互相联系的。因此，为了实现有效的企业供应链管理，必须将企业供应链各成员作为一个整体来考虑，并使实体供应物流、制造装配物流与实体销售物流之间达到高度均衡。从这一意义出发，总成本最低化目标并不是单指运输费用或库存成本，或其他任何供应链物流运作与管理活动的成本最小，而是整个供应链运作与管理的所有成本的总和最低化。

（2）供应链总库存最小化。传统的管理思想认为，库存是维持生产与销售的必要保证，因而物资的流动只是企业与其上下游企业之间在不同的市场环境下实现了库存的转移，整个社会库存总量并未减少。按照准时化采购（JIT）管理思想，库存是不确定因素对生产影响的产物，因为库存将会占用企业大量的资源，如企业的库房、资金、人员等，所以，任何库存都是浪费的，都是增加了企业成本。因此，在实现供应链管理目标的同时，要使整个供应链的库存控制在最低程度。力争实现"零库存"这一理想目标。所以，要使总库存最小化的目标能够实现，有赖于对整个供应链的库存水平与库存变化的最优控制，而不只是实现单个成员企业库存水平的最低化。

（3）供应链产品周转总周期最短化。在当今的市场竞争中，时间已成为竞争成功最重要的要素之一。当今的市场竞争不再是单个企业之间的竞争，而是供应链与供应链之间的竞争。而供应链之间的竞争实质上是对时间的竞争，即供应链企业必须实现按客户订单的要求，以尽可能快的速度将产品转移到消费者手中，最大限度地缩短从客户下订单到获取满意货物或服务的整个供应链的时间长度。

（4）供应链物流质量最优化。企业产品或服务质量的好坏直接关系到企业的成败。同样，供应链企业以及供应链企业之间服务质量的好坏直接关系到供应链的存亡。如果在所有业务过程完成后，发现提供给最终客户的产品或服务存在质量缺陷，就意味着所有成本的付出将不会得到恰当的价值补偿，供应链的物流业务活动将不能带来必要的商品增值，从而可能导致整个供应链的价值无法实现。因此达到与保持服务质量的水平，也是供应链管理的重要目标。而这一目标的实现，必须从追求原材料、零部件供应的零缺陷开始入手管理，直至供应链管理全过程、全人员、全方位质量最优化。

就传统的管理思想而言，上述目标相互之间存在内部矛盾：企业客户服务水平的提高、总周期的缩短、交货品质的改善必然以库存、成本的增加为前提，因而无法同时达到最优。而运用集成化管理思想，从系统的观点出发，对供应链企业改进服务、缩短时间、提高品质与减少库存、降低成本是可以兼得的。因为只要供应链的基本工作流程得到改进，就能够提高工作效率、尽量消除重复劳动与生产浪费、缩减员工数量、减少顾客抱怨、提高顾客满意程度、降低库存总水平、减少总成本支出，从而实现供应链系统的功能最优化。

通过供应链管理的合作机制（Cooperation Mechanism）、决策机制（Decision Mechanism）、激励机制（Encourage Mechanism）和自律机制（Benchmarking）等来实现满足顾客需求、使顾客满意以及留住顾客等功能目标，从而实现供应链管理的最终目标：社会目标（满足社会就业需求）、经济目标（创造最佳利益）和环境目标（保持生态与环境平衡）的三者合一，这可以说是对供应链管理思想的哲学概括。

四、企业物流和供应链

企业物流是指企业内部的物品实体流动。它从企业角度上研究与之有关的物流活动，是具体的、微观的物流活动的典型领域。企业物流又可区分为以下不同典型的具体物流活动：企业供应物流、企业生产物流、企业销售物流、企业回收物流、企业废弃物物流等。

企业物流可理解为围绕企业经营的物流活动，是具体的、微观物流活动的典型领域。企业系统活动的基本结构是投入→转换→产出，对于生产类型的企业来讲，是原材料、燃料、人力、资本等的投入，经过制造或加工使之转换为产品或服务；对于服务型企业来讲则是设备、人力、管理和运营，转换为对用户的服务。物流活动便是伴随着企业的投入→转换→产出而发生的。例如，企业经营的过程中，在投入阶段将伴随发生着企业外部或内部的供应物流活动；在转换阶段将伴随着企业内部产品生产过程中的物流活动；在产出阶段也将伴随着将产品销售出去的销售物流活动。由此可见，在企业经营活动中，物流是渗透到各项经营活动之中的活动。我们根据企业经营业务性质的不同，将企业物流分为：生产型企业物流、服务型企业物流、农业生产企业物流。而在本章中也主要是针对生产型企业物流进行详细的讲解和分类。

从供应链的角度看，任何一个企业物流都处在某些供应链的环节中。物流管理作为供应链管理的一个主要组成部分，和传统企业物流管理的意义和方法不同，这些不同反映了供应链管理思想的要求和企业竞争的新策略。在供应链管理环境下，企业物流管理扮演着举足轻重的角色，尽管合作性与协调性是供应链管理的一个重要特点，但如果没有物流系统的无缝连接，不加强物流网络的规划能力建设，不提高物流作业流程的快速重组能力，就会使供应链上企业之间的同步化、并行化运作，实现快速响应市场的能力大打折扣。从某种意义上讲，供应链就是企业物流网络的延伸，是产品与信息从原材料产地到最终消费者之间的增值服务。在这一认识条件下，非常有必要强调供应链与物流网络的整合，并在供应链管理这个大环境下进行企业物流管理创新，提高企业物流管理水平，从而更加敏捷地应对市场环境和消费者需求的变化，做到柔性化的经营。这不仅会推动物流实践在企业中的发展，使企业获得市场存在的依据和持续发展的动力，还会推动物流客户服务战略以及供应链管理战略本身的发展。

第二节 供 应 物 流

一、供应物流的概念

企业的生产经营活动可以分为供、产、销三大环节，如图 7-5 所示采购是从外部市场获取资源的活动。一般而言，供应的含义大于采购的含义，供应包括内部供应和外部供应，内部供应如自产自用、车间或工序之间的供应等；外部供应是从外部组织货源，对企业进行供应，采购就属于此类。另外，采购的含义与供应的含义有一定的区别，供应是保证需要的意思，采购虽然也包括职业功能，但采购的功能远远多于供应，比如，采购还具有降低成本、减少资金占用等功能。

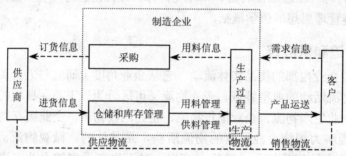

图 7-5 制造企业物流系统功能结构

1. 供应物流的含义

企业（包括生产企业、商贸流通企业）购入原材料、零部件或商品的物流过程被称为供应物流。供应物流包括原材料、生产辅助材料、半成品等一切生产资料的采购、进货、运输、仓储、库存管理、用料管理及供给输送等。它是服务于企业中生产部门、财务部门等部门且与企业外部供应市场、运输资源密切相关的。供应物流是企业为保证生产节奏，不断组织原材料、零部件、燃料、辅助材料供应的物流活动，这种活动对企业生产的正常、高效率进行发挥着保障作用。企业供应物流不仅要实现保证供应的目标，而且要在低成本、少消耗、高可靠性的限制条件下来组织供应物流活动。

2. 供应物流过程

不同类型的企业、不同的生产工艺、不同的生产组织模式，企业供应物流过程有所区别，但是供应物流基本过程是相同的，一般有如下几个环节。

（1）取得资源。取得什么样的资源，是由核心生产过程提出来的，同时也是按照供应物流可以承受的技术条件和成本条件来进行决策。物资的质量、价格、距离、信誉、供应及时性等都是重要的考虑因素。

（2）组织到厂物流。取得的资源必须经过物流才能达到企业。这个物流过程是企业外部的物流过程，在物流过程中，往往要反复运用装卸、搬运、储存、运输等物流活动才能使取得的资源达到企业。这个物流过程可以由企业自运、社会公共物流部门、第三方物流企业等完成。

（3）组织厂内物流。企业所取得的资源到达企业后，经过企业物资供应人员的确认，在厂区继续运动，最后到达车间、分厂或生产线的物流过程，称作供应物流的企业内物流。厂内物流一般由企业自己承担，现在有些新建立的企业也把这部分物流让第三方物流企业承包。企业的物资仓库经常作为内外物流的转换节点。

3．供应物流的内容

供应物流包括采购、供应、库存管理与仓储管理及装卸与搬运，具体内容如下。

（1）采购。采购工作是供应物流与社会物流的衔接点，是依据企业的供应—采购计划来进行物资外购的作业层，还负责市场资源、供货厂家、市场变化、物资质量等信息的收集。可以说，采购是企业生产的开始。

（2）生产物资供应。生产物资供应是供应物流与生产物流的衔接点，其主要工作是将采购到的物料根据生产计划和物资消耗定额适时、适量的供应给生产部门进行生产，并负责物资消耗的管理。供应方式有两种基本形式：①用料部门到供应部门领料；②供应部门按时、按量进行物资配送。

（3）仓储与库存管理。仓储管理工作是供应物流的转换点，负责生产物资的接货和发货以及物资储存管理。库存管理工作是供应物流的重要组成部分，主要依据企业生产计划制定供应和采购计划，并负责制定库存控制策略及计划的执行与反馈。

（4）装卸与搬运。装卸、搬运工作是物资接货、发货和堆码时进行的操作。虽然装卸搬运是随着运输和保管而产生的作业，但却是衔接供应物流中其他活动的重要组成部分，是实现物流机械化、自动化和智能化的重点之一。

二、供应物流的合理化方法

1．准确预测需求

以企业生产计划对各类物资的需求为依据确定出的物资供应需求量。生产计划是根据市场对该产品的需求量来决定的，而供应计划则是依据生产计划下达的产品品种、结构、数量、质量的要求，各种材料的消耗定额和生产工艺时序等来制定的。供应计划要做到对各种原材料、购入件的需要量（包括品种、数量）和供货日期的准确需求预测，才能保证生产正常进行，降低成本，加速资金周转，提高企业经济效益。因此，制定切实可行的生产计划，确定合理的物资消耗定额、储备定额，是做到准确预测需求的关键。

2．合理控制库存

供应物流中断将使企业生产陷于停顿，因此必须占压一定的资金，持有一定数量的物资储备，以保证生产的正常进行。这种物资储备一方面必须保证正常生产所需（周转库存），还必须能够应付紧急情况（安全库存），另一方面，合理控制库存、进行库存动态调整、减少资金占压又是节约成本的良好途径。采用准时化采购（JIT）的生产企业，要求供应的各类物资按时、按地、按量送到，使库存量为零或接近零。

3．进行采购决策

采购决策的主要内容包括市场资源调查、市场变化信息的采集与反馈、供货厂家选择和进货批量、进货时间间隔、综合评价质量与价格因素等。其中如何综合评价质量与价格因素，是一项十分复杂的工作。

4．供应保障

供应保障包括运输、仓储管理、服务等方面。要采用合理的运输方案，选择运输线路短、环节少、时间快、费用省以及合理的运输工具。同时进行先进的仓储管理，如利用计算机进行物资进、存、耗动态管理，机械化、自动化仓储作业等。服务方面主要是方便生产和节省费用，如供应模式、供应手段的选择。

5. 健全管理组织机构

供应物流涉及的领域方方面面，因此必须健全管理组织机构。供应物流管理组织机构一般包括：物资供应计划管理、物资消耗定额管理、物资采购管理、物资运输管理、物资仓储管理、物资供应管理、物资回收与利用管理以及监督检查管理等部门。

第三节　生 产 物 流

一、生产物流的概念

生产物流是指在工厂中的原材料、燃料、外构件等，经过下料、发运送到各个加工点和存储点，以在制品（正在加工的产品和准备进一步加工的半成品）的形态，从一个生产单位流入到另一个生产单位，按规定的生产工艺过程进行加工、储存的全部生产过程。由于生产物流的多样性和复杂性以及生产工艺和设备的不断更新，如何更好地组织生产物流，是物流研究者和管理者始终追求的目标。只有合理组织生产物流过程，才能使生产过程始终处于最佳状态。

1. 影响生产物流的因素

影响生产物流的因素如下。

（1）生产工艺。生产工艺、加工设备的不同，对生产物流有不同的要求和限制，是影响生产物流构成的最基本因素。

（2）生产类型。不同的生产类型，产品品种、结构的复杂程度、加工设备不尽相同，将影响生产物流的构成与比例关系。

（3）生产规模。生产规模指单位时间内的产品产量，因此规模大，物流量就大；规模小，物流量就小。相应的物流设施、设备就不同，组织管理也不同。

（4）专业化与协作化水平。社会生产力的高速发展与全球经济一体化，使企业生产的专业化与协作化水平不断提高。与此相适应，企业内部的生产趋于简化、物料流程缩短。例如，过去由企业生产的毛坯、零件、部件等，可以由企业的合作伙伴来提供。这些变化必然影响生产物流的构成与管理。

2. 合理组织生产物流的基本要求

（1）生产物流过程的连续性。生产是一个工序接着一个工序往下进行的，因此要求物料能够顺畅、最快、最省地走完各个工序，直至成为产成品。任何工序的不正常停工，工序间的物料混乱等都会造成物流的阻塞，影响整个企业生产的进行。

（2）生产物流过程的平行性。一般企业通常生产多种产品，每种产品又包含着多种零部件。在组织生产时，将这些零部件安排在各个车间的各个工序上生产，因此要求各个支流平行流动，如果任何一个支流发生延迟或停顿，整个物流都会受到影响。

（3）生产物流过程的节奏性。生产物流过程的节奏性是指产品在生产过程各个阶段，都能有节奏、均衡地进行，即在相同的时间内完成大致相同的工作量。时紧、时慢必然造成设备或人员的浪费。

（4）生产物流过程的比例性。产品的零部件组成是固定的，考虑到各个工序内的质量合格率，以及装卸搬运过程中的可能造成的损失，零部件数量必然在各个工序间有一定的比例关系，形成了物流过程的比例性。当然这种比例关系，随着生产工艺的变化、设备水平和操作水平的提高会发生变化。

（5）生产物流过程的适应性。企业的生产组织正向多品种、少批量的管理模式发展，要求生产过程具有较强的应变能力。即生产过程具备在较短的时间内，由生产一种产品迅速变化为生产另一种产品。因此生产物流过程应同时具备相应的应变能力。

3．生产物流计划的任务

生产物流计划的核心是生产作业计划的编制工作，即根据计划期内确定的产品品种、数量、期限以及发展变化的客观实际，具体安排产品及其部件在各个生产工艺阶段的生产进度、生产任务。其主要任务包括以下几点。

（1）保证生产计划的顺利完成。为了保证按计划规定的时间和数量生产各种产品，要研究物料在生产过程中的流通规律，以及在各个工艺阶段的生产周期，以此来安排经过各个工艺阶段的时间和数量，并使系统内各个生产环节内的在制品结构、数量和时间相协调。

（2）为均衡生产创造条件。均衡生产是指企业及企业内的车间、工段、工作地等各个生产环节，在相等的时间阶段内，完成等量或均增数量的产品。

（3）加强在制品管理，缩短生产周期。保持在制品、半成品的合理储备，是保证生产物流连续进行的必要条件。在制品过少，会使物流中断，影响生产的顺利进行；反之，又会造成物流不畅，延长生产周期。因此，对在制品的合理控制，既可减少在制品占用量，又能使各个生产环节实现正常衔接、协调，按物流作业计划有节奏、均衡地组织物流活动。

4．生产物流控制的内容

（1）进度控制。物流控制的核心是进度控制，即物流在生产过程中的流入、流出控制以及物流量的管理。

（2）在制品管理。在生产过程中对在制品进行静态、动态以及占有量控制。在制品控制包括实物控制、信息控制。有效控制在制品对及时完成作业计划和减少在制品积压有重要意义。

（3）偏差的测定和处理。在生产过程中按预定时间及顺序检测计划执行的结果，掌握计划量与实际量的差距，根据发生的原因、差距的内容及严重程度，采取不同的处理方法。首先要预测差距的发生，事先规划消除差距措施，如动用库存、组织外协等；为了及时调整产生差距后的生产计划，要及时将差距向生产部门反馈；另外为了使本期计划不作或少作修改，也将差距向计划部门反馈，作为下一计划调整的依据。

二、现代生产物流管理方法

1．物料需求计划

物料需求计划（Material Requirement Planning，MRP），它是指制造企业根据市场需求制定了营销计划后，生产系统必须按照规定的时间交付出产成品，由此而产生了主生产计划（Master Production Schedule，MPS），再根据产品的数量与产品的层次结构逐次地求出各种零部件的需求时间和需求数量。

（1）物料需求计划（MRP）原理。

对于庞大而复杂的生产系统，物料需求计划的制定与执行具有很高的难度，必须有强有力的计算机软、硬件系统实行集中控制，才能达到预想的效果。

物料需求计划（MRP）的逻辑原理如图 7-6 所示。

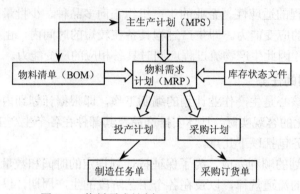

图 7-6　物料需求计划（MRP）逻辑原理图

1）主生产计划（MPS）。根据营销计划、物料清单（BOM）和工艺规程决定产品出厂时间和各种零部件的制造进度。它决定了产品与零部件在各个时间段内的生产量，包含产出时间、数量或装配时间和数量等。

2）产品库存量。产品库存量包含原材料、零部件和产成品的库存量、已订未到量和已分配但还没有提取的数量。根据物料需求计划计算结果所需的物料量，首先应考虑库存量，不足部分再进行采购。

3）主产品结构清单。主产品结构清单也称物料清单（Bill of Materials），即是此文件表明由组成产品的各种零部件之间的结构关系及数量组成，通过物料清单，可以清楚地知道此种产品有哪些零部件组成，且每种零部件所需要的数量。

由图 7-6 可见，物料需求计划输出产品投产计划和采购计划，生成制造任务单和采购订货单，再据此组织产品的生产和物资的采购。

（2）物料需求计划（MRP）特点。

1）需求的相关性。在流通企业中，各种需求往往是独立的。而在生产系统中，需求具有相关性。例如，根据订单确定了所需产品的数量之后，由物料清单（BOM）即可推算出各种零部件和原材料的数量，这种根据逻辑关系推算出来的物料数量称为相关需求。不但品种数量有相关性，需求时间与生产工艺过程的决定也是相关的。

2）需求的确定性。物料需求计划的需求都是根据主生产进度计划、产品结构文件和库存文件精确计算出来的，品种、数量和需求时间都有严格要求，不可改变。

3）计划的复杂性。物料需求计划要根据主产品的生产计划、产品结构文件、库存文件、生产时间和采购时间，把主产品的所有零部件需要数量、时间、先后关系等准确计算出来。当产品结构复杂、零部件数量特别多时，其计算工作量非常庞大，人力根本不能胜任，必须依靠计算机实施这项工程。

2．准时生产（JIT）方式与看板系统

（1）准时生产的原理。准时生产简称 JIT，是应用拉动式生产物流控制原理的方法。在生产系统中任何两个相邻的工序即上、下工序之间都是供需关系，如何处理这种关系，就是生产物流所要研究的问题。按照传统的生产计划组织生产（包括物料需求计划），物料根据预定的计划时间由供应方向需求方逐个工序流动。需方根据上一工序送来的物料的数量和到达时间进一步加工。需方接受物料完全是被动的，如果出现不可预料的因素，物料可能提前或延迟到达。延迟到达将使生产中断，必须在生产计划中留有余地，以避免这种现象发生。这样一来，必然存在或多或少、提前到达的现象，从而导致系统中库存量的上升，产生种种库存多余的弊病。准时生产的方法改变了传统的思路，由需求方起主导作用，需求方决定供应物料的品种、数量、到达时间和地点。供应方只能按需求方的指令（一般用看板）供应物料，送到的物料必须保证质量，无残次品。这种思想就是以需定供，即是"在需要的时间，需要的工序上，供应所需数量的零部件或产品"，这样可以大大提高工作效率与经济效益。

（2）准时生产的目标。准时生产的中心思想是消除一切无效劳动和浪费，它的具体目标有以下几点。

1）最大限度降低库存，最终降为零库存。传统的观点认为，在制品库存和产成品库存都是资产，代表系统中已积累的增值。期末库存与期初库存的差值被认为是这一部门在该周期内的效益。准时生产则认为任何库存都是浪费，必须予以消除。在生产现场，生产线需要多少就供应多少，生产活动结束时现场应没有任何多余的库存品。

2）最大限度地消除废品，追求零废品。传统的生产管理认为一定数量的不合格品是不可避免的，允许可以接受的质量水平，即允许有一定的不合格产品。而准时生产的目标是消除各种引起不合格的因素，在加工过程中，每一工序都力求达到最好水平。要最大限度地限制废品流动造成的损失，每一个需方都拒绝接受废品，让废品只能停留在供方，不让其继续流动而损害一下的工序。

3）最大的节约。准时生产认为，多余生产的物资或产品不但不是财富，反而是一种浪费，因为这些物资和产品不仅要消耗材料和劳务，还要花费装卸搬运和仓储等物流费用。准时生产的生产指令是由生产线终端开始，根据订单依次向前一工序发出的。

4）准时生产的原理虽然简单，但由于对物流控制的要求很高，实施时有一定的难度。它要求进行全面质量管理，不能只靠检验来发现缺陷，必须建立质量保证体系，从根本上保证产品质量。在生产准备方面，要求大大加快速度，否则由于没有库存，很难满足不断变化的市场需求。此外，还要求职工具有全员参与意识，每一工序都是管理者同时也是被管理者。上级只是提出目标和处理问题的原则，各级员工可以在自己的权限内处理工作范围中的问题。

（3）看板系统。准时生产的实施方法有多种多样，其中最著名的就是日本丰田公司率先使用的看板方式。看板系统实际上是一种信息系统，看板就是一种卡片，就是表示出某工序何时需要多少数量的某种物料的卡片，通过它来传递信息，协调所有的生产过程以及各生产过程中的每个环节，使生产过程同步。看板系统可以在一条生产线内实现，也可以在一个公司范围内或者在协作厂之间实现。看板系统是库存管理上的一场革命，也是对传统的物料需

求计划（MRP）的一场革命。

看板的样式和内容也有多种多样，但最基本的内容应包括需求物资的品种规格、需求数量、需求时间和送达地点等。看板系统的操作方式，应根据具体情况决定。

看板的主要种类有以下三种。

1）拿取看板。拿取看板用于向前一道工序取货，应标明拿取的产品的种类和数量。

2）生产订货看板。生产订货看板是作为生产加工的指令，应标明前一道工序应生产的产品的种类和数量。

3）外协看板。外协看板是用于向供应厂商取货用的看板。

3．精益生产（Lean Production）

精益生产（LP）的概念由美国麻省理工学院在研究丰田生产方式的基础上提出的，可以说是准时制生产的进一步提高。精益生产的原则有以下几点。

（1）实行团队作业方式，强调集体协作精神。

（2）各部门、各生产环节之间必须有良好的交流。

（3）更有效地利用资源和更大程度地消除浪费。

（4）永不满足现状，不断对生产过程进行改进或改善。

和大批量生产相比，精益生产所追求的目标有完全不同的标准。

大批量生产实行有限目标的原则，它认为所有的要求必须适度，否则将付出更大的代价而得不偿失。比如可以接受一定数量的残次品，因为要进一步减少残次品就要加强管理、加工、检验等环节，付出的代价可能高于所减少的残次品的价值，从经济上是不合算的；又如在库存控制方面（包括生产线上的在制品），承认一定水平的库存是合理的，否则由于缺货所产生的供应中断会带来更大损失。

精益生产所奉行的目标原则是尽善尽美，力图以最小的投入获得最大的产值，以最快的速度进行设计和生产，无休止的追求降低成本，追求消灭残次品，追求零库存，全面、高效、灵活、优质的服务等。精益生产的特点是对消灭物流浪费的无限追求。虽然在现实中几乎不可能达到这种理想的完美境界，但是不间断的追求而产生的效果是惊人的。

和大批量生产相比，精益生产可以节省 1/2 的劳动力、1/2 的占地面积、1/2 的投资、1/2 的工程时间和 1/2 的新产品开发时间。

4．敏捷制造（Agile Manufacturing）

进入 20 世纪 90 年代以后，在影响企业竞争的四要素中（即质量、价格、服务和上市时间），上市时间已成为第一要素。市场也处于不断的变化之中。由于准时制生产和精益生产在美国实行取得了明显的效益，美国制造业认识到在市场竞争中只是降低成本和提高产品质量是不够的，还必须缩短产品开发周期、加速产品更新换代，经过研究，提出了敏捷制造的概念。

敏捷制造就是指制造系统在满足低成本和高质量的同时，能够对多变的市场需求作出快速反应。所谓敏捷性，是指企业对市场变化、技术发展以及社会环境变化作出反应的速度与能力。一方面，不论是全球性或是地区性市场，在众多的竞争者角逐中，处于不断分割、快速变化状态；另一方面，用户的需求也越来越苛刻，需要不断提供高质量、高性能的新产品。敏捷性就是要求企业能在激烈的竞争环境中生存和发展。

敏捷企业的能力主要体现在以下方面。

（1）快速反应能力。它是指企业能够随市场变化作出判断与预测，并能作出正确反应。

（2）竞争力。它是指企业具有一定的生产能力、工作效率以及有效参与竞争所需的技能。

（3）柔性（灵活性）。它是指企业以同样的人员与设备生产不同产品或实现不同目标的能力。

（4）快速性。它是指企业以最短的时间执行任务的能力（最短的产品开发周期，最短生产周期，供货准时等）。

敏捷制造的主要特点是注重速度、看重在时间上竞争的意义。比如两个企业同时开发某种新产品，其中一家是敏捷企业，可以在较短的时间内率先将新产品推向市场，从而占领市场并使对方处于劣势；又如一家企业开始研制一种新产品，一段时间以后，另一家敏捷企业也开始开发这种新产品，这两家企业可能同时将新产品投放市场。因敏捷企业开发较晚，对市场需求预测较准确，也可以采用更新技术；又因开发周期短，耗费较少，新产品的性能将优于对方从而取得市场的竞争的胜利。

第四节　销　售　物　流

一、销售物流概述

企业的产品只有经过销售才能实现其价值，从而创造利润，实现企业价值。销售物流是企业在销售过程中，将产品的所有权转给用户的物流活动，是产品从生产地到用户的时间和空间的转移，是以实现企业销售利润为目的的，销售物流是包装、运输、储存等诸环节的统一。

1. 销售物流的作业内容

在企业与客户之间达成进行产品交易的意向后，需要及时组织销售物流，使产品能够及时、准确、完好地送达到客户指定的地点。在组织销售物流的过程中包含的基本环节有：产成品的包装、产成品的储存、产成品的发送及相关的信息处理。

（1）产成品的包装。包装可理解为是生产物流的终点，也是销售物流的起点。包装具有保护商品品质、方便运输和促进销售的功能，是销售物流过程中不可缺少的一个环节。在销售的过程中，如果没有很好的包装，不仅无法使产成品的质量得到保证，还会使产成品在运输过程中质量受损。因此，对产成品的包装在包装材料、包装形式上，除了要考虑物品的防护和销售外，还要考虑储存、运输等环节的方便及包装材料、工艺的成本费用。包装的标准化、轻薄化以及包装器材的回收利用等也是要重点考虑的问题。

（2）产成品的储存。保持产品的合理库存水平，及时满足客户要求是产品存储的重要内容。客户对企业产品的可得性非常敏感，缺货不仅使客户需求得不到满足，而且还会提高企业进行销售服务的物流成本。产品的可得性是衡量企业销售物流系统服务水平的一个重要参数。例如，我们在超市中两次买不到我们所需要的商品，我们可能会对这个商品失去信心，很有可能不会再光顾此超市或购买此品牌的商品。

为了避免缺货，企业一方面可以提高自己的存货水平，另一方面可以帮助客户进行库存管理。当一个客户的生产线上需要成百上千种零部件时，其供应阶段的库存控制是非常复杂的，在这种情况下，企业帮助客户管理库存就能够稳定客源，便于与客户的长期合作。

（3）产成品的发送。产成品发送是以供应方和需求方之间的运输活动为主，是企业销售物流的主要管理环节。产成品发送工作涉及产品的销售渠道、运输方式、运输路线和运输工具等的选择问题，因此企业在进行销售物流的管理过程中需要进行大量的决策工作，通过对各方面因素进行综合考虑作出对企业经营最有利的、最低成本的选择。

合理选择运输的要求包括：运输速度快，及时满足客户的需求；运输手段先进，运输途中的商品损坏率低；运输路径合理，路程最短；运输路线合理，重复装卸和中间环节少；运输时间合理，商品能够在指定的时间送达指定的地点等。

（4）信息处理。企业销售物流中的信息处理，主要是产品销售过程中对客户订货单的处理。订单处理过程是从客户发出订货请求开始到客户收到所订货物为止的一个完整过程，在这个过程中进行的有关订单的诸多活动都是订单处理的活动。

订单处理包括订单准备、订单传输、订单录入、订单履行、订单跟踪等。由于客户采用的订货方式存在差异，订单处理的环节也随着订货方式的不同而有所变化，在网上购物的情况下，订单传输就不是一个必要的环节。

2. 销售物流的模式

销售物流有三种主要的模式：生产者企业自己组织销售物流；用户自己提货的形式；第三方物流企业组织销售物流。

（1）生产企业自己组织销售物流。这是在买方市场环境下主要销售物流模式之一，也是我国当前绝大部分企业采用的物流形式。

生产企业自己组织销售物流，实际上是把销售物流作为企业生产的一个延伸或者是看成生产的继续。生产企业销售物流成了生产企业经营的一个环节。而且，这个经营环节是和客户直接联系、直接面向客户提供服务的一个环节。在企业从"以生产为中心"转向以"市场为中心"的情况下，销售物流环节逐渐变成了企业的核心竞争环节，已经逐渐不再是生产过程的继续，而是企业经营的中心，生产过程变成了销售物流的支撑力量。

生产企业自己组织销售物流的好处在于，可以将自己的生产经营和客户直接联系起来，信息反馈速度快、准确程度高，信息对于生产经营的指导作用和目的性强。企业往往把销售物流环节看成是开拓市场、进行市场竞争中的一个环节，尤其在买方市场前提下，格外看重这个环节。

生产企业自己组织销售物流，可以对销售物流的成本进行大幅度的调节，充分发挥它的"成本中心"的作用，同时能够从整个生产企业的经营系统角度，合理安排和分配销售物流环节的力量。

在生产企业规模可以达到销售物流的规模效益前提下，生产企业采取自己组织销售物流的办法是可行的，但不一定是最好的选择。其主要原因是：①生产企业的核心竞争力的培育和发展问题，一般企业的核心能力在于对产品的开发和设计，如果在发展销售物流时占用了企业大量的资源和管理力量，那么会影响到企业的核心竞争力；②生产企业销售物流专业化程度有限，一般生产企业的优势不在于组织物流活动上，所以自己组织销售物流缺乏一定的竞争优势；③一个生产企业的规模终归有限，即便是分销物流的规模达到经济规模，延伸到配送物流之后，也很难再达到经济规模，因此可能反过来影响市场更广泛、更深入地开拓。

（2）用户自己提货的形式。这种形式实际上是将生产企业的销售物流转嫁给用户，变成了用户自己组织供应物流的形式。对销售方来讲，已经没有了销售物流的职能。这是在计划经济时期广泛采用的模式，将来除非十分特殊的情况下，这种模式不再具有生命力。

（3）第三方物流企业组织销售物流。由专门的物流服务企业组织企业的销售物流，实际上是生产企业将销售物流外包给这些专业化的第三方物流公司。

第三方物流以代理形式为客户定制物流服务，这种全新的物流代理模式是销售物流中专业化物流中间人，依靠电子信息和物流网络信息，对商品进行分拣整理、制定配送方案、装车送货，可以承接多家企业的销售物流业务、配送业务，乃至为客户办理报送、接运、质检、分析、选货、配货、集成、结算、信息传递、储存运输等多项作业，提供一揽子、全过程的物流服务。

由第三方物流企业承担生产企业的销售物流，其最大优点在于，第三方物流企业是社会化的物流企业，它向很多生产企业提供物流服务，因此可以将企业的销售物流和企业的供应物流一体化，可以将很多企业的物流需求一体化，采取统一解决的方案。这样可以做到专业化和规模化。这两者可以从技术方面和组织方面强化成本的降低和服务水平的提高。因此在网络经济时代，这种模式将是销售物流的一个发展趋势。

二、销售物流合理化

1. 销售物流合理化的实现

传统的销售物流是以工厂为出发点，采取有效措施，将产品送到消费者手中。而从市场营销观点来看，销售物流应先从市场着手，企业首先要考虑消费者对产品及服务水平的要求，同时企业还必须了解其竞争对手所提供的服务水平，然后设法赶上并超过竞争对手。

许多企业把销售物流的最终目标确定为以最短的时间、最少的成本把适当的商品送达用户手中，但在实际工作中很难达到上述目标，因为没有任何一种销售物流体系能够既能最大限度地满足用户的需求，又能最大限度地减少销售物流成本，同时又使用户完全满意。例如，如果用户需要及时不定量供货，那么销售企业就要准备充足的库存，就会导致库存量增高，库存费用增加，同时，及时不定量的随时供货又使运输成本增加，从而使企业在销售过程中物流的成本费用增加。若使销售物流成本降低，则必须选择低运费的运输方式和低库存，这就会导致送货间隔期长，增加缺货风险，而顾客的满意度则会降低。

（1）销售物流的职能成本与系统成本的矛盾。为了实现销售活动，仓储、运输、包装等各职能部门所投入的成本称为职能成本。系统成本则是整个销售物流活动过程中各职能成本的总和。不少企业往往认为自己的物流系统已达到高效率水平，因为库存、仓储和运输各部门经营良好，并且能把各自成本降至较低水平。然而，如果仅能降低个别职能部门的成本，而各部门不能互相协调，那么总系统成本不一定最低，这就存在着各职能部门的成本与系统成本的矛盾。企业销售系统的各职能部门具有高度的相关性，企业应从整个物流系统的成本来考虑制定物流决策，而不能仅考虑降低个别职能部门的成本。

（2）制定系统方案，进行综合物流成本控制。

1）直销方案的综合物流费用分析：把商品直接销售到用户手中，这种销售物流方案一般会耗费较高的物流成本费用，通常销售的货物数量不会很大而且运输频率较高，因此运送成本较高。但是这种直销一般是针对急需的用户采用，一旦延误，很有可能失去用户。如果失去销售机会而损失的成本大于物流成本，则企业还是应采取直销方案。

2）中转运输方案的综合物流费用分析：如果企业经计算发现，将成品大批量运至销售地区仓库或中转仓库，再从那里根据订单送货给每一位用户的费用少于直接将货物送至用户，则可采用这种在销售过程中经中转再送货的方案。增建或租赁中转仓库的标准是增建或租赁仓库所节约的物流费用与因之而增加顾客惠顾的收益大于增建或租赁仓库所投入的成本。

3）配送方案的费用分析：配送价格是到户价格，与出厂价相比，其构成中增加了部分物流成本，因此价格略高于出厂价。与市场价相比，其构成中也增加了市场到用户这一段运输的部分成本，因此价格也略高于或等于市场价。但是用户若将以往的核算改成到户价格的核算，就可以发现，配送价更优越。

对于生产厂家，仅以出厂价交出货物，不再考虑以后到用户的各物流环节的投入，省去了大量人力、物力。配送方案可以使企业、配送中心、用户三方面分享规模化物流所节约的利益，因此，配送中心的代理送货将逐渐成为资源配置最合理的一种方案。

（3）销售物流的统一管理。在销售物流过程中，仓储、运输、包装决策应该是互相协调的。在不少企业，将物流运营权分割成几个协调性差的部门，就会使得控制权过于分散，而且还使得各职能部门产生冲突。例如，运输部门只求运费最低，宁愿选用运费少的运输方式大批量运输，库存部门尽可能保持库存低水平，减少进货次数，包装部门则希望使用便宜的包装材料。各部门都从自己的局部利益出发，从而使整个系统的全局利益受损。因此，企业应将销售物流活动统一管理，协调各职能部门的决策，全权负责，这对于节约企业的物流投入是非常有利的。

2. 销售物流合理化的形式

销售物流合理化应该做到在适当的交货期，准确地向顾客发送商品；对于顾客的订单，尽量减少商品缺货或者脱销；合理设置仓库和配送中心，保持合理的商品库存；使运输、装卸、保管和包装等操作省力化；维持合理的物流费用；使订单到发货的信息流动畅通无阻；将销售额等订货信息，迅速提供给采购部门、生产部门和销售部门。

构建厂商到零售业者的直接物流体系中一个最为明显的措施是实行厂商物流中心的集约化，即将原来分散在各支店或中小型物流中心的库存集中到大型物流中心，通过信息系统等现代化技术实现进货、保管、库存管理、发货管理等物流活动的集中化管理。原来的中小批发商或销售部门则可以成为品牌授权销售机构。物流中心的集约化虽然从配送的角度看造成了成本上升，但因为削减了与物流关联的人力费、保管费、在库成本等费用，在整体上起到了提高物流效率、削减物流成本的目的。

销售物流活动受企业的销售政策制约，单单从物流效率的角度是不能找出评价尺度的。例如，食品厂为了把自己新开发的商品打入市场，在向大型超级市场配送货物时，可能要改变原来经由批发部门供货的做法，哪怕是一箱货物也采取从工厂直接送货这种效率极低的物流方式。因为保证商品供应，使本厂制品在销售市场上不断货，是新品打入市场策略的一个重要步骤。这说明销售物流活动作为市场销售手段，有时即使不考虑效率问题也是必需的。所以，在考虑销售物流的合理化问题时，经常考虑销售政策的关系是重要的。这是因为在很多情况下，要合理组织销售物流活动，至少必须改变买卖交易条件。

销售物流合理化的形式有大量化，计划化，商流、物流分离化，差别化，标准化等多种形式，下面分别介绍。

（1）大量化。这是通过增加运输量使物流合理化的一种做法，一般通过延长备货时间得以实现，如家用电器企业规定三天之内送货等，这样会使得在这三天内积累一定量所需配送的货物，也就大幅度地提高配送的装载效率。现在，以延长备货时间来增加货运量的做法，已被大部分的行业广泛采用。

（2）计划化。通过巧妙控制客户的订货，使发货大量化。稳定尽量控制发货的波动，这是实行计划运输和计划配送的前提。为此必须对客户的订货按照某种规律制定发货计划，并对其实施管理。例如，按路线配送、按时间表配送、混装发货、返程配载等各种措施，被用于运输活动之中。

（3）商、物分离化。商、物分离的具体做法之一是订单活动与配送活动相互分离。这样，就把自备载货汽车运输与委托运输乃至共同运输联系在一起了。利用委托运输可以压缩固定费用开支，提高运输效率从而大幅度节省运输费用。商、物分离把批发和零售从大量的物流活动中解放出来，可以把这部分力量集中到销售活动上，企业的整个流通渠道得以更加顺畅，物流效率得以提高，成本得到降低。

（4）差别化。根据商品周转的快慢和销售对象规模的大小，把仓储地点和配送方式区别开来，这就是利用差别化方法实现物流合理化的策略。即实行周转较快的商品群分散保管，周转较慢的商品群尽量集中保管的原则，以做到压缩流通阶段的库存，有效利用保管面积，库存管理简单化等。此外，也可以根据销售对象决定物流方法。例如，供货量大的销售对象从工厂直接送货；供货量小的销售对象通过流通中心供货，使运输和配送方式区别开来。对于供货量大的销售对象，每天送货；对于供货量小的销售对象集中一周配送一次等，把配送的次数灵活掌握起来。无论哪一种形式，在采取上述方针时，都把注意力集中在解决节约物流费用与提高服务水平之间的矛盾关系上。

（5）标准化。销售批量规定订单的最低数量，如成套或者成包装数量出售，会明显提高配送效率和库存管理效率。比如某一级烟草批发商进货就必须至少以一箱为一个进货单位。

第五节　回收与废弃物物流

一、逆向物流、回收物流与废弃物物流的概念

在我们日常的生活中，提到物流，常常想到的是产品如何从生产厂家，或批发市场送达到消费者或客户手中的正向物流。但企业的供应链中不仅有正向物流，还包括逆向物流。

根据中华人民共和国国家标准《物流术语》（GB/T 18354—2006），逆向物流是指物品从供应链下游系向上游的运动所引发的物流活动。物品之所以会产生从供应链下游向上游的运动，主要原因或是由于企业不合格物品的返修、退货以及对周转使用的包装容器的回收，或是企业为承担社会责任，需要将经济活动失去原有使用价值的物品，进行收集、分类、加工和处理。

基于价值利用和安全性及环境保护的角度，可以将逆向物流分为：回收物流和废弃物

流。回收物流就是基于价值利用角度的逆向物流，而废弃物物流是基于安全性及环境保护的角度的逆向物流。其结构流向如图 7-7 所示。

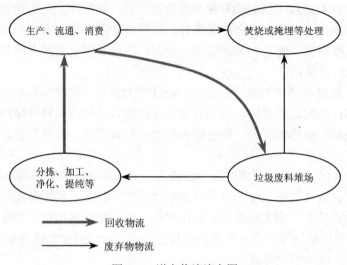

图 7-7　逆向物流流向图

具体定义表述如下。

回收物流是指不合格物品的返修、退货以及周转使用的包装容器从需方返回到供方所形成的物品实体流动。比如，回收用于运输的托盘和集装箱、接受客户的退货、收集容器、原材料边角料、零部件加工中的缺陷在制品等的销售方面物品实体的反向流动过程。

废弃物物流是指将经济活动中失去原有使用价值的物品，根据实际需要进行收集、分类、加工、包装、搬运、储存等，并分送到专门处理场所时形成的物品实体流动。

二、回收物流的管理

1. 回收物流的产生

从生产经过流通直到消费是物资流向的主渠道，在这一过程中有生产过程形成的边角余料、废渣、废水，有流通过程中产生的废弃包装器材，也有大量由于变质、损坏、使用寿命终结而丧失了使用价值或者生产过程中未能形成合格产品而不具有使用价值的物资。

还有由于精神磨损生产的旧材料、旧设备等。精神磨损也称无形损耗，它是由于劳动率的提高，科学技术的进步造成某些设备继续使用产生的不经济的现象。随着科学技术的飞速发展，新技术转化为新产品的时间不断缩短，有些产品甚至一年内都要更新几次。在更新的过程中，这些废旧材料、设备从物流主渠道中分离出来成为生产或流通中产生的排泄物。这些排泄物一部分可以回收并再生利用，成为再生资源，形成回收物流；另一部分再循环利用过程中，基本或完全失去了使用价值，成为无法再利用的最终排泄物，形成了废弃物物流（如图 7-7 所示）。

2. 回收物流的分类

在企业的经营活动中，有多种形式的回收物流活动。根据对回收物流分类的依据和标准不同，可以分为不同的类别。

（1）按回收物品的渠道分类。回收物流按照回收物品的渠道可分为退货物流和狭义的回收物流两部分（如图 7-8 所示）。退货物流是指下游顾客将不符合订单要求的产品退回给上游供应商，其流程与常规产品流向正好相反。狭义回收物流是指将最终顾客所持有的废旧物品收到供应链上各节点企业，主要包括：直接再售产品流（回收、检验、配送）；再加工产品流（回收、检验、再加工）；再加工零部件流（回收、检验、分拆、再加工）；报废产品流（回收、检验、处理）；报废零部件流（回收、检验、分拆、处理）。

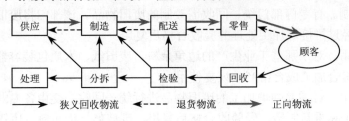

图 7-8　回收物流网络示意图

（2）按回收物流的成因分类。根据回收物流形成的原因不同，回收物流可分为投诉退货、终端使用退回、商业退回、维修退回、生产报废与副品以及包装六大类别。表 7-1 中列出了这六类典型的回收物流及其驱动因素和处理方式。

表 7-1　不同成因的回收物流的驱动因素及处理方式

类　别	周　期	驱动因素	处理方式	例　证
投诉退货 运输短少、偷盗、质量问题、重复运输等	短期	市场营销客户满意服务	确认检查、退换货补货	电子消费品，如手机、DVD、录音笔
终端退回 经完全使用后需处理的产品	长期	经济、市场营销	再生产、再循环	电子设备的再生产、地毯循环、轮胎修复
		法规条例	再循环	白色和黑色家用电器
		资产恢复	再生产、再循环、处理	电脑组件、打印硒鼓
商业退回 未使用商品退回还款	短期或中期	市场营销	再使用、再生产、再循环、处理	零售商积压库存、时装、化妆品
维修产品	中期	市场营销、法规条例	维修处理	有缺陷的家电、零部件、手机等
生产报废和副品 生产过程中废品和副品	较短期	经济法规条例	再生产、再循环	药品行业、钢铁业
包装 包装材料和产品载体	短期	经济	再使用	托盘、条板箱、器皿
		法规条例	再循环	包装袋

（3）按回收物流材料的物流属性分类。回收物流按照回收物流材料的物流属性可分为钢铁材料和非铁金属制品回收物流、橡胶制品回收物流、木制品回收物流、玻璃制品回收物流等。

3．回收物流的处理

废旧物资回收的目的是将其经过修复、处理、加工后再次反复使用。因此，研究物品复用的技术是回收物流的基础和前提。一般来说，在对废旧物资进行回收时采用的技术方法有以下几种。

（1）通用回收复用。对于通用化、标准化的同类废旧物品，通过统一回收后，然后按品种、规格、型号分类达到复用标准后在进行通用化处理。

（2）原厂回收复用。由废旧物品原生产厂家进行该类废旧物品的回收、分类和复用。采用这一回收方式的典型例子有钢铁厂的废钢铁回收再利用。

（3）外厂代用复用。本厂过时的、生产转型及规格不符合标准的废旧物品由外厂统一回收，由外厂按降低规格、型号、等级进行分类或按代用品进行分类，经过相应的加工处理后复用。

（4）加工改制。有专门部门统一回收需改制的废旧物品。该部门将废旧物品按规格、尺寸、品种分类后经过拼接等加工处理并验收合格后复用。

（5）综合利用。对于那些工业生产的边角余料、废旧纸、木质包装容器等，由专门部门统一回收，经过综合加工成合格产品恢复使用。

（6）回炉复用。对需要回炉加工的废旧物品进行统一回收，交由各专业生产厂家进行再生产性的工艺加工和重新制造，经验收合格后复用。废玻璃、废布料、废锡箔纸等废旧物品的回收可采用这一类处理技术。

4．回收物流合理化

（1）增强废旧产品回收的意识。不仅企业本身，整个供应链上所有企业都要增强回收物流意识，能够认识到对废旧产品进行回收的重要意义。首先，制造企业应该起到带头作用，向员工灌输这种意识，特别是渠道上的员工，让他们认识到对售出商品要负责；然后，再把这种意识传输给分销商，以取得他们对于废旧产品回收的支持。当然，还要让顾客了解将废旧产品交回给制造企业的必要性。

（2）制定鼓励政策。企业要从战略高度来考虑和利用回收物流系统，制定鼓励消费者将其过时的商品退回给制造商，对于回收的废旧产品，要给予消费者一定的经济补偿，不能低于废品回收站的回收价格。

（3）成立专门部门，建立回收物流系统。要建立回收物流中心，由其负责安排废弃产品的收集、分拆、处理等工作。回收物流系统的主要任务是收集和运送废旧物品。该系统可以建立在原有的传统（前向）物流渠道上，也可以另外单独重建，或是将传统物流与回收物流系统整合在一起。组织必须确保他们的回收系统与正向物流具有同样的成效。尽管企业还需要一段时间进行发展回收物流系统，对于他们来说，建立一个允许他们快速收回物品，同时尽可能地降低成本的物流结构十分重要。这可能意味着最好由第三方组织管理回收系统，或者由那些专注于配送中心建设的组织提供回收物流服务。

（4）建立回收物流信息系统。发展回收物流系统中的一个最重要的环节是应用信息技术。新技术和尖端技术可以帮助企业收集被回收产品的信息。对于回收物流系统，使用条码技术使得物品管理非常简便。在任何时候都可以对所有产品进行追踪，实时的产品状况和损坏信息可以帮助物流经理理解回收物流系统的需求。

数据管理可以使企业追踪产品在客户之间的流动信息，同时也允许企业辨识出于回收目的的产品返回比例。这些信息将会被利用到提高产品可靠性以及识别回收物流系统中的特殊问题上。信息同样也可以运用到提高产品供应的预测水平上去。

（5）产品设计时考虑回收。为了更有效地利用废旧产品，应该在产品进行设计时就考虑到"易于再生"标准。这样在选择材料、产品结构设计时都会考虑到以后的分拆、处理等工作的成本，从而能够降低总体成本。日本大金公司为了把空调产品的生产变成"可持续发展"

的循环再生产业，在开始设计和生产空调产品时，就考虑到将来如何处理它们的再生利用问题，从头规划每件产品的循环利用。

三、废弃物物流的管理

1. 废弃物的种类及特点

（1）固体废弃物。

固体废弃物也称为垃圾，其形态是各种各样的固体物的混合杂体。这种废弃物物流一般采用专用的垃圾处理设备。

（2）液体废弃物。

液体废弃物也称为废液，其形态是各种成分液体的混合物。这种废弃物物流常用管道方式。

（3）气体废弃物。

气体废弃物也称废气，主要是工业企业，尤其是化工类工业企业的排放物。多数情况下是能够通过管道系统直接向空气中排放。

（4）产业废弃物。

产业废弃物也称产业垃圾。产业废弃物通常是指那些被再生利用之后不能再使用的最终废弃物。产业废弃物来源于不同行业，如第一产业（农业）最终废弃物为农田杂屑，大多数不能收集，往往自行处理，很少有物流问题；第二产业（加工产业）最终废弃物则因行业不同而异，其物流方式也各不相同，多数采用向外界排放或堆积场堆放、填埋等；第三产业（服务业）废弃物主要是生活垃圾及基本建设产生的垃圾，这类废弃物种类多、数量大、物流难度大，大多采用就近填埋的办法处理。

（5）生活废弃物。

生活废弃物也称生活垃圾。生活废弃物排放地点分散，所以需要专用的防止散漏的半封闭的物流器具储运和运输。

（6）环境废弃物。

企业环境废弃物一般有固定的产出来源，主要来自企业综合环境中。环境废弃物产生的面积大，来源广泛，对环境危害大。其物流特点是收集掩埋和废弃物的加工，即是完成对环境废弃物的收集并输送到处理掩埋场。另外，在收集处理的过程中要对环境废弃物进行适当的流通加工处理。不过这种流通加工处理的目的不同于一般产品的流通加工，主要不是为了增加价值，而是为了减少危害。

2. 处理废弃物的物流方式

（1）废弃物掩埋。大多数企业对企业产生的最终废弃物，是在政府规定的规划地区，利用原有的废弃坑塘或人工挖掘出的深坑，将其运来、倒入，表面用好土填埋。填埋后的垃圾场，还可以作为农田进行农业种植，也可以用于绿化或做建筑、市政用地。这种物流方式适用于对地下水无毒害的固体垃圾。其优点是不形成堆场、不占地、不露天污染环境、可防止异味对空气的污染；缺点是挖坑、填埋要有一定的投资，在填埋期间仍有污染。

（2）垃圾焚烧。垃圾焚烧是在一定地区用高温焚毁垃圾。这种方式只适用于有机物含量高的垃圾或经过分类处理将有机物集中的垃圾。有机物在垃圾中容易发生生物化学作用，是造成空气污染、水及环境污染的主要原因，因其本身又具有可燃性，因此，采用焚烧的办法是很有效的。

（3）垃圾堆放。在远离城市地区的沟、坑、塘、谷中，选择合适位置直接倾倒垃圾，也是一种物流方式。这种凡是物流距离较远，但垃圾无需再处理，通过自然净化作用使垃圾逐渐沉降风化，是低成本的处理方式。

（4）净化加工处理。对垃圾（废水、废物）进行净化处理，以减少对环境危害的物流方式，尤其是废水的净化处理是这种物流方式有代表性的流通加工方式。

3. 废弃物的物流合理化

废弃物的物流合理化必须从能源、资源及生态环境保护三个战略高度进行综合考虑，形成一个将废弃物的所有发生源包括在内的广泛的物流系统，如图7-9所示。

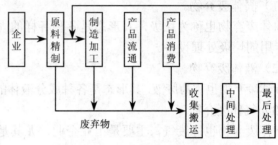

图7-9 废弃物的产生、处理系统

这一物流系统实际包括三个方面：①尽可能减少废弃物的排放量；②对废弃物排放前的预处理，以减少对环境的污染；③废弃物的最终排放处理。

（1）生产过程中产生的废弃物的物流合理化。为了做到对企业废弃物的合理处理，实现废弃物物流的合理化，企业通常采用以下做法。

1）建立一个对废弃物收集、处理的管理体系，要求企业对产生的废弃物进行系统管理，把废弃物的最终排放量控制在最小的限度内。

2）在设计研发产品开发时，要考虑到废弃物的收集及无害化处理的问题。

3）加强每个生产工序变废为宝的利用，并鼓励员工群策群力。

4）尽可能将企业产生的废弃物在厂内合理化处理。暂时做不到场内处理的要经过无害化处理后，再考虑向厂外排放。

（2）产品进入流通、消费领域产生的废弃物的物流合理化。为了建立一个良好的企业形象，加强对企业社会环境的保护意识，企业还应该关注产品进入流通、消费领域废弃物的物流合理化。

遵守政府有关规章制度，鼓励商业企业和消费者支持产品废弃物的收集和处理工作，如可以采取以旧换新等。要求消费者对产品包装废弃物纳入到企业废弃物的回收系统中，不再作为城市垃圾而废弃，增加环境压力，如购买产品对回收部分收取押金或送货上门时顺便带回废弃物。教育企业员工增强环保意识，改变价值观念，注意本企业产品在流通、消费中产生的废弃物的流向，积极参与物流合理化的活动。

（3）企业排放废弃物的物流合理化。为了使企业最终排放废弃物的物流合理化，主要应做到以下几点。

1）建立一个能被居民和职工接受，并符合当地商品流通环境的收集系统。

2）通过有效的收集和搬运废弃物，努力做到节约运输量。

3）在焚烧废弃物的处理中，尽可能防止二次污染。

4）对于最终填埋的废弃物，要尽可能减少它的数量和体积，使之无害化，保护处理场地周围的环境。

5）在处理最终废弃物的过程中，尽可能采取变换处理，把不能回收的部分转化成其他用途，如用焚烧废弃物转化的热能来支取蒸汽、供暖、供热水等。

本 章 小 结

本章主要介绍了供应链的概念及基本内容，供应物流、生产物流、销售物流、回收和废弃物物流的概念，各种企业物流合理化的方法。

复习思考题

一、单项选择题

1.（   ）包括原材料、生产辅助材料、半成品等一切生产资料的采购、进货、运输、仓储、库存管理、用料管理及供给输送等。

    A．供应物流　　　　B．生产物流　　　　C．销售物流　　　　D．工厂物流

2.（   ）是指物品从供应链下游系向上游的运动所引发的物流活动。

    A．逆向物流　　　　B．废弃物流　　　　C．供应物流　　　　D．回收物流

3．一般说来，（   ）由所加盟的节点企业组成，其中一般有一个核心节点企业。

    A．供应链　　　　　B．联盟企业　　　　C．采购协会　　　　D．联运公司

二、多项选择题

1．现代生产物流管理方法有（   ）。

    A．物料需求计划（MRP）　　　　　　B．准时生产（JIT）方式与看板系统

    C．精益生产（Lean Production）　　　D．敏捷制造（Agile Manufacturing）

2．供应链管理具有如下特点（   ）。

    A．以客户为中心　　　　　　　　　　B．生产力优化

    C．集成化管理　　　　　　　　　　　D．强调企业之间的合作

3．供应链管理的内容主要涉及四个领域：（   ）。

    A．供应（Supply）　　　　　　　　　B．生产（Production）

    C．物流（Logistics）　　　　　　　　D．需求（Demand）

    E．仓储

三、简答题

1．简述供应链管理的概念及主要内容、特点。

2．各种企业物流合理化时应该考虑哪些因素？实现的方式有哪些？

案 例 分 析

宝马供应物流——完善的第一步

汽车制造工业对物流供应要求相当高，其中最难的地方在于有效提供生产所需的千万

种零件器材。德国宝马公司（以下简称宝马），针对顾客个别需求生产多样车型，因而让难度已经颇高的汽车制造物流，更增添其复杂性。其 3 个在德国境内负责 3、5、7 系列车型的工厂，每天装配所需的零件高达 4 万个运输容器，供货商上千家。面对如此庞大的供应链，非借助一套锦囊妙计不可。

一、在定单方面，宝马已在挖掘"当日需要量"潜力

在汽车组装零件的送货控制中，最重要的是提出订货需求，也就是把货物的需要量和日期通知物流采购中心。宝马在生产规划过程中，可以针对 10 个月后所需提出订货需求，供货商也可借此预估本身对上游供货商所需提出货物的种类及数量。不过，随着生产日期的接近，双方才会更明确地知道需要量。

针对送货控制而言，一般可分为两种不同形式：①根据生产步骤所需提出订单；②视当日需要量提出需求。前者为由生产顺序决定需要量，其零件大多在极短时间内多次运送，由于此种提出订单方式对整个送货链的控制及时间要求相当严格，因此适用在大量、高价值或是变化大的零件。

对于大多数的组装程序而言，只要确定当天需要量就足够了，区域性货运公司在前一天从供货商处取货，把这些货物储放在转运点，大多数只停放一晚，隔天就送抵宝马组装工厂。在送抵宝马工厂的先前取货并停放在转运点的过程称为"前置运送"，而第二阶段送达宝马工厂的步骤称为"主要运送"。

过去几年里，宝马已把根据生产顺序所需的订货方式最佳化。视当日需要量提出订单方式仍有极大发展潜能，所以宝马目前积极对此项最佳化进行研究。

二、在仓储方面，宝马已在处理低存货带来的运输成本

为了降低宝马的仓储设备成本，该公司向来积极减少本身存货数量，如此导致供货商送货频率的提高，例如每周多次送货，或甚至达到必须每天送货，造成货运成本提高。"前置运送"及"主要运送"的费用计算有所不同，前者的费用计算是把转运点到供货商的路程、等待及装载时间都列入计算，与运送次数成正比，但与装载数量的多寡无关。而后者的费用计算是与货物量成正比，不受送货次数影响。

基本上前置运送与仓储设备成本是互相抵触的，因为为了降低仓储成本而减少仓储设备，会造成运送频率及其成本的提高。为降低前置运送成本，尽量一次满载，囤积存货，势必造成仓储成本的提高。因此，两者间取得平衡，降低整体成本，达到最佳化的策略势在必行。

大多数供货商接到宝马不同工厂的订单，可由同一个货运公司把货物集中到统合的转运站，然后由此再配送到各所需工厂，这样有效地安排取货路径，降低前置运送所需成本。同时也考虑各工厂间整合性仓储设备及运送的供应链管理、各个价值创造的部分程序及次系统，使其产生互动影响，着眼点不再只限于局部最佳化，而是以整体成本为决定的依归。

三、供应链方面，宝马已把合作伙伴纳入成本考量因子

宝马把其供应链上的合作伙伴（如运输公司等），纳入成本节约的考量因子，这也是物流链管理的意义所在。在此基础上，他们建立成本方程式，并且其中亦考虑到不同取货方式，如在一次的前置运送中，安排替几个宝马工厂同时取货。这个成本方程式是建立在最佳化计算法的基础上，考虑因素为对供货商成本最低化之送货频率、其他与实务有关的不同附随条件，如尽可能让运输工具满载、每周固定时间送货等。如果同一货运公司替多个宝马工厂送

货，则必须安排送货先后次序，以达成本最佳化。此外，运送货量最好一星期内平均分配，让运输工具及仓储达到最高使用率，不致影响等待进货时间。

事实上在这个宝马的案例中，仅仅是优化了物流链管理的第一步——采购送货，其他部分也具有最佳化潜能。例如供货商的处理程序及成本，更进一步的是考虑供货商的制造及库存状况。如此，可以降低整个价值创造链上的库存成本，这也是整个物流供应链里，提高竞争力的最佳利器。

资料来源：亚博物流网

问题与思考

1. 根据上述案例，分析宝马公司在提高供应物流效率时所采取的措施或战略。
2. 在供应链管理中，与自己的供应商进行长期的战略合作，有哪些优势？

实训

啤酒游戏和"牛鞭效应"

一、实训教学目标

模拟供应链上制造商、批发商、零售商等不同节点企业的订货需求变化，使学生深刻理解预测的基础知识，体会供应链中"牛鞭效应"产生的过程。分析"牛鞭效应"的产生原因，找出减少"牛鞭效应"的方法。

二、实训具体工作任务及要求

（1）扑克牌若干（代替啤酒），自制订单及表格单证。

（2）实验场所：教室

（3）实验过程：通过角色扮演，由五位同学分别扮演供应商、批发商、零售商以及司机，每位角色都要填写自己需要采购或者批发的特定的订单（如表7-5所示），体验各环节物流信息在不同角色间是如何传递的。（具体操作方法见课件）

（4）参与人员：一名指导教师及五名学生。

三、实训工作任务内容设计

（1）各种角色记录（如表7-2、表7-3、表7-4所示）所需要的数据信息，计算各角色成绩。

（2）结合实验过程的数据，画出订货需求变化曲线图，揭示"牛鞭效应"，谈谈你对"牛鞭效应"的理解。

（3）系统预测方法的应用，是如何优化供应链管理过程的？

表7-2　零售商表格

轮次	现有库存	客户需求	本期销售缺货	到货量	在途量	预测下期需求	订货量	本期供应缺货
初始值	15							
1								
2								
3								
4								
5								

表 7-3　批发商表格

轮次	现有库存	客户需求	本期销售缺货	到货量	在途量	预测下期需求	订货量	本期供应缺货
初始值	60							
1								
2								
3								
4								
5								

表 7-4　供应商表格

轮次	现有库存	客户需求	本期销售缺货	到货量	在途量	预测下期需求	生产量
初始值	120						
1							
2							
3							
4							
5							

表 7-5　订单表格

From：零售商：_____　批发商：_____　分销商：_____　制造商：_____

To：零售商：_____　批发商：_____　分销商：_____　制造商：_____

轮次	订单数量	实发数量
1		
2		
3		
4		
5		

表 7-6　角色成绩计算

个人成绩（第_组　第_次）　　记账员（姓名：__）

缺货成本	订单次数	订单成本	总计库存成本	总订货量	销售总成本	销售总量	销售额	毛利润	净利润

第八章

国际物流

   能力目标
- 能看懂进出口流程图，填写报关单据；
- 能分析对外合同中常用贸易术语；
- 能完成简单的国际物流方案。

   知识目标
- 熟练掌握国际物流的概念，理解运输在物流系统中的地位及其作用；
- 掌握国际贸易与国际物流的关系；
- 了解国际物流的分类；理解国际物流服务运作系统；掌握国际物流运输的方式。

导入案例

丰田进军国外市场是如何做物流的？

对丰田来说，进入墨西哥市场并非瞬间的闪念，历时 3 年缜密的物流计划后，第一辆丰田车经过海运从美国的巴尔的摩港运至墨西哥韦拉克鲁斯，同时，第一批汽车配件也通过空运从美国安大略和辛辛那提起运。尽管经过如此周密的准备，丰田却并不准备把这一物流计划在墨西哥持续运用下去。

一旦两三年内丰田汽车在墨西哥的销量达到一定水平，丰田将会在墨西哥单独建一个零部件分拨中心当然这其中决定性因素在于，在墨西哥储存零部件要比从美国空运过去成本更低。相对于零部件来说，从美国和加拿大运输整车至墨西哥的战略将很快发生变化。随着更多的经销商在墨西哥站稳脚跟以及丰田汽车在墨西哥销售的车型日趋多样化，这些汽车将会通过铁路从美国和加拿大运出，而不再使用海运。

为了设计在墨西哥的物流计划，丰田多方咨询。以丰田自己的物流人员为核心，并建立了内部的评测程序。此外，丰田还与咨询公司合作，请了一个墨西哥律师，并与墨西哥的运输公司结成伙伴关系。丰田还将自己的计划与已在墨西哥立足的一些企业的物流程序进行对照。

零部件物流和整车物流完全不同。整车运输要求产品要有稳定的销售量，先用卡车从美国的生产厂运到巴尔的摩港，再通过日邮的滚装船运到墨西哥。海上运输大概需要七八天的时间，这足以让墨西哥的经销商和运输公司做好充分准备。丰田将在墨西哥与更多的经销商合作，一旦汽车销量达到一定水平，将采用铁路运输，时间将会缩短，运输班次更为频繁，从而使整车产品受损的机会减少。而且，在美墨边境来回运输的一些企业也已做了大量的工作，理顺了报关程序。

配件和零部件的运输更强调时间性，因此丰田在墨西哥建立其零部件分拨中心之前，主要采取空运。丰田的主要考虑是降低运输成本、减少运输时间。

丰田的物流部门对物流运作继续监测，一旦实现预先的目标，就会设立新的目标，同时，物流人员正在对丰田何时设立零部件分拨中心和整车生产厂进行考察，那时，丰田将推出另一套全新的物流计划。

资料来源：物流知识网，http://www.siod.cn/siod_article/09/1875.html

思考：

1．结合案例分析国际物流的特点。

2．在企业开展国际物流有哪些具体的措施？

20 世纪 90 年代是一个政治与经济都发生了剧烈变迁的时代，也是世界各国企业的经济活动日益全球化的时代，主要表现在生产活动国际化、贸易和投资自由化、世界金融市场一体化、信息技术网络化。经济全球化使得资金、技术、人员、信息等生产要素和商品在全球范围内快速、自由流动，寻求最有利的配置，使得世界各国的经济日益紧密地联系在一起，相互渗透，相互影响，相互依存。随着国内企业参与国际商务活动的日益增多，企业在商品和劳务方面同国外的交易也将越来越频繁。而国际商务和国内商务在运作规律和运行规则方面是有所不同的，它包含了进出口业务、交通运输服务、银行和金融、保险业务、租赁和咨询以及结算等各项商务活动。这些商务活动是跨越不同国家进行的，在时间和空间上存在着距离，所以物流的范围扩大了，物流内容扩展了。

第一节　国际物流概述

一、国际物流的含义及发展

1．国际物流的含义

国际物流（International Logistics，简称 IL）是国内物流的延伸和进一步扩展，是跨国界的、流通范围扩大了的"物的流通"，有时也可称为国际大流通或大物流。

从狭义来理解，国际物流是当生产和消费分别在两个或两个以上的国家（或地区）独立进行时，为克服生产和消费之间的空间隔离和时间距离，对物质（商品）进行物理性移动的一项国际商品贸易或交流活动，从而完成国际商品交易的最终目的。国际物流伴随着国际贸易的发展而产生和发展，并成为国际贸易的重要物质基础，各国之间的相互贸易最终必须通过国际物流来实现。此外，如各国之间的邮政物流、展品物流、军火物流等也构成了国际物流的重要内容。

国际物流是一种跨国界物流的概念，是世界范围内一种超越国界的物流方式，它是指不同国家（地区）之间的物流。

2．国际物流的目标

国际物流的总目标是为国际贸易和跨国经营服务，即选择合适的方式、合理的费用、保质保量、适时地将物品从供给国运到需求国。国际物流系统涉及多个国家，地理范围大；同时由于各国社会制度、自然环境、经营管理方法、生产习惯不同，一些因素变动较大，在国际间组织货物从生产到消费的流动，相比较国内物流更加复杂、更具风险性。作为企业价值链的基本环节，国际物流不仅使国际商务活动得以顺利实现，而且为国际企业带来新的价值增值，成为全球化背景下的"第三利润源泉"。

国际物流的运作环境相对比较复杂，涉及的业务环节比较多。作为国际物流企业的经营者既要懂得物流的基本运作和管理方法，又要懂得相关的国际贸易经营方式，与参与国际物流活动的所有各方进行有效的沟通，实现低物流成本上的高水平客户服务。

3．国际物流的发展

第二次世界大战以前，国际间已有了不少的经济交往，但是伴随国际交往的运输却没有被人们普遍重视，此时的国际物流基本上处于萌芽阶段。

第二次世界大战以后，国际间的经济交往越来越活跃。激增的货物贸易要求大数量的物流运输，迫使人们更新物流技术包括大型运输工具、集装单元化等技术，同时提高各国物流交接中的协调管理水平，如各国实现物流设施设备标准化以减少交接中的阻力和延时。

20世纪70年代中、后期，国际物流的质量要求和速度要求进一步提高，这个时期在国际物流领域出现了航空物流大幅度增加的新形势，同时出现了更高水平的国际物流运营模式——国际多式联运。这种新型国际物流模式，是将整个国际物流系统打造成一个高效、通畅、可控制的流通体系，以此来减少流通环节，节约流通费用，达到提高流通的效率和效益的目的，以适应在经济全球化背景下"物流无国界"的发展趋势。

20世纪80年代以来，这一阶段国际物流的概念和重要性已被各国政府和外贸部门所普遍接受。贸易伙伴遍布全球，必然要求物流国际化，即物流设施国际化、物流技术国际化、物流服务国际化、货物运输国际化、包装国际化和流通加工国际化等。世界各国广泛开展国际物流方面的理论研究和进行实践方面的大胆探索。80年代后在国际物流领域的另一大发展，是伴随国际物流，尤其是伴随国际联运式物流出现的物流信息和电子数据交换（EDI）系统。信息的作用，使物流向更低成本、更高服务、更大量化、更精细化方向发展，许多重要的物流技术都是依靠信息才得以实现，国际物流的每一活动几乎都有信息支撑，国际物流的质量取决于信息，国际物流的服务依靠信息。人们已经形成共识：只有广泛开展国际物流合作，才能促进世界经济繁荣，物流无国界。

二、国际物流的特点

与国内物流系统相比，国际物流具有以下特点。

1．具有复杂性

国际物流系统范围广、各国的物流环境存在差异，因而具有复杂性。国际物流往往需要跨越多个国家和地区，不仅辐射的空间和地域范围更广，物流过程时间更长，而且还需要经过报关、商检等跨越国界阻隔的业务环节。同时国际物流所面临的环境差异性很大。例如，各国家（地区）法律法规不同，操作规程和技术标准不同，地理、气候等自然环境不同，风俗习惯等人文环境不同，经济和科技发展及各自消费水平不同等。这种具有显著差异的物流环境使得建立统一的国际物流基础设施，实行规范的作业标准都比国内物流复杂得多，要形成完整、高效的物流系统难度较大。

2. 对物流信息化、标准化要求高

国际物流必须有国际化信息系统的支持。通过共享物流信息加强协作，提高物流作业和决策效率。目前国际物流信息系统一个较好的建立办法就是与各国海关的公共信息系统联网，以及时掌握有关各个港口、机场和联运线路、站场的实际状况，为本地物流决策提供支持。

建立国际物流标准体系是国际间物流畅通的根本保障。在国际流通系统中，应进一步推行国际基础标准、安全标准、卫生标准及贸易标准，在此基础上制定并推行运输、包装、配送、装卸、存储等技术标准。在物流信息传递技术方面，各国也已实现了统一的信息标准化，以使国际间物流信息更简单、更有效地传递，从而大大提升其物流系统的效率。

3. 运输方式多种化

国际物流运输距离长，运输方式多样。国际物流以远洋运输为主，并由多种运输方式组合。运输方式有海洋运输、铁路运输、航空运输、公路运输以及由这些运输手段组合而成的国际综合运输方式等。国际运输方式的选择和组合不仅关系到国际物流交货周期的长短，还关系到国际物流总成本的大小，运输方式选择和组合的多样性是国际物流一个显著的特征。海运是国际物流运输中最普遍的方式，特别是远洋运输是国际物流的重要手段；空运是近年来国际物流运输中发展最快的运输方式。近年来，在国际物流活动中，"门到门"的运输组织方式越来越受到货主的欢迎，这使得能满足这种需求的国际综合运输方式得到迅速发展，逐渐成为国际物流运输的主流。全球综合运输方式的目的是追求整个物流系统的效率化和缩短运输时间，中国远洋运输公司、美国 Federal Express、欧洲 DHL、日本邮船公司等世界有名的运输公司在向货主提供"门到门"运输服务方面走在了前列。

4. 具有风险性

国际物流的复杂性带来国际物流的风险性。国际物流过程中涉及更多的内外因素，由此将极大地增加物流作业过程的难度和风险。国际物流的风险性主要包括政治风险、经济风险和自然风险。政治风险主要指由于所经过国家的政局动荡，如罢工、战争等原因造成商品流通过程中可能受到损害或灭失；经济风险又可分为汇率风险和利率风险，主要指伴随国际物流发生的资金流动，会产生汇率风险和利率风险；自然风险则指国际物流过程中，可能因自然因素，如海风、暴雨等，而引起的商品延迟、包装破损等风险。积极开发和推广国际物流系统中的现代化技术，不仅可以有效地降低物流过程的复杂性，缩小风险，而且对提高物流系统的效益将产生直接的影响。

三、国际物流的种类

根据不同的标准，国际物流主要可以分为以下几种类型。

1. 根据商品在国与国之间的流向分类

根据商品在国与国之间的流向分类，国际物流分为进口物流和出口物流。当国际物流服务于一国商品的进口时，即可称为进口物流；反之，当国际物流服务于一国商品的出口时，即为出口物流。由于各国在物流进出口政策，尤其是海关管理制度上的差异，进口物流与出

口物流，既存在交叉的业务环节，也存在不同的业务环节，需要物流经营管理人员区别对待。

2．根据商品流动的关税区域分类

根据商品流动的关税区域分类，国际物流分为不同国家之间的物流和不同经济区域之间的物流。区域经济的发展是当今国际经济发展的一大特征，比如，欧盟国家之间由于属于同一关税区，成员国之间物流的运作与欧洲经济共同体成员国和与其他国家或者经济区域之间的物流运作，在方式和环节上都存在着较大的差异。

3．根据跨国运送的商品特性分类

根据跨国运送的商品特性分类，国际物流分为国际军火物流、国际商品物流、国际邮品物流、国际捐助或救助物资物流、国际展品物流、废弃物物流等。这里的国际物流主要是指国际商品物流。

此外，根据国际物流服务提供商的不同，可以将国际物流的运营企业分为国际货运代理、国际船务代理、无船承运人、报关行、国际物流公司、仓储和配送公司等。

四、国际物流与国际贸易

社会分工促进了物流与商流的分离，物流的发展也正是随商流的发展而来，国际物流也是伴随着国际贸易的发展而产生和发展起来的，并已成为影响和制约国际贸易发展的重要因素，各国之间的相互贸易最终将通过国际物流来实现。各国之间商品和劳务的流动由商流、物流、信息流和资金流组成，商流由国际交易机构按照国际惯例进行，物流由物流企业通过一定的技术和管理方法实现。跨国经营与国际贸易的发展，使国际物流得到了迅速发展，同时，国际贸易的发展也对国际物流提出了更高的要求。

1．国际物流和国际贸易之间的关系

国际贸易与国际物流之间的关系是互为促进、相互制约的关系。具体表现在以下两方面。

（1）国际贸易是国际物流产生和发展的基础与条件。

国际贸易随着生产的国际化趋势以及国际分工的深化而快速发展，从而促使了国际物流从国际贸易中分离出来，并以专业化物流经营的方式出现在国际贸易之中。跨国经营与国际贸易在规模、数量和交易品种等方面大幅度的增长，也促进了商品和信息在世界范围内的大量流动和广泛交换，国际物流成为国际贸易和世界经济发展的必然趋势。

（2）国际物流的高效运作是国际贸易发展的必要条件。

随着国际市场竞争的日益激烈，国际贸易商们必须以客户和市场为导向，满足国内外消费者定制化和个性化的需求。消费者对商品的多品种、小批量化需求使得国际贸易中的商品品种和数量成倍增长，这种需求对国际物流运作条件的要求也各不相同；同时国际贸易的特点决定了国际物流的环节多，备运期长。这种情况下，专业化和高效率的国际物流运作对于国际贸易的发展是一个非常重要的保障。如果没有高效国际物流系统的支持，国际贸易中的商品就有可能无法安全、按时地交付，并且物流成本也将会提高。国际物流必须适应国际贸易结构和商品流通形式的变革，使商品适时、适地、按质、按量、低成本地在不同国家之间实现流动，从而提高商品在国际市场上的竞争能力，扩大对外贸易。

2．国际贸易对国际物流提出新的要求

国际贸易随着世界经济的飞速发展和政治格局的风云变幻出现了一些新的趋势和特点，

从而对国际物流也提出了越来越高的要求。

（1）质量要求。国际贸易结构正在发生着巨大的变化。传统的初级产品和原料等贸易品种逐步让位于高附加值和精密加工的产品。由于高附加值和高精密度商品流量的增加，同时由于国际贸易需求的多样化，造成了物流的多品种小批量化，这样就要求国际物流向优质服务和多样化方向发展，对物流工作质量提出了更高的要求。

（2）效率要求。合约的订立和履行是国际贸易活动的集中表现，而国际贸易合约的履行则是由国际物流系统完成的，因而要求国际物流高效率地履行合约。从进口国际物流看，提高物流效率最重要的是如何高效率地组织所需商品的进口、储备和供应。也就是说，从订货、交货，直至运入国内保管、组织供应的整个过程都要加强物流管理。根据国际贸易商品的不同，采用与之相适应的巨型专用货船、专用泊位以及大型机械的专业运输，等等，对提高物流效率起着重要作用。

（3）安全要求。由于国际分工和社会生产专业化的发展，大多数商品在世界范围内进行着分配和生产。因此，在组织国际物流时，选择运输方式和运输路径，要密切注意所经地域的气候条件、地理条件，还应注意沿途所经国家和地区的政治局势、经济状况等，防止这些人为因素和不可抗拒的自然力造成商品的损耗和丢失，必须对各方因素作出综合考虑，备好预案，以保障国际物流安全、有效运行。

（4）经济要求。国际物流费用是国际贸易交易中的一项重要开支，国际贸易的特点决定了国际物流的环节多，备运期长。对于国际物流企业来说，选择最佳物流方案，控制物流费用，降低物流成本，保证服务水平，是提高竞争力的有效途径。

总之，国际物流必须适应国际贸易结构和商品流通形式的变革，向国际物流合理化方向发展。

第二节　国际物流服务业务

一、国际物流服务运作系统

国际物流主要包括发货、国内运输、出口国报关、国际间运输、进口国报关、送货，国际物流运作系统，如图 8-1 所示。

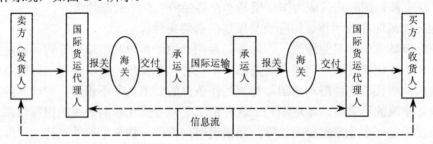

图 8-1　国际物流运作系统

下面举例介绍出口物流系统流程。

国际物流系统输入部分的内容有：备货，货源落实；到证，接到买方开来的信用证；到船，买方派来的船舶；编制出口货物运输计划；其他物流信息。

输出部分的内容有：商品实体从卖方经由运输送达买方手中；交齐各项出口单证；结算、

收汇；提供各种物流服务；经济活动分析及理赔、索赔。

国际物流系统的转换过程包括：商品出口前的加工整理；包装、标签；储存；运输（国内、国际段）；商品进港、装船；制单、交单；报关、报验；现代管理方法、手段和现代物流设施的介入。

二、国际物流运输的方式

国际物流，是国家、地区之间的货物运输、保管、包装、装卸以及伴随发生的信息传递，其主体活动是国际货物运输。国际物流运输主要有以下方式。

1．班轮

运输公司安排货船或客货船在规定航线上、规定港口间，定期、定路线运输货物，并公布船期时间表，按班轮运价收取运费。

班轮运输的主要优点如下。

（1）计划性强，客户可按班期从容安排合理计划，有利于客户安排工作。

（2）运价固定，便于客户核算和对运输方式进行选择。

（3）非常有利于包装杂货和小批量、零星货物运输。

（4）手续简便，便于采用且风险较小。

2．租船

在班轮无法承运的情况下，如特殊货物、大量货物、紧急货物、无班轮停靠港等一般都采用租船方式。租船方式适合运输粮食、矿砂、石油、水泥等，可根据货物种类及数量选择不同类型及吨位的船，以充分利用专用船和大吨位船的优势。因此，租船方式也适用于运费承担能力不高的低值货物。

租船方式有两种。

（1）定程租船。定程租船是指按航程计费租赁，货主（租船人）按协议提送货物和交纳运费，船舶经营者负责按协议运输。

定程租船又有单航次租船、往返程租船、连续单航次租船、连续往返程租船等多种形式，不同形式租赁费用水平有较大差别。

（2）定期租船。定期租船是指按一定期限租赁船舶的方式，在租赁期间，船由租船人负责经营管理，船方除收取租金外，还负责保证船舶的适航性。

定程租船可租全船，也可只租某些舱位，定期租船则属"包租"，是全船租赁的形式。

3．班机

班机是在固定航线上的固定起落站进行按预先计划规定时间进行定期航行的飞机。主要是客货混载，个别航空公司也有专门的货运班机。

班机货运适于急用物品、行李、鲜活物、贵重物、电子器件等的物流。

4．包机

由租机人租用整架飞机或若干租机人联合包租一架飞机进行货运的物流方式。包机如往返使用，则价格较班机低，如单程使用则价格较班机为高。包机适合专运高价值货物。

5．"大陆桥"运输

"大陆桥"是联结两段海运的陆地运输，主要指国际铁路运输和海洋运输。经过中国陆地运输的"大陆桥"（如图 8-2 所示）目前有两条：一条是"新亚欧大陆桥"，在中国境内长达4 131km，1990 年贯通。该"大陆桥"东起连云港，西至荷兰鹿特丹港，横跨亚洲、欧洲，与太平洋、大西洋相连，全长 10 800km，途经我国 10 个省区。另一条是"西伯利亚大陆桥"，也称为"亚欧大陆桥"。该"大陆桥"全长 9 300km，是从远东地区经过西伯利亚大铁路，一直到达欧洲的"大陆桥"，共分为三条运输线，第一条以西伯利亚铁路运输为主，伊朗和欧洲的铁路运输为辅；第二条是经西伯利亚铁路到原苏联的西部港口，到达西北欧的铁路和海洋运输；第三条是从西伯利亚铁路起，经欧洲公路，到达瑞士、德国、法国和意大利的铁路和卡车运输。该"大陆桥"在中国的满洲里和二连浩特均有接口。设想中的第三条亚欧大陆桥，西起深圳港，由昆明经缅甸、孟加拉国、印度、巴基斯坦、伊朗，从土耳其进入欧洲，最终抵达荷兰鹿特丹港。

　　"大陆桥"运输可以实现"门到门"的运输方式，由运输业者承担运输全程责任；运输速度快，运输里程缩短；节约运输、保管和装卸费用；保证物流作业质量，满足货主要求。

图 8-2　亚欧大陆桥示意图

6. 国际多式联运

　　国际多式联运也称为国际综合一贯运输，是国际间多种运输方式的联合运输。这种运输由一个承运人负责，使用一份国际多式联运合同，组织多种运输手段进行跨国联合运输。1980 年公布的《联合国国际货物多式联运公约》，对多式联运下了如下的定义："国际多式联运是按照多式联运合同，以至少两种不同的运输方式，由多式联运经营人将货物从一国境内接受货物地点，运至另一国境内指定交付货物的地点。"国际多式联运，由于由一个承运人总负责，手续简便，各个运输环节衔接紧密，贯通一气，能做到跨国"门到门"的物流服务。所以，与"大陆桥"运输一样，速度快、费用省、质量好。

三、商品商检

1. 商品检验的含义

　　商品检验（Commodity Inspection）是指在国际货物买卖中，对卖方交付给买方的货物的品质、数量、包装、残损以及货物装运条件的检验和公正鉴定。商品检验还包括根据一国的法律或行政法规对某些货物进行卫生、安全、动植物病虫害的检疫。

在国际货物买卖中，交易双方分处异国，难以当面验收货物，且买卖的货物需要经过长途运输，多次装卸，容易引发货物的残损、短缺等情况。一旦出现这类问题，就会涉及发货人、运输部门、保险公司、装卸部门等方面的责任。为了维护有关贸易各方的合法权益，避免争议的发生以及发生争议后便于分清责任和妥善处理，就需要由一个有资格、权威的、与有关当事人无任何利害关系的第三者，即专业的检验或检疫机构，对商品的质量、数量（重量）、包装及装运技术、残损短缺等进行检验或鉴定，并出具相应的检验证书，作为买卖双方交付货物、支付货款和进行索赔、理赔的重要依据。

检验条款一般涉及检验货物的时间和地点、检验机构、检验内容和方法以及检验证书等。

2. 检验时间和地点的规定

检验时间和地点如何确定，实际上是关系到在何时、何地确定卖方交货的品质和数量。由于国际间买卖的货物一般都要经过较长时间的运输，有的还要在中途经过转运，商品的品质和数量难免发生变化，货损、货差的现象也时有发生。因此，如何规定检验的时间和地点，关系到双方的切身利益，是双方在商订检验条款时的一个核心问题。

根据当前国际贸易的习惯做法及我国对外贸易实践，有关检验时间和地点的选择，基本上有下述三类做法。

（1）在出口国检验。这种做法可分为两种：①在产地或工厂检验；②装运时或之前在装运港（地）检验。

（2）在进口国检验。这种做法也可分为两种：①在目的港（地）卸货后检验；②在买方营业场所或最终用户所在地检验。

（3）在出口国检验、在进口国复验。按此做法，货物在出口国装运前由双方约定的商检机构进行检验，但检验证书并不是最后依据，而是作为卖方在向银行议付货款时提交的一种单据。货物到达目的港（地）卸货后，买方还有复验权，也就是说，虽然货物在装运前必须经检验机构检验，但在进口国经双方约定的商检机构在规定的时间内进行复验后，若商品品质、重量（或数量）等不符合合同规定，仍是卖方责任时，买方可在一定时间内凭检验机构的复验证书向卖方提出拒收、异议或赔偿。

上述三种做法，第一种做法，是以出口国检验为准，对卖方有利；第二种做法，是以进口国检验为准，对买方有利。第三种做法，是买卖双方都比较能接受的，是较为公平合理的一种检验方法，它既承认在出口国检验的检验证书是有效文件，作为交接货物或结算的凭证，又给了买方对商品的品质、重量（或数量）等在进口国的复验权，使商品的要求符合合同规定。因此，在出口国检验、在进口国复验这种做法已在国际贸易中被广泛采用。

3. 检验机构

检验机构的选定，涉及由谁实施检验和开立有关证书的问题，关系到买卖双方的利益。检验机构是检验条款中必须明确的一个重要问题。

在国际贸易中，从事商品检验的机构大致有下述四类。

（1）卖方或生产制造厂商。

（2）国家设立的商品检验机构。

（3）民间独立的公证机构以及同行业公会或行业协会附设的检验机构。

（4）买方或使用单位。

　　至于在具体交易中如何确定检验机构，应根据各国规章制度、商品的性质、交易条件、买卖双方的交易习惯予以确定。

　　我国对进出口商品的检验，统一按照《中华人民共和国进出口商品检验法》的有关规定办理。我国商检机构的任务主要有三方面：①法定检验，是指对重要进出口商品执行强制检验，未经检验发给证书者，不准进口或出口；②监督管理，主要是通过行政手段，推动和组织有关部门对进出口商品按规定要求进行检验；③公正鉴定，是指商检机构根据对外关系人的申请、外国检验机构的委托或仲裁和司法机关的指定，进行对进出口商品的鉴别和鉴定。

　　检验证书是检验机构签发的，证明检验结果的书面文件。在我国的进出口实务中经常遇到的检验证书有以下八种。

　　1）品质检验证书（Inspection Certificate of Quality）。

　　2）重量检验证书（Inspection Certificate of Weight）。

　　3）数量检验证书（Inspection Certificate of Quantity）。

　　4）兽医检验证书（Veterinary Inspection Certificate）。

　　5）卫生检验证书（Sanitary Inspection Certificate）。

　　6）产地检验证书（Inspection Certificate of Origin）。

　　7）植物检疫证书（Plant Quarantine Certificate）。

　　8）熏蒸证书（Inspection Certificate of Fumigation）。

　　在一个买卖合同中，究竟需要什么证书，应根据商品的性质、双方国家在法律上和习惯上的要求以及我国对外贸易政策，由双方在合同中予以明确。

四、进出口报关

1. 进出口货物的申报

　　申报是指进口货物的收货人、出口货物的发货人或其代理人在进出口货物时，在海关规定的期限内，以书面或者电子数据交换（EDI）方式向海关报告其进出口货物的情况，并随附有关货运和商业单据，申请海关审查放行，并对所报告内容的真实准确性承担法律责任的行为。即通常所说的"报关"。申报是进出口货物通关的第一个环节。

　　申报资格必须是经海关审核准予注册的专业报关企业、代理报关企业和自理报关企业及其报关员，进出口货物的申报时间与期限，申报地点在《中华人民共和国海关法》（以下简称"《海关法》"）中都有具体的规定。

　　报关单证可分为基本单证、特殊单证、预备单证三种。

　　（1）基本单证。它是指与进出口货物直接相关的商业和货运单证，主要包括发票、装箱单、提（装）货凭证（或运单、包裹单）、出口收汇核销单以及海关签发的进出口货物减税、免税证明。

　　（2）特殊单证。它是指国家有关法律规定实行特殊管制的证件，主要包括配额许可证管理证件（如配额证明、进出口货物许可证等）和其他各类特殊管理证件（如机电产品进口证明文件、商品检验、动植物检疫、药品检验等）。

　　（3）预备单证。它是指在办理进出口货物手续时，海关认为必要时查阅或收取的单证，包括贸易合同、货物原产地证明、委托单位的工商执照证书、委托单位的账册资料及其他有关单证。

2．进出口货物的查验

根据《海关法》的规定，进出口货物除经收发货人申请，海关总署特准可以免验的以外，都应接受海关查验。海关查验一方面是要复核申报环节中所申报的单证及查验单货是否一致，通过实际的查验发现审单环节不能发现的无证进出口问题及走私、违规、逃漏关税等问题；另一方面，通过查验货物才能保证关税的依率计征。海关查验货物一般在海关监管区内的进出口口岸码头、车站、机场、邮局或海关的其他监管场所进行。海关对进出口货物的查验主要采取彻底检查、抽查、外形查验等方法以强化海关对进出口货物的实际监管。海关查验进出口货物后，均要填写一份《海关进/出口货物查验记录》。

3．进出口货物的征税

海关在审核单证和查验货物后，根据《中华人民共和国关税条例》规定和《中华人民共和国海关进出口税则》规定的税率，对实际货物征收进口或出口关税及相关税费。

4．进出口货物的放行

放行是海关监管现场作业的最后环节。海关在接受进出口货物的申报后，经审核报关单据、查验实际货物，并依法办理进出口税费计征手续并缴纳税款后，在有关单据上签盖"放行"章，海关的监管行为结束，在这种情况下，"放行"即为结关。进口货物可由收货人凭单提取，出口货物可以由发货人装船、起运。

五、保险

按照保险业的规定和国际惯例，保险公司对保险货物在海上运输过程中所发生的损失并不是一概负责赔偿的，其负责赔偿的责任范围，取决于保险人与投保人（被保险人）所签订的保险合同（保险单）内所列的条款。当前，各国保险公司都根据承保责任范围的不同，分为各种不同的险别，供投保人选择投保。

1．基本险别

基本险是保险人对承保标的物所负担的最基本的保险责任，也是被保险人必须投保的险别。根据中国人民保险公司的《海洋运输货物保险条款》规定，我国海洋运输货物保险的基本险别分为平安险、水渍险和一切险三种。

（1）平安险（Free from Particular Average，简称 FPA）。按这种险别投保时，保险公司承担赔偿损失的责任范围包括：因条款中列举的自然灾害和运输工具发生意外事故所造成的被保险货物的全部损失；运输工具遭受条款中列举的意外事故所致的部分损失；在装卸转船过程中因一件或数件货物落海所造成的全损或部分损失等。

（2）水渍险（With Particular Average，简称 WPA）。其责任范围除平安险所承担的损失外，还包括条款中列举的自然灾害造成的部分损失。

（3）一切险（All Risks）。它是指除包括水渍险的各项责任外，还负责被保险货物在运输途中由于一般外来风险所造成的全部或部分损失，即一般附加险包括的责任。保险公司对由于托运人和收货人的过失和故意行为、货物的特性、运输迟延和自然损耗以及战争、罢工等引起的损失并不负赔偿责任。因此，一切险并非承保一切损失。

上述三种基本险，投保人可以从中选择一种投保。投保人还可根据货物航线的特点和实际需要，酌情加保一项或若干项附加险。

2．附加险

附加险是对基本险的补充和扩大。投保人只能在投保一种基本险的基础上才可加保一种或数种附加险。投保平安险或水渍险的货物，在运输过程中，可能受到一些不是由于自然灾害或海上意外事故所引起的损失，如偷窃、短量等。即使是投保一切险的货物，也常常会发生一切责任范围以外的其他损失，如交货不到、拒收、战争危险等。为了使不同的货物获得不同的保障，可以在平安险或水渍险的基础上，另加保一般附加险和特殊附加险；在一切险的基础上加保特殊附加险。目前《中国保险条款》中的附加险有一般附加险和特殊附加险两种。

中国人民保险公司的一般附加险包括：偷窃提货不着险（Theft，Pilferage & Non-delivery，T.P.N.D.）、淡水雨淋险（Fresh and/or Rain Water Damage Risks）、渗漏险（Risk of Leakage）、短量险（Risk of Shortage in Weight）、钩损险（Hook Damage）、污染险（Risk of Contamination）、碰损破碎险（Risk of Clashing or Breakage）、串味险（Risk of Odour）、受潮受热险（Damage caused by Sweating and/or Heating）、包装破裂险（Loss and/or Damage caused by Breakage of Packing）以及锈损险（Risk of Rusting）。

特殊附加险指战争险（War Risk）、罢工险（Strike Risk）、交货不到险（Failure to Delivery Risk）、进口关税险（Import Duty Risk）、舱面险（On Deck Risk）、拒收险（Rejection Risk）和黄曲霉素险（Aflatoxin Risk）等。

中国人民保险公司按照目前国际上对保险责任起讫的惯例，采用"仓至仓条款"（Warehouse to Warehouse Clause）。所谓"仓至仓条款"，就保险期限而言，指保险责任自被保险货物运至保险单所载明的起运地发货人的仓库或储存处所开始，包括正常运输过程中的海上、陆地、内河和驳船运输在内，直到该项货物到达保险单所载明的目的地收货人的最后仓库或储存处，或被保险人用做分配、分派或非正常运输的其他储存处所为止。但被保险货物在最后卸离海轮后，保险责任以 60 天为限。上述保险期限，适用于除战争险以外的各种险别。至于战争险，则实行只负水面危险（Water Borne）的原则，即从货物装上海轮或驳船时开始至卸离海轮或驳船时为止；如果不卸，则以货物到达目的港当日午夜起 15 天为限。

六、国际货运代理

1．国际货运代理的定义

国际货运代理协会联合会对"货运代理"的定义是："货运代理是根据客户的指示，并为客户的利益而揽取货物运输的人，其本人并不是承运人。货运代理也可以依据这些条件，从事与运输合同有关的活动，如储存（也含寄存）、报关、验收、收款"。

国际货运代理来源于英文的"the Freight Forwarder"，目前国内的译法有"货运代理"、"货物运输行"、"货运代理人"、"货运传送人"等。

从传统上讲，货运代理通常是充当代理的角色。他们替发货人或货主安排货物的运输，付运费、保险费、包装费、海关税等，然后收取费用（通常是按总费用确定一个百分比），所有的成本开支由（或将由）客户承担。但近几年来，货运代理有时已经充当了合同的当事人，并且以货运代理人的名义来安排属于发货人或委托人的货物运输。尤其当货运代理执行多式联运合同时，作为货运代理的"标准交易条件"就不再适应了，它的契约义务受它所签发的多式联运提单条款的制约，此时货运代理已成为无船承运人，也将像承运人一样作为多式联运经营人，承担所负责运输货物的全部责任。

2. 国际货运代理的责任种类

目前，各国法律对货运代理所下的定义及其活动有所不同，但按其责任范围的大小，大体可归纳为三大类。

（1）货运代理作为一个代理，仅对自己的错误和疏忽负责。

（2）货运代理作为一个代理，不仅对自己的错误和疏忽负责，还应使货物完好地抵达目的地，这就意味着他承担承运人的责任和第三者造成损失的责任。

（3）货运代理的责任取决于合同的条文和自由选择运输工具等。

关于货运代理所承担的责任方面，还应注意以下几点。

（1）货运代理历史上不承担延迟责任，而现代趋势是必须公开的承担，但其赔偿金额以1～2倍的运费为限。

（2）通常货运代理认为自己只是代理他人收取小额佣金，承担最小风险的代理人，如今货运代理应该承担更多的风险责任，并以此作为商业成功的代价。

（3）还有一些货运代理，从其某些业务经营实质考虑，实际上是被代理人而不是代理人。

3. 国际货运代理人的法律地位

按一般法律概念去理解国际货运代理人的基本法律性质是较容易的，这一代理关系是由委托人和货运代理人两方组成的，因为代理关系的成立必须由一方提出委托，经另一方接受后才算正式成立，这种关系一经确定后，委托方与货运代理人之间的关系则成为委托与被委托的关系，有关双方的责任、义务则应根据双方订立的代理协议或代理合同办理。在办理业务过程中，货运代理人作为委托方的代表对委托方负责，但货运代理人所从事的业务活动仅限于授权范围内。从目前国际货运代理人所承办业务的做法来看，对委托方所委托的业务，有的是由货运代理人自己承办，也有的以中间人的身份为委托方与第三方促成交易，事实上，这种货运代理人已成为经纪人。因为，通常对货运代理人产生的关系有以下三种。

（1）委托方与货运代理人的关系，这种关系由委托协议或合同来确定。

（2）委托方与第三方的关系，此种关系由货运代理人与第三方订立的合同来确定。

（3）货运代理人与第三方的关系，此种关系由货运代理人与第三方订立的合同来确定。

上述第三种关系，根据有关法律的习惯做法是，一旦货运代理人与第三方发生关系时，可以不向第三方说明其代表的身份，因此，从第三方的角度看，此时的货运代理人的性质和地位有以下三种。

1）货运代理人不公开委托人，而以自己的名义与第三方订立合同，此时货运代理人代表的是未公开的委托人。在这种情况下，第三方只能向货运代理人起诉。如证据确凿，并能说明货运代理人所代表的委托人，在这种情况下也可选择向委托人起诉。

2）货运代理人说明自己的身份是委托方的代表，而并不说明委托方是谁，在与第三方订立的合同上说明"仅作为代表"的字样。此时，货运代理人代表的是隐名的委托人。在这种情况下，第三方只能向委托方起诉，对货运代理人来说，他不负个人责任，但如货运代理人不愿意公开委托人是谁，则第三方也可先向货运代理人起诉。

3）货运代理人既公开他是代表委托人，又说明其委托人是谁，在订立的合同上加注"×××授权"，同时又加注"仅以代表身份"的字样。此时，有关责任纠纷处理可与上述第二种情况同样对待。

4. 国际货运代理在国际物流中的地位与作用

国际货运代理人是从国际商务和国际运输这两个关系密切的行业里分离出来而独立存在的。这是商业和运输业高度社会化和国际化的必然结果。

国际货运代理的工作性质决定了从事这项业务的人必须具有有关国际贸易运输方面的广博的专业知识、丰富的实践经验和卓越的办事能力。他们熟悉各种运输方式、运输工具、运输路线、运输手续和各种不同的社会经济制度、法律规定、习惯做法等，精通国际货物运输中各个环节的种种业务，与国内外各有关机构如海关、商检、银行、保险、仓储、包装、各种承运人以及各种代理人等有着广泛的联系和密切的关系，并在世界各地建有客户网和自己的分支机构。他们具有的这些优势使得他们在国际货物运输中起着任何其他人取代不了的作用。这些作用大致可以归纳为以下几个主要方面。

（1）能够为委托人办理国际货物运输中每一个环节的业务或全程各个环节的业务，手续简单方便。

（2）能够把小批量的货物集中为成组货物进行运输。这对货主来说，可以取得优惠运价而节省运杂费用；对于承运人来说，接收货物省时、省事、省费用，而且有比较稳定的货源。

（3）能够根据委托人托运货物的具体情况，综合考虑运输中的安全、时间、运价等各种因素，使用最适合的运输工具和运输方式，选择最佳的运输路线和最优的运输方案，把进出口货物安全、迅速、准确、节省、方便地运往目的地。

（4）能够掌握货物的全程运输信息，使用最现代化的通信设备随时向委托人报告货物在运输途中的状况。

（5）能够针对运费、包装、单证、结关、领事要求、金融等方面向贸易企业提供咨询，并对国外市场和在国外市场销售的可能性提出建议。

（6）不仅能够组织和协调运输，而且能够创造开发新运输方式、新运输路线以及制订新的费率。

总之，国际货运代理是整个国际货物运输的设计师和组织者，也是保证国际物流顺利进行的不可缺少的角色。

七、国际理货

1. 理货的概念

理货是指船方或货主根据运输合同在装运港和卸货港接收或交付货物时，委托专业的理货机构代理完成在港口对货物计数、检查货物残损、指导装舱积载、制作有关单证等工作。

国际理货是对外贸易和国际海上货物运输中不可缺少的一项工作。国际理货处于承、托运双方的中间地位，履行判断货物交接数字和状态的职能。因此，理货工作好坏将直接影响到船方、货方的经济利益，即理货数字准确，区分残损清楚，对船方、货方都有利，反之，就会给船方或货方带来经济损失，这些损失还会涉及保险人的利益。

同时，理货在一定程度上能够影响到国家对外贸易的顺利进行和发展。出口货物，理货把最后一道关；进口货物，理货把第一道关。因此，理货环节对于买卖双方履行贸易合同，按质、按量的交易货物，促进贸易双方的相互信任以及船舶公司经营航线的积极性，具有重要的意义。

2．国际理货业务的内容

国际理货作为国际海上货物运输交接过程中不可缺少的环节，把守着进、出口货物的第一道关或最后一关，以第三方的身份为进出口货物交接的数量和状态出具具有法律效力的证明，在外贸战线有着"质量卫士"的称号。国际理货公司在我国历经 40 多年的发展，业务范围从开始只为外轮理货，发展到为内贸船舶理货，集装箱拆装箱理货，上门理货，等等。目前，国际理货业务的主要内容有以下几点。

（1）国际理货公司为客户提供的出单服务。

（2）理货公司代表船方办理的理货业务。

（3）收发货人委托理货公司办理的理货业务。

（4）集装箱装拆箱理货业务。

八、全球物流服务商简介

下面介绍世界几大物流企业的有关业务结构、运作模式及盈利状况，以期对我国物流企业有所启示。

1．UPS

（1）业务概况。UPS 是全球知名的速递机构、包裹递送公司，同时也是世界上一家主要的专业运输和物流服务提供商。每个工作日，该公司为 180 万家客户送邮包，收件人数目高达 600 万人。该公司的主要业务是在美国国内并遍及其他 200 多个国家和地区。该公司已经建立规模庞大、可信度高的全球运输基础设施，开发出全面、富有竞争力并且有担保的服务组合，并不断利用先进技术支持这些服务。该公司提供物流服务，其中包括一体化的供应链管理。

（2）业务分布。UPS 的业务收入按照地区和运输方式来划分呈现出不同的分布特点。从地区来看，美国国内业务占总收入的 89%，欧洲及亚洲业务占 11%。从运输方式来看，国内陆上运输占 54%，国内空运占 19%，国内延迟运输占 10%，对外运输占 9%，非包裹业务占 4%。

2．Fed EX

（1）业务概况。Fed EX 公司的前身为 FDX 公司，是一家环球运输、物流、电子商务和供应链管理服务供应商。该公司通过各子公司的独立网络，向客户提供一体化的业务解决方案。其子公司包括 Fed EX Express（经营速递业务）、Fed EX Ground（经营包装与地面送货服务）、Fed EX Custom Critical（经营高速运输投递服务）、Fed EX Global（经营综合性的物流、技术和运输服务）以及 Viking Freight（美国西部的小型运输公司）。

（2）业务分布。从地区来看，美国业务占总收入的 76%，国际业务占 24%。从运输方式来看，空运业务占总收入的 83%，公路占 11%，其他占 6%。

3．马士基海陆船运公司

马士基海陆船运公司（Maersk Sealand）是世界上较大的航运公司，拥有 250 艘船舶，其中包括集装箱船舶、散货船舶、供给和特殊用途船舶、油轮等。该公司还拥有大量的装卸码头，并提供物流服务。Moeller 的附属公司同时还在挪威、委内瑞拉和其他国家进行石油和天然气的钻探。另外，该集团还从事船舶和联运集装箱的制造、药品生产，并经营一家国内航空公司 MaerskAir 和提供信息服务。另外，该公司还拥有丹麦第二大连锁超级市场。

4．日本通运

日本通运（Nippon Express）的业务主要分为汽车运输、航空运输、仓储及其他，分别占44%、16%、5%及25%。从地域上看，其经营收入有93%来自于日本。其客户主要分布在电子、化学、汽车、零售和科技行业。

本 章 小 结

本章主要介绍了国际物流的概念、系统组成、国际贸易与国际物流的关系，介绍了国际物流活动所涉及的主要业务流程，并对国际物流服务相关内容进行了介绍。

复习思考题

一、单项选择题

1．货运代理企业为客户提供的产品是（　　）。

　　A．货运代理业务　　　　　　　　　B．货物运输能力

　　C．舱位　　　　　　　　　　　　　D．货运总量

2．根据《中华人民共和国国际海运条例》的规定，国际货运代理企业经营无船承运业务，应当向（　　）办理提单登记，并交保证金。

　　A．交通主管部门　　　　　　　　　B．商务部

　　C．国际货运代理协会联合会　　　　D．中国国际货运代理协会

3．下列不在 1981 年中国人民保险公司海洋运输货物保险一切险承保范围之内的是（　　）

　　A．偷窃提货不着险　　　　　　　　B．渗漏险

　　C．战争险　　　　　　　　　　　　D．串味险

4．国际物流最大的特点是（　　）。

　　A．跨越国界　　　　　　　　　　　B．物流环境的差异性

　　C．物流系统范围的广泛性　　　　　D．要求物流标准化具有统一性

5．下列风险属一般外来风险的有（　　）。

　　A．地震、偷窃、战争　　　　　　　B．偷窃、串味、短量

　　C．洪水、海啸、雨淋　　　　　　　D．受潮、雨淋、舱面

6．在国际货物销售合同的商品检验条款中，关于检验时间与地点的规定，目前使用最多的是（　　）。

　　A．在出口国检验　　　　　　　　　B．在进口国检验

　　C．在出口国检验，在进口国复验　　D．在第三国检验

二、多项选择题

1. 下列（　　　）属于国际货物运输代理企业的经营范围。
   - A. 国际展品运输代理
   - B. 国际多式联运
   - C. 私人信函快递业务
   - D. 报关、报检

2. 海关的任务包括（　　　）。
   - A. 监管进出境的货物
   - B. 征税
   - C. 查缉走私
   - D. 编制海关统计

3. 下列属于国际物流内容的是（　　　）。
   - A. 各国之间的邮政物流
   - B. 各国之间的展品物流
   - C. 各国之间的军火物流
   - D. 国际间的咨询及结算业务

4. 国际物流的特点包括（　　　）。
   - A. 物流环境的差异性
   - B. 物流系统范围的广泛性
   - C. 要求物流标准化具有统一性
   - D. 要求物流信息化具有先进性

5. 下列属于国际货物运输的主要运输方式的是（　　　）。
   - A. 海上运输
   - B. 航空运输
   - C. 铁路运输
   - D. 公路运输

6. 国际理货业务的内容和种类包括（　　　）。
   - A. 国际理货公司为客户提供的出单服务
   - B. 理货公司代表船方办理的理货业务
   - C. 收发货人委托理货公司办理的理货业务
   - D. 集装箱装拆箱理货业务

三、简答题

1. 以出口为例，简述国际物流系统的一般模式。
2. 简述国际物流的概念及特点。
3. 国际货运代理人在国际物流中代理的内容有哪些？

案 例 分 析

香港成为世界市场物流枢纽的八大优势

香港是一个国际大都会，是国际金融中心、贸易中心、服务中心。香港回归祖国以来，进一步强化了这一地位。

香港之所以被誉为"东方之珠"，其中一个重要原因是有赖于物流业的发展。而香港物流的平稳发展完全得益于以下八个方面：

一、拥有世界级的基建设施和懂两文三语的 IT 专才

香港拥有世界级的基建设施，又与制造业发达的珠江三角洲联系紧密，所以香港物流业的潜力无限。香港的 IT 专才，除了懂两文三语（两文：中文、英文；三语：普通话、英语、粤语）外，还熟悉内地的经营环境；有良好的法治意识。

二、地理优势和税率低

地理优势方面，香港在北上和南下上所花的时间较其他地区短，且大部分工厂北移，所空置出来的商厦增加，其租金成本与新加坡相若。其次，香港主管级的住宅租金与上海及新加坡相比也不过于昂贵。另外，香港无须征收消费税，加上税率低，大部分设备成本比邻区低10%～25%。

三、通信网运作成本相当低

无论是长途电话，还是专用电信网络，香港的通信网运作成本相当低。香港为亚太区重要的商贸中心，拥有强健的金融构架及完善的司法制度，资金可以自由进出，有逾900个国际企业在香港设立总部。因此，香港有优势成为亚太区的供应链管理枢纽。

四、政府的强有力支持是自由港发展的前提

在今日竞争日益剧烈的经济环境中，政府有必要制定统一的物流政策，使物流朝高科技、系统完善及效率高的方向发展，以控制成本及提高竞争力。香港特区政府成立了促进物流发展的"物流发展局"，并根据物流发展局的意见，已经把发展"数码贸易运输网络"这个电子资讯平台的建设纳入研究课题。特区政府为提高香港作为亚洲运输及物流枢纽的地位，还在北大屿山选址发展现代化物流园，同时，加大香港的资讯和基础设施建设。

五、拥有完善的海、陆、空运输设施和配套设备及全世界最繁忙的集装箱码头

香港拥有全世界最繁忙的集装箱码头。在海运方面，约80家国际集装航运公司每星期提供400条航线，开往全球500多个目的地。

在空运方面，66家国际航空公司每星期提供约3 800班定期航机由香港飞往全球130多个目的地。现在，香港国际机场采用最先进设备和双跑道设计，以应付日益繁重的运输量。

在港口方面，9号码头工程已经完工，投入使用，该码头拥有4个深水及2个驳船泊位，设计年吞吐能力260万个标准箱。而且也开始了10号码头的可行性研究。2006年集装箱吞吐量2 323万标准箱，全球排名第二。

六、完善的软件体系

香港在软件配套方面，拥有相对完善、为外国商家信任的法律体制，具备优质的国际性金融和保险服务；而港务、运输等行业也具有富有专业精神的24小时制的各式客户服务。香港的各类配套设施、物流服务，货柜码头的服务效率及素质，均属国际水准。

在软环境方面，与物流有关的资讯科技、网站，甚至软件物流供应链管理设计公司，都有不同程度的参与。

七、对物流人才的重视

为适应物流业的快速发展，提高物流人才素质，香港物流专业协会正积极引进国际认可的物流从业人员专业资格评审机制。还为进修物流课程的在职人士提供资助，以便提升香港物流业的整体技术水平，适应物流业日新月异的需要。

八、区位优势是香港成为内地最大贸易伙伴的必然条件

包括港澳在内的珠江三角洲地区，目前已成为举世瞩目的强大制造中心，并正在向服务业、高增值行业转型，力求成为区内的物流枢纽，为内地以及整个东南亚地区提供服务。

香港是内地最大的贸易伙伴，内地也是香港转口货物的最大市场兼主要来源地，香港约有 90% 的转口货物是来自内地或以内地为目的地。

目前，部分物流企业已经在内地以合资的形式成立公司，还有超过 10 万家香港公司在内地采购。凭借香港拥有的一流运输设施和交通网络、全球首屈一指的航空货运中心地位，加上珠江三角洲的强大生产能力，两地结伴合作可以发展成为连接内地与世界市场的物流枢纽。

资料来源：《2004 年港台物流发展分析报告》

问题与思考

1. 香港为什么能成为亚太地区乃至世界的物流中心？
2. 在此案例中，香港物流业的平稳发展给我国内地物流业的发展有哪些启示？

实训

出口合同管理

一、实训教学目标

能对一般物品的出口流程进行管理，会计算常用贸易术语的报价，会编写国际物流相关合同。

二、实训具体工作任务及要求

上海杰依工贸公司是一家拥有自己生产厂商的纺织品经营公司。在整理资料的过程中发现 HASSAN AL KAMAR FOR GENERAL TRADING 公司是希腊一家颇有信誉的中间商，专营各类纺织品，具有广阔的销售渠道。本公司曾与其做过几笔交易，但由于去年一批货物出了质量问题，发生了点摩擦，至今未再有联系。为了开拓市场，公司决定去信重新建立经常联系，介绍本公司的发展情况，了解当地的市场信息，向其推荐乐乐牌腈棉毯（TENDER BRAND BABY BLANKET），并随寄最新商品目录。经过多次商函，对方希腊中间商同意试销上海杰依工贸公司最新款式的产品，双方接下来商谈贸易和物流具体事宜并签订合同。

三、实训工作任务内容设计

角色安排：出口商、进口商、货运代理公司。

（1）出口方进行报价核算，分别按 FOB（离岸价格，是 Cree on Board 的缩写）、CFR（成本加运费 Cost and Freight）、CIF（到岸价格，Cost Insurance and Freight 的缩写）价核算，要求：写出计算公式和计算过程；

报价核算公式：

实际成本＝含税采购成本×（1+增值税率－退税率）/（1+增值税率）

FOBC（离岸价格佣金）＝（实际成本+国内费用）/（1-佣金率-预期利润率）

CFRC（成本加运费佣金）＝（实际成本+国内费用+出口运费）/（1-佣金率-预期利润率）

CIFC（到岸价格佣金）＝（实际成本+国内费用+出口运费）/（1-佣金率-投保加成×保险费率-预期利润率）

国内额定费用率：5%

增值税率: 17%

退税率: 9%

国外佣金率: 3%

出口保险费率: 一切险加战争险共计 1%

货物等级表、海洋运价表见附录

预期利润率: 自定（10%～50%）

美元汇价: CNY7.90/USD

（2）出口方收到进口方接受函和订单后，拟定销售合同一式三份送进口商会签并附成交函。

（3）出口方在市场上找到合适的货运代理，货运代理给出合适的报价并拟定合同。

补充材料：

出口合同的范本

合同号:

　　日期: 　　　　　　　　　　　　　　　　订单号:

　　买方: 　　　　　　　　　　　　　　　　卖方:

　　买卖双方签订本合同并同意按下列条款进行交易:

（1）品名及规格

（2）数量

（3）单价

（4）金额

合计

允许溢短装____%

（5）包装:

（6）装运口岸:

（7）目的口岸:

（8）装船标记:

（9）装运期限: 收到可以转船及分批装运之信用证____天内装出。

（10）付款条件: 开给我方 100%保兑的不可撤回即期付款之信用证，并须注明可在装运日期后 15 天内议付有效。

（11）保险: 按发票 110%保全险及战争险。由客户自理。

（12）买方须于____年____月____日前开出本批交易信用证，否则，售方有权: 不经通知取消本合同，或接受买方对本约未执行的全部或一部，或对因此遭受的损失提出索赔。

（13）单据: 卖方应向议付银行提供已装船清洁提单、发票、中国商品检验局或工厂出具的品质证明、中国商品检验局出具的数量/重量鉴定书；如果本合同按 CIF 条件，应再提供可转让的保险单或保险凭证。

（14）凡以 CIF 条件成交的业务，保额为发票价值的 110%，投保险别以本售货合同中所开列的为限，买方如要求增加保额或保险范围，应于装船前经售方同意，因此而增加的保险费由买方负责。

（15）质量、数量索赔: 如交货质量不符，买方须于货物到达目的港 30 日内提出索赔；

数量索赔须于货物到达目的港 15 日内提出。对由于保险公司、船公司和其他转运单位或邮政部门造成的损失卖方不承担责任。

（16）本合同内所述全部或部分商品，如因人力不可抗拒的原因，以致不能履约或延迟交货，售方概不负责。

（17）仲裁：凡因执行本合同或与本合同有关事项所发生的一切争执，应由双方通过友好方式协商解决。如果不能取得协议时，则在中国国际经济贸易仲裁委员会根据该仲裁机构的仲裁程序规则进行仲裁。仲裁决定是终局的，对双方具有同等约束力。仲裁费用除非仲裁机构另有决定外，均由败诉一方负担。仲裁也可在双方同意的第三国进行。

（18）买方在开给售方的信用证上请填注本确认书号码。

（19）其他条款：

　　卖方：　　　　　买方：

第九章

电子商务与第三方物流

能力目标
● 能通过互联网调查分析第三方物流服务的特点;
● 能分析物流外包在电子商务环境下的要求及第三方合适的应对方案。

知识目标
● 熟练掌握电子商务的概念,理解电子商务的作用与分类及其与第三方物流的关系;
● 掌握物流外包与第三方物流的概念;
● 了解第三方物流产生和发展的原因;理解第三方物流的优势;掌握第三方物流的运作模式;掌握电子商务与第三方物流的关系。

导入案例

生产企业涉足第三方物流

一个烟草集团公司提出对其销售系统业务流程重构项目。集团公司拟对市内卷烟销售配送体系进行重组,将商流与物流分离,建立具有独立法人资格的物流子公司,要求其具有卷烟销售物流中心的集约化;作为集团供应链管理中的一个节点——物流系统;提供酒类、饮料等第三方物流服务三大功能。

一、企业的优势与进入风险

案例的企业是一个经济效益很好的大型国有烟草企业集团,并且利税呈逐年递增趋势;企业领导有较强的创新意识,坚持抓技术、管理、制度创新,积极推进企业内部制度改革;企业已实现了计算机管理,建立了16个局域网,组成了一个覆盖市内的城域网;企业在市内已建立了较完善的访销配送网络和稳定的客户关系,等等。这表明:企业在涉足第三方物流方面拥有一定的资金、信息、市场等资源优势。进入风险主要有:缺乏现代物流管理人才和专业知识;没有支持现代物流作业的设施设备;缺乏支持第三方物流运作的信息网络和技术等。这些都意味着需要大量的资金投入,如果"烟草专卖"的规则变化,投资是否有保障?

二、进入策略

该企业通过对酒类、饮料企业的调查表明,外省的中型或中大型企业对市内配送服务需求非常迫切,并且有不少商品品牌很好的生产商,希望通过第三方物流服务提高市内的市场占有率并且提供信息服务和代收款服务。因此,可选效益好、实力雄厚的生产商(可扩大为与卷烟配送有相关性的其他商品）为首批服务对象，为其提供物流服务及增值服务，积累经验并形成抢先优势，然后逐步扩大物流服务品种及范围。

其次，在买方市场环境下，市内配送多为多批次、小批量、高频率的小订单物流，如何在降低物流成本和保证服务质量之间平衡，必须有一个设计良好的物流系统支持。目前我国大多商品的物流成本是在商品所有权逐级转移的销售价格中反映的，其间有很大的利润空间。企业集团可充分利用已建立的市内配送网络和稳定的客户关系网，与物流服务需求厂商建立战略联盟或进行资本联合。采用虚拟运作的经营管理模式：即通过对零售商访销的计划信息的运作，为生产商提供信息服务，使其能根据需求计划提供货源，同时能向零售商及时补货；运用信息技术将市内闲置的运力和仓库信息整合进物流管理信息系统，组建虚拟车队、虚拟仓库，充分利用社会资源，减少投入成本。

资料来源：中国物流招标网.

思考：
1. 生产企业涉足第三方物流业的一般策略。
2. 结合案例分析物流外协第三方的做法与趋势。

第一节　电子商务的概念及其分类

一、电子商务的概念

电子商务是指利用计算机网络（Internet/Intranet/Extranet）在有关各方之间进行商务或业务信息的交换和处理，快速完成日常商务和业务活动的一种新方法、新手段、新技术，本质而言仍然是"商务"，其核心仍然是商品的交换，与传统商务活动的差别主要体现在商务活动的形式和手段上。

对一般企业经营而言，电子商务包括的内容有：业务信息交换、售前售后服务（提供产品和服务的介绍、产品使用指南）、销售、电子支付（电子资金转账、信用卡、电子支票、电子钱包、电子现金）、运输（依托条码和密码技术对实物商品发送和运输实行网上跟踪以及对可电子化传送的多媒体产品的实际发送）、组建虚拟企业、厂商和贸易伙伴共享商业信息等。

二、电子商务的作用

电子商务可以实现商务过程中的产品询价、合同签订、供货、发运、投保、通关、结算、批发、零售、库存管理等环节的自动化处理。当今世界互联网正以惊人的速度渗透到经济发展中并正迫使各国企业改变经营模式。因此，企业利用互联网已使企业从传统的渠道经营迈向网络经营。电子商务为世界各国提供了更多的商业机会。交易的低成本和进入的低门槛，使得大型企业和中小型企业拥有了参与电子商务的均等机会，从而能够有效地改变和改善企业组织结构和市场竞争结构，使得经济的运行效率显著提高。其具体作用体现在以下几个方面。

（1）电子商务易于实现工作过程标准化，使企业的管理更加安全、准确和高效，充分适应激烈的市场竞争需要。高度自动化的电子商务不但可以提高交易速度，加快订单处理和货款结算，而且减少人工疏忽，能及时发现业务人员输入的错误信息并提出警告或自动纠正，大大提高了作业的准确性。各部门、各分公司每天的经营情况，包括财务、物资报表（如出库单、入库单）等，通过网络准确、自动地汇总到总公司的数据库中（根本无需总公司财务、物资部门人员手工再次输入），实现企业内部数据汇总的自动化。

（2）降低企业经营管理成本，增强企业竞争实力。电子商务可使企业节省各种纸质单证的制作成本，提高员工工作效率。通过设定的电脑程序，可以为客户提供每周 7 天、每天 24 小时的连续服务。电子商务伙伴关系是一种重要的经济信息资源，使企业能更及时、准确地掌握市场需求信息，按时、按质、按量提供客户需要的商品或服务，从而加强市场竞争地位。将来，一个不能使用电子商务系统接受订单的企业将像现在没有电话和传真设备的企业一样，很难与客户交往。

电子商务尤其为中小企业发展创造出良好条件，使这些企业能获得以常规方式无力收集的市场信息，得到较为平等的竞争机会。一些新型网络公司利用互联网提供的机会迅速发展成为世界著名大企业， Amazon、AOL、eBay、Yahoo 都是这样的例子 。

（3）增强企业信息的收集、交流、管理和利用的能力，提高企业管理和服务水平。电子商务环境所提供的大量、及时的市场信息，有利于企业领导人作出正确的投资决策，减少企业开发新产品的盲目性；客户的反馈意见不仅能提高售后服务的水平；高效率的电子销售渠道可以使企业获得改进产品、发现市场的商业机会。

（4）跨越空间和时间界限限制，对外广告宣传服务，创造新的市场机会。企业可根据自身的需要，在互联网上开展广告宣传和信息发布。企业通过互联网所进行的对外广告宣传将跨越地区、国家和时间的局限，每天、每时、每刻不间断地工作。互联网"缩短"了企业间距离，与外地的伙伴的协作和贸易关系变得较为容易。企业选择合作伙伴将更重视技术的匹配、经济资源的互补而不是距离远近。电子商务可为企业提供大量新的市场机会，企业可以通过电子商务广泛、方便地开展商务活动。

三、电子商务的分类

经济活动的参与者有政府（Government/G）、企业（Business/B）、消费者（Consumer/C）三种角色，相应地电子商务也有六种基本类型。

1. 政府部门对政府部门（G to G）

政府的工作并非征税一项，从国防、外交、公安、海关、统计到邮电、铁路、航空等国有经济部门，管理内容庞杂，靠手工不能适应经济发展要求。因此，近年来许多国家致力于电脑网络的建立完善以提高政府部门的工作效率。继加拿大政府 1994 年首先制定出《应用信息技术更新政府服务的规划》后，欧美发达国家纷纷提出"电子政府"的口号，内容是实现政府内部管理工作程序的计算机化和通信联络的网络化，并与社会经济各部门、各行业的计算机网络互联，办理各种申请审批手续，提高工作效率，降低开支，减轻社会负担。

推广"电子政府"是电子商务的重要内容之一，通过有关政府部门之间的网上信息交换和资源共享，可以起到合署办公的效果，提高政府机构办事透明度，减少腐败行为和信息不对称的效率损失，提高本国出口竞争力和对外商投资的吸引力。

2. 政府对企业（G to B）

从注册登记到纳税缴费，任何企业都需要和政府打交道。政府推动电子商务的另一有力手段是政府采购，小到办公文具，大到卫星、飞船，政府每年的巨额采购对企业有巨大吸引力，如果政府尽快建立起自己的电子订货系统，会大大激发企业的上网热情，加快电子商务的推广。这样做还有一个好处，就是易于对政府官员采购行为进行监控，减少腐败行为。

3．政府对消费者（G to C）

居民的登记、统计和户籍管理以及征收个人所得税和其他契税、发放养老金、失业救济和其他社会福利是政府部门与社会公众个人日常关系的主要内容。随着我国社会保障体制的逐步完善和税制改革，政府和个人之间的直接经济往来会增加，这方面业务的电子化、网络化处理也可以提高政府部门办事效率，增加国民福利。

4．企业对企业（B to B）

这是电子商务最重要的一种类型。企业与企业之间依托互联网等现代信息技术手段进行的商务活动，它将买方企业、卖方企业以及服务于它们之中的中间商（如金融机构、证书授权中心）之间的信息交换以及交易行为集成到一起的电子运作方式。企业对企业之间的电子商务交易模式分为企业间模式、中介模式和专业服务模式。

5．企业对消费者（B to C）

企业对消费者的网上直销是电子商务发展最快的一个领域，一些新型网络企业正是因为在这一领域的出色表现而迅速成长为全球闻名的"大企业"。这是一种新型的消费方式，企业通过互联网为消费者提供产品和提供服务。企业通过计算机网站为消费者提供一个新型的购物环境，各类企业开办网上商场、网上药店、网上花店和网上食品店等，消费者通过网络在企业网站上购物、网上支付，购物流程参见图9-1。

客户注册会员　　商品搜索选购　　下订单（放进购物车）　　收银台

订单查询　　购物完成　　在线支付（或汇款）　　选择送货方式

图9-1　企业对消费者（B to C）网上购物流程图

6．消费者对消费者（C to C）

互联网为个人经商提供了便利，任何人都可以通过此平台做买卖交易，消费者通过互联网与其他消费者之间进行相互的个人交易。最有代表性的是各种个人拍卖网站，影响较大的是美国的 eBay，国内的淘宝网发展迅速，截至 2010 年 6 月，淘宝网注册会员将近 2 亿名，2009 年全年交易额超过 2 000 亿元。

四、发展电子商务的两大难题

发展电子商务的两大难题在于：首先是人们对电子商务交易信用和安全的担忧，网上支付安全可靠吗？买家的银行卡密码能泄漏吗？卖方能否及时如实交货？通过数字证书等技术手段能确保网络支付安全，第三方支付服务商如支付宝的模式，通过和相关银行合作，以支付宝为信用中介，在买家确认收到商品前，由支付宝替买卖双方暂时保管交易款。依靠银行的信用体系解决电子支付的诚信问题。信用和安全问题现在不再是困扰买卖双方的难题。

其次，在电子商务交易达成后，如何快捷准确安全地将货物交付到客户手中，是困扰电子商务发展的第二大难题。电子支付已经通过互联网很好地实现了，物流是实现电子商务快速交易优势的重要环节与基本保证。电子商务成功的关键在于是否拥有发达的物流配送体系，物流问题的解决将成为电子商务发展的关键因素。

选择物流外包、选择合适的具有专业优势的第三方物流企业，确定最佳的服务方式和路径，节约直接和间接开支，以最快速度最低费用、最小损失、保质、保量、准时地将商品从供方送到需方，是电子商务企业在市场竞争中处于领先地位的关键。

第二节　第三方物流概述

一、物流外包与第三方物流的概念及特点

1．物流外包的概念

自从 20 世纪 80 年代以来，外包（Outsourcing）已成为商业领域中的一大趋势。企业越来越重视集中自己的主要资源与业务，而把其他资源与业务外部化。因为物流一般被制造业与商业企业认为具有支持与辅助功能，所以发达国家的物流已不再作为工商企业直接管理的活动，而常常从外部物流服务专业公司中采购而获得。有些公司还保留着物流作业功能，但越来越多地开始由外部合同服务（第三方物流服务）来补充。物流外包指专业物流经营者借助现代信息技术，向物流需求者提供约定的个性化、专业化和系统化物流服务。

2．第三方物流的概念

国家标准《物流术语》（GB/T 18354—2006）把第三方物流定义为"由供方与需方以外的物流企业提供物流服务的业务模式"。可见第三方物流实际上就是指由交易的供方、需方之外的第三方去完成物流服务的物流运作方式。

物流的运作方式有第一方物流、第二方物流、第三方物流三种。三种运作方式的区别是：第一方物流是由卖方、生产者或供应方组织的物流，这些组织的核心业务是生产和供应商品，为了自身生产和销售业务需要而进行物流自身网络及设施设备的投资、经营与管理。第二方物流是由买方、销售者组织的物流，这些组织的核心业务是采购并销售商品，为了销售业务需要投资建设物流网络、物流设施和设备，并进行具体的物流业务运作组织和管理。第三方物流是指提供物流交易双方的部分或全部物流功能的外部服务提供者。第三方物流其实就是把不属于自己企业核心业务交给更专业的物流公司来做。而这个物流公司是一个合作者，相对厂家和零售商而言，它是第三方，所以把它叫做第三方物流。

3．第三方物流的特点

（1）第三方物流的基础是现代信息技术。现代信息技术在物流领域的广泛应用大大提高了第三方物流企业的物流服务水平，在服务的及时性、准确性、可靠性和灵活性方面，使得

企业在决策自营物流和外包第三方物流时，后者优势显著。企业使用第三方物流就像企业自己的物流部门一样方便。目前常用技术有电子数据交换（EDI）技术，实现资金快速支付的电子资金转账（EFT）系统，实现信息快速输入的自动识别和条码技术、实现跟踪定位的全球定位系统 GPS 等，正是依赖这些技术，第三方物流才能和客户保持密切协作的关系。

（2）第三方物流是合同导向的一系列服务。第三方物流区别于传统的物流外包。传统的物流外包只限于某项或一系列分散的物流功能，如运输公司提供具体的运输服务，仓储公司提供特定内容的仓储服务。第三方物流则可以根据双方协定合同条款，提供多功能、全方位的物流服务，着眼于物流服务的整体运作效率和效益，一般提供较长时间（如 1～3 年）稳定合同服务，而不是临时交易。

（3）第三方物流提供个性化物流服务。第三方物流服务的对象的业务流程不尽相同，因此第三方物流服务都应按照客户流程来定制。例如，钢铁物流和化工物流各个物流环节差别很大，从这个角度来看，第三方物流企业与其说是一个独立的物流公司不如说是具体客户的一个"专职物流部门"，只是这个"专职物流部门"更有专业优势和管理经验，可看做是企业的外延物流部门，而且更具有规模优势，可同时服务其他企业。

（4）第三方物流与客户之间建立长期的战略合作伙伴关系。第三方物流和客户企业建立长期稳定的合作伙伴关系，它们之间相互信任、通过现代信息技术充分共享信息，合作双赢，获得战略联盟的竞争优势。订立的合同建立在利益共享、风险共担的基础上，因此，第三方物流与客户企业之间是长期联盟合作伙伴关系。

二、第三方物流产生和发展的原因

第三方物流随着物流业的发展而发展，第三方物流是物流专业化的重要形式。物流业发展到一定阶段必然会出现第三方物流的发展模式，而且第三方物流的占有率与物流产业的水平之间有着非常规律的相关关系。西方国家的物流业实证分析证明，独立的第三方物流要占社会的 50%，物流产业才能形成。所以，第三方物流的发展程度反映和体现着一个国家物流业发展整体水平。第三方物流产生和发展是有其根本原因的：

（1）第三方物流产生是社会分工细化的结果。现代社会生产分工细化和市场竞争加剧条件下，各企业为增强市场竞争力，而将企业的资金、人力、物力投入到其核心业务上去，寻求物流的社会化分工协作来增强企业的效率和追求效益的最大化。物流业务从企业生产经营活动中分离出来，企业将物流业务委托给第三方专业物流公司负责，可降低物流成本，完善物流活动的服务功能，提高客户的满意度。

（2）第三方物流的产生是新型管理理念的要求。进入 20 世纪 90 年代后，产生了供应链、虚拟企业等一系列强调外部协调和合作的新型管理理念，既增加了物流活动的复杂性，又对物流活动提出了零库存、准时制、快速反应、有效的顾客反应等更高的要求，使一般企业很难承担此类业务，由此产生了专业化物流服务的需求。第三方物流的思想正是为满足这种需求而产生的。它的出现一方面迎合了个性需求时代企业间专业合作（资源配置）不断变化的要求，另一方面实现了进出物流的整合，提高了物流服务质量，加强了对供应链的全面控制和协调，促进供应链达到整体最佳性。

（3）第三方物流的出现是企业提高核心竞争力的结果。现代企业面临的竞争环境日益残酷、多变，企业认识到任何一个企业都不可能在所有业务上成为世界上最杰出的。企业内部资源有限，物流活动需要投入大量的资金用来建设物流设施，购买物流设备，这对于缺乏资金的企业，特别是对中小企业来说将是个沉重负担。这时寻求企业外部资源，在全球范围内与供应商和销售商建立最佳合作伙伴关系，才能共同增强竞争实力。当企业认识到物流不是企业核心竞争优势时，企业对第三方物流的需求激增，降低成本和增强核心竞争力是企业物流外包的内在动力，成为催生第三方物流的巨大动力。

（4）第三方物流的出现是物流领域的竞争激化的结果。物流企业相互竞争，许多传统运输与仓储公司已演变成为广泛物流服务的供应商。物流企业不断地拓展服务内涵和外延，从而导致第三方物流的出现。比如，传统的公路运输行业已成为越来越具有竞争性的行业，资金回报下滑，利润率降低情况下，将公路运输企业改造成综合物流公司，且与客户订立长期合同。这样，既可以使原有公路运输企业的利润有所增加，也促进了企业成长为物流综合服务商。

三、第三方物流的优势

1．信息优势

第三方物流，尤其是非资产型第三物流，它的运作主要靠信息，只有具备信息的优势，第三方物流才可以比货主（外包物流服务人和收货人）在了解市场、物流平台的情况、灵活运用物流资源、价格、制度和政策方面更有优势。同时电子商务的高度科技化、网络化、高速化要求代理配送必须与之相呼应。以现代信息技术的使用为支撑的第三方物流公司能够适应电子商务的要求。

2．专业优势

第三方物流的核心竞争能力，除了信息之外，就是物流领域的专业化运作，专业化运作是降低成本、提高物流水平的运作方式，绝大部分物流客户核心竞争能力都不是物流。对制造企业而言，核心竞争能力是设计、制造和新产品开发；对商业企业而言，核心竞争能力是商业营销。能够把物流作为自己核心竞争能力的，也只有沃尔玛这样的超大型企业。所以，专业优势应该说是第三方物流比之有物流服务需求的客户而言的一个很重要的优势。

3．规模优势

第三方物流的规模优势来自于它可以组织若干个客户的共同物流，形成规模效益，这对于不能形成规模优势的单独的客户而言，将业务外包给第三方物流，可以通过多个客户所形成的规模来降低成本。有了规模，就可以有效地实施供应链、配送等先进的物流系统，进一步保障物流服务水平的提高。

4．服务优势

第三方物流和客户之间关系，不是竞争关系，而是合作关系，是共同利益同盟。这样一种双赢的关系，是服务伙伴建立的重要前提，这是形成服务优势的重要条件。客户对第三方物流公司的要求都相当高，因为客户（制造厂商）把第三方物流公司的代理配送系统当做自己的物流系统一样对待，它通常要求提供尽善尽美的服务。第三方物流公司必须根据客户的要求来进行代理配送，而客户委托物流公司代理配送，正是因为客户对公司的信任。如果这种代理不建立在信誉的基础上，公司将失去商机，而客户也将另寻合作伙伴。

四、企业选择第三方物流的原因

第三方物流给客户企业带来了众多益处,促使企业选择第三方物流,主要表现在以下方面:

(1)外包物流业务,集中精力做大、做强主业。通过外包物流业务,企业能够实现资源优化配置,将有限的人力、财力集中于核心业务,进行重点研究,提高核心基础技术,开发出新产品参与市场竞争。

(2)节省费用,降低成本。专业化的第三方物流提供者利用规模生产的专业优势和成本优势,通过提高各环节能力的利用率实现节省费用。完整的企业物流成本,应该包括物流设施设备等固定资产的投资、仓储、运输、配送等费用(即狭义的物流费用)以及为管理、协调物流活动所需的管理费、人工费和伴随而来的信息传递、处理等所发生信息费等广义的物流费用。企业将物流业务外包给第三方物流公司,企业可以不再保有仓库、车辆等物流设施,对物流信息系统的投资也可转由第三方物流企业来承担,从而可减少投资和运营物流的成本;还可以减少直接从事物流的人员,从而削减工资支出;提高单证处理效率,减少单证处理费用;由于库存管理控制的加强可降低存货水平,削减存储成本;通过第三方物流企业的广泛节点网络实施共同配送,可大大提高运输效率,减少运输费用等。

(3)提高顾客服务,提升企业形象。服务成为当今企业竞争的关键因素,以最小的成本提供预期的顾客服务已成为企业努力的方向,帮助企业提高顾客服务水平和质量也正是第三方物流所追求的根本目标。第三方物流为客户企业着想,通过信息网络使客户的服务管理完全透明化,客户企业随时可通过互联网了解供应链的情况;第三方物流通过遍布全球的运送网络和服务提供者(分承包方)大大缩短了交货期,帮助客户企业改进服务,树立自己的品牌形象。产品的售后服务,送货上门,退货处理,废品回收等也可由第三方物流企业来完成,保证企业为顾客提供稳定、可靠的高水平服务。第三方物流提供者通过"量体裁衣"式的设计,制订出以客户企业为导向、低成本高效率的物流方案,使客户企业在同行者中脱颖而出,为客户企业在竞争中取胜创造了有利条件。

另外使用第三方物流可降低风险,包括自营物流的投资风险和存货风险。促使客户企业采用第三方物流服务的原因还包括能力及场地的限制、缺少专门技能、组织的变化、劳动力问题、合并与兼并、新产品和市场、不断变化的顾客服务等。基于第三方物流的这些优越性和给客户企业带来了众多益处,极大地推动了第三方物流的发展,使第三方物流成为 21 世纪现代物流发展的主流。

五、企业决策自营或外包物流的原则

在企业经营过程中传统的决策主要依据企业是否有能力自营物流。如果企业有设施、有技术就自营,因为方便控制;如果某项物流功能自营有一定困难就外购。企业在进行这种外购与自营决策时,物流总成本与顾客服务水平的考虑是放在其次的,而且通常的物流外购是企业向运输公司购买运输服务或向仓储企业购买仓储服务,这些服务都只限于一次或一系列分散的物流功能,需求是临时性的,物流公司没有按照企业独特的业务流程提供独特的物流服务。这种决策管理人员面对的是未知的技术、不可控的经济环境、服务提供方的易变性等一系列未能确定的因素,对决策的偏见主要来自这些不确定性因素,管理人员不清楚哪些是核心物流功能,缺乏对物流作战略分析的打算和信心。

　　随着信息技术的飞速发展，非物流企业与物流公司之间的关系也在发生变化，物流公司从提供传统的公共物流服务转向提供第三方物流服务，非物流的工商企业则强调供应链管理、各职能部门的高度集成，非物流工商企业与物流公司更倾向于结成联盟关系，企业间的欺诈背叛行为将会受到制约，因此与这种服务关系转变相适应的决策标准也要随之改变。这时的决策标准打破了传统决策标准的局限性，决定自营还是外购服务主要基于两个因素——物流对企业成功的影响程度和企业对物流的管理能力。物流对企业成功的重要度较高，企业处理物流的能力相对较低则采用第三方物流；物流对企业成功的重要度较低，同时企业处理物流的能力也低，则外购公共物流服务；物流对企业成功的重要度很高，且企业处理物流的能力也高，则用自营的方式。围绕企业战略目标，寻求物流子系统自身的战略平衡是建立决策标准的最大特点。但是这样建立的决策标准有一个致命的缺陷：就是没有考虑成本的影响。

　　在进行第三方物流决策时，应从物流在企业的战略地位出发，在考虑企业物流能力的基础上，进行成本评价。对第三方物流进行决策首先要考虑物流子系统的战略重要性。要决定物流子系统是否构成企业的核心能力，一般可从以下几方面进行判明：它们是否高度影响企业业务流程？它们是否需要相对先进的技术，采用此种技术能否使公司在行业中领先？它们在短期内是否不被其他企业所模仿？如能得到肯定的回答，那么就可以断定物流子系统在战略上处于重要地位。由于物流系统是多功能的集合，各功能的重要性和相对能力水平在系统中是不平衡的，因此，还要对各功能进行分析。

　　某项功能是否具有战略意义，关键就是看它的替代性。如其替代性很弱，物流公司很难完成，几乎只有本企业才具备这项能力，企业就应保护好、发展好该项功能，使其保持旺盛的竞争力；反之，若物流企业也能完成该项功能或物流子系统对企业而言并非很重要，那就需要从企业物流能力的角度决定是自营还是外购了。企业物流能力在这里指的是客户服务水平。如果企业不具备满足一定客户服务水平的能力，就要进行外购。在外购时采用何种服务，是租赁公共物流服务还是组建物流联盟，这就要由物流子系统对企业成功的重要性来决定。在物流子系统构成企业战略子系统的情况下，为保证物流的连续性，就应该与物流公司签订长期合同，由物流公司根据企业流程提供定制（tailored）服务，实施第三方物流；而在物流子系统不构成企业战略子系统的情况下，采用何种服务方式就要在客户服务水平与成本之间寻找平衡点了。

　　具备了物流能力，并不意味着企业一定要自营物流，还要与物流公司比较在满足一定的顾客服务水平下，谁的成本更低，只有在企业的相对成本较低的情况下，选择自营的方式才有利；如不然，企业应把该项功能分化出去，实行物流外包。如果物流子系统是企业的非战略系统，企业还应寻找合作伙伴，向其出售物流服务，以免资源浪费。当然，这种物流服务收入不是企业主营收入。

第三节　第三方物流的组织与管理

一、第三方物流的运作模式

　　第三方物流是一种专业化的物流运作形式，这种专业化的运作要求第三方物流具有专业化的物流管理人员和技术人员；要求充分利用专业化的物流设施设备，发挥专业化物流的管理经验，以求得整体最优的效果。随着第三方物流的充分发育和完善，第三方物流就是要形成物流一体化的运作。物流一体化就是利用物流管理，使产品在有效的供应链上迅速移动，使供应链各成员企业都能获益，并使整个社会获得明显的经济效益。第三方物流的这种物流一体化运作模式是 20 世纪末最有影响的物流运作方式，它的根本目的就是使不同职能部门之间以及不同企业之间在物流上的合作达到更加提高物流效率，降低物流成本的效果。这种运作形式分为：垂直一体化运作、水平一体化运作和网络化运作。

1．垂直一体化物流运作模式

垂直一体化物流运作模式是以战略管理为导向，要求企业物流管理人员从面向企业内部发展为面向企业同供货商以及用户的业务关系上，这正是第三方物流特征的体现。企业超越了现有的组织机构界限，将提供产品或运输服务等的供货商和用户纳入管理范围，作为物流管理的一项中心内容。这种运作的关键是力求从原材料到用户的每个过程都实现对物流的管理，利用企业的自身条件建立和发展与供货商和用户的合作关系，形成一种联合力量，以赢得竞争优势。垂直一体化物流运作的设想为解决复杂的物流问题提供了方便，而正是第三方物流雄厚的物质技术基础、先进的管理方法和通信技术使这一设想成为现实，并在此基础上继续深化和发展。

随着垂直一体化物流运作的深入发展，对物流研究的范围不断扩大，第三方物流在企业经营集团化和国际化的背景下，形成了比较完整的供应链理论。供应链是涉及将产品或服务提供给最终消费者的所有环节的企业所构成的上、下游产/企一体化体系。供应链管理强调核心企业与相关企业的协作关系，通过信息共享、技术扩散（交流与合作）、资源优化配置和有效的价值链激励机制等方法体现经营一体化。供应链是对垂直一体化物流运作的延伸，是从系统化的观点出发，通过对从原料、半成品和成品的生产、供应、销售直到最终消费者的整个过程中物流、商流与资金流、信息流的协调，以此来满足客户的需要。

社会再生产过程是一个生产、流通和消费相互依存、相互渗透的过程。商品生产者与分销商之间在价值的产生和实现上是相互依存的，而在利益分配上又是相互矛盾的。在买方市场中，最终的竞争并不是表现为企业与企业之间的竞争，而是表现在供应链之间的竞争，于是便出现了跨组织的全面物流合作。垂直一体化物流运作不只是协调好制造商和上游供应商、制造商和下游的分销商之间的关系，更重要的是将整个供应链上的所有环节的市场、分销网络、制造过程和采购活动联系起来，以实现较低成本下的高水平客户服务，以赢得竞争优势。所以这种第三方物流运作扩大了原有物流系统，延长了传统垂直一体化物流运作的长度，而且超越了物流本身，充分考虑了整个物流过程及影响此过程的各种环境因素，向着物流、信息流、商流等各个方向同时发展，形成了一套相对独立而完整的体系。

2．水平一体化物流运作模式

水平一体化物流运作是通过同一行业中各企业之间物流方面的合作以获得整体上的规模经济，从而提高了物流效率，这是第三方物流的第二种运作方式。实行第三方物流的运作从企业经济效益上看，它降低了企业物流成本；从社会效益来看，它减少了社会物流过程的重复劳动。例如，不同的企业可以用同样的装运方式进行不同类型商品的共同运输。于是就有了一个企业根据需要装运本企业商品的同时，也装运其他企业商品，所产生的经济收益则通过其他方式来结算。因为不同商品的物流过程不仅在空间上是矛盾的，而且在时间上也是有差异的。这些矛盾和差异的解决就要靠掌握大量有关物流需求和物流供应能力信息来完成。另外现在开展的协同配送也是这种运作的例证。很明显，这种运作的重要条件就是要有大量的企业参与，并且有大量的商品存在，这时第三方物流与客户企业间的合作才能提高物流效益。这种运作需要的是产品配送方式的集成化和标准化。

3. 网络化物流运作模式

网络化物流运作模式是第三方物流运作的第三种形式，是垂直一体化物流与水平一体化物流的综合体。当一体化物流的某个环节同时又是其他一体化物流系统的组成部分时，以物流为联系的企业关系就会形成物流网络。这是一个开放的系统，企业可自由加入或退出，尤其在业务最忙的季节最有可能利用到这个系统。物流网络能发挥规模经济作用的条件就是一体化、标准化、模块化。实现物流网络化首先就要有一批第三方物流优势企业率先与生产企业结成共享市场的同盟。把过去那种直接分享利润的联合发展成优势联盟，共享市场，进而分享更大份额的利润。同时，第三方物流企业要结成市场开拓的同盟，利用相对稳定和完整的营销体系，帮助生产企业开拓销售市场。这样，竞争对手成了同盟军，网络化物流就可能成为一个生产企业和第三方物流企业多方位、纵横交叉、互相渗透的协作有机体。而且由于现代信息技术和网络技术的应用，当加入物流网络的企业增多时，物流网络的规模效益就会显现出来，这也促使了社会分工的深化，这样第三方物流的发展也就有了动因，从而使整个社会的物流成本大幅度地下降。

二、第三方物流运作的特点

（1）与传统的物流运作方式相比，第三方物流整合了多个物流功能。第三方物流公司不只是负责个别的运输业务，还负责包括订单处理、库存管理、配送在内的全部物流业务。它不仅提供物流操作，还提供包括设计、建议如何以最低的费用、最有效的运输与保管货物在内的物流系统的咨询。通过第三方物流企业提供的专业化物流服务，有利于促进基于电子商务的企业总体物流效率的提高和物流合理化。同时，第三方物流企业是面向社会众多企业提供物流服务，可以站在比单一企业更高的角度，在更大范围内发展壮大，不仅有利于其自身利益的提高，也有利于物流专业化水平的提高。

（2）第三方物流运作有利于制造商充分发挥其生产制造方面的核心优势，将资源集中配置在核心业务上，促进企业新产品的开发与产品质量的提高。同时，通过物流外包，制造商可以降低因拥有运输设备、仓库和其他物流过程中所必需的投资，从而改善公司的盈利状况。并且，物流服务提供方由于集中为有限几家专门的客户提供全方位的物流服务，也可凭借自身的优势，最大限度地优化物流路线，选择最合适的运输工具，并围绕客户的需求提供诸如存货管理、生产准备等特殊服务。此外，许多第三方物流公司在国内外都有良好的运输和分销网络。希望拓展国际市场或其他地区市场以寻求发展的制造商，可以借助这些网络进入新的市场。当然，制造商对物流活动的控制力会减弱。

（3）第三方物流运作能给客户带来一系列的利益；包括获得客户自己的组织并不能提供的服务或生产要素、获取新技术、获取低要素成本、获取规模经济性、变不变成本为可变成本、使成本稳定和可见、获得本公司还未曾有的管理技能、根据环境变动而自行调整的灵活性等利益。比如，由于拥有强大的购买力和货物配送能力，第三方物流公司可以从运输公司或者其他物流服务商那里得到比他的客户更为低廉的运输报价，可以从运输商那里大批量购买运输能力，然后集中配载很多客户的货物，大幅度地降低单位运输成本。

（4）通过第三方物流运作使第三方物流企业与客户制造商建立起密切的、长期的战略合作伙伴关系，并与整个制造商的供应链完全集成在一起。所以通过第三方物流运作，第三方物流公司为制造商设计、协调和实施供应链策略，通过提供增值信息服务来帮助客户更好地管理其核心业务，并能通过利用第三方物流来降低物流费用，实现双赢。

本 章 小 结

本章介绍了电子商务的概念，电子商务的作用与分类及其与第三方物流的关系，物流外包与第三方物流的概念，第三方物流产生和发展的原因，第三方物流的优势，第三方物流的运作模式，通过学习使学生掌握电子商务与第三方物流的关系。

复习思考题

一、单项选择题

1. 经济活动的参与者有政府（Government，G）、企业（Business，B）、消费者（Consumer，C）三种角色，相应地电子商务也有（　　）种基本类型。

    A. 3　　　　　　　B. 4　　　　　　　C. 5　　　　　　　D. 6

2. （　　）是电子商务企业在市场竞争中处于领先地位是关键。

    A. 选择合适的第三方物流　　　　　B. 配送体系

    C. 监管体系的完善　　　　　　　　D. 安全支付

3. 第三方物流的优势表现为（　　）。

    A. 降低总费用

    B. 企业能从第三方物流服务中获益

    C. 能帮助企业削减固定费用

    D. 提高物流速度

4. （　　）的发展程度反映和体现着一个国家物流业发展整体水平。

    A. 供应链管理　　　B. 第三方物流　　　C. 电子商务　　　D. 信息技术

二、多项选择题

1. 第三方物流运作形式有（　　）。

    A. 垂直一体化运作　　　　　　　　B. 水平一体化运作

    C. 网络化运作　　　　　　　　　　D. 社会化

2. 第三方物流的优势有（　　）。

    A. 信息优势　　　B. 专业优势　　　C. 规模优势　　　D. 服务优势

    E. 成本优势

三、简答题

1. 简述电子商务与现代物流配送的关系。

2. 第三方物流的优势是什么？选择第三方物流时应该考虑哪些因素？

3. 某公司首次承揽到三个集装箱运输业务，时间较紧，从上海到大连铁路1 200km，公路1 500km，水路1 000km。该公司自有10辆10t普通卡车和一个自动化立体仓库，经联系附近一家联运公司虽无集装箱卡车，但却有专业人才和货运代理经验，只是要价比较高，你认为采取什么措施比较妥当？

（1）自己购买若干辆集装箱卡车然后组织运输。

（2）想法请铁路部门安排运输但心中无底。

（3）水路最短路程，请航运公司来解决运输。

（4）联运公司虽无集装箱卡车，但可叫其租车完成此项运输。

（5）没有合适运输工具，辞掉该项业务。

案 例 分 析

金王物流及其外包物流

金王属于日用消费品蜡烛类行业，目前在亚洲同行中规模最大、综合实力最强，是沃尔玛、家乐福、宜家家居等企业最主要的供应商，并连续多年被美国沃尔玛集团评为"全球最佳供应商"。

金王物流中心位置比较优越，早在2001年就采用了RF和立体库存储技术（立体库位万余个），拥有量身定做的WMS软件，并实现了与企业ERP的无缝连接，利用先进的信息系统和严格的作业流程保证了发货准确率，使响应速度大大提高。此外，金王自身具备国家一级资质的国际货运公司，为金王的可持续发展奠定了坚实的后勤保障基础。

金王以物流中心为辐射，连接销售、计划、采购、生产，协调运作。根据其生产特点，提出了相应的物流要求。

生产特点直接决定物流组织的难易程度，EIQ（Entry、Item、Quantity）分析可以很形象地得出物流特点，找到基本的应对策略。

金王生产特点与物流要求：

（1）完全订单式生产，物料个性化——快速反应能力要求高。

（2）多品种，小批量，JIT生产模式——时效性强。

（3）生产周期短，换产频繁——计划协调性要求高。

（4）包装复杂、个性突出——包装物流突出。

（5）产业链不成熟——外部物流协调难度大。

（6）旺季比较明显——物流量峰值较高。

（7）外贸出口型——港口物流突出。

据此形成了金王的物流特点：JIT模式生产要求快速的响应能力，多品种的产品零件替换性差，要求高度的可靠性，同时多品种必然导致多个供应商，使外部不可控因素增多，增加了供应商物流管理的难度。从出口角度讲，成品集中出库，周转快（甚至越库），并且与港口物流联系紧密。从物流量来看，有明显的起伏。

很显然，金王集团的物流应采取混合战略，一方面利用自己资源，一方面选择第三方物流，既可避免旺季资源的不足，又可降低平时的物流成本。

哪些业务实施外包？首先是仓储和运输，其次才是装卸，装卸使用临时部分外包的形式较好，操作相对简单。

但是这些业务分散外包中出现了一些问题，如运输服务商晚上出货时很难保证装卸工具和人员，其理由是晚上人员少。由于出口业务的运输主要靠海运来完成，海运班轮的发班时间性比较强，如果在协调运输计划上稍有闪失就会被甩货。又以仓储外包（部分外包）为例，由于存储面积不足，金王集团引入一家第三方仓储服务商。当初只考虑了价格、距离，没有考虑到金王港口物流和存储品种的特点，导致物流仓储的布点非常不合理，仓储运输总成本较高。据此认识，金王集团重新修改了仓储布局，调整存储产品和运输规划。

除此之外，金王物流还存在其他一些问题，比如，呆滞材料库存较高，物流信息与其他部门信息衔接不顺畅，公司没把物流提升到战略层次来对待，多个部门各自为战的情形严重，物流集成功能欠佳。

那么，如何选择第三方物流供应商呢？目前物流服务商规模大小、服务水平、行业特点等都不太一样，选择时要慎之又慎，因为在外包的同时风险已经产生。结合上面的物流特点可见，金王更注重物流的可靠性和快速响应能力，因此选择第三方的一般原则是：①物流服务质量是否会更好；②物流成本是否可以降低；③是否造成企业资源的浪费；④是否有利于企业管理。选择的对象首先考虑专业化和经营规模，其次是管理水平和信誉，最好是正规的大企业。首先，评价公司的高层物流理念，能否真正站在客户角度考虑问题，急客户所急；人力方面的员工培训如何；财务资金实力——抵御风险能力如何；资源是否社会资源，如果是则风险较大；内部标准业务流程及信息化程度如何；日常资源调配能力和最大资源调配能力如何（以备应急）等。其次，考查服务商对金王的需求是否了解得透彻。比如，金王是出于什么目的引入第三方物流，是为了降低成本，还是扩大物流能力，或是提高服务水平，或者是多方面的综合需求。要求它有针对性地提出个性服务，包括应急措施等。另外，双方共同制定协约。以双赢为基本原则，协约包括协调机制、作业质量评价体系（评价指标和标准）、协约的执行控制程序、人员职责的管理程序等以及金王对第三方物流服务商实行监控的权利。

总之，将风险降到最低，提高可靠性是主要目标。通过引进第三方物流企业，未来金王集团将建立呆滞控制处理小组处理呆滞问题；调整仓储布局，部分多余资源承接第三方业务。想客户之所想，急客户之所急，真正站在客户角度考虑问题、解决问题，甚至提供比客户需求更多的服务。

资料来源：深圳港网.

问题与思考

1. 金王物流引入第三方物流的过程对你有何启示？
2. 选择第三方物流外包要考虑哪些因素？

❧ 实训

快递物流网站分析

一、实训教学目标

掌握不同类型的第三方物流公司网上服务的特点、服务的流程、信息的查询、支付方式和货物的配送个性化服务。

二、实训具体工作任务及要求

（1）在网上搜索顺丰快递等第三方物流，打开相关物流的网站。

（2）认真浏览和分析这些物流网站，包括网站的设计形式、目的，网站的功能，作用以及盈利模式。

（3）在进行了上述的操作后，对所浏览过的物流网站进行分析比较，总结出各个网站的特色。

三、实训工作任务内容设计

（1）分析几个第三方物流网站，画出其功能模块图。

（2）请你设计一个能提供综合物流服务的第三方物流公司的网站，思考后台平台又需要有哪些功能以及如何与公司具体业务衔接。

（3）实训总结，提交个人实习报告，收获和体会，发现的问题、意见、看法和建议（要求有总结、有分析、有独立观点或提出问题）。

（4）组织小组交流实训经验及体会。

第十章

物流信息系统与物流标准化

能力目标

● 能够分析常用物流管理信息系统中应用的信息技术；

● 能应用条码技术和 POS 机管理零售业。

知识目标

● 熟练掌握物流信息的概念及内容；

● 掌握物流信息的功能及特点；

● 掌握当前常见的物流信息技术的特点及应用；

● 掌握物流标准的基本概念；

● 了解典型物流信息系统在物流管理中的应用，理解建立物流标准化体系的必要性。

导入案例

华中销售公司架设物流信息高速轨道纪实

华中三省（河南、湖北、湖南）地处我国中部，是中国石油西油东进、北油南下的重要目的地。但是，华中市场远离中国石油资源生产地和加工地，运距长、运费高，资源调运矛盾重重。一时间，运力成为扼住华中销售公司发展咽喉的重大问题。如何打通南北通道，构建物流系统，提高营运效率，成为刚刚成立的华中销售公司面临的首要问题。

华中销售公司构建物流信息系统，实现管理模式更新，就是要寻求运力突围，架设成品油运输的快速轨道，转变长运距、低效益带来的被动局面，让成品油销售驶进现代物流高速轨道，以最快的速度抢占终端消费市场。

2005 年伊始，华中销售公司充分发挥境内长江水系的作用，开辟水运渠道，形成公路、铁路和水路三路并行的格局。

根据华中铁路资源由东北、西北、华北共同供应的特点，在资源计划上，东北资源流向河南地区京广线郑州以北、陇海线郑州以东，西北资源流向郑州以西，避免了一次运输的交叉、迂回。结合各炼油厂调拨价不同，以降低总体购进成本为目标，开通了长庆石化公路一次直接配送加油站新渠道。在库容较小、品种储存不全的地区拓宽资源配置渠道。在湖北，通过白浒山油库的二次中转，对湖北、湖南附近七个地区进行二次铁路发运，保障了资源的基本供应。对湖南张家界、岳阳，湖北襄阳、十堰地区终端用户实施跨省配送，保障了资源，提高了配送效率。至此，华中

区域建立了富有特色的一、二次物流通道，走出一条降低成本提高速度之路。

华中销售公司从优化物流管理系统着手。系统信息直接传递到河南、湖北、湖南三省油库，大大节约了时间，提高了发货数据的准备可靠性。同时，对自备运输车返空进行实时监控和动态管理，缩短了返空周期，压缩了返空延时费用。2005 年第一季度，公司通过完善提升湖南分公司二次物流配送系统，统一招标选择第三方承运单位，实现加油站等终端用户的主动配送、自动补货功能，提高了配送效率。

同时，在现行二次物流配送优化子系统、一次物流计划调运子系统和库存管理子系统基础上，继续整合和完善物流信息管理系统。建立物流动态管理电子幕墙，实现一次物流、库存、二次物流动态监控，使管理人员能够实时、直观跟踪油品物流动态，随时掌握需求、调运计划、装运、在途、压车、库存、出库、配送的品种、数量和运行地点。通过建立 GPS 卫星定位运输管理应用系统，实时掌握公路配送运输动态，提升二次配送组织和管理。

利用物流信息平台，通过快捷、畅通、安全的信息支持，实现公司物流信息的统一管理。公司建立了物流信息电子平台（GIS）系统并逐步完善计划调运信息系统、二次物流优化信息系统、库存管理信息系统。信息从数字、图表转化为直观的三维立体图形，每天通过物流信息电子平台（GIS）系统的电子幕墙显示各地区的销售、价格、库存情况，提出分析、决策数据，指导业务运行，成为公司调度运行的决策指挥系统。

华中销售公司通过计划、运输、仓储、配送、信息的一体化运作，克服了运输、储存等困难，缓解了库存紧张，高效完成了运输任务。公司各方面效益增长很快。

资料来源：中国机械网.

思考：

华中销售公司通过使用物流信息系统从哪几个方面提高了企业管理水平？

当今的时代是信息时代，对信息的反应速度往往成为企业决胜的关键，由于物流业务涵盖的内容很广，供应链上涉及的环节相当多，因此在物流管理中会产生大量的物流信息，而对物流信息的管理是物流管理中的重中之重。同样，物流涉及不同国家、地区和行业的很多企业，因此要实现国家化和通用化，必须要建立一个国际标准。

第一节　物流信息系统

一、物流信息概述

物流信息是反映物流各种活动内容的知识、资料、图像、数据、文件的总称。狭义的物流信息是指与物流活动（如运输、仓储、包装、装卸、搬运、流通加工和配送等）有关的信息。广义的物流信息不仅包括与物流活动相关的信息，还包括了大量的与其他流通活动有关的信息，如商品交易信息和市场信息等。

1. 物流信息的特点

（1）信息量大。物流信息随着物流活动以及商品交易大量发生，尤其是现代物流多以多品种、小批量、多频度生产及配送为主，因此库存及运输活动频繁，产生大量的物流信息，随着信息的大量产生，越来越多的处理信息的信息技术及信息系统应运而生，如销售时点信息系统（POS）、电子数据交换（EDI）技术、电子订货系统（EOS）等。随着企业间合作倾向的增强和信息技术的发展，物流的信息量在今后会越来越大。

（2）动态性特别强。物流信息的动态性强，更新速度快，信息收集、加工、处理强调及时性。特别是多品种少批量生产，多频度小数量配送，利用各种信息系统（如销售时点信息系统）及时销售、及时补货，使得各种作业活动频繁发生，从而要求物流信息不断更新，而且更新的速度越来越快。

（3）来源多样化。物流信息不仅包括企业内部的物流信息，同时包括企业间与物流活动相关的各种信息。企业竞争优势的获得需要供应链上的各参与方相互协调合作，实现信息及时交换和共享。

2. 物流信息的内容

从物流信息输入和使用的角度分，物流信息包括物流系统内信息和物流系统外信息。

（1）物流系统内信息。物流系统内信息是指与物流活动有关的信息。它是伴随物流活动而发生的，其来源主要是物流活动的相关环节。在物流活动的管理与决策中，如运输工具、集装器具等的选择，运输路线的制定，在途货物跟踪等都需要详细、准确的物流信息，因为物流信息对运输管理、库存管理、订单管理等具有支持保证作用。

（2）物流系统外信息。物流系统外信息是在物流活动以外发生的，但提供给物流系统使用的信息，它包括供应商信息、货品信息、客户信息、订货合同信息、交通运输信息、市场信息、政策信息等，还有来自企业内生产、财务等部门的与物流有关的信息，甚至还有国际政治变化等信息。

二、物流信息系统概述

物流信息系统（Logistics Management System，LMS）是由人员、计算机硬件、软件、网络通信设备及其他办公设备组成的人机交互系统，其主要功能是进行物流信息的收集、存储、传输、加工整理、维护和输出，为物流管理者及其他组织管理人员提供战略、战术及运作决策的支持，以提高组织的核心竞争力以及物流运作的效率与效益。

物流系统包括运输系统、储存保管系统、装卸搬运、流通加工系统、物流信息系统等方面，其中物流信息系统是高层次的活动，是物流系统中最重要的方面之一，涉及运作体制、标准化、电子化及自动化等方面的问题。现代计算机及计算机网络的广泛应用，为物流信息系统的发展奠定了一个坚实的基础，计算机技术、网络技术及相关的关系型数据库、条码技术、电子数据交换（EDI）等技术的应用使得物流活动中的人工、重复劳动及错误发生率减少，效率提高，信息流转加速，使物流管理发生了巨大变化。

三、物流信息系统的功能

物流信息系统是物流系统的神经中枢，它作为整个物流系统的指挥和控制系统，可以分为多种子系统或者多种基本功能。通常，可以将其基本功能归纳为以下几个方面。

1. 数据的收集和录入

物流信息系统首先要做的是记录物流系统内外的有用数据，集中起来并转化为物流信息系统能够接受的形式输入记录到物流信息系统中。

2．信息的存储

数据进入系统后，经过加工整理，要成为支持物流系统运行的物流信息，必须将这些信息暂时或永久保存。物流信息系统的存储功能就是要保证已得到的物流信息能够不丢失、不走样、不外泄、整理得当、随时可用。

3．信息的传播

信息来源于物流系统内外，又为不同的物流系统所用，才能充分发挥其价值。所以物流信息系统必须克服空间障碍进行信息传输。

4．信息的处理

将收集输入的数据加工成有用的物流信息，才能供各级系统用户使用。信息处理范围很大，从简单的查询、排序、合并、计算，一直到复杂的物流模型的仿真、预测、优化计算等。

5．信息的输出

物流信息系统的服务对象是物流管理者，因此，它必须具备向物流管理者提供信息的手段或机制，否则它就不能实现其自身的价值。经过处理的物流信息，根据不同的需要，以不同形式的格式进行输出。有的直接提供给人使用，有的提供给计算机进一步处理。物流信息系统的输出结果是否易读、易懂，应该是评价物流信息系统的主要标准之一。

这五项功能是物流信息系统的基本功能，在具体的物流信息系统中，它们的实现机制是极不相同的，在设计中考虑的优先次序也是因系统而异的。

第二节　常用物流信息技术

一、条码系统

1．条码概念

条码是利用光电扫描阅读设备识读并实现数据输入计算机的一种特殊代码，是由一组按特定规则排列的条、空及其对应字符组成的表示一定信息的符号。如图 10-1 所示，条码中的条、空分别由深浅不同且满足一定光学对比度要求的两种颜色（通常为黑色和白色）表示。

图 10-1　常见的条码形态及条码结构

条码技术具有以下几个方面的优势。

第一，信息采集速度快，普通计算机的键盘录入速度是 200 字符/min，条码输入的速度是键盘输入的 5 倍。

第二，译码可靠性高，键盘输入数据出错率为 1/300，利用光学字符识别技术出错率为 1/10 000，而采用条码技术误码率低于 1/1 000 000。

第三，采集信息量大，利用传统的条码一次可采集几十位字符的信息，二维条码更可以携带数千个字符的信息，可以包含图形或汉字，并有一定的自动纠错能力。

第四，灵活实用，条码标志既可以作为一种识别手段单独使用，也可以和有关识别设备组成一个系统实现自动化识别，还可以和其他控制设备连接起来实现自动化管理。

另外，条码标签易于制作，对设备和材料没有特殊要求，识别设备操作容易，不需要特殊培训，且设备也相对便宜。

2．条码的类别

条码按照维度可分为一维条码和二维条码，按照用途可分为商品条码和物流条码。本书仅讲述商品条码和物流条码的相关内容。

（1）商品条码。商品条码（bar code for commodity）是以直接向消费者销售的商品为对象，以单个商品为单位使用的条码，包括 EAN-13 码和 EAN-8 码。EAN-13 条码为标准版商品条码，由 13 位数字组成，包括 3 位国别或地区前缀码、4 位制造商代码、5 位商品代码和 1 位校验码。我国制定的通用商品条码结构与 EAN-13 码结构相同。我国的国家代码为 690、691、692，由国际物品编码会统一分配。EAN-8 为缩短版商品条码，由 8 位数字组成，包括 3 位国别和地区前缀码、5 位商品代码和 1 位校验码。

（2）物流条码。物流条码是物流过程中以商品为对象、以每个储运单元（如纸箱、集装箱等）为单位使用的条码，是用在商品装卸、仓储、运输等物流过程中的识别符号，包括 DUN-14、DUN-16 或附加扩展码。DUN-14 为标准物流条码，由 14 位数字组成，第 1 位是物流识别代码，为一位非"0"的数字，后 13 位代表的含义同商品条码。DUN-16 由 16 位数字组成，它的第 1 位为备用位，取数字"0"，后 2 位为非"0"的物流识别码，后 13 位代表的含义同商品条码。因为 DUN-16 不能用于国际贸易，所以使用较少。

二、电子数据交换技术

1．电子数据交换（EDI）概念

电子数据交换（Electronic Date Interchange）技术，是指将商业或行政事务处理按照一个公认的标准，形成结构化的事物处理或报文数据格式，从计算机到计算机的电子传输方法。它是信息进行交换和处理的网络化、智能化、自动化系统，将远程通信、计算机及数据库三者有机结合在一起，实现数据交换、数据资源共享。电子数据交换（EDI）利用计算机与通信网络来完成标准格式的数据传输，不需要人为的数据重复输入，大幅度提高了数据传输与交易的效率，现已作为管理信息系统（MIS）和决策支持系统（DSS）的重要组成部分。

简单来说，电子数据交换（EDI）是商业贸易伙伴之间，将按协议规范化和格式化的经济信息通过电子数据网络，在单位的计算机系统之间进行自动交换和处理。物流行业电子数据交换（EDI）一般是指货主、承运业主以及相关的单位之间通过电子数据交换（EDI）系统进行物流数据交换，并以此为基础实施物流活动的方法。电子数据交换（EDI）最初由美国企业应用在企业间的订货业务活动中，其后应用范围由订货业务向其他业务扩展，现在物流中广泛应用。

2. 电子数据交换（EDI）的组成

电子数据交换（EDI）系统一般由以下五个部分构成：

（1）硬件设备。贸易伙伴的计算机和调制解调器以及通信设施等。

（2）增值通信网络及网络软件。增值网（VAN）指利用现有的通信网，增加电子数据交换（EDI）服务功能而实现的计算机网络，即网络增值。通信网目前有如下几种：分组交换数据网（PSDV），电话交换网（PSTN），数字数据网（DDN），综合业务数据网（ISDN），卫星数据网（VSAT）和数字数据移动通信网。

（3）报文格式标准。电子数据交换（EDI）是以非人工干预方式将数据及时、准确地录入应用系统数据库中，并把应用数据库中的数据自动地传送到贸易伙伴的计算机系统，因此必须有统一的报文格式和代码标准。

（4）应用系统界面与标准报文格式之间相互转换的软件。该软件的主要功能包括代码和格式的转换等。

（5）用户的应用系统。电子数据交换（EDI）是 EDP（Electronic Data Process）电子数据处理的延伸，要求各通信伙伴事先做好本单位的计算机开发工作，建立共享数据库。

一个典型的电子数据交换（EDI）工作过程如图 10-2 所示。用户将原始商业文件，经计算机转换处理，形成标准格式的电子数据交换（EDI）数据文件，经过电子数据交换（EDI）通信网传送到对方用户的计算机系统，对方用户计算机接收到报文数据后，按特定的程序自动处理，还原出原始的订单等商业文件。

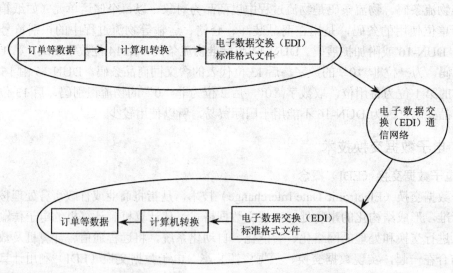

图 10-2　电子数据交换（EDI）工作流程

三、电子订货系统

1. 电子订货系统的概念

电子订货系统（Electronic Ordering System，EOS）是零售商与批发商之间通过增值网或互联网和终端设备以在线联结方式将各种信息从订单到接单，用计算机进行处理的系统。

电子订货系统（EOS）不是单个零售店与单个批发商组成的系统，而是由大量零售店、批发商组成的、系统的整体运作方式。电子订货系统（EOS）基本上是在零售商的终端利用条码阅读器获取准备采购的商品条码，并在终端机上输入订货资料；利用电话线通过调制解调器传到批发商的计算机上；批发商开出提货传票，并根据传票同时开出拣货单，实施拣货，然后根据该传票进行商品发货，送货单据便成为零售商的应付账款资料及批发商的应收账款资料，并汇总到应收账款的系统中去；零售商对送到的货物进行检验后，便可以陈列和销售。

电子订货系统（EOS）的应用范围可分为：企业内的电子订货系统（EOS）（如连锁店经营中各个连锁分店与总部之间建立的电子订货系统（EOS）），零售商与批发商之间的电子订货系统（EOS）以及零售商、批发商和生产企业之间的电子订货系统（EOS）。

2．电子订货系统在物流中的应用

电子订货系统（EOS）能够及时、准确地交换订货信息，它在企业管理中的作用如下。

（1）节约时间和费用。相对于传统的订货方式，如上门订货、邮寄订货、电话、传真订货等，电子订货系统（EOS）可以缩短从接到订单到发出订货的时间，缩短订货商品的交货期，减少商品订单的出错率，节省人工费用。

（2）优化库存管理。电子订货系统（EOS）有利于减少企业的库存水平，提高企业的库存管理效率，同时也能防止商品特别是畅销商品缺货现象的出现。

（3）调整计划。对于生产厂家和批发商来说，通过分析零售商的商品订货信息，能准确判断畅销商品和滞销商品，有利于企业调整产品的生产和销售计划。

（4）提高效率。企业物流信息系统的建立，可以使各个业务信息子系统之间的数据交换更加便利和迅速，丰富企业的经营信息。

四、销售时点信息系统

1．销售时点信息系统的概念

销售时点信息（Point of Sales，POS）系统通常被定义为具有自动信息识别及信息处理能力的销售时点管理系统。它通过在销售商品时对商品条码的扫描，将商品的有关信息立即输入到后台的管理信息系统中，进而对信息进行处理，并把相应的信息传输给合作伙伴。应用于销售时点信息（POS）系统的VAN除了可以传递销售时点信息外，还可以通过对销售数据的加工分析得到其他信息，诸如商品周转率、商品利润，根据销售情况区分畅销商品和滞销商品。这使得产品制造商能够尽快了解其商品的销售状况以及最终用户的需求趋势，从而更准确地进行预测，以降低库存量，缩短订货提前期，最终提高整个供应链的效率。POS系统由前台POS系统和后台MIS系统两大部分组成。①前台POS系统。前台POS系统是指通过自动读取设备（如扫描仪等）在销售商品时直接读取商品销售信息，实现前台销售业务的自动化，对商品交易进行实时服务和处理，并通过通信网络和计算机系统传至后台的MIS系统。②后台MIS系统。后台MIS系统（Management Information System）包括计算机和相应的管理软件。MIS系统负责全部商品的进、销、存管理。它根据前台POS系统提供的销售数据，控制进货数量，优化库存。通过后台计算机系统计算、分析和汇总商品销售的相关信息，为企业管理部门和管理人员的决策提供依据。一个商业POS系统硬件组成如图10-3所示。

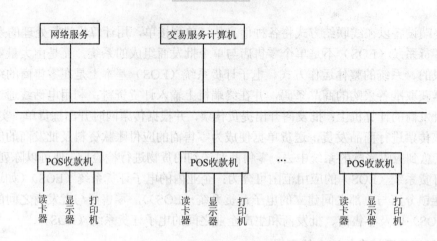

图 10-3 商业 POS 系统硬件组成示意图

2．POS 结算的步骤

通过 POS 系统结算时应通过下列步骤。

（1）地方易货代理或特约客户的易货出纳系统，将买方会员的购买或消费金额输入到 POS 终端。

（2）读卡器（POS 机）读取广告易货卡上磁条的认证数据、买方会员号码（密码）。

（3）结算系统将所输入的数据送往中心的监管账户。

（4）广告易货出纳系统对处理的结算数据确认后，由买方会员签字。买卖会员及易货代理或特约商户各留一份收据存根，易货代理或特约商户将其收据存根邮寄到易货公司。

（5）易货公司确认买方已收到商品或媒体服务后，结算中心划拨易换额度，完成结算过程。

五、定位技术

1．全球定位系统

全球定位系统（Global Positioning System，GPS）是利用导航卫星进行测时和测距的，使得地球上任何地方的用户，都能计算出他们所处的方位。GPS 是一套具有在海、陆、空全方位实时三维导航与定位能力的新一代卫星导航与定位系统。经过十多年全球众多专业部门的使用表明，GPS 具有全天候、高精度、自动化、高效益等显著特点。如今，GPS 客户端接收器体积不断缩小，客户端的精确度越来越高，甚至已经出现在一些高端手机、便携式计算机等电子产品中。

我国正在实施的北斗卫星导航系统计划发射由 5 颗静止轨道卫星和 30 颗非静止轨道卫星，中国计划在 2012 年左右，北斗卫星导航系统将覆盖亚太地区，2020 年左右覆盖全球。

2．全球定位系统的应用

（1）GPS 在汽车导航和交通管理中的应用。三维导航是 GPS 的首要功能，飞机、轮船、地面车辆以及步行者都可以利用 GPS 导航器进行导航。汽车导航系统是在全球定位系统（GPS）基础上发展起来的一门新型技术。汽车导航系统由 GPS 导航、自律导航、微处理机、车速传感器、陀螺传感器、CD-ROM 驱动器、LCD 显示器组成。GPS 导航系统与电子地图、无线电通信网络、计算机车辆管理信息系统相结合，可以实现车辆跟踪和交通管理等许多功能。

（2）GPS 出行路线的规划功能。规划出行路线是汽车导航系统的一项重要辅助功能，包括自动路线规划和人工路线设计。自动路线规划由驾驶员确定起点和终点，由计算机软件按照要求自动设计最佳行驶路线，包括最快的路线、最简单的路线、通过高速公路次数最少的路线等；人工线路设计由驾驶员根据自己的目的地设计起点、终点和途经点等，自动建立线路库。线路规划完毕之后，显示器能够在电子地图上显示设计路线，并同时显示汽车运行路线和运行方法。

（3）紧急援助功能。通过 GPS 定位和监控管理系统可以对遇险或发生事故的车辆进行紧急援助。监控台的电子地图可显示求助信息和报警目标，规划出最优援助方案，并以报警声、光提醒值班人员进行紧急处理。

第三节　物流标准化

一、物流标准化的含义

标准是指为取得全局的最佳效果，在总结实践和充分协商的基础上，对人类生活和生产技术活动中，具有多样化和重复性特征的事物和概念，以特定的程序和形式颁发的统一规定。

物流标准化是指以物流为一个大系统，制定系统内部设施、机械装备，包括专用工具等的技术标准，包装、仓储、装卸、运输等各类作业标准以及作为现代物流突出特征的物流信息标准，并形成全国以及和国际接轨的标准化体系。物流标准化包括以下几个方面的内容。

（1）制定物流系统内部的设施、机械装备、专用工具等各个分系统的技术标准。

（2）制定物流系统内各个分领域如包装、装卸、运输等方面的工作标准。

（3）以物流系统为出发点，研究各分系统与分领域中技术标准与工作标准的配合性要求，统一整个物流系统的标准。

（4）研究物流系统与相关其他系统的配合性，进一步谋求物流大系统的标准统一。

以上四个方面是分别从不同的物流层次上考虑将物流实现标准化。要实现物流系统与其他相关系统的沟通和交流，在物流系统和其他系统之间建立通用的标准，首先要在物流系统内部建立物流系统自身的标准，而整个物流系统的标准的建立又必然包括物流各个子系统的标准。因此，物流要实现最终的标准化必然要实现以上四个方面的标准化。

二、物流标准的种类

物流标准可以分为技术标准、工作标准和作业标准。

1. 物流技术标准

技术标准是指对标准化领域中需要协调统一的技术事项所制定的标准。在物流系统中，其主要是指物流基础标准和物流活动中采购、运输、装卸、仓储、包装、配送、流通加工等方面的技术标准。

（1）物流基础标准。物流基础标准是制定物流标准必须遵循的技术基础与方法指南，是全国统一的标准。其具体包括以下标准。

1）基础编码标准，是对物流对象物进行编码，并且按物流过程的要求，转化成条码，这是物流大系统能够实现衔接、配合的最基本的标准，也是采用信息技术对物流进行管理、组织、控制的技术标准。在这个标准之上，才可能实现电子信息传递、远程数据交换、统计、核算等物流活动。

2）物流基础模数尺寸标准，基础模数尺寸指标是标准化的共同单位尺寸，或系统各标准尺寸的最小公约尺寸。在基础模数尺寸确定之后，各个具体的尺寸标准，都要以基础模数尺寸为依据，选取其整数倍数为规定的尺寸标准，因而大大减少了尺寸的复杂性。物流基础模数尺寸的确定不但要考虑国内物流系统，而且要考虑到与国际物流系统的衔接，具有一定难度和复杂性。

3）物流建筑基础模数尺寸，主要是物流系统中各种建筑物所使用的基础模数，它是以物流基础模数尺寸为依据确定的，也可选择共同的模数尺寸。该尺寸是设计建筑物长、宽、高尺寸，门窗尺寸，建筑物柱间距，跨度及进深等尺寸的依据。

4）集装模数尺寸，是在物流基础模数尺寸基础上，推导出的各种集装设备的基础尺寸，以此尺寸作为设计集装设备三向尺寸的依据。在物流系统中，由于集装是起贯穿作用的，集装尺寸必须与各环节物流设施、设备、机具相配合，因此，整个物流系统设计时往往以集装尺寸为核心，然后，在满足其他要求前提下决定各设计尺寸。因此，集装模数尺寸影响和决定着与其有关各环节标准化。

5）物流专业名词标准，为了使大系统有效配合和统一，尤其在建立系统的情报信息网络之后，要求信息传递异常准确，这首先便要求专用语言及所代表的含义实现标准化，如果同一个指令，不同环节有不同的理解，这不仅会造成工作的混乱，而且容易造成大的损失。物流专业名词标准包括物流用语的统一化及定义的统一解释，还包括专业名词的统一编码。

6）物流单据、票证的标准化。物流单据、票证的标准化，可以实现信息的录入和采集，将管理工作规范化和标准化，也是应用计算机和通信网络进行数据交换和传递的基础标准。物流核算、统计的规范化是建立系统情报网、对系统进行统一管理的重要前提条件，也是对系统进行宏观控制与微观监测的必备前提。

7）标志、图示和识别标准。物流中的物品、工具、机具都是在不断运动中，因此，识别和区分便十分重要，对于物流中的物流对象，需要有易于识别的又易于区分的标志，有时需要自动识别，这就可以用复杂的条码来代替用肉眼识别的标志。

8）专业计量单位标准。除国家公布的统一计量标准外，物流系统还有许多专业的计量问题，必须在国家及国际标准基础上，确定本身专门的标准。同时，由于物流的国际性很突出，专业计量标准不仅要考虑国际计量方式的不一致性，还要考虑国际习惯用法，不能完全以国家统一计量标准为唯一依据。

（2）分系统技术标准。

1）运输车船标准对象是物流系统中从事物品空间位置转移的各种运输设备，如火车、货船、拖车、卡车等。从各种设备的有效衔接等角度制定的车厢、船舱尺寸标准，载重能力标准，运输环境条件标准等。此外，还包括从物流系统与社会关系角度出发，制定的噪声等级标准，废气排放标准等。

2）作业车辆标准包括物流设施内部使用的各种作业车辆的尺寸、运行方式、作业范围、搬运重量、作业速度等方面的技术标准。

3）传输机具标准包括水平、垂直输送的各种机械式、气动式起重机、传送机、提升机的尺寸、传输能力等技术标准。

4）仓库技术标准包括仓库尺寸、建筑面积、通道比例、单位储存能力、温度、湿度、照明等技术标准。

5）站台技术标准包括站台高度、作业能力等技术标准。

6）包装、托盘、集装箱标准包括包装尺寸、包装材料、质量要求、包装标志以及包装的技术要求等标准，还包括托盘、集装系列尺寸标准、荷重标准以及集装箱的材料标准等。

7）货架储罐标准包括货架净空间、载重能力、储罐容积尺寸标准等。

8）信息标准包括物流 EDI 标准、GPS 标准等。

2．物流工作标准

物流工作标准是指对物流工作的内容、方法、程序和质量要求所制定的标准。物流工作标准是对各项物流工作制定的统一要求和规范化制度，主要包括：各岗位的职责及权限范围；完成各项任务的程序和方法以及与相关岗位的协调、信息传递方式，工作人员的考核与奖罚方法；物流设施、建筑的检查验收规范；吊钩、索具使用、放置规定；货车和配送车辆运行时刻表、运行速度限制以及异常情况的处理方法等。

3．物流作业标准

物流作业标准是指在物流作业过程中，物流设备运行标准，作业程序、作业要求等标准。这是实现作业规范化、效率化以及保证作业质量的基础。

三、中国物流标准化的必要性

目前中国共有物流企业 2 000 多家，然而企业物流非标准化装备、非标准化设施和非标准化行为却相当普遍。"散"字概括了中国物流规划不一的状况。其具体表现在以下方面：

（1）物流企业的主管部门相互割裂，铁路运输由铁道部管，公路运输由交通部管，航空运输由民航局管，行政管理分散。

（2）运输、仓储、包装等物流作业环节不能构成一个有序的连续动作，物流资源在操作环节上分散。

（3）铁路的车站、公路的货场与各企业的仓库还有一段距离，完成一次物流要经过多次中转，地域上分散。

目前中国物流业活动的技术标准和工作标准体系还没有完全建立起来，物流企业准入没有标准，物流市场如何规范没有标准，物流立法尚未提上议事日程。这些问题不解决，不仅会导致物流成本的上升和服务质量的降低，影响到与国际标准和国际惯例的接轨，而且还会严重阻碍中国物流的现代化进程。

本 章 小 结

本章主要介绍物流信息的概念、特点及内容，进而介绍物流信息管理在物流管理中的重要作用及相关概念，一些常见的物流信息技术及物流信息系统的概念及其应用。此外介绍一些有关物流标准的基本概念，物流标准化的内容等。

复习思考题

一、单项选择题

1.（　　）是反映物流各种活动内容的知识、资料、图像、数据、文件的总称。
A．物流信息　　　　B．物流成本　　　　C．物流质量　　　　D．物流设备

2. 销售时点的英文缩写是（　　）。
A．EOS　　　　B．GPS　　　　C．GIS　　　　D．POS

3.（　　）涵盖的功能能够负责整个商场进、销、存、调系统的管理及财务、库存、人事管理等。
A．商场管理信息系统　　　　　　　B．商场物流信息系统
C．商场运输信息系统　　　　　　　D．商场库存设备系统

二、多项选择题

1. 物流信息的特点有（　　）。
A．信息量大　　　B．更新快　　　C．来源多样化　　　D．涵盖面广

2. 物流标准化的内容总体来讲包括（　　）。
A．物流基础标准　B．物流技术标准　　C．物流作业标准　D．物流工作标准

三、判断题

1. 物流信息是反映物流各种活动内容的知识、资料、图像和文件的总称。　　　（　　）

2. 物流信息包括物流系统内信息和物流信息外信息两部分。　　　　　　　　（　　）

3. 条码是由一组不规则排列的条、空及对应字符组成的标志，用以表示一定的信息。
（　　）

4. 商品的条码是由国际物品编码协会规定的。　　　　　　　　　　　　　（　　）

5. 物流条码包括 EAN-13 码、EAN-8 码、DUN-14、DUN-16 或附加扩展码等。
（　　）

6. EDI 即电子数据交换，是指通过电子方式，采用标准化的格式，利用计算机网络进行结构化数据的传输和交换。　　　　　　　　　　　　　　　　　　　　（　　）

7. EOS 是电子发货系统。　　　　　　　　　　　　　　　　　　　　（　　）

8. POS 即销售时点信息系统，它包含后台 POS 系统和后台 MIS 系统两大部分。（　　）

9. GPS 是指具有在海、陆、空进行全方位实时三维导航与定位能力的系统。　（　　）

四、简答题

1. 简述 EDI 系统的应用。

2. 简述物流技术标准包括哪些内容。

案 例 分 析

安吉天地零部件物流信息系统

安吉天地物流公司是由上汽集团上海汽车工业销售总公司与世界著名的荷兰 TNT 物流控股公司 2003 年合资组建的物流公司，目前是在物流领域和汽车服务领域最大的中外合资项目，也是中国首家汽车物流合资企业。其前身是成立于 2000 年的安吉物流公司，独家经营着上汽集团的上海大众和上海通用的整车物流业务。在上汽独步中国市场的黄金时代，安吉物流公司分享着上汽巨大的成功果实，2001 年安吉物流运送整车 33 万台，营业额近 7.6 亿元，占全国市场的 50%，稳居行业老大地位。

但是，分享巨头胜利果实的生活并不能永远维持下去，从汽车行业的发展情况看，随着整车销售利润逐渐摊薄，整车物流的利润空间也越来越小，而由于汽车零部件物流领域几乎没有成气候的竞争对手，其利润空间较大。于是，从 2003 年下半年开始，安吉天地物流公司决定逐渐将业务拓展到汽车零配件物流领域，转型为一体化的汽车物流服务商。

安吉天地物流业务流程图如图 10-4 所示。

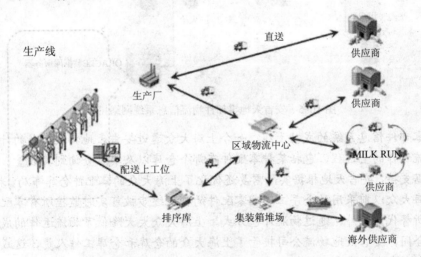

图 10-4 安吉天地物流公司业务流程图

在安吉天地物流公司从汽车的整车物流商拓展到包含整车物流、入厂零配件物流、售后零配件物流、生产间接物流等汽车业一体化物流服务商的过程中，安吉天地物流公司对计算机系统的支持力度的要求更高了。零配件物流比整车物流复杂得多，因为它涉及供应链的整合，公司必须为此建设更为精密的计算机系统，在一番缜密的选型和充分的竞争之后，安吉天地物流公司将零部件物流信息系统的建设外包给了与公司有着良好合作历史的专业信息技术有限公司。

安吉天地物流公司迫切需要一套既可以满足其入厂物流要求又不会水土不服的信息系统。并且对信息系统的管理范围作了界定。

（1）用一套系统管理好集装箱堆场、物流中心仓库、排序库、生产线线旁库等多种作业模式或类型的仓库。

（2）确保零件按时、准确地配送到生产线。

（3）增强批次化管理意识，满足国家汽车召回制度的要求。

（4）信息化管理零件存放信息，保证最大化地利用仓库，并全面地管理库存。

（5）对库存过低过高进行安全预警，为客户提供更好的客户体验。

（6）规范仓库标准作业流程，以系统辅助管理和控制仓库作业的各个控制点。

（7）提供人员绩效的考核依据，解决人员过剩的问题。

图 10-5 是安吉天地零部件物流信息系统的网络拓扑结构，采用 B/S 架构、Web 方式访问等技术特点，在安全性、数据处理性能方面也有非常好的表现。

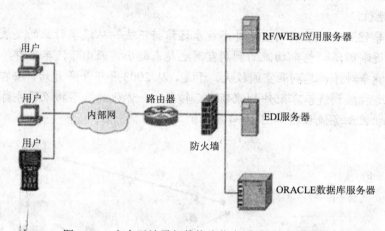

图 10-5　安吉天地零部件物流信息系统网络拓扑图

随着零部件信息系统的成功上线，如今上海大众通过安吉天地物流公司的计算机系统可以监控物流运作的全过程，包括某种零配件在哪个仓库以及实时查询到其数量。通过计算机系统的数据支持，安吉天地根据实际需要还优化了上海大众的零配件仓库布局，精简了人员。目前，上海大众以前采用的全手工管理零配件的模式逐步被可实时监控所有零配件状态的计算机系统所替代。另外，通过物流外包方式，上海大众大大降低了物流运作的成本和风险。因为根据合同，安吉天地物流公司接管了上海大众的仓库和仓库工作人员，这减少了上海大众在物流上所占用的资本。

在满足客户差异化需求的同时，安吉天地物流公司还利用计算机系统中的物流信息，给整车厂提供更深层次的数据服务。这一由计算机系统产生的"副产品"成为了安吉天地物流公司追求差异化竞争的核心竞争力之一。整车厂都非常渴望能获取第一手数据，如未调度订单、在途商品、未结算订单、运输公司负荷情况、运输工具使用情况、质损订单、库存状况等信息。今后，安吉天地物流公司将在这些数据的基础上，做深层次的数据挖掘。

资料来源：支点网.

问题与思考

1. 安吉天地物流公司是如何一步一步深化它的信息化建设的？
2. 安吉天地物流公司成功的关键在哪些方面？

🔖 实训

条码设计与应用、POS 机软件实操（根据学校条件选用）

一、实训教学目标

如果学校有硬件条件，如学校实验室内有条码系统、POS 系统、相关的一些物流信息系统软件，可以根据情况安排适当学时供学生亲自操作这些系统或软件，掌握条码技术的基本应用，加深对条码的认识，并尝试自己动手设计简单的条码。

也可组织学生到企业参观、调研，了解企业实际工作中是如何使用这些信息技术，进而增进学生对物流信息技术装备及物流信息系统的架构、操作的感性认识，加深对物流信息化的理解。

二、实训具体工作任务及要求

（1）组织学生进入学校实验室，分成小组模拟一个小超市物品管理。事前由学生自己设定条码，设定其中各位数字所表示的含义，设计并打印一组能表示确定信息的条码，使用条码打印机打印设计的条码，并利用扫描枪扫描条码，查看显示的信息是否与自己设定的信息相一致。

（2）分组操作 POS 机，使用后台软件管理物品的销售、库存查询、进货作业等。有条件的参观本校附近的连锁超市，第三方物流企业，了解 POS 系统在零售企业中信息传递的应用，企业的进、销、存管理信息系统，配送型企业的车辆定位跟踪系统等。

三、实训工作任务内容设计

（1）实验室实验部分：模拟的小超市商品种类有几十种，学生学会自己编码，每次实验之后写实验报告。如果没有 POS 机，可下载 POS 机软件，体会信息在超市作业中的作用。

（2）学生专业认识实习采取自主实习的形式或学校组织联系，进行实地调研，自由组合成为一组，设组长，负责与指导教师或学院联络；每实习小组配备指导教师，指导教师负责学生实习指导，审阅个人实习报告及组织交流小组报告。

（3）实训总结，学生提交个人实习报告及小组报告。

实习报告要求表达准确，文笔流畅，不能抄袭。实习报告主要包括以下内容：

1）实习目的、要求。

2）实习时间、地点、内容。

3）简单概括二维条码的特点。

4）所设计的二维条码，包含哪些信息？

5）二维条码比一维条码有哪些改进？

6）收获和体会，发现的问题、意见、看法和建议（要求有总结、有分析、有独立观点或提出问题）。

（4）组织小组交流实训经验及体会。（两到四课时）

参考文献

[1] 王之泰. 现代物流学[M]. 北京：中国物资出版社，1995.

[2] 菊池康也. 物流管理[M]. 丁立言，译. 北京：清华大学出版社，1999.

[3] 黄中鼎. 现代物流管理[M]. 上海：复旦大学出版社，2005.

[4] 吴清一. 物流学[M]. 北京：中国建材工业出版社，1996.

[5] 鲁晓春，林正章. 物流管理案例与实训[M]. 北京：北方交通大学出版社，2005.

[6] 郝聚民. 第三方物流[M]. 成都：四川人民出版社，2002.

[7] 马士华. 供应链管理[M]. 北京：机械工业出版社，2000.

[8] 中国物品编码中心. 商品条码应用指南[M]. 北京：中国标准出版社，2003.

[9] 霍红. 第三方物流企业经营与管理[M]. 北京：中国物资出版社，2003.

[10] 鲁晓春. 仓储自动化[M]. 北京：清华大学出版社，2002.

[11] 田源，周建勤. 物流运作实务[M]. 北京：清华大学出版社，2004.

[12] 肖旭. 物流管理基础[M]. 北京：机械工业出版社，2004.

[13] 高自友，孙会君. 现代物流与交通运输系统—模型与方法[M]. 北京：人民交通出版社，2007.

[14] 刘凯. 现代物流技术基础[M]. 北京：清华大学出版社，2004.

[15] 王槐林，刘明菲. 物流管理学[M]. 武汉：武汉大学出版社，2005.

[16] 蒋长兵. 现代物流管理案例集[M]. 北京：中国物资出版社，2005.

[17] 孙丽芳，欧阳文霞. 物流信息技术与信息系统[M]. 北京：电子工业出版社，2004.

[18] 朱道立，龚国华，罗齐. 物流和供应链管理[M]. 上海：复旦大学出版社，2001.

[19] 王立坤. 物流管理信息系统[M]. 北京：化学工业出版社，2005.

[20] 翁心刚. 物流管理基础[M]. 北京：中国物资出版社，2002.

[21] 陈廷斌，吴颐书. 供应链与物流管理[M]. 北京：清华大学出版社，2008.

[22] 徐天亮. 运输与配送[M]. 北京：中国物资出版社，2002.

[23] 张清，杜杨. 国际物流与货运代理[M]. 北京：机械工业出版社，2004.

[24] 杜学森. 物流管理[M]. 北京：中国铁道出版社，2008.

[25] 李洪心. 电子商务概论[M]. 大连：东北财经大学出版社，2000.

[26] 杨占林. 国际物流操作实务[M]. 北京：中国商务出版社，2004.

[27] 宋华，胡左浩. 现代物流与供应链管理[M]. 北京：经济管理出版社，2000.

[28] 杜学森. 企业物流管理[M]. 上海：上海交通大学出版社，2005.

[29] 丁立言，张铎. 国际物流学[M]. 北京：清华大学出版社，2000.

[30] 汝宜红，鲁晓春. 现代物流理论及其实践[J]. 中国物资流通，2000（7）.

[31] 中国物流招标网. 生产企业涉足第三方物流案例分析[EB/OL][2008-02-27] http://www.clb.org.cn/qywl/120409220924532.shtml

[32] 深圳港. 从金王物流看如何选择第三方物流[EB/OL][2009-11-07] http://www.szg.cc/bencandy.php?fid-27-id-6537-page-1.htm

[33] 支点网. 安吉天地零部件物流信息系统成功案例[EB/OL]. [2008-7-8] http://www.topoint.com.cn/html/e/2008/07/213402.html